Así es como se mata

Mirko Zilahy

Así es como se mata

Traducción del italiano de Carlos Gumpert

El papel utilizado para la impresión de este libro ha sido fabricado a partir de madera procedente
de bosques y plantaciones gestionadas con los más altos estándares ambientales, garantizando
una explotación de los recursos sostenible con el medio ambiente y beneficiosa para las personas.
Por este motivo, Greenpeace acredita que este libro cumple los requisitos ambientales y sociales
necesarios para ser considerado un libro «amigo de los bosques». El proyecto «Libros amigos
de los bosques» promueve la conservación y el uso sostenible de los bosques,
en especial de los Bosques Primarios, los últimos bosques vírgenes del planeta.

Papel certificado por el Forest Stewardship Council®

Título original: *È così che si uccide*
Primera edición en castellano: junio de 2016

Printed in Spain – Impreso en España

ISBN: 978-84-204-1636-6
Depósito legal: B-7329-2016

Impreso en Unigraf, Móstoles (Madrid)

A L 1 6 3 6 6

Penguin
Random House
Grupo Editorial

A nosotros cuatro

Esta novela es fruto exclusivo de la fantasía de su autor. Cualquier referencia a personas, lugares o circunstancias reales ha de considerarse completamente fortuita.

¿Cómo, ay cómo, oh naturaleza, no te duele el corazón al arrancar al amigo de los brazos del amigo, al hermano del hermano, al padre de su prole, al amante de su amor; y muerto el uno, al otro en vida conservar? ¿Cómo pudiste hacer necesario tanto dolor en nosotros, que sobreviva amando el mortal al mortal? Pero de la naturaleza nada en sus actos de nuestro mal o nuestro bien se cuida.

GIACOMO LEOPARDI, *Sobre un antiguo bajorrelieve sepulcral*

Por mi parte, prefiero comenzar con el análisis de un *efecto*. [...] me digo en primer lugar: «De entre los innumerables efectos o impresiones de que son susceptibles el corazón, el intelecto o (más generalmente) el alma, ¿cuál elegiré en esta ocasión?».

EDGAR ALLAN POE, *Filosofía de la composición**

Corrupta, sabe fingirse piadosa; espléndidamente deforme, impone la coherencia sádica de la sintaxis; irreal, nos ofrece fingidas e inconsumibles epifanías ilusionistas. Carente de sentimientos, los usa todos.

GIORGIO MANGANELLI, *La literatura como mentira*

La única forma de mentira que está absolutamente fuera de reproche es la de mentir por mentir, y su manifestación más alta es, como ya hemos señalado, la Mentira en el Arte. [...] La revelación final es que la Mentira, contar cosas bellas y falsas, es el objetivo del propio Arte.

OSCAR WILDE, *La decadencia de la mentira***

* «Filosofía de la composición», *Ensayos y críticas,* Madrid, Alianza Editorial, 1973 (trad. Julio Cortázar).

** Madrid, Siruela, 2000 (trad. María Luisa Balseiro).

El primer sentido que lo abandona, en cuanto la llamarada hirviente lo embiste como un gancho, es la vista. Las pestañas se evaporan al instante y los globos oculares palpitan. Se tambalea. Las paredes remolinean en un sofocante torbellino. Las llamas atacan el algodón que se adhiere de inmediato a la piel. Hieren la carne, desgarran los músculos, despellejan los nervios. Luego, uno tras otro, los demás sentidos se desmigajan. Un silbido agudo le inunda los tímpanos y todo parece oscilar. Es incapaz de inhalar oxígeno porque las llamas que se elevan de la ropa invaden sus fosas nasales y serpentean por el conducto nasal, subiendo hasta el cerebro. Abre la boca para respirar, para gritar, pero el fuego le cuece el paladar, le abrasa la lengua. Se le desliza dentro.

Inesperado como una gélida ráfaga de viento, algo lo agarra y lo empuja lejos. Algo que lo envuelve rápido como en el capullo de una enorme viuda negra. «¿Será este el último abrazo del fuego?», *se pregunta un momento antes de desplomarse al suelo.*

El impacto es duro, sucio, cenagoso. Cae, rueda, impulsado por esa fuerza invisible. La humedad empapa el calor de la piel y es como si se convirtiera en una cáscara de arcilla. Está sellado en esa crisálida de barro seco y percibe los primeros temblores, los espasmos de la vida que transmigra.

Después todo se apaga.

Se despierta reclinado sobre la cadera, abre lo que le queda del párpado izquierdo y desplaza apenas el iris del ojo izquierdo hacia arriba. Más allá del marco de la puerta, la pantalla reza las 07:13.

Respira con esfuerzo, esboza pequeños movimientos, minúsculos sorbos de aire. La piel de los brazos, de la cara, del pecho, le cruje como si fuera de cartón piedra. Se le escapa un golpe de tos y se le desencajan los ojos en el espasmo de dolor. Allí, a su lado, en el barro resecado por las llamas, hay otra cara quemada.

¿Estará soñando?

Es una pesadilla, dolorosa y real. Incluso la piel del cráneo está abrasada, hecha pergamino. Trata de abrir la boca, pero cuando los labios se ensanchan el calor lo invade. Los pulmones se elevan y la piel del pecho chasquea como plástico de embalaje entre los dedos de un niño aburrido. El aire que por fin logra respirar es fuego líquido.

El rostro manchado de negro que se encuentra allí, a pocas decenas de centímetros, ahora se levanta. Se acerca. Lo observa mientras él permanece quieto, incapaz de reaccionar. Esa cara se inclina, se tiende sobre su pecho y así se queda. Escucha su respiración incierta, sondea los latidos de su corazón exhausto durante unos segundos hasta que esos ojos se alejan de nuevo.

¿Quién es?

La carne le palpita por doquier como si lo hubieran arrojado al cráter humeante de un volcán. No puede concentrarse en un solo espasmo. La multiplicidad simultánea del dolor lo agota, lo clava a su loca desesperación.

¿Se estará volviendo loco?

De la boca se le escapan sílabas sin sentido, carentes de energía, gorgoteos de una voz áfona y leve.

—¿Por qué?

No puede creérselo, esa es su voz. El rostro se aparta de su pecho, se eleva y se echa hacia atrás.

Cuando por fin la otra cara se da la vuelta y desaparece, sus ojos resecos se velan de lágrimas. Consigue contarlas. Dos, tres, cuatro, cinco. Se deslizan por sus mejillas abrasadas antes de que desde el fondo de la garganta emerja, como desde un pozo negro de dolor, un absurdo gemido salmódico.

Primera parte

ENRICO MANCINI

1.

Roma, lunes 1 de septiembre, por la noche

Por encima del alto enrejado de acero, el disco frío de la luna quedaba desenfocado por el agua que el cielo descargaba sobre la ciudad. A orillas del Tíber, entre los escombros de la antigua planta industrial Mira Lanza, una sombra se movió en la maraña de arbustos. Por el suelo, las huellas de miles de idas y venidas, arriba y abajo, desde el refugio del paseo fluvial Gassman hasta la calle. A paso ligero y con el cuerpo inclinado hacia delante, se ocultaba de las miradas de las ventanas que daban a las ruinas encerradas entre el río y los edificios de viale Marconi.

Hacía frío esa noche. Estaba empapado y hambriento, y se había alejado de su guarida, por la calle, hasta el restaurante de comida rápida de via Stradivari, en busca de sobras o de alguna moneda. Pero la lluvia de principios de septiembre había dejado a la gente metida en casa y aquel día no había un solo cliente. De modo que dio la vuelta por detrás y pidió un bocadillo al gordo de la gorra roja absorto en dar las últimas caladas a un Camel sin filtro. Antes de que pudiera insistir, el otro, el rapado, con una cerveza en la mano y una camiseta negra, le había gritado:

—¿Otra vez aquí? ¡Lárgate, gitano de mierda!

El chico se percató del mal cariz de la situación y se volvió para alejarse. Pero esas carcajadas y el golpe en la espalda, un momento antes de que la botella se hiciera añicos en el suelo, le dejaron paralizado un instante. Después, sin pensárselo, se marchó a la carrera, bajo la lluvia, tras darse la vuelta con sus piernas sucias y delgadas. En el puente de hierro no giró de inmediato a la derecha para lanzarse a la espesura de los arbustos familiares, sino que prevaleció la rabia de volver a casa derrotado, y cruzó el puente. Tras tomar por el camino de grava, llegó hasta las planchas que rodeaban las eternas obras del puerto fluvial.

Y entró.

La lluvia se adensaba velando la luz de la luna detrás del esqueleto del enorme Gasómetro. Bañados por la claridad plateada, los pernos, las coronas móviles, las vigas anulares y las membranas neumáticas transformaban la elevada estructura metálica en un monstruo mitad edificio y mitad artefacto, vestido con una gélida trama de acero. Las gotas de agua, atrapadas en suspensión y atravesadas por el pálido resplandor, difuminaban sus bordes, dando la impresión de que aquel absurdo volumen cilíndrico estaba a punto de moverse, enroscándose sobre sí mismo.

Protegido por tres pequeños gasómetros gemelos y un sinfín de construcciones de cemento en ruinas, el coloso de hierro vigilaba el meandro del Tíber que ochenta años antes había albergado la mayor planta industrial activa en la ciudad. Las fábricas del gas, la central termoeléctrica y la antigua aduana hallaban su contrapunto, al otro lado del río, en los armazones descarnados y en la chimenea de ladrillo de la fábrica de jabón, en el depósito de trigo del Consorcio Agrícola y en los Molinos Biondi, definitivamente abandonados.

A corta distancia, en el lado derecho, la ribera descendía unos diez metros hasta el follaje, justo debajo de la superficie del agua. Después del asfixiante calor de agosto, las lluvias de la semana anterior habían elevado rápidamente el nivel del agua, y ahora el río mostraba su crecida. Corría, de un verde sucio, azotando los márgenes y los pilares del puente de hierro. Tres pálidas construcciones de tejados oscuros e inclinados y ventanas tapiadas con tablones de madera se plantaban ante él. Los cruzó y se encontró frente a los imponentes edificios color arena de los antiguos Almacenes Generales, atentos y silenciosos como mastines en reposo.

Se dirigió al más cercano en busca de refugio y, cuando estuvo bajo la marquesina, recobró el aliento, alzando la mirada hacia el edificio desde el que arrancaban dos enormes brazos de acero que superaban la orilla del río. Eran los puentes grúa que en tiempos sostenían los gigantescos cabrestantes utilizados para cargar mercancías y carbón en las barcazas.

Mientras la lluvia amainaba, sucumbió a la curiosidad y dejó atrás el refugio para adentrarse entre las estructuras esqueléticas sumergidas en la penumbra. A la izquierda descollaban dos torretas de hormigón armado coronadas por grandes tanques cilíndricos, unas construcciones de hierro y castilletes y cisternas que quién sabe para qué servían. El aire estaba enrarecido y le costaba respirar, pese a las violentas ráfagas que, en algún lugar en la distancia, hacían ondear una campanilla. El sonido del viento y aquel eco lúgubre y sutil le hicieron estremecerse.

Pero él no tenía miedo, dijeran lo que dijeran los chicos de su antiguo campamento, esos dos idiotas con los que se apostaba a quién encontraría más residuos útiles en los contenedores o cuántos coches pasarían entre un semáforo rojo y otro. Después de la muerte de su madre, habían empezado a tomarle el pelo, y a veces lo maltrataban. Le reservaban siempre la parte más difícil en sus trabajillos y lo llamaban «cagueta» porque tenía un miedo atroz a los perros callejeros del campamento. Pero ¿qué podía hacer si lo perseguían ladrando cada vez que iba a mear a la letrina? Por eso, se escapó del campamento en agosto y se trasladó hasta allí, junto al río, escondiéndose entre la maleza de la fábrica de jabón abandonada. Allí se había construido un refugio bajo techo entre las tres paredes que aún quedaban en pie de un pequeño anexo. En su interior crecía una enorme higuera cuyo tronco asomaba por el tejado hundido. Su corteza gris ceniza era lisa y llevaba las marcas de su navaja: un sinfín de cicatrices lechosas que le servían de calendario. Los frutos más bajos se los comió todos nada más llegar y, cuando no encontraba nada mejor, utilizaba las grandes hojas alargadas que estaban al alcance de su mano para limpiarse después de hacer sus necesidades. Se había montado incluso una cama, con sábanas robadas de un balcón en viale Marconi y un colchón abandonado cerca de un contenedor de basura.

Todo podía decirse de él, excepto que fuera un cobarde. Tenía once años y ya vivía solo. Por supuesto, no siempre conseguía coronar el día e irse a la cama con el estómago lleno, pero no podía quejarse. Siempre era mejor que trabajar en los semáforos, en el metro o delante de San Paolo, pidiendo limosna con un vaso de plástico en la mano y una estampita desgastada en la otra.

Avanzó una decena de metros más, se detuvo y se agachó. Rebuscó en el terreno con una mano hasta que encontró una gran piedra porosa toda gris. La aferró y se puso de pie, mirando a su alrededor, en busca de un blanco visible en la semioscuridad. Se encogió de hombros y, como un lanzador de disco, dio una vuelta completa sobre el pie izquierdo para coger impulso, se detuvo de repente y la arrojó lejos con fuerza. La piedra voló derecha hacia un edificio reluciente. Parecía una alta catedral de acero con dos tanques blancos que servían de campanarios y, en su espacio interior en forma de herradura, se entreveía una especie de pavimento de metal.

La piedra cayó. Pero no rebotó ruido alguno desde el pavimento, ni siquiera el agudo sonido metálico que el chico hubiera esperado.

Entonces se desplazó por el adoquinado fangoso, volando sobre sus piernas heridas y sus pies encajados en un par de chanclas desgastadas. Pensó que tal vez le habría dado a algo, y esperó que no fuera un perro callejero que hubiera buscado refugio allí o incluso el catre de un sintecho.

Avanzó corriendo hacia la entrada.

De cerca, aquello era todavía más extraño. Alto como un edificio de cinco pisos, tenía cuatro torreones en las esquinas y, en su amplio espacio interior, descollaban dos filas de bombonas enormes. Tras unos cuantos pasos, el chico llegó al centro de la herradura, que desde allí hacía pensar en un horno, de cuya cima partían, horizontales, numerosos tubitos que llegaban hasta la parte superior de las bombonas. Se adentró en busca de la piedra, observando atentamente el suelo, pero no encontró nada; lo único que notó, a medida que se acercaba, era un vago olor ácido, familiar y repugnante a la vez. Pero no hubiera sabido decir lo que era.

El área rectangular tenía dos lados cortos y uno, el del fondo, más largo. Se desplazó a la izquierda y decidió recorrer el perímetro interior. A mitad del lado más largo había una abertura de tres metros de alto y tan ancha como la entrada de una cueva. Siguió avanzando, observándolo todo con mayor atención.

Era realmente la boca de un horno.

Un rayo desgarró el cielo iluminando el aire, y un momento después la lluvia creció en intensidad y estrépito. En aquel instante de luz el chico tuvo la sensación de haber captado un movimiento en el interior de la cavidad mecánica. Una mancha negra, una broma de los ojos.

Entonces la vio.

A pocos metros de él, tendida en el suelo justo en el centro de la estructura metálica, había una forma poco definida. Estalló otro relámpago y su fugaz resplandor rebotó en las superficies relucientes de la cavidad iluminando el corazón del horno.

Un cuerpo. Delante de él había un cuerpo.

Permaneció inmóvil, de pie, mientras la lluvia percutía en el empedrado externo a pocos metros de él, alrededor de la catedral, acolchándola en el interior de su pared de agua.

Sus ojos escrutaban la oscuridad en busca del contorno de la figura, de alguna señal de movimiento. Retumbó un trueno y un rayo iluminó de nuevo toda la zona. Solo entonces, en un rincón, junto a una pared de láminas de hierro, vio el chico la piedra que había lanzado. Eso es, pensó, le he dado a ese pobre hombre y lo he matado. Se le escapó una sonrisa no muy entusiasta, dio un paso adelante, para ver si aún respiraba.

Algunas gotas empezaron a penetrar en el viejo horno plateado, produciendo un sonido claro y repetido. El chico tragó saliva y siguió avanzando, porque él no era un cagueta, y allí no había perros callejeros. Un paso más y estuvo a pocos centímetros del cuerpo.

Bajó la mirada. No se movía, debía de haberle dado en la frente. Se agachó en busca de una señal. El bulto estaba envuelto en una bolsa azul con una larga cremallera metálica. Parte de la cabeza y de los pies quedaban a la vista. Miró sus chanclas sucias y luego la punta de un par de zapatillas de deporte coloridas y casi nuevas que sobresalían de la bolsa. Demasiado grandes. Y qué más da, pensó, mientras empezaba a soltarle los cordones.

Tenía que darse prisa. Sin más preámbulos, intentó abrir la bolsa tirando de la cremallera hacia arriba para liberar el pie y quitarle el primer zapato.

La cremallera estaba bloqueada. Volvió a intentarlo. Nada. Trató de forzarla y solo entonces se dio cuenta de por qué no se movía. Estaba sucia, con incrustaciones. Se levantó, preocupado.

Y de repente comprendió.

Un sutil escalofrío de terror le pellizcó el cuello y le recorrió la espina dorsal, hasta la punta del coxis.

Ese tío de la bolsa... No podía haberlo matado su piedra si estaba metido allí dentro.

—¡Jesús santo! —tuvo apenas tiempo de gritar el pequeño Niko. Después, el vago movimiento de antes se transformó en tres rápidos pasos.

E incluso el lejano resplandor de la luna se apagó.

2.

Roma, martes 9 de septiembre, 08:15 horas

Enrico Mancini, funcionario de la brigada de investigación del destacamento de policía de Montesacro, estaba en su despacho, con las asentaderas apoyadas en el borde de su escritorio hojeando un ejemplar del *Messaggero*.

Con las manos metidas en un par de guantes de piel marrón, dobló el diario y acercó la mirada inclinándose hacia delante. Apartó la estrecha corbata negra, que llevaba sobre la camisa gris fuera de los vaqueros, pues le colgaba delante de la cara. No le había dado tiempo a enfocar las primeras líneas del artículo cuando entró por la puerta abierta un cavernícola rubio, de barba larga y ojos muy claros, igual que los pantalones y la camisa que llevaba. Walter Comello, el inspector más joven de la brigada anticriminal, estaba empapado de arriba abajo.

—¿Se ha enterado, comisario? —arrancó—. Una auténtica carnicería en San Paolo. Han encontrado un cuerpo —hizo una pausa para recobrar el aliento, esperando un gesto de complicidad que no llegaba. De modo que prosiguió—: Se ha localizado el cuerpo de una mujer, todo destrozado.

—Ten calma y explícate mejor —replicó Mancini sin apartar los ojos del periódico.

—Parece que se trata de algo horrible. Esta mañana, al amanecer, en una explanada al lado de la basílica...

—¿Quién ha dado la *notitia criminis*?

—Una estudiante. Se topó con el cadáver de una mujer de unos cuarenta años. Descuartizada como un animal. Abierta en cuatro, con una cruz en el centro, como las hogazas de pan...

—No divagues, Walter —exhaló lentamente el comisario—. ¿Quién es esa estudiante? ¿Qué estaba haciendo allí a esas horas?

—Se llama Paola Arduini. Ha dicho que iba a oír misa antes de un examen. Allí detrás, en Ostiense, está la Tercera Universidad, es una zona repleta de estudiantes —contestó Comello contemplando la figura de su superior, todavía inmóvil detrás del periódico.

—Vete al baño a secarte con el secador de la pared. Luego vuelve y siéntate.

Mancini se quedó mirando a Comello y meneó la cabeza ante el aspecto húmedo y desolador de aquel hombretón, cuyas viejas Adidas blancas habían dejado en el suelo dos charcos. El policía desapareció para volver al cabo de cinco minutos, con sus cabellos dorados al viento.

—¿Quién se está encargando del caso? —preguntó Mancini.

—La comisaría de la zona.

—Pues entonces —hizo una pausa para mirar de arriba abajo a su subordinado— a nosotros este asunto nos trae al fresco, ya que estamos en la otra punta de Roma.

—Nunca se sabe... —dijo Comello, mientras se le dibujaba una especie de sonrisa en los labios.

El inspector Comello, factótum del destacamento —conductor, trasteador informático, confidente y, llegado el caso, buscarruidos— conocía bien a Mancini. Comello tenía treinta años, desde hacía dos era inspector de la policía estatal, como sugerían los dos pentágonos de oro de las hombreras de su uniforme, que solo se ponía en ocasiones oficiales. Desde que era un simple agente, Walter había seguido la carrera de Mancini, disfrutando con los éxitos internacionales de aquel *profiler* en clave doméstica. Al ascender, le habían destinado al destacamento de Montesacro, donde Enrico Mancini había hecho que lo trasladaran, para estar cerca de casa, desde el momento en el que su esposa cayó enferma, casi un año y medio antes. En resumen, Comello conocía los vericuetos humanos y profesionales que habían llevado al comisario hasta aquel pequeño destacamento periférico. Pero no dijo nada más.

Las paredes, grises y moteadas de amarillo, parecían absorber la fría luz de neón que cruzaba el cuarto. Una papelera en una esquina y un viejo sofá de cuero, herencia de un exfuncionario jubilado, eran los únicos elementos del mobiliario. Un calendario de la policía estatal y la foto del presidente de la República descollaban tras el escritorio de Mancini. Encima, un antiguo ordenador y tres carpetas verdes.

De la entrada llegó el sonido sordo de los nudillos en la jamba y los dos se volvieron al mismo tiempo hacia el marco carente de la pesada puerta metálica que se había desprendido y estaba apoyada contra la pared.

Había llegado Caterina De Marchi, inspectora y fotógrafa en prácticas del destacamento. Pequeña y mona, de pelo cobrizo y ojos muy verdes, físico enjuto, entrenado desde hacía años con carreras al amanecer.

—Hola, Cate —la saludó Comello.

—De Marchi —dijo Mancini distraído.

—Estamos listos para ir a casa del doctor Carnevali —dijo ella, buscando en vano los ojos del comisario.

Esa mañana estaba programada la inspección ocular del chalé donde vivía Mauro Carnevali, el cirujano desaparecido. Cincuenta y cinco años de edad, divorciado y con un hijo, el hombre vivía solo en una enorme casa en la campiña de los Castillos Romanos y ejercía en el Policlínico Gemelli, aparte de su consulta privada del barrio de Parioli. Una vida centrada en el trabajo, nada de aficiones ni de viajes, nada de nada. La medicina como misión, podría decirse. En la mañana de su supuesta desaparición debía realizar una intervención quirúrgica, pero no se presentó en el hospital. La enfermera jefe de Oncología estuvo llamándolo al móvil, que sonaba sin respuesta.

Todo se encontraba allí, en una carpeta sobre el escritorio del comisario, cuya etiqueta rezaba CASO CARNEVALI. Lo que no estaba escrito en esa carpeta, pero sí impreso en letras de fuego en la mente del comisario, era que, por un extraño capricho del destino, Carnevali era el médico que había atendido... No, el médico que había *intentado* curar el cáncer de Marisa.

—Le esperamos en el coche —dijo Caterina saliendo del despacho.

—Otro café y me reúno con vosotros —contestó Mancini.

Comello permanecía inmóvil en el umbral, esperando.

Mancini se había acercado a la máquina de café cuando el sonido del aparato de baquelita sobre su escritorio rompió el silencio. El comisario se volvió, incrédulo y molesto, y miró el reloj de pared. Las nueve y veinte.

—¿Sí? —dijo al auricular. Asintió, estuvo escuchando durante unos instantes, después colgó. Se restregó los párpados con los nudillos, y luego, sin mirar a Comello, explicó—: Era el superintendente Gugliotti, «rogándome» que colabore con el caso del comisario Lo Franco, por el momento de manera informal...

Walter lo escrutó y respondió rápidamente:

—Lo sabía, jefe. Yo lo sabía.

—Ya basta —sus ojos negros parecían haberse quedado sin luz—. Tengo que marcharme. Encargaos vosotros de la inspección en la casa de Carnevali.

—A sus órdenes —dijo Comello.

Mancini no añadió nada más. Se volvió y dio dos pasos hacia la ventana, apartó la persiana con dos dedos y miró hacia fuera.

Estaba lloviendo.

Hacía días que Roma vivía aturdida por aquella lluvia opresiva. Via Nomentana se había inundado de agua sucia que las desbordadas alcantarillas de la capital se entretenían en regurgitar, tan gris como el cielo que la había liberado. Los sumideros intentaban tragar la enorme masa líquida, mientras los desechos y la basura navegaban a lo largo de la calle. El tráfico, saturado de monóxido de carbono, cláxones y maldiciones, se encaramaba como una enorme oruga por la gran arteria ciudadana. El río Aniene había reventado sus márgenes también en el puente Nomentano y había asumido, en su infatigable remolinear, un color amarillento.

Aquel suplicio meteorológico, pensó el comisario, no iba a poder con los romanos, que, a lo largo de siglos de historia, habían aprendido a no asombrarse por nada, sino a maldecir y a salir adelante. Lo que sí estaba consiguiendo, en cambio, era que su estado de ánimo, lo sentía en el estómago, fuera evolucionando del gris habitual al negro de sus peores momentos. Y no tardaría en arrastrarlo a una de sus crisis.

Todavía se lo estaba confesando a sí mismo cuando sus piernas, como si fueran las de otro, empezaron a moverse hacia la cartera de cuero apoyada a los pies de la mesa. Se agachó y, sin pensárselo, metió la mano. No había necesidad de rebuscar.

Estaba allí. Lo sabía.

Se incorporó, permaneció un instante escuchando hasta que tuvo la certeza de que estaba solo. Lanzó un suspiro, cerró los párpados con fuerza y se llevó a la boca el cuello de la botella todavía helada.

3.

Roma, martes 9 de septiembre,
a última hora de la mañana

A las once, el comisario Enrico Mancini, con andares lentos y esquivos, su metro ochenta y siete encerrado en una gabardina descolorida, cruzó las puertas del destacamento de policía de Garbatella. Era un feo edificio ocre en estilo racionalista que en su trivial linealidad parecía hecho a propósito para su uso presente.

Antes de entrar, Mancini se sacó de un bolsillo de los vaqueros un paquete de chicles, lo desenvolvió y se metió en la boca unos cuantos. Esperándolo en su oficina, con plantas de ficus en cada rincón y dos butaquitas rojas, estaba el comisario Lo Franco.

—Hola, Dario.

—¿Qué tal estás, Enrico? —le preguntó mirándolo desde detrás de sus gafas rectangulares.

—Así, así —se limitó a responder Mancini. Después se sentó en un asiento frente al escritorio—. Estoy con el caso de la desaparición del doctor Carnevali —pareció decir para sus adentros.

—Ya lo he oído... —Lo Franco se arregló la patilla izquierda de las gafas, sujeta con cinta adhesiva.

—Y no tenemos nada nuevo, ni una sola pista —prosiguió Mancini—. Mira esto —añadió, sacando el *Messaggero* del bolsillo de la gabardina y enseñándole el titular de la página de crónica local.

CIRUJANO ROMANO DESAPARECIDO.
¿SECUESTRO O FUGA POR AMOR?

—Esta gente, cuando no sabe qué escribir, siempre se inventa algo —comentó Lo Franco mientras sus pequeños ojos oscuros adoptaban, bajo la rala estepa rojiza que le crecía en la cabeza, la expresión hosca por la que era conocido.

—Sabes por qué estoy aquí, ¿no?

—Por supuesto, Gugliotti me ha llamado a mí también.

—¿Qué te ha dicho? —preguntó seco Mancini.

—Que te dejara husmear, por ahora. Pero, ya sabes... Si las cosas se ponen feas, y esto es solo el principio, te verás metido hasta las cejas —le advirtió Lo Franco.

Mancini relajó los párpados por un momento, luego los volvió a abrir, sacudiéndolos con fuerza como obligado por la repentina manifestación de un tic.

—Lo siento por esta pobre, pero no hay nada que apunte a que sea obra de un asesino en serie.

El comisario Lo Franco observó a su compañero de otros tiempos. Sus rizos negros reclinados en lo alto de las orejas, sus pómulos altos, por encima de una cara triangular que terminaba en un hoyuelo en el centro de la barbilla. Se le veía cansado, envejecido de pronto de un día para otro. La reciente muerte de Marisa, después de quince años juntos, parecía haberle dejado a merced de una vida distinta. Un minúsculo mechón gris en lo alto de la cabeza, algunas arrugas debajo de los ojos, los labios secos que, incluso ahora, Mancini se humedecía en lo que parecía más un gesto inconsciente que una necesidad. Una vida en la que, saltaba a la vista, no se sentía a gusto.

—¿Tú qué tal estás? Pareces cansado —le preguntó Dario.

—No perdamos tiempo —Mancini se acercó a su amigo, le tomó por el brazo y, casi sin darse cuenta, lo levantó de su asiento—. Dime lo que sabes de esta mujer y veamos si puedo serte útil —se interrumpió y se ajustó los guantes para cubrirse las muñecas, después giró la carpeta al otro lado del escritorio.

Lo Franco estaba embelesado por los movimientos fluidos de su compañero, casi como si se hallara frente a un enorme felino, y no dijo nada. Fue a sentarse en la butaca ocupada hasta un minuto antes por Mancini.

—Muy bien —suspiró acercando la hoja—. Aquí tenemos una primera reconstrucción.

Mancini cruzó las piernas, se inclinó hacia su amigo y una luz le reavivó la mirada.

—En primer lugar, la víctima llevaba su carné de identidad encima. Se llama Nora O'Donnell, irlandesa. Sabemos que trabajaba de camarera en un local de Santa Maria Maggiore. Uno de los agentes que intervinieron en la escena del crimen es un cliente asiduo del pub en cuestión y la reconoció —dijo satisfecho Lo Franco—. Después hemos sabido que ayer por la noche, 8 de septiembre, Nora O'Donnell se encontraba en la zona del edificio del ENI, en el EUR.

—La vieron los vendedores ambulantes.

Dario miró a Enrico con incredulidad.

—Pero ¿cómo...?

Marruecos, Bangladesh, Pakistán, Ucrania. Diseminados por todo el mapa de Roma, los vendedores ambulantes eran los auténticos ojos, los oídos y, sobre todo, la boca de la ciudad. Mancini lo sabía bien, porque más de una vez había hecho la vista gorda ante un permiso de residencia caducado o una licencia irregular, a cambio de información valiosa.

—Sigue.

—Parece que nadie se acercó a ella. Simplemente desapareció, si es que puede decirse así.

—¿Tenemos los testimonios de los ambulantes? ¿Has mandado a uno de los tuyos?

—Sí, pero pinchó en hueso. Aparte de reconocer a la mujer retratada en la fotocopia del carné de identidad que les enseñamos, nada. A esos, para que hablen, tienes que traértelos a la comisaría porque el miedo les cose la boca.

—Entiendo —dijo Mancini llevándose los dedos a la barbilla—. No quieren dar chivatazos en público. ¿Cómo murió?

—El informe preliminar presupone que fue asfixiada, y perdió el sentido mientras el asesino la arrastraba por el pelo. Falta un mechón de la sien derecha.

—¿Y qué más?

—Nada más. Tal vez se la llevara en un coche.

—¿Y después?

—Después..., después una estudiante la vio en la explanada de al lado de la basílica.

—¿Detalles sobre el hallazgo?

—Se ha encontrado el cuerpo esta mañana a las 06:50. Llevaba puesta una chaqueta beis abotonada que ocultaba esta mutilación —Lo Franco tendió a Mancini cuatro fotos que sacó de la carpeta—. Una cruz, un corte vertical que arranca desde debajo de la barbilla y llega hasta el pubis, y otro horizontal desde el bazo hasta el hígado. Dos desgarrones cosidos cuidadosamente. En resumen, después de haber hecho lo que quería, nuestro hombre decidió cerrarlo todo con dos vueltas de llave, el corte y la chaqueta.

—Pero ¿qué pretendía? —dijo en voz baja Mancini.

—A primera vista, yo diría que tiene un significado ritual —Lo Franco levantó la barbilla dirigiendo su mirada hacia una esquina del techo, pensativo—. Tenía la boca cosida con hilo de pesca y la lengua... arrancada de su raíz. Eso dice el informe: arrancada. No la hemos encontrado cerca del cadáver. En conclusión, desaparecida —concluyó con cierto empacho. Luego meneó la cabeza lentamente y, con un hilillo de voz, casi como si fuera una confesión, añadió—: Nunca se había visto nada parecido por aquí.

—Ya me lo imagino —dijo Mancini con el mismo ligero silbido.

Estaba en lo cierto, Italia no era Norteamérica, Roma no era Wisconsin y ese horror no era obra de un asesino en serie como Ed Gein. Pero Mancini no dejaba de asombrarse frente al estupor de la gente ante las muertes violentas en la televisión, los asesinos en serie, el horror de los cuerpos mutilados. Para él no, no era igual. Y no lo era desde hacía mucho. Los años de trabajo en la Unidad de Análisis del Crimen Violento, la licenciatura en Psicología aplicada al análisis criminal bajo la guía del profesor Carlo Biga y la especialización en Quantico, Virginia, en perfiles criminales, así como su pasión por la antropología forense, compartida con el viejo profesor, hacían de Mancini una figura profesional única en Italia. En otros tiempos, estaba orgulloso de esos títulos. Pero aquellos tiempos pertenecían a una vida a años luz de distancia.

Se asombraba de que incluso sus colegas se quedaran sin palabras ante crímenes como esos. Y el pobre Dario, obviamente, no era distinto. ¿Qué podía saber él de aquella forma de horror? No de una muerte cualquiera, de un asesinato, de un crimen pasional, sino de una muerte declinada en plural, planificada, ceremonial. ¿Qué sabía él de las mentes criminales enloquecidas, de la astucia, de las estrategias, de los rituales? ¿Del penetrante olor a descomposición que se advierte al entrar en una choza convertida en matadero de carne humana? El olor del infierno, pensaba, cada vez que lo sentía.

En el fondo, ¿qué podía esperarse de él? Dario tenía cuarenta y ocho años, llevaba treinta de servicio, casado desde hacía veinticinco años con Donna, estadounidense de Lafayette, Luisiana. Padre de George y Lucy, de dieciocho y trece años. Chalecito, pastor alemán y un pequeño jardín rematado por una hamaca entre dos sauces en la zona histórica de Garbatella, a dos pasos del destacamento. Siempre idéntico a sí mismo, con algo menos de pelo si acaso, pero seguía siendo el de siempre. El hombre apacible, aunque capaz de audaces acciones, al que Mancini conoció en su periodo en Antidroga. Nunca dejó de advertir en él cierta benevolente envidia, a causa de la carrera que había llevado a Enrico a viajar a Estados Unidos. «Recuerdos a casa», le decía siempre Donna con su «r» norteamericana cuando quedaban los cuatro para tomarse una pizza en viale Trastevere.

Marisa, presidiendo la mesa —le parecía estar viéndola— con un bonito suéter de cuello alto. Fue en diciembre, el año anterior. «Tú la caprichosa, ¿verdad?», ironizaba conociendo los inmutables gustos de Enrico. Ella, que cuando iban a una pizzería tomaba solamente *supplì* y filetes de bacalao, y bromeaba con Lo Franco: «¡La pizza se come con las manos, comisario!».

Mancini procuró alejar los recuerdos y se concentró en las fotos.

—Aparte del carné, del hecho de que la vieran en el estanque y de que trabajaba en un pub, ¿no sabemos nada más de esta mujer? ¿Estaba casada? ¿Tenía hijos? ¿Por qué zonas se movía?

Lo Franco empezó a hojear sus notas en una agendita roja.

—Llevaba toda la vida en Italia, casi veinte años. Daba clases de inglés, además, en una pequeña academia privada. Metida en la funda del carné de identidad había una tarjeta personal, con el horario y las clases. Trabajaba allí desde principios de verano. Nada más.

—Está bien.

—Y eso es todo lo que hemos podido encontrar, al menos por ahora.

—Entiendo —Mancini se apretó la barbilla entre el pulgar y el índice.

—Uno de los nuestros está indagando, para ver si sale algo. Un par de días y sabremos más cosas.

—¿Quién llegó el primero al escenario?

—Una patrulla con dos agentes.

—¿Y después?

—Me llamaron e hice restringir de inmediato el acceso a la zona.

—¿Has hablado con la central? —preguntó Mancini.

—Sí, me atendió el jefe de la brigada móvil.

—¿Y el fiscal?

—Se presentó una hora después del descubrimiento.

—¿Quién es?

—Foderà.

—¿Giulia Foderà?

—Toda una mujer, ¿eh?

—Y muy capaz —le cortó Mancini.

—¿Te alegra que se encargue ella?

—Sí —confesó.

—¿De verdad?

—Así no me necesitarán a mí.

—Pero Gugliotti...

—Foderà no tardará en hacerse cargo de la investigación y yo podré volver a centrarme en el caso Carnevali.

Lo Franco parecía desconcertado.

Mancini hizo caso omiso.

—¿Y qué diligencias ha ordenado la fiscal?

—Había hombres y fotógrafos de la científica con aparatos de alta tecnología que...

—¿Quién más? —le apremió Mancini.

—El médico forense, por supuesto —replicó Lo Franco.

—¿A quién han mandado?

—A Rocchi.

—Muy bien —concluyó Mancini, acto seguido se levantó e hizo un gesto con la mano enguantada—. Paso a saludarlo y luego me iré a dar una vuelta por el estanque del EUR, aunque solo sea para que el superintendente se quede contento. Me llevo esto —terminó, cogiendo una foto de pasaporte de Nora O'Donnell del escritorio.

Un instante después estaba ya en el umbral, y, al momento, el comisario Lo Franco se oyó a sí mismo decir «De acuerdo, te mantendré informado» en el espacio vacío de su despacho.

4.

Roma, martes 9 de septiembre, 14:00 horas

—¿De qué ha muerto, Antonio? —preguntó Mancini echando una ojeada distraída a las dos páginas del texto escrito en el ordenador. Quería ir al grano.

—Buena pregunta. Todavía no te lo puedo decir. Lo siento. Esto es todo lo que tengo:

PRUEBA PERICIAL N.º 346 EXAMEN AUTÓPTICO PRACTICADO POR EL DR. ANTONIO ROCCHI EN EL CADÁVER DE NORA O'DONNELL, NACIDA EL 05/03/71 EN CORK (IRLANDA).

[...] EL CUERPO PRESENTA DOS TUMEFACCIONES, UNA A LA ALTURA DEL CUELLO Y OTRA EN LA SIEN DERECHA. LA BOCA HA SIDO SUTURADA CON HILO DE NAILON TRANSPARENTE CON SIETE PUNTOS EN CADA LABIO. EN LA CAVIDAD ORAL, LA LENGUA HA SIDO ARRANCADA EN LA RAÍZ. EL CADÁVER HA SIDO AFEITADO EN TODAS SUS PARTES HIRSUTAS —CABEZA, PUBIS, AXILAS, PESTAÑAS Y CEJAS—. SUCESIVAMENTE LE FUERON INFLIGIDAS LAS HERIDAS CON UN ARMA BLANCA MUY AFILADA, PERO LIGERA, DADA LA PRECISIÓN CON LA QUE SE TRAZÓ EL FINO CORTE VERTICAL DESDE EL PUBIS HASTA LA BASE DE LA BARBILLA, Y OTRO MÁS EN PROFUNDIDAD A TRAVÉS DE LA LÍNEA DEL OMBLIGO DE DERECHA A IZQUIERDA, DESDE EL HÍGADO HASTA EL BAZO. LOS ÓRGANOS INTERNOS —HÍGADO, PÁNCREAS, VESÍCULA BILIAR, INTESTINOS Y DUODENO— FUERON EXTIRPADOS DEL CUERPO CON PRECISIÓN, SI BIEN NO POR MANO DE CIRUJANO. AMBOS CORTES FUERON SUTURADOS DESPUÉS, HASTA QUEDAR CERRADOS [...]

—Me hace falta más —se interrumpió Mancini levantando los ojos del informe médico mientras masticaba un chicle que había llenado la habitación con el olor acre de la canela.

—Para empezar, podemos excluir algunas cosas —dijo Rocchi, con los anteojos negros plantados en el puente de la nariz, un rostro sonriente que revelaba el incisivo superior roto—. No sufrió violencia sexual ni presenta marcas, moratones o abrasiones debidas a caída alguna o como consecuencia de altercado por intento de robo.

—De acuerdo, pero ¿hay algo inusual? *¿Algor? ¿Livor? ¿Rigor?*

—Nada más llegar, eran las 07:40, comprobé por vía rectal la temperatura del cuerpo. El *algor mortis* daba 28,7º.

—¿Cuánto tiempo llevaba muerta?

—Unas nueve horas, a juzgar por el *rigor mortis*.

—¿Y qué me dices de la hipóstasis del cadáver? —dijo Mancini.

—El *livor mortis,* el color de los labios de Nora O'Donnell, tendente al marrón, parece justificar mi hipótesis.

—¿Estancamiento sanguíneo?

—Sí, desde luego. Durante la autopsia, pude apreciar una doble coloración de distinta intensidad. La sangre se ha filtrado a través de los tejidos empujada hacia abajo por la fuerza de la gravedad.

—La vocación descenditiva... —masculló Mancini cerrando los párpados imperceptiblemente.

—¿Qué?

—No, nada. Una cosa que leí una vez.

En un instante Rocchi escaneó la expresión facial de Mancini. Y lo que veía no le gustó.

—Oye, ¿quieres que nos tomemos un descanso?

Sacudido de repente por lo que Rocchi creyó que era un estremecimiento, Mancini pareció despertar de un mal sueño y levantó la cabeza:

—¿De modo que el estancamiento sanguíneo confirma que fue desplazada *post mortem*?

—Sí, exacto —respondió Rocchi—. Al principio, la sangre se depositó en su costado derecho, sobre el que, probablemente, quedó tumbada al morir. Luego en la espalda. Que es la posición en la que se encontró el cuerpo.

—Nos queda por saber las vueltas que dio.

—¿A qué te refieres? —preguntó Rocchi.

—Entre el EUR, donde fue vista por última vez con vida, y San Paolo, donde fue hallada muerta, hay poco más o menos cuatro kilómetros. Y, entre la desaparición de la mujer y el hallazgo de su cadáver, pasaron ocho, nueve horas...

Rocchi se percató de que el comisario estaba razonando para sí mismo, como le sucedía últimamente.

—Tengo que acercarme al estanque —Mancini levantó la cabeza—. ¿Algo más?

—En realidad, sí. Lo más evidente a partir de un primer reconocimiento es que quien la mató lo hizo siguiendo la pauta de algún *thriller* de tres al cuarto. La abrió en canal como a una bestia.

—Hasta ahora no salimos de lo macabro, pero, a fin de cuentas, es el «previsible» trabajo de un loco criminal —le interrumpió Mancini—. ¿Y qué más?

—Luego la volvió a coser.

—Lo he leído...

—Primero realizó un corte vertical y, solo después, el horizontal que le abrió el vientre. La incisión fue bastante precisa, pero en la línea vertical hay algunos puntos, en ciertas pequeñas zonas...

Mancini tragó saliva y, mientras la sangre le afluía a las orejas, dijo:

—Son los puntos en los que la aguja, o lo que fuera, perforó la piel, ¿no?

—Sí, pero el caso es que... Tal vez lo mejor sea que te lo enseñe, vamos para allá —Rocchi hizo un gesto señalando la sala de autopsias, luego se levantó de la silla y se encaminó hacia allí.

El comisario no movió ni un músculo. No era la primera vez que se hallaba en una situación parecida, con Antonio, o en ese lugar en concreto. Y había visto decenas de cadáveres, mutilados, quemados, ahogados, sin inmutarse. La muerte es lo más natural que puede ocurrirle a todo ser sobre la faz de la tierra, le recordaba su padre de pequeño. Y entonces, ¿por qué estaba paralizado Mancini en ese momento?

Cuando el forense se volvió para comprobar si el comisario lo seguía, a Mancini se le escaparon tres palabras de los labios:

—Preferiría no hacerlo.

—Pero...

—No puedo. Lo siento. No puedo.

En un instante, la mente de Mancini rescató un recuerdo lejano. Sola, creía que estaba sola en casa, delante del espejo. El torso al descubierto. La cicatriz en su pecho izquierdo. Quería darle una sorpresa. Pero se quedó paralizado viéndose con las flores en la mano y la sonrisa congelada en el reflejo del espejo. Marisa se tapó como si él no la hubiera visto nunca desnuda, como si no existiera intimidad entre ellos. Y en aquel momento Mancini comprendió que la enfermedad la había transformado, que la operación no solo le había quitado una capa de piel y de carne, sino también su feminidad, su identidad.

Rocchi retrocedió y apoyó una mano en el hombro de su amigo.

—De acuerdo, Enrico. No te preocupes.

—Esto debe quedar entre nosotros, ¿entendido?

—Por supuesto, tranquilo. Pero hay algo que debes ver —Rocchi se dirigió hacia una mesa y abrió un cajón. Rebuscó en él y sacó un iPad—. Lo uso para el trabajo. Hice unas tomas en la escena del crimen y luego filmé la autopsia. No te preocupes, solo quiero enseñarte un detalle.

Mancini se acercó a su amigo, que estaba abriendo una aplicación.

—Aquí —dijo Rocchi señalando unas marcas oscuras, del esternón hacia arriba, sobre el fondo clarísimo de la piel de Nora O'Donnell.

—¿Qué son?

—¿Las ves? Pequeñas áreas necróticas que se corresponden con los puntos en los que la sutura es más... imprecisa. A la altura del tórax los bordes de la piel presentan desgarros.

—¿Y eso por qué? —preguntó seco Mancini.

—No sé qué decirte. Parece como si la piel hubiera sido... estirada —la respuesta vino acompañada por un elocuente gesto de manos ensanchando una tela.

—Está muy claro, pero dime otra cosa —prosiguió el comisario, repentinamente serio.

—¿El qué? —replicó Rocchi apagando el iPad.

—Has escrito que le han sido extirpados los órganos internos. ¿Eso qué quiere decir?

—El asesino realizó una serie de incisiones muy precisas entre un órgano y otro. Uno tras otro, despegó esos órganos, literalmente, de sus lugares naturales y después... —se pasó la lengua por los labios.

—¿Después qué?

—Volvió a ponerlos en su sitio.

Los ojos de Mancini recorrieron el informe, como buscando la confirmación de las palabras de Rocchi. Sin saber qué replicar, arrugó la frente:

—¿Y para qué extraerlos para ponerlos otra vez en su sitio?

—No sé qué decirte, pero desde luego es de lo más extraño. Podría ser un elemento útil para trazar un posible perfil.

Después de un suspiro que al médico le pareció más de resignación que de auténtico hastío, Mancini zanjó el asunto.

—No hay ningún asesino en serie. Es un caso aislado, Antonio.

—Bueno, como tú me has enseñado, tampoco nuestros asesinos patrios están nada mal, ¿verdad? —dijo el médico forense, tratando de aligerar el tono.

La expresión del comisario se endureció y los ojos se le velaron hasta perder su brillantez de ónix.

—Yo no tengo nada que enseñar a nadie.

Rocchi dio medio paso hacia atrás y levantó las manos para justificarse.

—Muy bien, Enrico. Volvamos a los hechos. Lo único seguro es que, una vez abierto el cuerpo y completado ese trabajillo, a nuestro amigo le faltó piel, que después de incisiones como esas cede, se relaja.

—Esa es entonces la causa de las áreas necróticas alrededor de las suturas.

—Es posible. Para mí que, cuando fue a poner los órganos en su sitio y a cerrar el cuerpo, tuvo que tirar de ambos extremos. Los puntos estaban muy apretados, dado que usó hilo de pescar, y desgarraron la piel formando esas zonas oscuras. Es lo único que veo plausible.

—Pero, según creo entender, parece que no tenemos ni idea de por qué.

—No. Y, como te decía, es pronto también para saber las causas de la muerte.

—¿Cuánto tiempo necesitas, doctor?

—El informe todavía no está completo, para ser más preciso tengo que realizar mediciones toxicológicas y un análisis estratificado de los tejidos. En cuanto sepa algo más, te lo digo.

—Llámame tú entonces. Vuelvo a mi Carnevali —dijo Mancini, y después resopló—. En realidad, este asunto no es de mi incumbencia, pero como Gugliotti me ha llamado...

—Estás en boca de todos, Enrico. Lo sabes. Y, si el superintendente te ha involucrado, eso significa que los investigadores creen que hay algo gordo debajo, tal vez...

—O tal vez no —hizo una pausa—. Pero aunque fuera como dices, en la Unidad de Análisis del Crimen Violento hay un montón de gente preparada.

—Allí tienen buenos directores técnicos, pero según mi opinión les falta un analista criminal como tú.

—Efectivamente —dijo Mancini—, según tu opinión.

5.

Sobre la luz del arco central un genio alado derriba al toro agarrándolo por los cuernos. Cruzando la entrada, una serie de faroles cuadrados serpentean siguiendo los edificios bajos. Alimentadas en otros tiempos por el gas almacenado un poco más abajo, a orillas del Tíber, las lámparas están en desuso y esta noche solo la neblina de una pálida luna ilumina el matadero de Testaccio.

Dentro del pabellón, diez columnas de arrabio sostienen la maquinaria que servía para levantar los cuartos de carne. Por encima de los tres pequeños almacenes serpentean las armaduras de hierro sustentadas por vigas en forma de doble te.

En torno a los gruesos muros amarillos averdugados, pegadas al suelo, corren las delgadas losas de travertino que diferencian el zócalo de la mampostería, el umbral y los estípites de los portales. Un vago fulgor se desliza por las lunetas y por la claraboya hasta las cadenas y los ganchos colgados de la serpentina de metal.

Está dentro.

El hombrecillo barbudo suspira, se sorbe la nariz, alza la mirada y sigue con los ojos las vías que rodean las viejas instalaciones. Mete la mano en el hábito y encuentra la notita. La abre y se la acerca para leer otra vez su propia caligrafía insegura. «01:00 horas, área de desuello de los cerdos.»

Está en el sitio correcto. Ha llegado hasta allí siguiendo el sendero que bordea los depósitos de agua, guareciéndose de la lluvia bajo la marquesina sustentada por macizos pilares de cemento. La voz que le habló por teléfono le asustó. Una chica. Parecía joven, con la voz ronca, quebrada por el llanto. Prácticamente una niña. No pudo negarse.

Aunque a su edad habría debido hacerlo. Volver al convento. Siente los pies doloridos, apretados en sus sandalias de cuero, pero no importa, puede soportarlo: total, será un instante lo que tarde en convencerla.

La puerta de dos hojas se ha cerrado sola como las de un saloon. *Y sigue moviéndose. Cuánto le gustaban las viejas películas del Oeste de pequeño, los caballos al galope entre los cactus y las dunas. Más tarde, el adiós a sus padres, el seminario, el Señor en el corazón y un camino largo y accidentado que recorrer junto a Él.*

Ha pasado mucho tiempo, ya no es el que era, pero cuántas vidas inocentes ha salvado abriéndose paso en sus corazones con Su palabra, con el santo verbo del Altísimo. Y a cuántas ha hecho compañía en el lecho de muerte, bendiciéndolas y consolándolas por última vez. Girolamo es fraile franciscano desde hace varias décadas y, a pesar de la edad y de los achaques, se siente satisfecho de sí mismo.

Aquel lugar, cerrado desde hace años, desprende un hedor horrendo. Una mezcla de agua salobre y carne muerta apesta sus muros. Quién sabe cuántas pobres criaturas pasaron por aquí. Por un instante, casi cree poder verlos, a esos animales, colgados allá arriba, escurriendo el alma por el hocico.

Y vuela hacia atrás en el tiempo.

Se acuerda perfectamente. Era el 3 de enero, el día de la matanza del cerdo. Cada año, con toda la familia, los tíos y sus primitos. Un día de sangre y euforia, todos ocupados en aquel rito del horror. El hedor de la carne abierta, la sartén con los desechos del puerco y el sabor ácido del vino tinto. Después, la ebriedad de la fiesta entremezclada con un duelo feroz, innatural.

Todo ello antes de perder a su madre y a su padre. En aquel accidente. Era un domingo y regresaban de una semana en la playa. Se le escapa una sonrisa: ¡no era tan corriente que pudieran ver el mar! Vivían en un pueblecito de la zona de Valnerina y, cuando sus padres los llevaban en junio a alguna playa de las Marcas, aquello era una fiesta. Después, un cambio de rasante, el camión que derrapaba y el olor acre de la resina en el tronco que interrumpió la carrera del coche.

Solo sobrevivió él. Mamá, papá y su hermana Elena se quedaron allí. Se rompió las muñecas, la nariz y las rodillas. Des-

pués, nada. Aparte del recuerdo del seminario. Años largos, felices y desesperados. Hasta la iluminación, el regalo de la fe y de la esperanza que volvían a nacer dentro de él. Jesús lo había salvado de la soledad y él le dedicaría su vida haciendo el bien.

Mira la hora en el reloj de su padre. La una menos cinco.

Ahora no es más que un viejo franciscano a quien se le ha metido en la cabeza salvar otra vida. La última, tal vez. Evitando el enésimo aborto.

Pero es ya tan anciano que los dolores en las muñecas y en las rodillas, que en su juventud se presentaban con los cambios de tiempo, ahora no le dan tregua. Tan anciano que a sus ojos les cuesta seguir la lectura vespertina de las Sagradas Escrituras. Tan anciano que sus oídos ya no son capaces de percibir el leve aleteo del murciélago en el techo del pajar.

Ni el tenue sonido metálico a su espalda.

Din.

—Primera fase.

Un eco ahogado, y apenas tiene tiempo para advertir el movimiento e intentar darse la vuelta. Después, las llamas del infierno le embisten por detrás y le penetran en la nuca. Una luz deslumbradora en el fondo de los ojos, un zumbido y la oscuridad más absoluta.

—Aturdimiento, inmovilización —concluye la voz que el viejo ya no está en condiciones de oír.

6.

Roma, martes 9 de septiembre, 16:00 horas

Al salir del semisótano amarillento del Instituto de Medicina Forense del Policlínico, a pesar de la insistente llovizna, Mancini se vio a sí mismo como espectador del único momento de luz de aquella primera parte de septiembre.

Se protegió los ojos ya ocultos tras un par de Ray-Ban de cristales ahumados, resopló y miró a su alrededor en busca de la parada de la línea B del metro.

Veinticinco minutos y doce paradas después bajó en EUR Fermi, recorrió lentamente la escalinata mojada y llegó a la explanada superior en viale America. Los puestos callejeros de trapos y bolsitos, de anillos y aretes de colores, estaban desiertos a esas horas.

El comisario se acercó al primer pakistaní, fingió interesarse por un fular de color naranja con soles y jirafas negras, lo acarició con la piel de los guantes y pasó al siguiente. Cogió un par de cajitas de incienso, dejó una y se acercó la otra a la nariz. Luego le preguntó al muchacho de la gorra de Nike que lo observaba desde detrás del tenderete:

—¿Cuánto pides por esta?

—Dos euros, jefe.

Mancini se metió una mano en el bolsillo y sacó un billete de veinte. Lo puso sobre la mesita y se quedó mirando al joven unos instantes.

—Esto es para ti por charlar conmigo un rato. Cinco minutos —luego sacó su placa y le hizo un gesto con la cabeza para que le acompañara detrás del camión donde guardaban la mercancía.

El muchacho se bajó del taburete y le siguió en silencio. Hasta que el policía lo abordó:

—¿Ha venido ya alguien haciendo preguntas?

—No sé nada, yo.

—No importa. ¿Ayer por la noche viste a una mujer aquí? Una pelirroja con pecas, grandes ojos verdes, falda y chaqueta de color beis. Mira, es esta —dijo sacando la foto—. La vieron dando un paseo por aquí abajo, cerca del estanque —hizo una pausa y prosiguió—: Quiero saber si la viste y si iba con alguien.

—No he visto —dijo el otro con los ojos en el suelo.

—¿Estás seguro?

—Kasim —añadió, señalando a un compatriota dos puestos más allá.

—¿Quién, ese de ahí? ¿Él sabe algo?

—Sí. Él vio.

—Quédate con el dinero.

El chico corrió al puesto y se apresuró a meter el billete en una cajita de madera en la que estaba tallada una barra de pan, mientras el comisario se acercaba al otro vendedor ambulante.

—Kasim —dijo seco Mancini a un hombre alto y delgado, con el pelo corto, rizado y levemente canoso, de unos cuarenta y cinco años, vaqueros blancos y suéter azul de algodón.

El hombre hizo un guiño al muchacho que había hecho de soplón y le propinó a Mancini el segundo «¿Sí, jefe?» de la tarde.

—Necesito información. Tu amiguito de allí dice que ayer por la noche viste a una tía que caminaba por aquí.

—No prostituta, jefe.

—No, ya lo sé. Era alta, más o menos así, con unas bailarinas verdes y una chaqueta marrón claro. Y pelirroja, de eso seguro que te acuerdas.

El pakistaní se puso serio:

—No sé, jefe. Vi mujer pelo rojo caminando de noche aquí.

—¿Era esta? —preguntó Mancini enseñándole la foto.

Kasim colocó la pequeña imagen bajo la luz de neón.

—Sí, ella.

—Bien. ¿Qué hora era?

—Después cerrar. Diez o así.

—¿Dónde estaba cuando la viste?

—Yo ya dicho. Aquí... y luego baja abajo al estanque.

—¿Dónde? Enséñamelo.

El vendedor se alejó del tenderete y se asomó a la pendiente que llevaba a la plaza del metro. Señaló con un dedo huesudo el laberinto de setos y cerezos entre el edificio del ENI y el espejo de agua encrespada por sutiles agujas de lluvia.

—Allí.

—¿Y qué fue lo que viste?

—Nada, jefe. Solo mujer que va por allí, después de escalinata. Luego gira derecha, detrás árboles. Antes de edificio cristal. Luego no más.

—El paseo del Japón —susurró el comisario en un instante de repentino estupor.

Ahí estaban, los árboles de Marisa, pensó Mancini. Sus cerezos orientales. ¿Cómo había podido olvidar esas tardes de finales de marzo que pasaron bajo esas copas rosadas en el *hanami,* la fiesta de la floración? «El *prunus serrulata* —le repetía con su falso tono académico— es una planta débil, y su escaso ciclo vital representa para los japoneses el símbolo más perfecto de la fragilidad. Pero también del renacimiento y de la belleza que recubre toda la existencia».

Ingenua y satisfecha, le acariciaba la cabeza de negros rizos bajo los primeros rayos de primaveras todavía pálidas. Y él, con la cabeza reclinada sobre las piernas de ella, cruzadas al estilo indio, podía por fin relajar los párpados y descansar su mirada exhausta. Solo con ella. En casa, en el sofá viendo la televisión, por la noche en la cama, con Marisa y su pila de libros ilegibles que arrancaba del suelo e invadía el edredón verde como ese prado que Enrico estaba observando en ese momento.

«Al igual que la delicadeza y el efímero encanto de la flor que en la plenitud de su esplendor muere, abandonando para siempre su rama, de la misma manera el samurái está dispuesto a entregar su vida en la batalla. Es la imagen de una muerte ideal, absoluta, alejada de la caducidad de la vida y de la vanidad de las cosas de esta tierra», disertaba ella, embelesada.

Siempre había pensado en Marisa como si fuera una de esas flores de cerezo, frágiles y perfectas. Los últimos meses estuvieron impregnados de un sufrimiento que fue consumiéndose en una lenta, inexorable marchitez. Acabó pareciéndose más a un samurái que se afana en un combate inerme contra el propio sentido de la existencia. Contra el despiadado vigor de una naturaleza negra, maligna, maldecida por los hombres. Contra la propia caducidad del ser.

Mancini posó la mirada en la larga fila de troncos empapados y descoloridos. Él también, como cualquiera de esas ramas, se había quedado desnudo, sin su flor, sin la suave caricia de aquel rosa discreto. Una corteza marrón ya casi seca. Una rama a la que se le cierra toda esperanza de un nuevo florecimiento. No, él no viviría nuevas primaveras sin Marisa. Un velo de humedad le nubló los ojos, que brillaron bajo el tenue resplandor de las farolas.

—No sé nada más, jefe.

—¿Cómo? Ah, sí, de acuerdo. Pero, no, espera. ¿Notaste algo raro? La mujer, digo, ¿tenía algo raro? ¿Caminaba normal? ¿Tosía, parecía asustada? ¿Estaba esperando a alguien?

—No parece. Pero yo seguro ella no llevaba chaqueta marrón claro como tú has dicho.

Mancini se espabiló de su sopor:

—¿Cómo que no?

—No, jefe. Yo seguro ella tenía impemmeables.

—¿Qué?

Kasim se volvió hacia su tenderete y señaló una tela verde brillante.

—Así. Tenía impemmeables este color.

—No es posible.

—Yo seguro, jefe. Yo antes vendía a quince euros.

Mancini dejó resbalar la mirada hacia abajo, hacia la torre de cristal del ENI. Sin decir nada, rodeó los tenderetes, bajó por las escaleras y comenzó a seguir los pasos de Nora O'Donnell.

Cuando llegó abajo, a la plaza, Mancini metió una mano en el bolsillo y revisó el móvil. Era otra de sus recientes obsesiones: la espera de un mensaje suyo. Que no llegaba. Nunca.

Se apresuró a subir por la breve escalinata y giró a la derecha tomando el paseo del Japón. El aire estaba cargado de humedad, entre el espejo de agua, la llovizna y el olor a hierba mojada.

Recorrió una treintena de metros, con los ojos fijos en el suelo. Como un sabueso, no apartaba la vista de la línea de conjunción entre el borde de la hierba y el sendero rojo. Llevaba varios días lloviendo casi ininterrumpidamente y Mancini sabía que, en esas condiciones, resultaba imposible encontrar algo.

Cruzó la fachada del edificio del ENI que se reflejaba en el lago artificial, siguió la triple curva dibujada por la callejuela, derecha-izquierda-derecha, y se detuvo.

Entre la superficie del agua y un grupo de cipreses, Mancini se acuclilló en el césped y, en esa posición, se aproximó a los árboles. Avanzaba escudriñando cada brizna de hierba. La lluvia le empapaba la cabeza y se le deslizaba por el cuello. Después se detuvo de nuevo, agachó la cabeza hasta quedar a unos veinte centímetros del suelo y advirtió el fuerte olor a hierba mojada. Aspiró el aroma de la tierra y apartó delicadamente un matojo. Al lado había un pequeño terrón más claro y ralo. Dio medio paso más acuclillado y se encontró justo encima de un surco de unos diez centímetros de largo y no más de cuatro de ancho.

Mancini notó un escalofrío, una antigua emoción que reconoció antes de que desapareciera. Retrocedió hasta poner de nuevo los pies en la vereda. Se incorporó y observó el terrón desde esa distancia, escrutando el espacio que lo separaba de los árboles, y tomó mentalmente nota.

Se arrodilló otra vez en el borde del césped. Acercó la nariz al suelo y olfateó.

—Sí —susurró al tiempo que sacaba una navajita del bolsillo de la gabardina.

La abrió y hundió la hoja en la tierra húmeda de rocío. Realizó cuatro incisiones para formar un cuadradito de no más de cinco centímetros de lado, luego hizo palanca con la zona plana de la hoja. La imagen del bisturí que se hundía en la carne le relampagueó por la cabeza enturbiándole la vista, interponiéndose como un velo entre los ojos y el césped. La mano se detuvo, insegura, temiendo hacerle daño. No era la piel de una mujer, meneó la cabeza. No era la carne de Marisa. No estaba excavando en busca del mal, ¿verdad?

La tierra se levantó, blanda y fragante. Sacó del bolsillo una bolsita transparente, la abrió y dejó caer en ella el minúsculo terrón. Luego la cerró con un nudo, se puso de pie y se volvió hacia la inmensa silueta del edificio dejando que sus ojos se deslizaran hacia arriba. Detrás de él, más allá de la quieta superficie del agua, los esqueletos leñosos de los cerezos oscilaron sacudidos por el viento y por las lágrimas del cielo.

7.

Roma, martes 9 de septiembre, 19:00 horas

Entre las verdes orillas del Aniene y viale Adriatico se extendía el corazón de la ciudad jardín: el parque con los tiovivos, el mercado de chapa encaramado como un belén para atalayar el baldaquín clásico de la iglesia de Santi Angeli Custodi. A un lado, piazza Sempione, con la torre del reloj y la galería con arcos de medio punto que acogía la oficina de correos, varias tiendas y la vieja sala de cine y teatro. En la entrada de las dependencias municipales, un escudo azul encerraba una colina y ocho estrellas de cinco puntas. Y ese lema, símbolo de la ciudad eterna: *Numquam sine luce*. Nunca sin luz.

Entre aquellas calles, en una perpendicular de viale Carnaro, en lo alto de una escalinata encajada entre dos filas de pilones de mármol unidos por pesadas cadenas de hierro, se hallaba el chalé del profesor Carlo Biga, criminólogo y docente universitario jubilado que impartía sus lecciones a los posgraduados de la Unidad de Análisis del Crimen Violento o algunos policías curiosos.

El hombre, de setenta años cumplidos y con quince kilos más de lo que su edad y estatura aconsejaban, inclinó la cabeza y escrutó por encima de las lentes el reducido auditorio que le escuchaba.

—Todos sabemos que la entomología forense se basa, *in primis* —hizo una pausa y se sujetó el pulgar de la mano derecha con la otra—, en las diferentes fases de maduración de los insectos extraídos del cadáver y del entorno en el que este se encuentra.

Cuatro pares de ojos, Mancini, Comello, De Marchi y un rubito nuevo, cuyo nombre no recordaba el profesor, seguían el chaleco verde de rombos que se movía hacia delante y hacia atrás por la tarima que antecedía una pizarra de grafito. Sobre los tablones de madera los tacones desgastados de los mocasines retumbaban sordos.

—Considerando, pues, que el ritmo de la colonización del cuerpo resulta, dentro de ciertos límites, predecible, es posible remontarse al momento de la muerte con una buena aproximación.

Hizo una pausa y, por un instante, el chorro de agua en el canalón de cobre pareció expandir su eco dentro del amplio salón. El profesor entrecerró los ojos y continuó:

—Por otra parte, la botánica forense requiere una atentísima valoración y datación de las raíces, de las hojas, de las semillas y del mantillo encontrados en el cadáver, que nos ofrecen la posibilidad de reconstruir el momento de la sepultura o de la exposición del cuerpo al ambiente externo.

Entre el grupo se levantó un brazo.

—¿Sí? Adelante, De Marchi —se quitó las gafas, las plegó y las dejó colgando en el pecho, sujetas por una cadenita.

—Me gustaría entender —empezó a decir la agente— si entre los elementos que ha mencionado hay algún grupo más fiable y preciso para la datación del fallecimiento.

—La pregunta es pertinente, pero... podría serlo aún más.

Cuatro de los cinco presentes se consultaron con la mirada, mientras la mano izquierda del quinto se levantaba revelando un fino guante de piel.

—Comisario Mancini, ¿quieres puntualizarlo?

—Los elementos en cuestión pueden emplearse para una doble datación, la del momento de la muerte y la de la colocación en el lugar del hallazgo —recitó sin entusiasmo—. Para lo primero, el elemento más útil es la indagación entomológica. Para lo segundo, interviene, *in primis* —dijo remedando al profesor—, el análisis de carácter botánico.

Caterina se dio la vuelta esbozando una sonrisa que se quebró frente a la mirada seria de Mancini.

—Ha de tenerse en cuenta, en cualquier caso —prosiguió el comisario—, que en toda Europa ya está en pleno funcionamiento el ADD, siglas de *Accumulated Degree Days,* un modelo matemático para la evaluación del tiempo transcurrido desde el momento de la muerte hasta el descubrimiento del cadáver. Se basa en dos elementos: la temperatura ambiental y el estado de descomposición del cuerpo.

Biga agitó la mano y entrecerró de nuevo los ojos.

—Sí, desde luego, pero lo que hoy nos interesa es el análisis entomológico y, más en concreto, el de las moscardas de la carne, los sarcofágidos. Insecto tan feo como útil para nuestros propósitos, obviamente, la *Sarcophaga carnaria,* del orden de los dípteros, pertenece a la familia de las *Sarcophagidae.*

El profesor hablaba embelesado, fascinado por el universo de diminutas alas que imaginaba oír revoloteando en el aire de la habitación.

—De color gris veteado y de unos quince milímetros de largo, su peculiaridad consiste en que este pequeñín no pone huevos en la carne muerta, sino larvas perfectamente formadas.

Con paso vacilante, y seguido por los ojos de los presentes, bajó de la tarima y se dirigió hacia la librería de madera de nogal que enmarcaba una amplia puerta-ventana. La mano recorría los estantes mientras el ojo se demoraba en la parte posterior de la casa y los labios proseguían de memoria.

—El estudio de los ciclos vitales de estas moscas nos permite utilizarlos con fines tanatológicos y cronológicos. Concretamente, la duración del ciclo evolutivo de la carnaria en un entorno con determinada temperatura y cierto grado de humedad puede revelarnos información fundamental para determinar el intervalo *post mortem.*

Fuera llovía con fuerza y del parterre de las hortensias ascendía una sutil neblina blanca. El hombre giró el tirador e inhaló con avidez el olor a tierra mojada. Recordaba perfectamente aquel aroma. La humedad del terreno le devolvió una sensación de recogimiento interior, de protección, de infancia y de muerte. La que había perseguido y estudiado durante toda su vida. La tierra ferrosa sobre la azada y la fragancia del incienso. El ataúd del padre metido allí dentro. La puerta de casa que tanto pesaba y la madre que seguía preparando tartas de fruta. *Lo conseguiremos, chicos, ya lo veréis.*

Le encantaba aquella extravagante casa. Se fue a vivir allí en los años setenta cuando recibió el primer pago de la beca de investigación en la universidad. Una hipoteca de treinta años, que siempre pagó él solo.

El chalecito se ocultaba detrás de un muro de hiedra oscura, que buceaba en el venero de una vieja fuentecilla consumida. Le encantaba su planta irregular, la asimetría y la articulación discontinua de sus perfiles, la variedad cromática de sus materiales y todos esos cuerpos divergentes y sobresalientes: las logias, el mirador donde cada noche se ponía a leer, las dos terrazas del primer piso y la falsa galería panorámica fuera de la biblioteca. Era consciente de la ambigüedad de aquella arquitectura forzada entre el pintoresquismo anglosajón, todo curvas, y el mucho más lineal gusto italiano, pero, en cualquier caso, le gustó desde el principio. Es más, la había hecho suya. En cierta manera, esa casa había adquirido, a sus ojos, las facciones de su habitante. ¿O tal vez fuera a la inversa? Con sus torretas, sus pináculos y sus tejados abuhardillados, sus marquesinas, kioscos y porches que se parecían cada día más a las excrecencias de un inconsciente doliente, a los relieves tortuosos de su arquitectura interior, a las protrusiones de una melancolía fuera de control.

Dos golpes de tos le sacaron de sus pensamientos. Se volvió para ver cómo Comello le señalaba cortésmente la muñeca con el dedo índice.

—Oh, Dios mío, pero ¿qué hora es ya? —preguntó desolado.

—Son las siete, profesor —se entrometió la voz de Caterina.

—Claro. De acuerdo, seguiremos el jueves. Buenas noches a todos.

—Me gustaría quedarme cinco minutos, si no le importa —dijo Mancini.

—No, por supuesto —dijo Biga todavía distraído mientras Walter, que vivía en otra zona de Roma, se despedía con un gesto y se alejaba seguido por el otro agente.

Caterina se levantó y Mancini la detuvo con los ojos:

—Nosotros nos vemos más tarde para ese asunto, ¿no?

La referencia era obvia: la inspección de esa mañana en el chalé del doctor Carnevali. Después de haber estado con Lo Franco, en el EUR y en el Policlínico con Rocchi, a Mancini no le había dado tiempo a volver al destacamento. Y no era cuestión que pudiera hablarse por el móvil. Estaba ansioso por saber lo que habían encontrado.

—De acuerdo, comisario.

—Te mando un SMS, entonces —dijo para despedirse.

Diez minutos más tarde, Enrico y el profesor volvieron a verse, como tantas veces antes, sentados en los bancos acolchados del mirador, frente a una vieja mesa negra y un par de Black Bush envejecidos. A ambos les gustaba la tranquilizadora simplicidad del whisky irlandés, la suavidad intrigante que le conferían los barriles de jerez.

—¿Qué pasa? —preguntó Biga.

—Nada. No tenía ganas de volver a casa enseguida.

—Bueno, ya sabes que aquí siempre serás bienvenido. Sobre todo si me traes una buena botella —el rostro del hombrecillo se iluminó jovial.

—Ya —esbozó Mancini.

—Así que, dime, ¿cuál es el problema?

—Desde que estoy otra vez en activo, todos me tratan con excesiva consideración.

—¿Y eso te molesta?

—Sí. Tal vez lo hagan porque este último año he recibido varios «favores» de las alturas.

—¿Debido a la enfermedad de Marisa?

—Exacto. Permisos, ausencias y, además, las dos semanas en Estados Unidos...

—Bueno, esa es otra cuestión. Cosas del servicio.

—No, no del servicio. De mi carrera —Mancini dio un trago de whisky sin saborearlo—. Hay quien dice incluso que usé la enfermedad de mi mujer en mi propio beneficio y para ascender.

El eco débil de esas dos sílabas lo sorprendió atenazándole la garganta, «mujer». ¿Hacía cuánto que no lo utilizaba? En el trabajo no hablaba con nadie de ella y, como mucho, pronunciaba un imperceptible «Marisa». Se habían casado en el Capitolio los idus de marzo, cinco años antes, en total secreto, después de más de diez entre noviazgo y convivencia. Y hacía unos meses, a mediados de mayo, se había marchado sin él. Desde entonces era la primera vez que esa palabra se le escapaba de la boca.

—La gente tiene muy mala leche, Enrico. Ya lo sabes. Y sabes también que cosas como esas siempre ocurren. Siempre.

Biga estiró el brazo para llegar a la copa. La mano grasienta la aferró y se la acercó a los labios. Pero el profesor no bebía; se limitó a oler el vaso de cóctel y entrecerró los ojos.

—Es parte del juego y no debes amargarte. Tú aguanta y ya verás como a la larga...

—A la larga las cosas se pondrán feas.

—¿Y a ti qué más te da? Tienes las espaldas bien cubiertas y eres el que manda.

—No es eso. Es que ya no tengo ganas.

Hubo un momento de incomodidad entre los dos, que permanecieron en silencio antes de que Biga añadiera:

—Es normal, Enrico. Estás físicamente cansado y psicológicamente...

Mancini le interrumpió, meneando la cabeza:

—Es que ya no me gusta este oficio. No me apetece ser un polizonte a medio gas, pero tampoco me va lo de partirme el culo por ahí en plan consultor porque lo dice una hoja de papel.

—Es el reconocimiento ganado sobre el terreno lo que hace de ti el hombre y el comisario que eres, no los diplomas. Te has construido tu currículo deslomándote a trabajar.

—Me siento cansado.

—Enrico, escucha —el profesor puso su mano regordeta sobre el guante de su antiguo alumno—, es natural. Ha sido un año muy duro, pero no debes culparte por lo que le ocurrió a Marisa. La enfermedad siempre puede más.

—Fue más rápida que yo —Mancini se quedó mirando la lluvia tras la ventana, mientras el profesor mantenía la mirada baja.

—Lo sé —dijo Biga forzando una sonrisa que no sentía—. Estabas en Virginia cuando ocurrió. No hubiera debido ser así, pero fue lo que pasó. Fuiste tú quien me dijo que eso era lo que Marisa quería. Que fue ella quien te dijo que te marcharas.

—No me imaginaba que el proceso sería tan rápido.

—Nadie podía imaginárselo.

—Los médicos dijeron que seis meses.

—No puedes reprocharte nada.

—Traté de volver a tiempo.

—Lo sé...

—Yo... lo intenté —Mancini dejó el vaso sobre la mesita, se inclinó hacia delante y se llevó el pulgar y el dedo índice de la mano derecha a los ojos, restregándoselos con fuerza mientras las primeras lágrimas rompían los diques del pudor.

—Lo sé, Enrico, lo sé.

8.

Roma, martes 9 de septiembre, 22:00 horas

—Hola, Caterina.

—¡Ah! ¿Qué tal? —le preguntó ella mientras se intercambiaban un doble beso de compromiso.

Le miró a la cara y notó los ojos cercados por un halo oscuro, con el borde inferior de los párpados enrojecido. El comisario parecía apagado, abatido.

Y, con todo, él percibió inmediatamente el perfume de ella. El olor de esa mujer no tenía nada que ver con la familiaridad olfativa de Marisa, ni tampoco su pelo cobrizo o esos ojos claros, ni los rasgos finos de su rostro se parecían en nada a los de su mujer. Sin embargo, se percató de que había algo en ella que lo mantenía alerta, lo dejaba a la espera, lo ponía en guardia.

Era la primera vez que se reunían en aquel pub. El miércoles anterior la había sorprendido mirándole fijamente durante una reunión en el destacamento. No era una mirada leve; hubiera querido decirle algo para dejar claro, por si fuera necesario, que no había nada, no podía haber nada.

—¿Nos sentamos en la barra? —preguntó Mancini señalando dos taburetes libres.

—Como quieras... —dijo ella con un tono de decepción mal disimulado.

—Si lo prefieres, hay una mesa libre allí al fondo —corrigió el tiro el comisario.

Caterina, con la mirada esquiva, se limitó a asentir y se dirigió hacia el rincón en penumbra.

—Está bien —dijo Mancini mientras ella lo sobrepasaba.

Era pequeña, aunque indudablemente hermosa. Tenía que alejar ese inoportuno pensamiento. Pero ¿de qué pensamiento inoportuno hablaba? Había dado por cerrada una época de felicidad, mucho más, toda su vida sentimental había quedado enterrada para siempre. No sentía ninguna clase de tensión, también él había muerto, en ese sentido. Tal vez, entonces, lo que en ocasiones le comprimía el estómago fuera tan solo un poco de soledad.

Ella se quitó la chaqueta de punto negra y la dejó en el respaldo de la enorme silla de madera. Luego tomó asiento, apoyó los codos sobre la mesa y cruzó los dedos como en una plegaria.

—A estas horas siempre hay mucho follón —observó Mancini lanzando una mirada distraída a su muñeca derecha—, pero por lo que parece hemos tenido suerte.

Caterina miró a su alrededor. En las paredes de listones verticales de madera, había espejos de Guinness, bufandas con impronunciables frases en irlandés, farolillos y recuerdos de cada rincón de la Isla Esmeralda. Todo el perímetro del pub lo recorría una única barra sobre la que, entre otras baratijas, destacaban una docena de sombreros verdes en los que estaba escrito SAINT PATRICK'S DAY. La atmósfera era oscura, pero a su manera cálida, acogedora.

Estaba claro que aquel no era el lugar más adecuado, pensó Mancini. Seguro que la había traído a un sitio distinto a los que Caterina iba normalmente, si es que frecuentaba alguno. Le había parecido normal, casi automático, citarla en el Bleeding Horse. Se hallaba cerca de donde vivían los dos y, además... Ahí estaba el pensamiento repentino. Un instante de sentido común. No lo había pensado.

Solía ir allí con Marisa.

—No te gusta mucho el sitio, ¿verdad? —le preguntó con una sonrisa, más para detener aquel doloroso flujo mental que por cortesía.

—¿Qué? Ah..., esto. No, todo lo contrario. Es bonito.

—Bueno —atajó Mancini. Tenía que darse prisa.

Había invitado a su colega porque le hacía falta un informe inmediato sobre la inspección en casa de Carnevali.

No podía permitirse el lujo de esperar a mañana, el caso de Nora O'Donnell ya le había robado todo el día y, además, si su olfato no le traicionaba, empezaba a oler a chamusquina. Tenía que concentrarse en Carnevali, antes de que los acontecimientos, o quien los manejara, lo arrastraran. Se quitó la gabardina, la dobló, con cuidado para que no se cayera el contenido de los bolsillos, y se la puso en el regazo, después de sentarse. Apenas un instante y el chico con la camiseta del local ya estaba allí con dos cartas.

—No hace falta —dijo Mancini expeditivo, y se corrigió de inmediato—, quiero decir, yo sé lo que voy a tomar, no necesito verlo. Y tú, Caterina, ¿quieres echar un vistazo?

—No. Para mí, una negra.

—Que sean dos —asintió el comisario.

—¿Pequeñas o medianas? —preguntó el camarero.

—Pintas, por favor —contestó Mancini, y el muchacho recogió las cartas y se dirigió a la barra.

Una punzada de hastío le invadió como una descarga. Pero él sabía que no era por esa estúpida pregunta. Sabía que dependía de esa repentina ocurrencia, del hecho de que él y Marisa eran asiduos de aquel local. También sabía que no había traído a Caterina por ninguna razón especial. Simplemente, era su pub. Y él no tenía ganas de ir a ningún otro sitio, no quería experimentar el escalofrío de la cita «sacándola» por ahí. No se trataba de una cita, sino de trabajo. Caterina tenía un ojo especial para la escena del crimen. Era la fotógrafa del destacamento y alguien con destacadas cualidades analítico-deductivas. En eso consistía todo. Fin de la perorata.

Enrico Mancini era un hombre que, aparte de su mujer, no se veía con nadie, no se reunía con sus compañeros, no tenía amigos. Siempre había sido así, y las únicas salidas que se concedía eran sus esporádicas apariciones en las clases del profesor Biga, donde ella había podido admirarle unas horas antes. A Caterina le gustaba mucho sumergirse en la atmósfera de aquella casa y escuchar la voz ronca del viejo maestro acariciando argumentos oscuros como si fueran animales domesticados. Pero sobre todo iba para verlo a él. Para escuchar su breve intervención. Para poder darse la vuelta y mirarlo mientras hablaba. Para imaginarse lo que circulaba por la cabeza de aquel hombre tan reservado y para entender qué le quedaba en el corazón. Si es que le quedaba algo.

Enrico Mancini se inclinó hacia delante.

—Necesitaba hablar contigo a solas.

—Claro —ella agachó la mirada.

—Es sobre el caso... —empezó a decir Mancini, asumiendo su acostumbrado tono profesional.

—Del asesino en serie...

—¡Chisss! —Mancini miró a su alrededor—. Caterina, pero ¿qué estás diciendo?

—Nada, me ha dicho Comello que...

—Gilipolleces —dijo, alzando la voz de nuevo, pero intentando no resultar brusco—. No son más que gilipolleces, solo estoy colaborando superficialmente en algunas investigaciones preliminares de un caso que —se quedó mirando aquellos ojos verdes sin arrebato y marcó las palabras— no-nos-a-ta-ñe.

—¡Oye, no hace falta que te enfades!

—No, por supuesto que no, Caterina —tomó aire, procurando parecer tranquilo—. El único caso del que me encargo es el de Carnevali. El oncólogo.

Caterina asintió sin ser capaz de mirarle a la cara.

—Y tengo una prisa de mil demonios —continuó Mancini.

—Entiendo...

—Háblame de la inspección y de las fotos.

—Hemos realizado levantamientos fotográficos y planimétricos.

Una chica rubia con una bandeja y dos cervezas negras se acercó tambaleándose hacia la mesa. Puso unos posavasos frente a los clientes, dejó las pintas y se alejó.

—Esperemos a que reposen —dijo Mancini indicando las cervezas con un gesto.

—Por supuesto.

—¿Cuántas? —prosiguió Mancini.

—¿Qué?

—¿Cuántas has sacado?

—Muchas. Unas sesenta, creo. ¿Por qué?

—¿Algo que te haya llamado la atención?

—Las examinaré mañana por la mañana, hoy he estado liada con las prácticas.

—Pero, mientras tomabas las fotos, ¿no has notado nada?

—¿A qué te refieres?

—Objetos aparentemente fuera de sitio, signos de lucha...

—Dentro, el teléfono fijo estaba en el sofá, fuera de lugar. No daba línea, de modo que Walter salió a ver y en la pared exterior encontró la caja de los cables abierta.

El comisario asintió. Era una pista con la que empezar. En breve tendría que hacer una nueva inspección él mismo.

—Fuera, en el jardín, estaba el jeep de Carnevali. Me pareció que era raro, ya que el chalé tiene un pequeño garaje. Así que saqué unas cuantas fotos del coche, desde el exterior, y me di cuenta de que había una señal extraña junto a la manija del lado del conductor.

Mancini se rozó nerviosamente el labio inferior con el dedo índice.

—¿Y qué más?

—Dentro había barro por todas partes, pero fuera no encontramos ninguna huella, puesto que el césped estaba empapado.

—Acordonasteis el área, ¿verdad?

—Por supuesto.

—¿Habéis tomado todas las precauciones para evitar la contaminación de la escena del crimen?

—Monos, máscaras, guantes y zapatos de goma.

—¿Y Walter?

—Lo mismo. Walter es muy cuidadoso.

—Sí —dijo Mancini observando pensativo la espuma densa de su *stout*—. Podría llegar a ser un buen oficial, pero debe disciplinarse.

Caterina escuchó la frase captando todas las implicaciones que Mancini se guardaba para él: estoy cansado de este trabajo, desmotivado. Dentro de algún tiempo Walter podría reemplazarme. Pero fingió no entender y prosiguió.

—El chalé estaba desierto y, cuando entramos en el dormitorio de la planta de arriba, Walter se demoró tomando las huellas dactilares.

—Está bien. Pero mañana sin falta quiero ver las fotos del exterior y de la habitación de Carnevali.

—Por supuesto.

—Y lo mismo en cuanto estén los resultados de las huellas.

—A primera hora de la tarde, junto con todo lo demás.

—*Slainte* —Mancini alzó la pinta, sumergiendo los ojos en el vaso en busca de su oscuro alivio.

—Chinchín —contestó Caterina mirando por un instante al hombre que tenía enfrente. ¿Dónde se había metido? ¿Dónde se estaba escondiendo? ¿Volvería a ser el que fue una vez?

Siempre había estado un poco celosa de Marisa, pero debía reconocerle un encanto y una vivacidad que no tenía nada que ver con ella, por lo menos no de esa forma. Marisa había sido una mujer de palabras, pensamientos e ideas en continuo movimiento, y de corazón, eso sin duda. Una persona extremadamente segura de sí misma, vivaz, indomable, a su manera. Caterina, en cambio, había escogido las imágenes, las fotografías, la superficie de las cosas clavadas, congeladas en un clic. La distancia del análisis. Y de su propia seguridad personal. Después del curso de policía, hizo el examen para colaborador técnico y lo aprobó brillantemente. Ahora había terminado los cuatro meses del curso de capacitación de operador técnico que le permitiría entrar, después de las prácticas, en el destacamento de Montesacro, en el propio gabinete de la policía científica como fotógrafa forense.

Siempre supo lo que quería ser. Su pasión. Una obsesión que le nació de niña y que nunca la abandonó. Una pequeña cámara desechable, luego una Kodak Ektralite 400 con película, ahora una Nikon D5100 para el trabajo y para ella misma. La fotografía era su propio intento de poner orden, de disparar con el toque de un dedo una, diez, cien imágenes. Detener el movimiento, paralizar la caótica pluralidad de las cosas. Poner un punto final. Decirse a sí misma: «Eso es, es así, la realidad es esta».

No cabía duda, Marisa y ella eran mujeres completamente diferentes. Y era imposible que Enrico Mancini, al margen del duelo que estaba viviendo, pudiera llegar a enamorarse de alguien como Caterina De Marchi.

9.

Roma, miércoles 10 de septiembre, 10:00 horas,
destacamento de policía de Montesacro

Walter Comello seguía a su superior por el pasillo blanco, de puertas que se abrían a ambos lados y techo con luces de neón, que acababa en el despacho de Mancini, el único que no tenía puerta. Fue él mismo quien, unas semanas antes, ayudó al comisario a sacarla de sus goznes y a apoyarla contra la pared dentro de la habitación. Una de las nuevas manías que parecían haberse abierto hueco en la mente de aquel hombre.

En el umbral, esperando, estaba Claudia Antonelli, la psicóloga del destacamento. De mediana edad, ojos gatunos azul pálido, pelo rubio natural siempre impecable, debió de ser una hermosa mujer en su día. Pero resultaba evidente que esos días, definitivamente lejanos, parecían haber pasado sin excesivos miramientos. Las bolsas bajo sus ojos demostraban otra noche difícil. Amanda, su hija de dos años, sufría de un grave trastorno del sueño. «*Pavor nocturnus* —les contaba la mujer a sus colegas—, atribuible a la ausencia de una figura masculina de referencia en el ámbito familiar». La retórica de su lenguaje técnico pretendía contener la ansiedad que le producía ese tema, pero sin éxito. Su marido la abandonó nada más enterarse de que, a sus cuarenta y tres años, Claudia había decidido tener el hijo que esperaba. Dos días después de la noticia se había encontrado sola, a las puertas de la menopausia, y con una hija en camino a la que, en lo hondo de su desconsuelo, atribuía la culpa de haberle hecho perder al hombre de su vida.

—Buenos días, comisario.

—Buenos días, doctora Antonelli. ¿Me estaba buscando?

—Sí. Es por esa conversación...

—Ah, ya. Pero ahora me pilla mal. ¿Podemos vernos en otro momento? —dijo, fijando la vista en las sandalias altas de gladiador que se le enroscaban por encima del tobillo casi hasta la rodilla. Un vestidito azul marino, hábilmente a juego con los ojos, se encaramaba a un cuerpo aún tonificado a pesar de todo.

La mujer no consiguió disimular una mueca de descontento, pero esbozó una respuesta:

—Por supuesto, señor. Dígame cuándo está libre.

—Es un periodo algo complicado.

La mujer bajó la mirada hacia las manos enguantadas de Mancini y añadió, casi en un susurro:

—Para usted siempre es un periodo de mucha actividad.

—Tiene razón. Vamos a hacer lo siguiente, intentémoslo la semana que viene.

—Por mí, bien. ¿El jueves?

—El jueves —se encogió de hombros Mancini, resignado.

—Muy bien, pues a las tres. Le espero en mi despacho. Estaremos más cómodos —dijo lanzando una elocuente mirada a la habitación—, y tendremos más privacidad —concluyó mirando la puerta metálica que descansaba junto a la entrada.

—Sí, claro —se limitó a responder Mancini despidiéndose con un gesto mientras Comello inclinaba la cabeza hacia la psicóloga y con un «Discúlpeme» se deslizaba detrás del comisario.

La doctora Antonelli, acostumbrada a la desconfianza de los colegas hacia su profesión y su situación sentimental, se encogió de hombros y se alejó.

—¿El jueves que viene qué excusa improvisará, comisario? —dijo Walter, tirándose en el sofá.

Mancini se hizo el sordo, se sentó en su escritorio y dio comienzo a lo que Comello reconoció como la continuación de un discurso mental ya iniciado.

—Está el testimonio de un vendedor ambulante que sostiene haber visto a la mujer en el estanque del EUR la noche previa al hallazgo del cadáver.

—¿Estaba sola?

—Eso parece —Mancini se quedó mirando el vacío. Luego añadió—: No hay mucho con lo que ponerse a trabajar.

—¿O sea? ¿Qué tenemos? —los vaivenes anímicos de aquel hombre le descolocaban. El día anterior pretendía librarse de la investigación, ahora parecía involucrado.

—En primer lugar, ahora sabemos que el cuerpo fue hallado pocas horas después del asesinato. Que la mujer fue trasladada desde el estanque hasta San Paolo. Pero, entre las 22:00 y las 06:50, ¿dónde estuvo? ¿Y hasta qué hora siguió con vida?

»En segundo lugar, el vendedor ambulante al que interrogué estaba seguro de que la mujer que vio llevaba un impermeable verde chillón y no la chaqueta beis que tenía cuando se descubrió el cadáver.

»En tercer lugar, sabemos que los órganos de Nora O'Donnell le fueron extirpados de esa manera tan curiosa, pero no sabemos por qué.

—¿De qué manera?

—He hablado con el médico forense que se encarga del asunto y dice que le fueron extraídos, sacados de sus lugares naturales y separados unos de otros.

—¿Extraídos?

Mancini tenía los codos sobre la mesa y los dedos entrelazados delante de la cara.

—Y devueltos a su lugar —los labios se cerraron antes de volver a abrirse de inmediato—. Literalmente.

Comello no veía la boca del comisario, pero no dejaba de mirar la parte de la cara que quedaba al descubierto tras el obstáculo de las manos. El pelo sobre la frente pálida y espaciosa. Todo parecía apagado en aquel medio óvalo. Las arrugas del rostro colgaban inexorables hacia abajo y le daban un aspecto sombrío. Pero en el fondo de aquellos ojos le pareció divisar una luz. O puede que no, que fuera solo una vaga opacidad luminosa sofocada por las sombras que colmaban la mente de Mancini. Una mirada que gritaba de rabia, de una desesperación que, Comello era consciente, tarde o temprano acabaría por estallar.

Era increíble. Aquel hombre había sido el referente para la última generación de policías, y todos soñaban con trabajar a su lado. Pero le había tocado a él, al inspector Walter Comello, acabar haciéndole compañía. Esa era la expresión adecuada, ya que hasta ahora nunca se había dado una colaboración real. Desde hacía varias semanas Mancini parecía arrastrarse en un estado de apatía, espabilado apenas por la apertura del caso Carnevali, el oncólogo que había estado tratando a Marisa. Casi parecía convencido de que, si hallaba al cirujano desaparecido, podría recuperar algo del sentido de la justicia que había visto morir junto con su mujer.

No mucho tiempo atrás, un caso como el de la mujer irlandesa mutilada lo habría arrastrado hasta un torbellino ejemplar del que habría salido con uno de esos golpes de timón que le habían hecho famoso entre sus compañeros. Pero, ahora, con Marisa muerta, parecía haberse apagado para siempre.

Comello despertó de sus divagaciones mientras el otro se quedaba mirando un punto invisible a la espalda del inspector, quien empezó a sentirse incómodo. Así que carraspeó y volvió a intentarlo:

—Qué raro que Rocchi no haya sabido decirle nada más.

Tras emerger de nuevo de su niebla mental, Mancini apartó el borde del guante derecho del cuadrante de un viejo Omega y exclamó:

—¡Rocchi!

Después sacó el móvil del bolsillo trasero de sus vaqueros y empezó a teclear un mensaje de texto. Comello se quedó clavado en la silla hasta que Mancini, casi absorto y sin apartar la vista de la pantalla, le despidió:

—Ya puedes irte.

Media hora más tarde Mancini estaba ante el forense.

—Saca el iPad.

—Ahí está —dijo su amigo extrayéndolo del cajón y abriendo la secuencia de vídeo titulada «Lugar hallazgo Nora O'Donnell», mientras el comisario se sentaba en el asiento vacío que estaba a su lado.

El vídeo arrancaba con un *travelling* de la zona adyacente a la del lugar del hallazgo. La basílica bajo la lluvia. El bosque de pinos y, con un *zoom,* la cinta roja y blanca alrededor de un área de unos diez metros de diámetro, en el centro de la cual se entreveía el cadáver. A continuación, la cámara del iPad empezaba a tambalearse y se detenía a un metro y medio del cuerpo de la mujer. Yacía de espaldas, los ojos cerrados, su pequeña nariz pecosa.

Llevaba una chaqueta beis y una falda escocesa en la que predominaba el rojo. No tenía medias, solo un par de bailarinas.

—¿Puedes ampliar ese plano? —preguntó Mancini.

—¿Qué es lo que te interesa?

—Los pies.

—Ahí están —Rocchi retrocedió un par de segundos, congeló la imagen y amplió el detalle de los pies. Los zapatos eran de un verde chillón.

Mancini acercó la cara a la pantalla, desplazando la mirada desde los pies hasta los zapatos.

—Ya basta —dijo, tras permanecer un instante mirando la imagen e incorporarse—. Es suficiente. Entremos.

—¿Estás seguro de que te sientes capaz? —le preguntó el médico forense.

—Vamos —dijo el comisario.

—Antes ponte esto —añadió Rocchi, tendiéndole unos guantes de látex, luego le dio los cubrezapatos, una mascarilla y un delantal.

Mancini atravesó el umbral de la sala de autopsias. Inmediatamente, como si hubiera presionado un botón, le empezaron a zumbar los oídos mientras los ojos, clavados en el suelo, se velaban de humedad. El suelo estaba embaldosado en un color gris brillante, muy claro. Sobre la mesa de disección, en el centro de la sala, destacaba un reborde redondeado que recorría el perímetro rectangular. En el centro, la superficie irregular presentaba una doble inclinación para el drenaje de los líquidos. En la base, dos mezcladores con cuatro grifos, dos rojos y dos azules.

Una alacena abierta acogía enterótomos, bisturís, agujas, grandes tijeras, sierras y un costótomo. En la estantería de al lado, productos de limpieza y desinfección del cadáver. Por encima de la mesa, el único objeto a la vista era la forma serpentina de una lámpara móvil.

—Es allí —dijo Rocchi con un gesto de la cabeza a la izquierda, donde un único bloque metálico albergaba nueve celdas frigoríficas. Cada una estaba dotada de un manillar y, en la esquina superior derecha, de una pantalla azul que marcaba -20º.

Rocchi se acercó a una en el centro y pulsó un pequeño interruptor rojo al lado del termómetro. Una luz cálida se encendió en el interior y el médico la abrió y sacó el carro con un leve gesto.

El cadáver salió de la parte inferior del bloque. Estaba amoratado ya y Mancini reconoció de inmediato el corte en i griega de la autopsia que se superponía a la cicatriz en forma de cruz suturada. Volvió la cabeza y se llevó una mano a la boca. Dio cuatro inspiraciones largas, mientras Rocchi se le quedaba mirando:

—¿Estás bien?

Asintió.

Pero no, no estaba bien.

—Los exámenes... —empezó a decir Rocchi.

—No puedo —estalló Mancini con la mano todavía en la boca y los ojos neblinosos, mientras se daba la vuelta y recorría, tambaleándose, los metros que lo separaban de la puerta.

El médico forense volvió a encerrar rápidamente el cadáver en la celda y lo siguió.

—Perdona, Antonio —Mancini se sentó en la silla—. Hazme solo un favor...

—¿El qué?

—Vuelve a entrar un segundo y saca la bolsa con la ropa de Nora.

Rocchi se recogió el pelo en un gesto que delataba ansiedad y desapareció de nuevo por la puerta de la sala de autopsias. Dos minutos más tarde estaba de vuelta con una bolsa transparente que contenía otras más.

—Aquí la tienes. Esta es la chaqueta —dijo sacando la bolsa más grande—. De mujer y bastante usada, a juzgar por lo dada de sí que está a la altura de las nalgas. Luego tenemos los zapatos, la falda y la ropa interior.

—¿Me confirmas que no hay signos de violencia sexual?

—No los hay, pero casi he acabado los test. ¿Quieres leer el informe?

—No, llámame solo cuando sea definitivo.

Mancini tamborileó con los dedos en las rodillas, nervioso. Se levantó y escrutó en la bolsa de la chaqueta, hundió la mano y pasó el pulgar por el interior del cuello. Luego continuó:

—Estamos en la fase preliminar y, en breve, esto dejará de ser asunto mío. No tardarán en darse cuenta de que es un caso aislado.

—¿Pero? —sonrió Rocchi.

—Pero, de todas formas, hazme el favor de sacar todo lo que puedas de la chaqueta.

—Está bien —dijo el forense.

—Lo mismo con respecto a los zapatos. Necesito compararlos con el análisis de una muestra del terreno. Todavía tengo que encargarlo, pero estará listo en seguida.

El móvil de Mancini empezó a vibrar en el bolsillo de la gabardina. Lo sacó y se acercó la pantalla a los ojos.

CATERINA

—Discúlpame un momento.

—Adelante —dijo Antonio.

El comisario se levantó y se acercó a la ventana:

—Hola. ¿Novedades? —preguntó sin esperar.

Caterina, al otro lado, dijo:

—Ah..., sí..., hola.

—¿Y bien? —Mancini apenas levantó la voz.

—Sí, perdone... Tenemos los resultados del examen de las huellas dactilares en casa de Carnevali.

—¿Y?

—Hay algo que no cuadra.

—¿Dónde estás?

—En el destacamento aún.

—Espérame ahí —colgó, volvió sobre sus pasos y dijo sin ambages—: Antonio, debo irme corriendo. Tenemos los primeros datos objetivos sobre Carnevali.

—De acuerdo. Todo claro, Enrico. Me daré prisa.

—Gracias, Antonio, y... que quede entre nosotros.

—Tranquilo.

El médico forense le guiñó un ojo mientras estrechaba la mano a su amigo.

10.

Roma, miércoles 10 de septiembre, 14:00 horas

—En primer lugar: ¿qué resultado ha dado el luminol? —preguntó un jadeante Enrico Mancini nada más entrar por la puerta de acero del laboratorio.

—Nada, todo normal.

—¿Y la sangre? ¿Has hecho las fotos para el BPA?

El *Bloodstain Pattern Analysis* es la disciplina que analiza los rastros de sangre en la escena del crimen. El número de gotas, su disposición y su forma, sobre todo, son elementos necesarios para la reconstrucción del crimen en su estructura dinámica, para comprender las posiciones del asesino y de la víctima en el espacio en el que se comete un homicidio.

—Nada. No hay el menor rastro hemático o biológico sospechoso.

Para sus adentros, Mancini soltó un suspiro de alivio. Nada de sangre. El pequeño laboratorio forense que prestaba sus servicios al destacamento de Montesacro estaba en via Nomentana, en el barrio de Talenti, en la planta baja de un edificio de ladrillo visto. Iluminado por lámparas halógenas, daba una impresión tan aséptica como el interior de un transbordador espacial. En las paredes había negatoscopios para las radiografías que desprendían luz. Dos grandes refrigeradores con puertas de cristal templado mostraban portaobjetos de diferentes tamaños y colores. A un lado, una larga repisa metálica con cuatro microscopios en orden decreciente. En una esquina, dos grandes iMac uno junto al otro.

—¿Pólvora? —insistió Mancini.

—Nada —respondió Caterina.

—¿La dactiloscopia?

—Justo por eso me he permitido molestarle —cuando estaban en el trabajo, ella prefería mantener las distancias, educadamente.

—Aquí están —dijo el inspector Comello enseñándole una carpeta abierta con una serie de huellas dactilares. El comisario la tomó en sus manos mientras Walter continuaba—: Hemos encontrado cuatro tipos de huellas diferentes.

—¿Todas visibles? —preguntó Mancini sin apartar la vista de los resultados.

—Tres visibles y una latente —contestó Caterina.

—¿Y de quién?

—La número uno es del doctor Carnevali —dijo Walter señalando con el dedo la primera serie de imágenes en la parte superior—. La hemos comparado con los dermatoglifos tomados en el volante del jeep y por toda la casa, en paredes y objetos; en definitiva, en todas partes.

Mancini observó la pequeña foto. En sus marcos cuadrados, aquellos óvalos irregulares encajaban a la perfección. Crestas y surcos, signos tan distintivos que ya están presentes desde el vientre materno cuando, a partir del sexto o séptimo mes, el feto tiene totalmente formados los dedos. Incluso allí, en el ecuóreo refugio del líquido amniótico, la individualidad está definitivamente escrita.

En un instante, sin previo aviso, esos signos y esa palabra, *huellas,* se transformaron en un recuerdo sacado de quién sabe dónde. No era más que un niño cuando, para huir del calor romano de los interminables domingos estivales, toda la familia se desplazaba a dar largos paseos por la via dei Laghi, en busca de moras en las zarzas espinosas. El almuerzo consistente en bocadillos. La sombra de los pinos y las pequeñas huellas que arrancaban del barro del camino y desaparecían bajo un arbusto y ladera abajo.

—Un zorro —le dijo una vez su padre—. Ahí están las uñas de las cuatro almohadillas, y la central.

Profesor de Zoología en la Universidad de la Sapienza, Franco Mancini aspiraba a que su hijo hiciera gala de curiosidad por la fauna.

—Todos los animales tienen su propia huella, formada por vacíos y por llenos. Y se dividen en dos categorías generales.

—¡Hay tres! —respondió Enrico, orgulloso y excitado por haber pillado en renuncio a su padre—. ¡Ungulados, digitígrados y plantígrados!

El padre se acuclilló ante su hijo, lo tomó por los hombros y lo miró con unos ojos tan negros como los suyos. Después, sin el menor atisbo siquiera de una sonrisa, sentenció:

—Cazadores y presas.

Habían pasado más de treinta años desde el primer encuentro entre él y esas huellas. Ahora tenía ante sus ojos las huellas dactilares de Carnevali. Eran un símbolo que lo representaba. Esos eran los dedos del hombre que había tratado de salvar a su esposa, Marisa. Y había fracasado.

Signos sin sentido a primera vista que atribuían, literalmente, la identidad. Mancini dejó caer una mirada fugaz a sus manos. ¿Y él? ¿Dónde estaban sus huellas dactilares? Había decidido olvidar su propia identidad. Su signo físico más distintivo permanecía oculto, asfixiado bajo esos guantes de cuero desgastado.

Otra piel. Otra vida.

Fue la voz del inspector Comello la que interrumpió el flujo de sus pensamientos:

—Después está la serie número dos, la de un chico que debe de ser su hijo. Son más pequeñas y también la capacidad de permanencia medida es menor que la de las otras.

La capacidad de permanencia es uno de los parámetros de evaluación de la edad de la persona que ha dejado una huella dactilar. Las de los niños menores de doce años son menos persistentes en las superficies debido a su calidad y a la escasa cantidad de sebo en las manos.

—Verificadlo —respondió automáticamente Mancini.

—Lo estamos haciendo.

—Luego tenemos la tercera serie, las huellas dactilares de la criada filipina, Nives Castro —dijo Caterina.

El comisario se quedó mirando el signo de interrogación que se hallaba al final de la serie denominada «4».

—¿Y estas?

—Todavía no hemos sido capaces de identificarlas. Es la anomalía que quería señalarle.

—¿Dónde las habéis encontrado?

—Junto con las otras en la barandilla de la escalera del chalé. Solo ahí.

—Está bien. Walter, ponte a trabajar en la base de datos de la dirección central de la lucha contra el crimen y a ver si aparece algo sobre esa cuarta huella.

—Sí, comisario.

—Después de la recogida de muestras habéis procedido al registro, me imagino.

—Sí, comisario —repitió Walter.

—¿Y qué tenemos?

—No hay señales de lucha ni de un posible altercado. Solo algún objeto fuera de su sitio —dijo Caterina, dando un paso adelante.

—¿O sea?

—El teléfono no estaba donde debería —dijo el inspector Comello.

Mancini volvió hacia ella:

—¿Tenéis fotos de todo?

—Claro que sí, comisario —dijo Comello—, Caterina habrá sacado más de cien.

Mancini hizo caso omiso de las miradas cómplices entre los dos y preguntó:

—¿Pisadas?

—A eso íbamos... —contestó Comello.

El inspector le miró fijamente:

—¿Y bien?

—Fuera no ha sido posible detectar huellas en el terreno a causa de la lluvia —dijo Caterina.

—Era un auténtico pantano —precisó Comello.

—¿Y en el chalé?

—Presencia de huellas contaminadas —le refirió Caterina.

—Explícate.

Walter dio medio paso adelante para concentrar la atención en él.

—Todo el pavimento de la casa está hecho de parqué, arriba y abajo. Encontramos rastros de barro, pero estaba seco.

—¡Bien! ¿Dónde están los moldes?

—No eran más que tiras de barro —repitió en voz baja Comello.

—Hice fotos con luz oblicua en el parqué —trató de justificarse Caterina.

—¿No los habéis sacado? —Mancini ensombreció el gesto, sin dignarse mirarla.

—Arrancaban de la planta baja, de la entrada trasera, y llegaban hasta arriba. Eran dos tiras casi paralelas.

—¡Santo Cristo! —la voz de Mancini resonó dura—. No los habéis tomado, es increíble.

—No ha sido posible, no eran más que... —trató de decir el inspector.

Mancini no le hizo caso y se volvió hacia Caterina.

—Quiero ver las fotos dentro de cinco minutos.

Después apartó a Comello con un brazo, lo dejó atrás y se detuvo ante el mostrador de la asistente de laboratorio.

—Señorita —dijo sacando la bolsita del bolsillo de su gabardina.

—Dígame, señor comisario —dijo la rubia con el pelo cortado a casquete y las uñas pintadas de rosa, exhibiendo un ostentoso interés.

—Envíe a analizar esto —le entregó el envoltorio transparente con la tierra y una etiqueta en la que estaban escritos el lugar, la fecha y la hora de la recogida, para regularizar la cadena probatoria—. Me corre cierta prisa.

—¿Le parece bien para mañana por la mañana? —contestó ella grapando la nota a la bolsita. Después empezó a rellenar la ficha de recepción de la muestra.

—Perfecto —le respondió. Se volvió para mirar de arriba abajo una vez más a los otros dos, que seguían inmóviles. Meneó la cabeza, giró el picaporte de la puerta de acero y salió del laboratorio sin añadir nada más.

Diez minutos más tarde, De Marchi y Comello estaban en el despacho de Mancini con el portátil de Caterina sobre el escritorio. La ausencia de la pesada puerta metálica suponía un problema que solventaron bajando el tono de voz.

De Marchi clicó en la carpeta denominada «Carnevali» y, tras ajustar la visualización en «vista previa», las fotos se colocaron en el lado izquierdo de la pantalla, listas para abrirse durante la presentación.

—Las primeras son las del exterior. Del jeep. Del jardín. Después el peritaje fotográfico se traslada al interior, desde la cocina hasta la sala de estar. Por último, subimos por las escaleras hasta la habitación del médico.

—Vamos a ello —dijo Mancini sosteniendo la barbilla entre el dedo índice y pulgar.

Caterina clicó y las fotos comenzaron a sucederse una tras otra, de izquierda a derecha, de arriba abajo, hasta llenar completamente el monitor. Walter observaba con los brazos cruzados las imágenes que conocía. Después se apartó para dejar acercarse a Mancini, que se colocó entre los dos inspectores.

—Esta es la puerta de entrada —Caterina señaló la primera fila de fotos.

—¿No hay nada inusual? Señales de lucha, forzamiento... —preguntó Mancini.

—Nada —pasó a la fila de abajo—. Aquí están las fotos de las que le hablaba —dijo Caterina agrandando la vista general del patio y los detalles del coche. Cerca del tirador de la puerta izquierda había un raspón que parecía reciente—. Esa es la marca de la que le hablé ayer. Pero hay otra cosa en la que no reparé entonces. Observe esta otra.

Una foto se desplegó a pantalla completa. Era oscura y mostraba el interior del jeep. El salpicadero en raíz de nogal, el cambio automático, el panel con el navegador integrado y el hueco del portaobjetos con un cenicero. A su lado, la tapa del encendedor permanecía abierta con un cargador de teléfono enchufado.

—¿Dónde está el móvil de Carnevali? —preguntó Mancini, cuyos ojos horadaban la imagen en el Mac.

—No estaba en el coche, ni fuera. Y tampoco lo hemos encontrado en la casa.

El comisario se mordió el labio inferior antes de recitar las palabras que había memorizado tras leerlas en el informe de la brigada de Investigación Tecnológica:

—El móvil del doctor consta como apagado, la tarjeta sigue activa. Los registros telefónicos afirman que el aparato se encontraba en el área de su casa cuando se usó por última vez. El 6 de septiembre, alrededor de las nueve de la noche. No tenemos nada más. Sigamos.

La siguiente pantalla mostraba la progresión del peritaje fotográfico. Cruzaba la puerta y seguía las dos líneas de barro en el interior de la casa. Cinco fotos en el salón y en el sofá, en el que se hallaba el teléfono fijo, con el auricular fuera de su sitio. Luego subía por las escaleras, tres fotos desde abajo hacia arriba.

El corto pasillo llevaba al dormitorio del cirujano. Las dos líneas entraban hasta allí y acababan delante de un armario empotrado. En las otras cinco imágenes podía verse el interior con camisas, suéteres y pantalones colgados de perchas, y el resto de la habitación. Parecía ordenada, con cada objeto en su lugar, pero sobre todo sin señales de lucha. Solo la cama de matrimonio, que se hallaba en el medio de la pared sur, bajo una larga balda de caoba, estaba sin hacer.

—La siguiente foto de la cama —dijo Mancini señalando una imagen en la pantalla, que inmediatamente se agrandó llenándola.

Cuatro almohadones con fundas azules como las sábanas descansaban en la cabecera. Un edredón del mismo color estaba doblado a los pies de la cama. Sobre la mesilla de noche, un libro y una caja de Tavor abierta.

—Se ve que el doctor estaba un poco tenso —se le escapó a Comello.

Mancini se dio la vuelta y le clavó los ojos en la cara. Iba a decir algo cuando un agente se asomó a la puerta:

—¿El comisario Mancini?

—¿Sí? —contestó, algo confuso.

—Para usted —dijo el policía entrando en la sala. Lanzó una mirada a Comello y a De Marchi y tendió un fax al comisario—. Viene de la jefatura central.

Mancini lo cogió y leyó las pocas líneas con las que se le asignaba de manera oficial, con su correspondiente sello y la firma de Gugliotti, la investigación sobre el asesino de Nora O'Donnell. Decía exactamente eso: «asesino», no «asesinato». El asesino y no la víctima.

Un asesino que, de eso estaban seguros, actuaría de nuevo.

11.

Roma, Montesacro, miércoles 10 de septiembre,
16:30 horas

La lámpara en forma de colmillo se cernía sobre el sillón de terciopelo verde. Adosado al papel pintado color habano, el imponente péndulo de nogal marcaba el tiempo con su hipnótico tictac.

—Aquí estoy, profesor —se anunció Mancini envuelto en su gabardina—. Me ha hecho pasar la criada.

Carlo Biga no respondió. Parecía una figura de cera bajo el cono de luz anaranjada que lo inundaba, dejando el resto de la habitación poco más que en una oscura penumbra.

En la mano derecha sostenía un pequeño libro negro abierto por la mitad, mientras que con la izquierda acariciaba incansable el borde del sillón.

—¿He llegado muy pronto? —aventuró el comisario.

Biga alzó los ojos y los dejó clavados en algún punto delante de él, como ajeno a la presencia de su invitado. De repente cerró el libro, que soltó una densa nube de polvo bajo el ojo luminoso de la lámpara, y giró la cabeza.

—Al contrario, de lo más puntual.

Le hizo un gesto y se trasladaron al sofá junto a la chimenea de estilo victoriano. Estaba ya repleta de fajinas y de piñas crepitantes.

—¿Qué estaba leyendo? —preguntó Enrico Mancini.

—Una investigación del primer gran analista criminal...

—¿John Douglas, FBI, 1977? —le interrumpió el comisario.

—No... Auguste Dupin, librepensador, 1841.

La comisura de la boca del comisario se frunció levemente:

—No desde un punto de vista científico.

—Lo sé. Pero dejemos a un lado el punto de vista científico durante un rato.

—Profesor...

—Hay voces, autorizadas incluso, que afirman que los relatos de Edgar Allan Poe sobre Dupin —se pasó una mano por el vientre para sacudirse lo que parecían ser migas de galletas—, al igual que los de Sir Arthur Conan Doyle sobre Sherlock Holmes, más allá de su valor literario, son relevantes también en lo relativo al análisis criminológico.

—Profesor —repitió Mancini con forzada cortesía—, si es por eso, hay también quien defiende nada menos que un libro de mediados del siglo XV, el *Malleus Maleficarum,* utilizado por la Inquisición contra las brujas, ha de ser considerado como el primer tratado de investigación basada en perfiles psicológicos.

—Tampoco exageremos —dijo el profesor, añadiendo una carcajada que sonó poco convincente.

Mancini cruzó las piernas y adoptó una expresión seria, esforzándose por buscar en su interior algo muy remoto.

—El primer ensayo que puede enmarcarse en la escuela criminológica es *La investigación criminal,* 1891, Hans Gross —subrayó sin entusiasmo, con un tono de voz que tendía a atenuarse.

—Lo recuerdo, Enrico.

—A partir de los años setenta —prosiguió el comisario entrecerrando apenas los párpados—, fueron los investigadores de la Behavioral Science Unit del FBI los pioneros del análisis moderno de perfiles criminales.

—Robert Ressler, John Douglas, en lo que atañe a la vertiente operativa —se imitó a sí mismo Carlo Biga—. Sí, me parece recordar algo parecido.

—Son todas palabras suyas, profesor.

—Ya..., ha pasado tanto tiempo. Y han cambiado muchas cosas —dijo Biga.

—También usted ha sido una especie de pionero en Italia. Y Douglas era su amigo en aquellos tiempos.

—Como ya he dicho, han cambiado muchas cosas desde que eras alumno mío.

—Han pasado siglos.

—Y yo estoy jubilado. Fuera del mundo académico.

—Pero aún imparte sus clases en la Unidad de Análisis del Crimen Violento. Y sigue siendo muy respetado entre los agentes de policía.

—De eso no estoy muy seguro, pero me da igual. Lo digo en serio. A fin de cuentas, esta perspectiva externa me ha venido bien.

—¿Qué quiere decir?

—Que a veces tener una alternativa conlleva posibilidades previamente desconocidas.

—No le sigo, profesor —dijo Mancini, pasándose una mano por la cabeza.

—Es muy sencillo, Enrico. Tú estás dentro y yo fuera. Por lo tanto, miramos las cosas desde puntos de vista diferentes. A eso hay que añadir, si se quiere, el hecho de que yo soy un viejo y tú te hallas en la plenitud de tu carrera, por decirlo de algún modo. Las cosas están así.

—¿Quiere decirme que esa distancia le confiere una ventaja... analítica?

La brecha generacional con su antiguo alumno y las diferencias debidas a la heterogénea preparación del comisario eran un asunto con el que horadar el velo de indiferencia de Mancini, el muro que había erigido para mantener las distancias con todo lo que no fuera el recuerdo de Marisa. Por ello, Carlo Biga no se sustrajo al juego que había iniciado.

—Yo diría que sí —respondió quitándose las gafas de la nariz.

—¿Y cómo puede sintetizarse el análisis de perfiles criminales con este «método suyo»? —Mancini acompañó las dos últimas palabras con el gesto de las comillas.

Biga levantó lentamente su cuerpo achaparrado y regordete y se dirigió al pequeño mapamundi de madera de cerezo que custodiaba sus cuatro whiskies favoritos. Se volvió e hizo un gesto de complicidad a Mancini, que negó con la cabeza como respuesta.

—Ya ves, hacen falta deducción e intuición.

El profesor desenroscó la botella de Bushmills Malt, se llevó el tapón a la nariz e inhaló. Contuvo la respiración durante unos segundos y la soltó como si exhalara el último suspiro de una existencia tortuosa. Sus pequeños ojos claros brillaban de satisfacción. Cogió un vaso y se sirvió dos dedos generosos de líquido ambarino. Puso el tapón en su sitio y lo apretó, volvió a colocar la botella en el hueco, junto a sus tres hermanas. Cerró el globo y regresó a su asiento.

—Pero también hace falta un poco de imaginación. Conocer la estructura de la realidad, analizar la escena del crimen, el entorno, el cadáver, lo que lleva puesto o lo que le rodea; los exámenes biológicos, botánicos, químicos, y los que hagan falta, querido Enrico, pueden ayudarte a definir el marco en el que se ha producido un crimen y a trazar un esbozo de perfil psicológico.

—Eso es lo que se necesita para identificar la firma, el *modus operandi*...

—Por supuesto, Enrico, pero, verás, es igual de importante conocer otro elemento que a menudo se deja a un lado, tanto en el análisis como sobre el terreno.

—¿A qué se refiere? —preguntó el comisario, echándose ligeramente hacia delante y apoyando los codos en las rodillas.

—La estructura de la mentira.

—¿De la mentira? —los ojos de Mancini parecieron iluminarse de curiosidad. O de escepticismo.

—Hace tiempo que leo y releo estos clásicos de la literatura... llamémosle policiaca. Los leo con un ojo puesto en Jung y en Freud. Y estoy cada vez más convencido de que, como en esas obras, la estructura de la mentira es imprescindible para reconstruir el mundo ficticio del criminal. Sobre todo si nos hallamos frente a un asesino en serie. Mentira como imaginación, en definitiva. Meterse en su piel.

—Es un enfoque un poco... caduco, profesor.

—Yo sé lo que piensas. Lo que piensan mis antiguos colegas. Que he extraviado la ruta —soltó una breve carcajada—. Que he perdido el juicio, que deliro. Aunque te aseguro que este enfoque, que yo definiría como más «humanista», puede serte útil. Pero cuéntame eso que he oído, que te han metido en la investigación de la mujer irlandesa.

—Solo para que dé mi opinión.

—Bueno, yo no sería tan pesimista. Tal vez acabes sacando algo interesante.

—No creo.

—Lo sé, pero lo cierto es que te hace falta un caso para volver a cuestionarte a ti mismo. Te sentaría bien, después de lo que has pasado.

El repicar de los pulmones de bronce del péndulo interrumpió la conversación durante unos segundos.

—No me interesa, profesor —dijo Mancini negando ligeramente con la cabeza mientras se enderezaba en el sofá—. Y, además, esta vez es inútil. No es uno de esos casos.

Carlo Biga pensó que se había excedido. ¿Habría forzado las cosas? Enrico no estaba listo todavía, obviamente.

—¿Estás seguro?

—Sí, profesor. No creo que se trate de un asesino en serie.

—¿No?

—No. Por el momento, es un caso aislado. El desarrollo de un perfil es inútil porque habría una enormidad de sujetos con los que podría corresponder. Lo sabe usted mejor que yo.

Un enorme gato anaranjado cruzó la habitación, lánguido y silencioso, y se dirigió hacia un recipiente de metal que estaba en el rincón más alejado. Era la única compañía que el profesor toleraba en su casa, un anciano gatazo que consideraba como una especie de ángel de la guarda. Pasaron unos segundos antes de que Carlo Biga, ponderando bien las palabras, dijera en el tono más conciliador que pudo:

—Enrico, me he enterado del fax que te ha mandado el superintendente. Este es un mundo muy pequeño, ya lo sabes. Creo que no puedes negarte.

—¡No! —estalló Mancini, con los ojos desencajados y atónito ante aquella infeliz salida.

Se puso de pie, con el rostro constreñido en una mueca de aflicción y de dolor. Había ido a ver a su antiguo maestro para posponer el enfrentamiento con Gugliotti, para lograr tranquilizarse, para hallar consuelo, como cuando era estudiante y se refugiaba entre esas cuatro paredes para evitar la sensación de soledad que sentía encima, como un traje a medida. ¿Y qué había encontrado en cambio? La mal disimulada satisfacción del profesor por su inminente implicación en el caso de Nora O'Donnell.

Biga permaneció inmóvil en el sofá, con los brazos descansando sobre las piernas en paralelo y las manos aferradas a sus rodillas. El comisario hizo un gesto de despedida con la cabeza, se abotonó el impermeable y se dio la vuelta. Cruzó la habitación rápidamente y desapareció tras el arco que daba al vestíbulo. Pocos segundos después, el profesor escuchó la puerta que se cerraba y el leve sonido metálico de las cadenillas de seguridad. El silencio envolvió la casa como si el tiempo hubiera quedado clavado. Luego, el crepitar de la chimenea creció hasta llenar el vacío de la casa y el corazón encogido de su anciano dueño.

12.

Inundados por un amarillo lunar, los grandes ganchos oxidados, los cabrestantes, los armazones, los volantes y las pesadas poleas de elevación reflejan en el entorno la tenue luz espectral. Son antiguos instrumentos de tortura, máquinas de muerte que yacen mudas como parcas definitivamente inermes.

Esa sensación de vómito le nace del paladar. Después, la náusea se desliza hacia abajo, dentro de la garganta, y embiste la lengua. Un golpe de tos obliga al fraile a desencajar la boca.

Pero no se abre. La boca no se le abre.

Un sabor a herrumbre conquista el paladar mientras los ojos tratan de despertarse y los oídos siguen aún cerrados por la sangre que late. Un hedor acre y dulzón le hiere las fosas nasales, acompañado por algo más familiar.

Se obliga a luchar contra un sopor hipnótico y antinatural para mantener los ojos abiertos. En torno a él hay un leve resplandor que cree reconocer. Una pequeña luz anaranjada, no, más de una. El olor de la cera. Velas. Muchas velas pequeñas. Todas a su alrededor.

Fuera sigue lloviendo. El ruido se asemeja al burbujeo del aceite que usaba su madre para freír rosquillas los domingos. Se percata de que está sentado y tiene las manos atadas detrás de la cintura solo cuando una punzada le atraviesa la espalda y se le clava en el cuello. Trata de tomar aire, pero otra punzada le dice que no puede. Esta vez, la lengua recorre los dientes, intenta superarlos para humedecerse los labios.

Un escalofrío de hielo le perla la frente. Las mandíbulas no se le abren. El conducto lagrimal se hincha y las gotas le bajan corriendo por la cara para perderse en medio de la barba blanca. La garganta se le cierra. La sensación es de ahogo.

Frente a él solo hay una pared, pero ahora, a su alrededor, reconoce unos barrotes de metal. Es un cercado, se encuentra en un cercado. Una jaula de pesaje oxidada. Y lo que llega a sus oídos es un extraño gemido. Viene desde atrás. Inesperado. Después, un silbido ronco que reza en voz baja:

—Segunda fase...

Fray Girolamo masculla. Se encoge de hombros, trata de patalear. Nada. Está inmóvil, somnoliento, torpe. Solo oye algo que da vueltas, pero no puede girarse. Intenta sacudirse el entumecimiento y casi lo consigue, tanto es así que desplaza el hombro para mirar a la derecha. En ese instante, algo le tapa la cara y dos poderosas manos tiran de él hacia atrás. La cabeza golpea contra los barrotes, el fraile se queja. Resopla por la nariz. Del centro de la frente baja una gota roja a la que sigue una picazón molesta. Alrededor de la nuca las dos manos se afanan con rapidez, aprietan y anudan.

Los ojos le fallan, llenos de lágrimas y de sudor, pero la cabeza va ganando lucidez a medida que discurre el tiempo. El cuero que ahora tiene sobre la cara se adhiere a lo que le cierra la boca. Pero qué extraña forma tiene... Como una máscara. En la parte delantera está alargado, está abierto, como si fuera...

Señor, ten piedad.

... para un animal.

Cristo, ten piedad.

Cuatro pasos y ahí está de nuevo.

Señor, ten piedad.

No consigue enfocar su imagen. El brillo de las velas distorsiona las proporciones del entorno y la figura permanece en la penumbra. Pero él, fray Girolamo, no tarda en darse cuenta. Los ve de todas formas, los ve centellear en medio de una cara irreal. Son los ojos los que lo paralizan. En esos ojos hay algo muy extraño.

Después, el desconocido le sonríe. Una sonrisa inquietante, perturbada, mientras sus ojos arden con un fuego nunca visto. El fraile aparta la mirada, que se desliza hacia abajo, hasta los brazos. Son tan... largos. Inspira profundamente por la nariz y traga saliva. Ahora mira sus manos. En la derecha aparece un voluminoso aparato; en la izquierda, un pequeño cilindro de metal.

Otro silbido, sin entonación, prosigue:

—Atronamiento.

Dios mío.

Los primeros fluidos abandonan el cuerpo, que se relaja. Inmediatamente nota el olor. Los sollozos se le mueren en la garganta, dentro de esa boca sellada. Intenta retorcerse, alza la mirada y es entonces cuando los ve.

Todos esos trozos de carne colgando, con los ojos casi humanos clavados en él, con los hocicos atormentados en el último grito de terror. Las náuseas lo invaden, la cabeza da bandazos y la vista empieza a remolinear. Se obliga a luchar para mantener los ojos abiertos. Pero esas cabezas le buscan. No tiene escapatoria. Después, tal como han aparecido, corpúsculos de la espectral reverberación lunar, las formas desaparecen como el último aleteo de una polilla atrapada.

Dios mío, me arrepiento y lamento de todo corazón...

Cuando la figura se le acerca y levanta los brazos y las manos enguantadas con látex, la vejiga de fray Girolamo se vacía completamente, y él se rinde al terror. El monstruo abre la cancela del cercado y entra. Deposita con calma el mazo en el suelo, cerca del círculo de velas.

Pero ahora el monje puede verlas, no son velas. Son candiles, cirios votivos. Una mano lo agarra por el cuello y lo bloquea contra los barrotes. Luego, con la izquierda, el ser que lo está torturando apoya el cilindro en la calza del centro de la máscara, en correspondencia con la frente del monje.

Girolamo lo mira fijamente a través de la piel en busca de una migaja de humanidad en el fondo de esos ojos. Pero la cara que tiene delante no parece tener nada de humano. El hombre sonríe y la boca adquiere una mueca brusca, innatural. A pesar de los pocos centímetros que los separan, Girolamo no es capaz de distinguir sus facciones. Algo se le escapa.

El golpe llega, inesperado, en el centro de la frente. Los huesos del cráneo, los tímpanos y la mandíbula sufren una violenta sacudida. Luego, inmediatamente, la deflagración, el ardor, el fuego que arranca desde la cabeza y lo penetra. La sensación de hielo que sigue lo aturde, pero no lo deja inconsciente. El hedor de la piel quemada y de la pólvora del disparo lo mantienen despierto. Ahora entiende lo que es. Cuántas máscaras como esa vio de niño. Las utilizaban los matarifes para aturdir a los cerdos.

La vista se le empaña y los oídos le zumban enloquecidos mientras la sangre fluye a través de la nariz hasta la boca, que, tras el disparo, se ha abierto. Ahora Girolamo siente el sabor ferroso de la sangre. El corazón bombea y la lengua está seca. Los músculos de la espalda y del cuello se relajan y la necesidad de respirar se vuelve insoportable. Tiene que conseguirlo. Estira los labios. Quiere gritar. Pedir justicia con su último grito.

Pero acaba por ceder. Se desliza lentamente hacia el aturdimiento, los brazos se estremecen y se contraen, dos, tres, cuatro veces.

—Tercera fase.

Dios, Señor mío, ¿por qué?

—Suspensión y desangrado.

Un sombrío traqueteo, la imperceptible presión en los tobillos, un mordisco helado le sierra las piernas, mientras el cabrestante se pone en movimiento y la polea reanuda su antiguo trabajo.

Las últimas palabras que escucha Girolamo las reconoce perfectamente: «Por esta santa unción y por su bondadosa misericordia, te ayude el Señor con la gracia del Espíritu Santo...».

Un agudo rugido mecánico quiebra unos momentos la voz mientras algo lo eleva. «... para que, librándote de tus pecados, te conceda la salvación y te conforte...»

Señor, ten piedad.

«... en tu enfermedad.»

El columpio lo había construido papá para Elena, pero él iba allí de noche para comerse las rosquillas y buscar el cinturón de Orión en medio del cielo estrellado. Se sentaba en él y nada más, porque aquel movimiento le molestaba. Como ahora.

Y, como entonces, ahora también está Elena. Justo allí, delante de él. Lleva subido el vestidito rojo hasta las rodillas y cruza el arroyo de detrás de la iglesia. Es muy pequeña. Su hermanita. Le sonríe y le hace un gesto con la mano. «Hola, Giro», le dice sin mover los labios. Luego se vuelve, le envía un beso y dice adiós.

Las oscilaciones del cuerpo colgado boca abajo se ven interrumpidas por el abrazo que lo inmoviliza en cuestión de segundos. La silueta negra se aparta y saca algo de su cinturón, en un lateral. Coloca un momento una mano sobre la cabeza del viejo y, bajo los guantes de látex, los ojos del fraile se entrecierran.

—Amén.

A lo lejos, Giro solo puede ver un pequeño círculo brillante que empieza a desvanecerse. Es la luna llena sobre los montes en verano. Su luna. La de mamá y papá. La que él buscaba por la ventana de la celda en el convento. Hasta que un torbellino negro lo rodea y el hielo lo vence, le perfora las tripas, los pulmones, la cabeza. Se le planta en el corazón.

Y, en vez de desaparecer, cuando la pequeña cuchilla lo degüella como a un animal, la luz de la luna explota y se lo traga para siempre.

13.

Roma, jueves 11 de septiembre, por la mañana

También aquella mañana el radiodespertador se encendió a las seis en punto. Mancini se incorporó de golpe y se quedó sentado en la cama, jadeante aún. El locutor del tercer canal de la RAI leía las primeras noticias del día con voz profunda: «Hace poco ha sido hallado el cadáver de un hombre en las instalaciones del gran Gasómetro de Roma, en el barrio de Ostiense, cerca del puerto fluvial. Ha sido el personal de la recogida de basuras el que ha localizado el cuerpo de quien, por el momento, parece ser un sintecho que vivía bajo el puente de hierro».

—Cristo.

El comisario se espabiló mecánicamente, con los ojos medio cerrados, la mandíbula contraída, la lengua sobre los dientes inferiores desgastados por el nuevo compañero de sus noches, el bruxismo. Se puso de pie y se afeitó con la calma ritual de siempre, se arregló el pelo rizado, bebió una taza de café instantáneo, se vistió y, a las siete, ya estaba fuera.

Un cielo plomizo, compacto y cargado de agua, dejaba caer pequeñas gotas sobre otro día difícil. Mancini montó en marcha en el autobús número 36, extenuado por la muchedumbre que se agitaba en su interior, y, después de cuarenta minutos de alientos, sudores y discusiones, bajó en la estación de Termini. Recorrió la escalinata y tomó la línea B del metro.

Eran las 08:15 cuando llegó a la parada de Piramide, y veinte minutos más tarde ya se encontraba en el lugar del hallazgo. Entre los monos blancos que se afanaban en tomar muestras y levantar acta de los restos, localizó inmediatamente la figura corpulenta del comisario Lo Franco, que se movía dentro del área delimitada protegiendo su cabeza roja con un enorme paraguas negro. A su lado, la silueta diminuta de Caterina De Marchi con la cámara en la mano y la capucha del chubasquero resguardándola. Mancini le había enviado un mensaje de texto pidiéndole que se reuniera con él, pero resultaba evidente que el transporte público en Roma no era la forma más adecuada para llegar a la escena de un crimen. Y ella se le había adelantado.

Detrás de ellos, la imponente estructura del Gasómetro estaba envuelta en la bruma que se levantaba del meandro del Tíber y aplastada por el cielo bajo y henchido de humedad. El cadáver se hallaba en el suelo, a medio camino entre dos recios puentes grúa.

—Tiene el cuello roto, debe de haber caído desde allí arriba —dijo un muchachote rubio y con la cara muy delgada, señalando con el capuchón de su Bic en primer lugar la estructura de acero y luego la posición de la cabeza del cadáver, con una torsión de unos ciento ochenta grados respecto al pecho.

En el suelo había un hombre de unos sesenta años, rubio y de tez oscura. Yacía en una posición poco natural en una pequeña hondonada de un metro de profundidad respecto al nivel del terreno, ya repleta de lluvia. Las piernas estaban atadas con alambre de púas. Los brazos, cruzados sobre el pecho, habían sido fijados con cinta adhesiva, mientras que la cabeza aparecía inclinada, con el torso orientado hacia la calle. La cara, probablemente, se había desfigurado al impactar contra el suelo.

Mancini se acercó a Caterina, quien no dejaba de sacar fotos:

—No te olvides de los pies.

Ella asintió sin apartar el ojo de la lente. Después el comisario se dirigió a Lo Franco:

—Vente un segundo conmigo.

—Claro —contestó él siguiéndole unos pasos más allá.

Caterina ya había hecho una docena de fotos a la parte inferior del cuerpo, desde la rodilla hasta el tobillo, y a continuación había inmortalizado los zapatos chillones de la víctima. Los chicos de la científica habían colocado en el suelo los marcadores amarillos numerados al lado de un charco de sangre, de un diente y de un trozo de alambre desprendido del que mantenía atadas las piernas de la víctima. Ella se concentró en el cadáver, desde la ropa hasta las heridas; lo hacía para el informe del final de las prácticas y para el comisario Mancini. Por la misma razón había ido con Walter al chalé del doctor Carnevali en el barrio de Castelli. Pero allí había metido la pata y Mancini era incapaz de ocultarle su resentimiento. Lo notaba perfectamente.

Se colocó a un lado de la víctima y encuadró la cara. Tenía el pelo teñido de rubio pegado a la cabeza, su boca estaba cerrada y los labios lívidos parecían magullados, probablemente por el impacto. La cara presentaba arañazos y las cejas habían perdido la mayor parte de su pelusa. Los ojos azules, secos y abiertos de par en par, se asemejaban a los de una vieja muñeca de porcelana, falsos y sin expresión.

A medida que se desplazaba, Caterina seguía sacando fotos y haciendo *zooms,* consciente de que todo su trabajo serviría para congelar e interpretar los signos dejados en el cadáver y en la escena del crimen. Proteger y preservar, había estudiado en sus manuales. *«Protect and preserve»,* habría dicho Mancini. Pero el meollo era el mismo y ella también tenía que contribuir a fijar de una vez por todas las imágenes antes de que la escena quedara corrompida por elementos externos. Se acuclilló, acercó la cámara al cuerpo y disparó, mientras la giraba en círculo a su alrededor, como si el muerto fuera el fotógrafo, para recoger el último testimonio de la víctima. Mostraos abiertos, había dicho el profesor Biga durante una de sus últimas clases. *«Be open-minded»,* había puntualizado el comisario.

—¿Qué han dicho los de la basura? —preguntó Mancini a Lo Franco, una vez que alcanzaron la base del Gasómetro.

—Que acababan de llegar y estaban limpiando la calle que se encuentra después del puente de hierro, cuando vieron una nube de gaviotas que se enzarzaban. Después localizaron el cuerpo.

—Tal vez lo hayan desfigurado las gaviotas. ¿Crees que este asesinato tiene algo que ver con el de Nora O'Donnell?

—Aún es demasiado pronto para decirlo, ya veremos lo que sale de la autopsia. Por cierto —Dario levantó una ceja, cómplice—, he oído que ahora eres uno de los nuestros, ¿es verdad?

Una expresión idéntica a la que se le había escapado el día anterior con el profesor cruzó la cara de Mancini. Hartazgo y miedo.

—No. Y tú no me has visto por aquí.

Sin darse cuenta, el comisario se metió la mano derecha en el bolsillo interior de la gabardina para comprobar que el fax del superintendente seguía todavía allí, después observó las aguas del Tíber que corrían a pocos metros.

—Está bien... y gracias por haberte pasado.

El comisario Mancini volvió a mirarlo fijamente:

—Hasta que no tenga más remedio, quiero mantenerme al margen.

—Te entiendo, Enrico.

—Nos vemos.

Hizo un gesto a Caterina, que se había dado la vuelta, mientras el crujido de los neumáticos en la grava anunciaba la llegada de la ambulancia. El hombre de la gabardina se giró y se encaminó por la orilla del Tíber, dejando a su espalda los corrillos de colegas. Por encima de ellos, a la espera, media docena de gaviotas flotaban suspendidas en el aire pesado.

El énfasis dramático de las cuatro primeras notas de la *Quinta sinfonía* de Beethoven anunció una llamada del trabajo.

—Señor Gugliotti, buenos días —torció la boca Mancini.

—Qué tal, comisario —dijo la voz chillona al otro lado—. ¿Se ha enterado?

—Sí, señor, me he enterado...

—Lo siento... —prosiguió el superintendente.

Mancini se detuvo y cerró los ojos en espera del tiro de gracia.

—Como ha podido ver en las pocas líneas que le envié por fax ayer por la tarde... —hubo una pausa que Mancini interpretó como una solicitud de confirmación por su parte. Al no escucharla, el superintendente concluyó con firmeza—: Debo reiterarle su participación oficial en la investigación. Será usted quien la dirija, Mancini.

—Pero, señor...

—Ya he hablado con la fiscal Foderà y estamos de acuerdo en confiarle una brigada.

—Pero yo ya estoy con el caso Carnevali y...

—No me importa. ¡La prensa empieza a olfatear la primicia! No tengo la menor intención de servir de carnaza para esos cabrones. Tenemos que anticiparnos a ellos —dijo el otro.

—No me siento capaz —dejó escapar el comisario mientras cruzaba el puente de hierro envuelto por el esmog.

—¿Qué dice, disculpe? No le he oído.

Mancini levantó la voz para superar el ruido de los motores en fila:

—Verá, Gugliotti...

—¿Entonces estamos de acuerdo?

—¡No puedo! —gritó el comisario, mientras aplastaba con la mano derecha aquel maldito pedazo de papel y lo tiraba abajo, entre los remolinos del río.

—Perfecto —dijo el superintendente, fingiendo no haberle oído. Luego cortó la comunicación.

Mancini colgó, dejó resbalar el móvil en el bolsillo y siguió recto hacia la parada del 170 en piazza della Radio. Treinta segundos después, los faros amarillos de los coches empezaron a oscilar, mientras la cabeza le daba vueltas. Se detuvo y cerró los ojos. Contra el fondo negro de los párpados danzaba una miríada de diminutos copos de luz.

14.

Roma, jueves 11 de septiembre, 12:00 horas,
destacamento de policía de Montesacro

Caterina salió de su despacho y se encaminó por el pasillo hacia el cuarto de baño, que se encontraba en el piso de abajo. Las escaleras de hierro le devolvían un sonido ahogado mientras bajaba a pasos rápidos. Llegó al semisótano, apoyó el dedo índice en el interruptor y las luces de neón se encendieron titilando. El olor a moho había invadido el aire y los archivos de papel colocados en las estanterías de acero exudaban humedad. Recorrió los pocos metros que la separaban de la puerta del servicio femenino taconeando con fuerza en el suelo, para disuadir a roedores ocasionales, cuya mera visión no podía soportar. Entró al pequeño baño y entornó la puerta. Estaba limpio en comparación con el resto del semisótano. La bombilla se había fundido hacía un mes por lo menos y ninguno de sus colegas se había ofrecido para cambiarla. Dejó que la rendija iluminara la taza y, después de levantarse la falda, se sentó. Quería darse prisa. Si alguien bajaba en busca de una carpeta, la vería. Y, además, solo le faltaba eso, le pareció oír unos ruidos que venían de la vieja ducha en desuso.

La inspectora De Marchi intentó concentrarse, pero se sentía bloqueada; en parte por el temor a que alguien pudiera bajar por las escaleras, pero sobre todo por el pánico que la invadiría si por el plato de la ducha salía una de esas cosas.

«Musofobia —le había dicho el loquero—. Terror absoluto a las ratas. En tu caso a todo aquello que se le parezca, aunque sea remotamente. Hámsteres, topos, murciélagos, cualquier cosa».

Se había dado cuenta haciendo un peritaje fotográfico, un año antes. Se hallaba bajo el Castel Sant'Angelo, donde el cadáver de un ahogado había encallado en el Tíber. Acababa de sacar unas cuarenta fotos cuando los agentes de la científica depositaron el cuerpo sobre el adoquinado. Medio segundo después, salió del agua un puñado de grandes ratas de alcantarilla. El cadáver y las ratas, todavía unidas a sus pies, le parecieron una única masa amorfa. Recordaba perfectamente aquel pánico desconocido, aquella sensación de ansiedad, la dificultad para respirar, las náuseas repentinas y el sudor en las manos.

Los colegas habían espantado a los animales a patadas y ella se percató de inmediato de que el pobre muchacho, todo hinchado de agua, con la cara lívida y las manos desolladas tras haber sido arrastrado durante los primeros días por el fondo del río, tenía los dedos de los pies destrozados. Masticados por los finos dientes de esas voraces criaturas.

No se trataba de un simple temor al animal, objetivo y motivado. «Lo tuyo es una fobia, algo irracional y atávico que todos llevamos dentro y que se deriva de un episodio que no te ha abandonado. Un mecanismo de defensa del inconsciente», concluyó el loquero. Desde entonces, sin embargo, habían empezado a manifestarse esos extraños sueños, toda esa materia oscura y bulliciosa de vida que no había vuelto a abandonarla.

Se arregló, se miró un momento en el espejo desportillado sobre el lavabo. Se sentía cansada, agotada, pero seguía estando guapa. Los ojos verdes, menos luminosos de lo habitual. En el fondo, lo sabía. Sabía que la causa de aquel temor se encontraba solo en ella y que procedía de uno de los huecos más profundos de su conciencia. Un pozo tapado por el tiempo y por el cieno de algún pantano interior. Pero del que algún día, se lo había jurado a sí misma, acabaría por salir.

Abrió el grifo, que escupió un sollozo de agua sucia antes de recobrar la normalidad. Caterina se quitó la gorra azul oscuro y la dejó sobre la balda de cristal encajada en la pared de la derecha. Formó un cuenco con las manos bajo el grifo y notó de inmediato cómo un nuevo escalofrío escalaba y coronaba el miedo que aún le daba vueltas en la cabeza. Se mojó las puntas de los dedos y se las pasó levemente por la cara sin maquillar. Volvió a ponerse la gorra, apoyó la mano contra la puerta y la abrió de golpe con un gesto fuerte, decidido. Después de haber apagado todas las luces de neón, subió por las escaleras.

No había nadie a la vista. El pasillo estaba vacío y en los despachos tampoco parecía haber un alma viva. Se acercó al despacho de Mancini, el que carecía de puerta al final del pasillo. También estaba vacío, pero por la ventana que asomaba al patio se entreveía algo. En el centro de la explanada había un grupo de personas, sus colegas, y en el medio, dos hombres.

—¡Dios mío! —dijo Caterina, y salió corriendo.

Dio la vuelta al destacamento y llegó a la puerta que daba al exterior, al estacionamiento de los coches de los agentes. Alrededor de los dos se había formado un círculo de curiosos. La amplia marquesina de plexiglás transparente resguardaba el corrillo del agua que caía de un cielo plomizo.

El rubio se volvió de repente para lanzar hacia delante el brazo derecho con el puño a la altura del maxilar de Comello. Caterina lo reconoció enseguida: era el agente que había visto en clase de Biga la última vez. Había llegado cinco meses antes como apoyo de una comisaría del norte, no recordaba de dónde, pero tenía que ser algún sitio cerca de Milán. En realidad, nadie lo conocía. Ella también se había limitado siempre a las formalidades entre colegas. Era un tipo silencioso, inteligente. No, listo. Siempre atento, escuchando. Pero ¿por qué se estaban zurrando?

—¡Basta! —gritó ella abriéndose camino entre los agentes. Nadie pareció escucharla. Todos los presentes estaban concentrados en lo que ocurría en el centro de la explanada.

Walter dio un paso hacia delante, acortando la distancia con su oponente en vez de retroceder. Levantó ambos brazos y, mientras la mano izquierda interceptaba el puño del otro, la derecha le propinaba un golpe seco en la barbilla. La serie de cinco golpes en cadena penetró en la guardia como una hoja caliente en la mantequilla. En tres segundos, su adversario se encontró de rodillas con el labio roto y la nariz ensangrentada, sin entender siquiera que Comello había respondido a su ataque.

Una oleada de ira recorrió al agente, que, desde el suelo, se lanzó hacia arriba.

Walter, con los brazos hacia delante formando una cuña, dio medio paso, clavó la rodilla derecha en el esternón de su compañero y lo devolvió con violencia al suelo al tiempo que le cercenaba el grito en la garganta.

Durante unos segundos, todo pareció detenerse. Nadie dijo nada. Caterina se volvió de espaldas, visiblemente asustada.

Comello se quedó mirando al otro un instante y, frente a la pequeña multitud de colegas que aguardaban, dijo:

—Lección número cuatro: los puñetazos son como los disparos, si fallas con el primero, estás jodido.

El policía vencido se pasó los dedos por el labio inferior y se rozó la nariz. Levantó la mirada hacia la figura imponente de Comello y le gritó:

—¡Esto no termina así!

—Pues claro que termina así, pedazo de imbécil —Comello se abrió espacio entre los colegas y se dirigió a su coche.

Caterina lo llamó, mientras algunos policías volvían a entrar y un par se acercaba al agente tendido en el suelo para ayudarle a levantarse y acompañarle al baño.

—Le ha pillado dándole una paliza a un ladrón de coches durante un interrogatorio —dijo otro oficial en respuesta a la mirada desconcertada de la inspectora.

—Y esas cosas Walter no las soporta. Hasta ha tenido suerte el rubito —añadió su compañero, mientras el Giulietta negro retrocedía marcha atrás y se alejaba hacia la verja. Tomó por la calle de la derecha y desapareció de la vista. La explanada del destacamento se había quedado vacía. Solo ella seguía allí, inmóvil, mirando la lluvia que asaeteaba el enorme charco en el que había ido a parar.

15.

Roma, jueves 11 de septiembre, 12:20 horas,
Policlínico Umberto I, Departamento de Medicina Forense

Rocchi, sentado ante su escritorio, miró a Mancini y, después de unos segundos de pausa que el comisario interpretó como debidos a la emoción, comenzó:

—¿Estás listo?

—Sí. ¿Qué has encontrado?

—Empecemos por la hora de la muerte: los exámenes detallados sitúan el asesinato de Nora entre las 22:15 y las 23:00 del 8 de septiembre.

—Como ya me habías dicho —dijo Mancini.

—Más o menos. Pero hay una cosa rara, Enrico. Mejor dicho, dos.

—Estaba seguro.

—Nunca había visto nada parecido, te lo juro —añadió Rocchi.

—Bueno, vamos al grano —le apremió Mancini, ya un poco harto.

—En primer lugar, la causa de la muerte.

—¿No fue un golpe en la cabeza?

—No en la cabeza, en el cuello. Y tampoco murió por un golpe, sino por asfixia. Ya me había dado cuenta de las marcas, pero tenía que estar seguro de que guardaban relación con la causa de la muerte.

—Bien, de modo que la estranguló. ¿Qué tiene de raro?

Rocchi clavó un momento sus ojos en los de su amigo.

—Lo extraño es que en la garganta de Nora O'Donnell no están las marcas típicas de los pulgares del estrangulador.

—No te sigo —resopló el comisario.

—Verás, la presión máxima que puede ejercer una mano se registra en el pulgar.

—Apretar con ambas manos la garganta de la víctima es un gesto natural. Si, como me dices, la asaltó por la espalda, la marca de los pulgares debería estar en la nuca. La habrá cogido por sorpresa. Tal vez estuviera escondido. El paseo está lleno de matorrales y cerezos.

—Sí, pero esa no es la cuestión. Las marcas en el cuello de esa mujer nos dicen que no fue eso lo que ocurrió. Utilizó una mano sola.

—¿Qué? —exclamó el comisario frunciendo la frente.

—Solo hay marcas de cinco dedos alrededor de su cuello. Pero lo rodean casi completamente.

—Espera un segundo —le detuvo Mancini—. ¿Me estás diciendo que el lunes por la noche alguien atacó a Nora O'Donnell por detrás, la ahogó en pocos instantes, dado que nadie oyó los gritos, y lo hizo todo con una sola mano?

—No exactamente. No la ahogó, le rompió el cuello. Ese... monstruo... le trituró las vértebras cervicales. Con una mano.

—¿Estás seguro de que no pudo golpearla con un palo o un objeto similar y después...?

—Absolutamente seguro. Las huellas que dejaron los dedos indican que se trata de una lesión producida mientras estaba viva.

—Pero y si...

—¡No! —esta vez fue Rocchi el que levantó la voz—. En los casos de estrangulamiento, especialmente si es repentino, se producen microictus que, por lo general, un análisis a fondo del ojo revela.

—¡No tiene sentido, Antonio! Pero entonces, ¿sus huellas dactilares han quedado en el cuello?

—Sabes que es muy difícil sacarlas de la presión sobre la epidermis, pero podemos intentarlo.

—¿Has buscado también bajo las uñas de la víctima?

—Te lo iba a decir... Ya lo he hecho. Nada.

Mancini inclinó la cabeza acariciándose la barbilla entre los dedos y permaneció en silencio. Un instante después dio un paso para alejarse del forense, se giró y Rocchi vio en su rostro una expresión interrogativa.

—El segundo punto es quizá aún más impresionante... —prosiguió el forense.

—Adelante —replicó el comisario, seco.

—Creo haber comprendido por qué los extraños tejemanejes con el cadáver: lo de seccionarle los órganos, extraérselos y volvérselos a colocar en su sitio antes de cerrarlo todo.

Mancini se sentó en la silla que estaba al lado de la camilla de la autopsia, se restregó los ojos con los dedos y tomó aliento.

—¿Y cuál es la explicación?

—El corazón.

—Estoy bien, Antonio —intentó ironizar Mancini.

—No, no el tuyo... El de Nora O'Donnell.

—¿Era cardiópata?

—No. ¿Te acuerdas de que te hablé de unos puntos? ¿Que estaban tensos, como si le hubiera faltado piel? Dependía de la imposibilidad de cerrar la caja torácica, claro, pero también de otro elemento, abultado.

—Quieres decirme que el corazón...

—No es el suyo.

—¿Qué quiere decir eso de que no es el suyo?

—Lo que has oído, comisario. Cuando analicé los órganos uno por uno, empecé por el hígado, para medir la temperatura y determinar la hora aproximada de la muerte. Después ya sabes cómo funciona. Examiné los demás órganos para encontrar una confirmación sobre posibles anomalías. Hice pruebas toxicológicas y microbiológicas y, a continuación, analicé los fluidos biológicos, los jugos gástricos y cosas parecidas... En casos «especiales» como este se utiliza la coronariografía o el TAC para sondear el corazón y las coronarias.

—Abrevia —Mancini era incapaz de estarse quieto.

—Cuando hice el TAC del corazón de Nora O'Donnell, me di cuenta de que, desde un punto de vista morfológico, algo no cuadraba. Desde fuera, el músculo cardiaco podría parecer el de una mujer de la edad de Nora. Pero desde el interior no —Rocchi soltó un largo suspiro—. Los vasos son demasiado grandes, tienen un ángulo de expulsión inusual, la apertura de la superficie valvular es inferior en un veinte por ciento a la de un ser humano adulto. Y, además, hay una cosa muy extraña a nivel anatómico.

Rocchi hizo lo que a Mancini le pareció una especie de pausa para crear efecto. De lo más molesta.

—Por el amor de Cristo, ¿quieres ir al grano?

—A la aurícula izquierda llegan solo dos venas pulmonares en lugar de las cuatro que tenemos todos.

Mancini lanzó a su amigo una mirada consternada.

—¿Quieres decirme que el corazón de Nora O'Donnell era anormal? ¿Se había sometido a un trasplante?

Rocchi se levantó y se acercó al mueblecito que estaba al otro lado de la habitación, abrió el cajón y sacó una carpeta amarilla. Luego regresó a la mesa, volvió a sentarse y la abrió.

—Pensé en eso también, pero no he visto ninguna señal de suturas que lo indicaran. Y, como te he dicho hace un momento, Enrico, el corazón que hemos encontrado en el pecho de Nora O'Donnell no era el corazón de Nora O'Donnell.

Mancini se quedó mirándolo unos instantes. Algo se lo había sugerido inconscientemente. Tenía la esperanza de estar equivocado, pero desde el principio pensó que aquel desastre era obra de un maniaco.

—¿Así que el tío que la mató la abrió en canal, le sacó los órganos y después le metió el corazón de otra persona?

—No, no de otra persona. De un animal —concluyó Rocchi.

—Eso no puede ser —susurró el comisario.

—Para ser más precisos, del animal que tiene el corazón anatómicamente más parecido al tuyo y al mío. De un cerdo.

Mancini se restregó los párpados con las yemas de los dedos:

—Eso explica las pequeñas áreas necróticas a lo largo de la línea de incisión vertical que va del esternón a la garganta.

El forense desplazó la mirada hacia la de su amigo.

—Sí, la masa del corazón porcino es ligeramente más grande y es probable que, cuando nuestro hombre se pusiera a recoser, se encontrara con un abultamiento mayor.

—Tuvo que tirar de la piel para que encajara de nuevo, pero el tejido acabó cediendo a la presión interna —dijo Mancini mirando a un punto vacío en el suelo.

No cabían muchas dudas a esas alturas. El monstruo que había perpetrado esos estragos no podía ser un criminal cualquiera. No parecía la misma mano que había hecho el «trabajito» al hombre del Gasómetro. Aparentemente, ese cadáver no presentaba cortes ni suturas, la boca no estaba cosida, y, hasta que llegara el informe del forense, no habría similitud alguna. Lo único que le preocupaba era la secuencia temporal de los dos crímenes. El hecho de que, por alguna razón, la central pudiera relacionarlos. Que Gugliotti insistiera en su desvarío. Estaba dentro de una pesadilla. Esta vez no le sería posible librarse de ese follón. Estaba metido hasta las cejas y la única posibilidad de evitarlo era dimitir. Pero no se sentía capaz, no hasta que encontrara al doctor Carnevali. Se lo había prometido a sí mismo unos días antes, en el instante mismo en el que el anuncio de la desaparición del oncólogo de Marisa había llegado a la central.

El último caso, después se acabó.

16.

Roma, viernes 12 de septiembre, 04:04 horas

—¿Comisario Mancini? —dijo una voz cálida y áspera al otro lado del teléfono.

—¿Qué hora es? ¿Quién llama? —contestó el comisario incorporándose en la cama, con los ojos cerrados. La noche anterior había tratado de acallar, con media docena de cervezas, los mareos que desde hacía un mes le asaltaban sin previo aviso.

—Son las cuatro cero cuatro. Soy Giulia Foderà. ¿Puede venir inmediatamente, por favor?

—Pero... ¿adónde? ¿Adónde tengo que ir?

—A Testaccio.

—¿A Testaccio? —soltó de una bocanada la garganta pastosa de Mancini.

—Al antiguo matadero.

Hubo un instante de silencio y el sonido envolvente del agua que caía fuera de la ventana en el quinto piso de la casa de Mancini aprovechó para abrirse paso en el interior.

—No puede...

—Claro que puedo. Dese prisa.

—Lo que tarde en vestirme y encontrar un taxi.

—No se preocupe, ya le he enviado un coche.

Las luces de la ambulancia asaeteaban los monos blancos de los hombres de la científica en acción entre la zona de desuello de cerdos y la estructura central del matadero. Dentro, el área rectangular encerrada entre dos largas paredes amarillas de ladrillo visto albergaba una hilera de cabrestantes para levantamiento que se cernían sobre una docena de grandes pilas. Los destellos azules intermitentes penetraban por las lunetas hiriendo cabrestantes, cadenas y ganchos herrumbrosos.

Lo primero que Enrico Mancini notó, nada más cruzar el umbral, fue el tremendo olor, a sangre y a miedo, que todavía reinaba en aquel sitio.

A unos veinte metros, a la izquierda, tres hombres de la científica, el comisario Lo Franco y la fiscal Foderà formaban un semicírculo alrededor del primero de esos negros pilones. Los cinco tenían levantada la barbilla.

Mancini miró hacia arriba mientras se ponía en marcha para reunirse con el grupo. Al tercer golpe de tacón en el pavimento se quedó clavado.

A dos metros y medio del suelo, colgado por los pies de los ganchos, había una forma pálida, alienígena. Una crisálida, fue su primera impresión. Porque aquella no podía ser la silueta de un hombre. Alguien puso una mano en el hombro del comisario, que se sobresaltó y se dio la vuelta. Era Rocchi, con su cartera bajo el brazo y marcas de almohada en el pómulo izquierdo. Detrás de él, Caterina, con la Nikon al cuello y ropa técnica, los adelantó esbozando un saludo que dirigió también a los demás. Se quedó mirando un momento la escena y empezó a disparar conforme se acercaba despacio.

—Me llamaron hace una hora. He venido de inmediato —dijo Rocchi limpiándose sus gafas con la camisa.

Mancini no le respondió. Clavó un instante la mirada en los ojos de su amigo, después la desplazó hacia el pilón y, con el médico a su lado, recorrió los metros que lo separaban de los demás.

Todos se saludaron con gestos raudos. Rocchi dejó el maletín en el suelo, se arrodilló y lo abrió. Sacó los cubrezapatos, el mono, los guantes de látex y una grabadora digital que puso en funcionamiento. Una vez vestido, se incorporó y se acercó a la enorme tina. Los otros le siguieron.

El cuerpo desnudo colgaba sobre una tina en la que había cinco centímetros de sangre por lo menos, sobre la que flotaba lo que a Mancini, en un principio, le pareció un saco de arpillera.

—Es un sayo —Rocchi le leyó el pensamiento—. Hay un pequeño crucifijo de oro en una esquina, allí.

Mancini se inclinó y localizó el centelleo, luego alzó la mirada hacia el cuerpo estilizado.

—¿Y eso blanco al lado de la sangre? —preguntó Foderà.

—El vello púbico, la barba y el pelo —dijo Rocchi. Los demás se volvieron para mirarle con expresión asombrada.

—¿Y bien? Adelante... —le apremió la fiscal.

—Tengo que hacer la autopsia, pero de buenas a primeras yo diría que a este pobre fraile... le han sacrificado.

—Eso ya lo vemos nosotros también —apuntó Lo Franco sacando un cigarrillo de la cajetilla.

—No fumes aquí —lo detuvo Mancini.

Dario se apresuró a meterse la cajetilla en el bolsillo.

—Es verdad, lo siento.

—Lo que quiero decir —prosiguió Rocchi dirigiéndose a Foderà, pero sin apartarse del aparato— es que el asesino parece haber seguido al pie de la letra el proceso de sacrificio de los animales en el matadero.

—¿Y eso, doctor, qué significa técnicamente? —preguntó Foderà muy atenta.

—Verá, señora fiscal, al abatir el ganado se ha de evitar el sufrimiento del animal —Caterina apartó la cámara de la cara y esbozó una sonrisa benévola, antes de que Rocchi prosiguiera—. De lo contrario resulta dañada la calidad de la carne. Por esa razón, se le aturde antes.

—¿Y qué le hace pensar que ese tratamiento se le aplicó también a la víctima?

El forense parecía haberse extraviado entre las imágenes mentales que se esforzaba en explicar y tenía ahora su acostumbrado aire absorto.

—El aturdimiento puede ser cerebral o cerebroespinal. Es decir, con la electricidad o bien mediante el descabello.

—Dios mío —dejó que se le escapara Caterina.

—¿Qué es eso del descabello? —preguntó Lo Franco, con el ceño fruncido y los ojos reducidos a dos hendiduras malignas.

—En pocas palabras... es la resección del bulbo raquídeo —el forense puso el dedo índice detrás de la nuca— con un estilete que se clava en la articulación atlanto-occipital —concluyó conforme lo desplazaba hacia abajo, siguiendo la columna.

—Por Dios santo —Lo Franco observó el cadáver, procurando ocultar su repugnancia.

—Pero en este caso no se trata de descabello —Rocchi señaló la frente del fraile—. Ese es sin duda el signo de un punzón —hizo un círculo alrededor del pequeño círculo rojo—, y esta es la prueba: una miniexplosión.

—Deje de una vez de ser tan críptico. ¿Qué es un punzón? —comentó molesta Foderà.

El gesto de Antonio se volvió rígido y buscó refugio en la ironía:

—Bueno, yo vengo de una familia de carniceros. Sé que es de risa si lo dice un forense...

—¡Hágame el favor! —se crispó la fiscal, ante lo que consideraba un estúpido interludio autobiográfico.

Rocchi carraspeó y se impuso una actitud más seria. Después habló con la grabadora delante de la cara.

—En otros tiempos, el aturdimiento del ganado, antes del corte de la yugular, el desangrado y el despiece, se llevaba a cabo mediante proyectiles posicionados entre los ojos del animal por medio de varas. Para el ganado porcino y bovino se utilizaba una especie de máscara con una cuña. La máscara de Bruneau.

—Nunca había oído nada semejante —meneó la cabeza Dario Lo Franco.

—Era una máscara de cuero que se colocaba en el hocico del animal de modo que el punzón se encontrara en correspondencia con el centro de la frente —prosiguió el forense—. Entonces, con una maza de madera, el encargado descargaba un golpe sobre el punzón armado con un proyectil especial. En el momento del impacto, el proyectil explotaba penetrando en la caja craneal y aturdiendo al animal mediante un traumatismo en los centros nerviosos del cerebro —concluyó Rocchi señalando el orificio requemado en la cabeza del anciano.

—Así que, en tu opinión, ¿este hombre ha sido víctima de un aturdimiento? —preguntó Mancini, de pronto interesado.

—Es mi impresión inicial, en efecto.

—¿Y qué ocurrió después? —le apremió Lo Franco.

—Técnicamente, el sacrificio de la res incluye también las fases de atronamiento, suspensión y desangrado..., como resulta evidente por la cadena en los tobillos con la que se le ha elevado, por el corte limpio y profundo en el cuello y por el contenido de la pila.

—¿Eso quiere decir que se le vació de sangre como si fuera un animal? —la pregunta de la fiscal fue categórica y delataba acaso una pizca de inquietud.

Rocchi asintió.

—Exacto. Por lo general el desangrado sirve para evitar alteraciones de la carne y se realiza a través de la yugular, seccionando exclusivamente los llamados grandes vasos del cuello. Se evitan la tráquea y el esófago para impedir que el bolo alimenticio pueda salirse o que la sangre invada los pulmones. A veces se recurre a una doble sección, con incisiones en la yugular y la carótida en el lado del cuello, como en este caso —sonrió, satisfecho por la pequeña lección.

Caterina seguía haciendo fotos, una leve presión de la yema del dedo índice derecho y, de inmediato, el clic digital. Había recogido los detalles de la escena, los pilones de desangrado, las poleas que soportaban el cuerpo del fraile. El objetivo se había deslizado hacia abajo, a lo largo del cuerpo desnudo hasta la cabeza, la tonsura hinchada a causa de la escasa sangre que le quedaba en el cuerpo. Nunca se había topado con un rostro tan dulce. E incluso sereno: sus facciones estaban distendidas, a pesar del sacrificio y de la posición del cuerpo. ¿Cómo era posible? ¿Quién había podido matar a aquel hombre indefenso? ¿Y de una manera tan brutal? ¿Por qué?

—¿Y la depilación? —intervino Mancini.

—Después del desangrado, por lo general, los cuerpos de los animales se pelan a mano o con una máquina, pero en el caso de los cerdos se realiza la depilación mediante cuchillos, por chamuscado o en balsas de escaldado.

—El desuello —asintió Mancini.

Foderà se apartó del lado de Rocchi y se acercó a Mancini.

—¿Había visto usted alguna vez algo parecido aquí? Me refiero en Italia.

El inspector pasó por alto los sobrentendidos implícitos y negó con la cabeza, atusándose la barba descuidada:

—Sinceramente, no —luego añadió—: ¿Quién lo ha encontrado?

Hubo un silencio embarazoso hasta que Lo Franco dejó escapar un débil:

—Lo siento, Enrico... Se lo estaba contando a la señora fiscal cuando llegaste.

—¿El qué?

—Nos avisó la prensa —agregó de inmediato la fiscal, mirando directamente a Mancini.

—¿Quién?

—Verá... —empezó a decir Foderà.

—Gugliotti está fuera de sí —se apresuró a añadir Lo Franco.

—Hay serias posibilidades de que se trate de un asesino en serie —confirmó la fiscal.

Mancini no contestó. Siguió escrutando esos ojos oscuros que tenía delante. Parecían carentes de expresión. Fríos. Indiferentes. Esa mujer no había soltado una lágrima frente al atroz espectáculo de un ser humano degollado y desangrado. Nada. Ni siquiera un leve fruncimiento de los labios o un momento de debilidad.

—Es el tercer muerto que encontramos en pocos días, Mancini. Martes 9 de septiembre, Nora O'Donnell. Jueves 11 de septiembre, el hombre del Gasómetro. Hoy, viernes 12 de septiembre, este pobre desgraciado —dijo inclinando la cabeza hacia el cuerpo aún colgado del gancho—. Podría no tratarse del mismo individuo, comisario, pero mientras no tengamos todos los elementos para excluirlo no podemos detenernos. En conclusión, le necesitamos...

Mancini la interrumpió, meneando la cabeza y dando medio paso hacia atrás. Después escrutó las caras de sus compañeros. Todos decían lo mismo. *Te toca a ti.* Quiso intervenir, decir algo que pusiera fin a esa escena absurda, pero Giulia Foderà fue más rápida que él y terminó la frase que había quedado en suspenso:

—Y a tiempo completo.

—Mira, Enrico... —trató de decir Lo Franco.

La fiscal agitó una mano delante de su rostro, acallándolo, y retomó el tono seco y resolutivo que debía de haber sido la causa de su éxito profesional, pensó Rocchi.

—Así pues, en referencia al fax del superintendente que hasta este momento parece usted haber ignorado, debo pedirle *oficialmente* que se haga cargo de la dirección de estas investigaciones. Desde este instante, recibe el encargo formal de crear una brigada que se ocupe de detener esta *serie* de crímenes atroces.

—No creo que... —esbozó Mancini, aturdido, como si se encontrara de pronto frente a un muro salido de la nada.

Detrás de él, Caterina había soltado la cámara y asistía ahora a la escena.

—Mañana por la mañana envíenos un correo electrónico a mí y al superintendente con los nombres de sus colaboradores. Por favor.

—Lo lamento... —lo intentó de nuevo el comisario.

—Lo lamento yo también. Es todo por ahora.

Giulia Foderà dejó escapar una vaga sonrisa de despedida, se dio la vuelta y se alejó sin decir nada más. La exigua figura bien proporcionada en su traje gris perla y la masa rizada de sus cabellos se balancearon al ritmo que marcaban los tacones y el leve movimiento de sus pequeñas caderas.

Segunda parte

LA BRIGADA

17.

El hombre sentado en el porche alza la mirada hacia el agua que cae desde el cielo azabache. Llueve con fuerza. Menuda suerte para él, ese tiempo. Una fortuna que sabrá explotar a su favor. Lo tiene todo planificado. Sabe que es lo justo, que su justicia y la de la totalidad del universo son una sola. Debe restablecer su equilibrio personal, y a este le seguirá el equilibrio cósmico. El mal es desequilibrio, un agujero negro que nace de la nada y atrae a estrellas, planetas, satélites, mundos, para engullirlos entre las espirales de un remolino oscuro como la pez.

Pero antes debe poner en orden su mundo interior. Siente lástima por todos esos desgraciados que todavía desconocen lo que les espera y ni siquiera se acuerdan de él. Una sombra, así se imagina a sí mismo. Una estrella muerta que proyecta su llama luminosa a millones de años luz. No, él ya no es un cuerpo, tan solo la inane proyección de su figura. Un mero impedimento para la luz. Una imagen sin cuerpo. Una apariencia. Ahora que su estrella se ha apagado, ese cuerpo se ha convertido en una sombra sólida.

Pero esta noche toca salir. Se ha puesto ropa de camuflaje marrón claro, se ha oscurecido el rostro con la arcilla del jardín. Mira a su alrededor. Las palmeras, los sauces, los álamos. Detrás de la caseta, seis mil metros cuadrados de terreno que cultiva él solo. Ha comprado una fresa manual, un pedazo de hierro sin motor que ha aprendido a utilizar estudiando en los libros y viendo vídeos en la red. Se mira las manos, llenas de callos, pero robustas, endurecidas a muerte por meses de rutina cotidiana. Ese huerto le da todo lo que necesita. Ha puesto en marcha una pequeña actividad comercial que a veces se traduce en trueque de carne y productos farináceos con los campesinos de la zona.

Desde hace un año no tiene ningún contacto con el mundo civilizado, excepto a través de su ordenador.

El agua salpica la verja, el sendero de grava y la lápida en el césped frente al porche. El hombre mira su reloj, se levanta, se pone la capucha y se apresura a través de los eucaliptos y luego canal abajo.

Es el último día de agosto y Daniele Testa corre, con los auriculares en los oídos y una camiseta negra, igual que el chándal ceñido y transpirable. Su rugosa cara, bronceada por las vacaciones en una isla al sur del Lacio. Emprende la parte final de su entrenamiento en el paseo marítimo.

El otro, el que solo es una sombra, lo ha estudiado. Los ha estudiado a todos. Los conoce. Conoce los hábitos de cada uno de ellos. Por ejemplo, sabe que al atardecer, después de cuarenta y cinco minutos de carrera en el carril bici, y antes de coger el monovolumen estacionado en la placita de Foce Verde para volver a casa, Daniele afronta un cuarto de hora de entrenamiento en la arena. Cada santa noche, fines de semana incluidos. Es ese el secreto de su aspecto, a pesar de sus sesenta años cumplidos y del vicio de beber.

Allí, en el lado izquierdo de la costa de Latina, una zona desierta, donde no hay puestos de tumbonas, bares o tiendas, solo una franja de playa libre. Solo el amarillo opaco de la arena y el chapoteo incesante del Tirreno. En la hondonada entre dos dunas, Daniele se lanza hacia arriba, llega a la cima, respira, baja, comprueba el cronómetro y vuelve a subir a la carrera. Diez series de cinco repeticiones. Todas las tardes. Todavía le faltan tres esta noche. Casi le apetece darlo por acabado. En casa le están esperando, los planes de hoy son una ducha y una estupenda barbacoa en el jardín. El coche se encuentra a pocos cientos de metros... Pero, si consigue mantenerse tan bien a su edad, el secreto estriba precisamente en el sacrificio.

Reemprende el ejercicio cuando un inesperado soplo de brisa marina le alcanza por detrás, algo de arena que vuela. Uno, dos, tres saltos con las puntas de los pies mientras sube y la pantorrilla derecha se le queda clavada, sorprendida por una repen-

tina punzada. Un calambre, joder. Se apresura a levantar la pierna para no cargar todo el peso en ella, pero el pie izquierdo se hunde en la arena y la tibia también siente otra punzada. Mira hacia abajo tratando de mantener el equilibrio y apoya una mano en el muro de arena.

La tenaza lo aferra y se cierra. El cuello de Daniele es un trozo de plastilina en la mano de hierro que lo sorprende por la espalda. La mordaza le aprieta la garganta y las agujas que le punzan las piernas se multiplican. Intenta abrir la boca para gritar de dolor y de sorpresa, pero ya es tarde, no le queda aliento. Se derrumba en el suelo, el impacto es suave. El alambre de púas le envuelve desde los tobillos a los muslos. Los sentidos se le van apagando lentamente mientras nota el movimiento a manos de una fuerza desconocida que tira de él desde el otro extremo del cable. La cara se arrastra por la arena, las ramas secas le hieren en los ojos y la nariz, le arañan los labios. Siente que le levantan, como si fuera una pluma. Permanece colgando. De repente, cae hasta que la cara aterriza, con violencia, sobre una superficie dura que no estaba allí antes. Se le rompe un diente. Trata de sacudir los brazos, de respirar, de acopiar fuerzas. Resiste. Acostado boca abajo, hincha los hombros para levantarse y desencaja la boca.

Está listo para gritar cuando la mano le agarra por detrás de la nuca y le levanta la cabeza.

Por un momento el tiempo se detiene y Daniele nota el aire salobre, la sal que llena sus fosas nasales. El sol se ha puesto y todo lo que ve es la superficie nudosa de un escollo debajo de él. Algas y lapas. El destello de un pensamiento. Cubos, sombrillas, el verano con sus hijos. Su último verano.

Después la mano que le empuja furiosa hacia abajo.

El rostro de Daniele se estrella tres veces. Los pómulos golpean contra un borde y la piel se le abre. La barbilla retrocede, los cartílagos mandibulares ceden, la boca se deforma.

Daniele aún no ha sucumbido. Bracea, pero resiste. Sabe que de su cara chorrea sangre caliente. Oye un sonido seco detrás de él. La sensación de elevarse de nuevo, la vejiga que se rinde ante el horror cuando comprende que también sus brazos han quedado inmovilizados. Su cara vuelve a estrellarse contra la roca. El cuello se le quiebra, la tercera vértebra cervical se estremece y con el golpe sucesivo llega el colapso.

Un zumbido y todo ha terminado.

Y también es ahí, más allá de las jorobas arenosas de flora híspida, del esparto y de los lirios de mar, donde Daniele se desvanece sobre las olas.

18.

Roma, sábado 13 de septiembre, 11:00 horas

El despacho del superintendente era un local decorado con muebles de Ikea por Patty, la joven secretaria de Vincenzo Gugliotti. Paneles, cristales tintados, un amplio escritorio y un sillón frente a cuatro sillas en el interior de la decaída solemnidad del edificio de la jefatura central de policía entre el Quirinale y via Nazionale. Aquel lugar transmitía un vacío angustiante que Mancini conocía bien, la nada anidada entre los engranajes de la maquinaria burocrática del país, justicia incluida.

En cuanto cruzó el umbral notó el evidente contraste entre la expresión sombría de Comello y la mirada satisfecha de Gugliotti, que se puso de pie y salió a su encuentro con una sonrisa desplegada en toda la boca, de charlatán televisivo. El comisario lo archivó entre las cosas que no le gustaban de aquel hombre que se teñía de un rubio pajizo lo poco que le quedaba de la melena de sus tiempos de la brigada móvil.

Licenciado en Ciencias Políticas, Gugliotti entró en el cuerpo a finales de los años sesenta y, tras el curso, fue asignado a la jefatura de policía de Milán, donde comenzó como patrullero para pasar, en 1972, a la brigada móvil. Diez años después le destinaron a Bari con el mismo cometido. En 1986 se convirtió en el primer dirigente de la DIGOS, la unidad de operaciones especiales, de esa ciudad. En 1994 fue ascendido a superintendente y destinado a la jefatura de Livorno. Otro puerto de mar. Después pasó por distintas jefaturas de policía del norte de Italia hasta llegar, el 3 de febrero de 2004, a Roma.

Allí se lo había encontrado Mancini cuando regresó del curso de especialización en Virginia. Allí seguiría imaginándoselo, sentado ante ese escritorio minimalista y sin carácter. Listo para hacer que le obedecieran solo por el gusto del ejercicio del poder.

—Comisario. Gracias por venir —arrancó Gugliotti en tono conciliador.

—Buenos días —respondió Mancini aceptando en su mano lo que le pareció un cucurucho de jamón. Luego el comisario se volvió hacia Walter—: Buenos días, inspector.

—Comisario —contestó Comello con los ojos bajos.

—He venido tan pronto como he podido. Me muevo en transporte público —agregó Mancini.

—Sí, sí, ya sabemos que usted no usa el coche y todo lo demás... —Gugliotti echó una ojeada a la mano enguantada que Mancini acababa de soltar de la suya—, pero no se preocupe. Le he mandado llamar para...

En ese momento, anunciada por el tictac rítmico de sus diez centímetros de tacón, entró Giulia Foderà.

—Buenos días a todos —dijo sin dirigir la mirada a ninguno de los presentes.

Dio tres pasos y apoyó el bolso en una silla. Llevaba una blusa ocre, con un fular negro y botas de gamuza bajo unos vaqueros. Decididamente, más informal que como se había presentado pocas horas antes en la escena del crimen en el matadero, pensó Mancini.

—Señora Foderà —susurró Comello.

—Giulia, bienvenida —el superintendente repitió la sonrisa que poco antes había dispensado a Mancini.

—Vincenzo, vamos a empezar, por favor, que tengo que irme corriendo al tribunal.

—Claro, claro.

Foderà fue al otro lado del escritorio y se sentó en el sillón del superintendente, quien permaneció de pie, mientras que Mancini se acomodaba en la silla que quedaba libre.

—Como todos ustedes saben, me encomendaron coordinar la investigación nada más hallarse el cadáver de Nora O'Donnell —arrancó la fiscal.

—Pero, después del hallazgo de la segunda víctima el jueves 11, en el Gasómetro, y de la tercera, el viernes 12, en el matadero de Testaccio... —intervino Gugliotti meneando la cabeza.

—Nos vemos obligados a organizar una brigada que responda ante el superintendente y ante mí —terminó Foderà.

—Un equipo que va a coordinar usted, Mancini —dijo Gugliotti—. Usted, que es un recurso interno de incuestionable reputación y profesionalidad.

Mancini cruzó las piernas y juntó las manos sobre una rodilla, en un intento por contener la irritación que le iba creciendo por dentro. Después empezó a hablar:

—Me parece imprudente. No hay un vínculo entre los tres casos en cuestión, al menos hasta ahora. No hay evidencia alguna que nos diga que ha sido la misma mano la que ha actuado...

—Tengo que interrumpirlo, comisario. Vea esto —dijo Foderà mientras sacaba del bolso apoyado en la silla un ejemplar de la *Repubblica* de esa mañana. Lo desplegó y lo colocó frente a ella. El periódico, abierto en la sección de noticias de Roma, presentaba este titular:

SAN PAOLO-GASÓMETRO-TESTACCIO
¿EL TRIÁNGULO DE LA MUERTE?

—Eso no quiere decir nada. Y, sobre todo, no quiere decir que sea obra de un asesino en serie.

—Mire, Mancini, vamos a dejarlo en los siguientes términos —esta vez la voz de Gugliotti sonó concluyente—. Si ese asesino en serie existe, usted lo encontrará, lo llevará ante la justicia y pondremos fin a esta cadena de actos criminales. Si no existe, no me importa, usted demostrará que los delitos no están vinculados y les cerraremos la boca a los periodistas.

—La cuestión es que... —replicó el comisario, visiblemente nervioso.

—No hay nada más que añadir. Ahora que también tenemos a la prensa encima, debemos dar respuestas rápidas a estos hallazgos. En un sentido o en otro —prosiguió Gugliotti—. Ante la opinión pública y ante quienes están por encima —agregó entre dientes.

—Y tal vez también para hacer justicia —murmuró Comello desde su silla.

—Disculpe, ¿cómo ha dicho? —preguntó el superintendente, contrariado.

—Nada.

—Inspector Comello, ya ha dado usted sobradas muestras de insubordinación —dijo Gugliotti, señalándole con su estilográfica.

—Fue porque un colega recurrió a la violencia...

—Disculpe, ¿cómo ha dicho? —repitió el superior.

—Nada —contestó Comello, con la mirada perdida en algún punto delante de él y la mandíbula tensa.

—Estupendo —lo miró circunspecto el superintendente.

Mancini inclinó la cabeza y se vio contemplando fijamente el espacio entre sus pies. Una miríada de fragmentos grises se aglomeraban sobre el fondo de tonos crema. Eran baldosas de gravilla, habituales hasta los años cincuenta: cemento y trozos de mármol amasados. Nada más. Pero qué hermosas eran, daban una sensación de algo antiguo mezclado con la infancia. La casa de sus abuelos era un *collage* de aquellas pequeñas obras de arte: negras con inserciones claras en el salón, rojo y rosa en los dormitorios y blanco en la cocina. Qué tranquilizadoras eran, qué cálidas. La vista se ahogaba entre las infinitas formas que emergían de esa maraña de signos. De inacabables combinaciones.

—Como íbamos diciendo... —prosiguió Foderà levantando la voz.

El comisario alzó la cabeza proyectando las diminutas siluetas en el rostro de la fiscal, con un silbido lejano en los oídos, la cabeza embotada, las manos húmedas dentro de la piel de los guantes.

—¿Se encuentra bien, comisario?

—Prosiga —se apresuró a decir Mancini.

—Sí, quiero que mire especialmente esto —sacó un ejemplar del *Messaggero* y se lo enseñó.

TERCER MUERTO EN UNA SEMANA
LA POLICÍA A TIENTAS EN LA *SOMBRA*

Mancini sacudió la cabeza y frunció la frente.

—Pero cómo es posible que la prensa...

—Un antiguo periodista del *Messaggero,* Stefano Morini, recibió un correo electrónico —se apresuró a aclarar el superintendente. Y tendió una hoja al comisario—. Es un viejo jubilado, enfermo de Parkinson. Le entró el canguelo y se lo pasó a un antiguo colega del periódico que dio muestra del suficiente sentido común para llamarnos y remitírnoslo.

—¿Es el tipo que nos informó del asesinato del fraile? —dijo Mancini acercándose el rectángulo de papel a los ojos.

De: sombra@xxx.it
Para: stefanomorini@libero.it
Asunto: Cascajos de carne
02:05 - 12 de septiembre [illegible]
Estimado Sr. Morini:
La segunda de las muertes de dios se ha llevado a cabo. Pero la justicia solo triunfará cuando el arado trace su último surco.
Usted no me conoce. Nadie me conoce.
Cómo me llamo no tiene importancia.
Solo soy una sombra

—Es una firma —susurró Mancini levantando ambas cejas.

—Y las palabras que aparecen en el asunto, «Cascajos de carne», no son más que un juego de palabras que representa el lugar del descubrimiento —dijo Gugliotti.

—En época de los romanos —intervino la fiscal—, ese tramo del Tíber era el punto de atraque para las embarcaciones que transportaban mercancías. Con el tiempo, las ánforas que contenían alimentos se fueron apilando hasta formar un montículo.

—Más de veinte millones de piezas —dijo Gugliotti.

—De ahí surge el nombre de monte Testaccio o monte de los cascajos. Así fue como me di cuenta de lo que quería decir con «Cascajos de carne», lo intuí en cuanto me entregaron una copia del correo, antes de llamarle, Mancini —concluyó Foderà.

—Has sido muy hábil, Giulia —dijo con cierto arrobo el superintendente—. Pero la cuestión es que ese periodista, Stefano Morini, le pasó el correo a un excolega. ¡Menudo idiota!

Mancini se hizo el sordo.

—¿Los de Investigación Tecnológica ya se han puesto en marcha con las indagaciones?

—Por supuesto —respondió Gugliotti con la cara lívida.

—¿Y qué han sacado en claro?

—Todavía es demasiado pronto —dijo la fiscal—. Pero necesitamos formar esa unidad especial para buscar respuestas y poder dárselas a la prensa y a la gente.

Cuando la mujer cerró los labios, y quedó claro para todos que el discurso de introducción terminaba ahí, a Enrico Mancini le estremeció un escalofrío que le sacudió causándole un sutil temblor.

—¿Qué dice usted, Mancini? —le preguntó Gugliotti en un tono impostado y otra vez formal.

El comisario apartó los ojos del superintendente y los clavó en la cara de Foderà:

—Solo dos cosas.

—Adelante —dijo ella mirándolo fijamente.

—La primera: en el correo hay al menos cinco elementos de interés para la investigación.

—¿Y cuáles se supone que son? —entonó Gugliotti enderezando los hombros.

—La firma que aparece tanto en el campo del remitente como al pie del correo. El acertijo de la ubicación del cadáver en el asunto. El hecho de que el remitente utilice un enigma para notificarnos un contenido desconocido. El sintagma «de las muertes de dios» y, por último, la forma en la que esto se relaciona con la frase subsiguiente sobre la justicia y los surcos del arado.

—¿Un fanático religioso? —le interrumpió Comello.

—Podría ser, pero tenemos que estudiar los lugares de los hallazgos y las autopsias para afirmarlo con certeza.

—¿Qué más ha visto en ese correo? —preguntó Gugliotti.

—La serie —prosiguió el comisario—. Si lo que el asesino escribe es verdad, los asesinatos son en serie, y el fraile es el segundo cadáver.

—¿Quién es entonces la primera víctima?

—La irlandesa, Nora O'Donnell —dijo Foderà.

—Es posible —repitió Mancini—, pero, entonces, ¿por qué no mandó nuestro hombre un correo electrónico en el caso de ella también, anunciando la primera «de las muertes de dios»? Eso podría significar, tal vez, que hay un primer correo electrónico. Y no nos olvidemos del tercer cadáver sospechoso.

—El del Gasómetro —dijo Comello, que seguía paso a paso el razonamiento del comisario.

—Y si ese fuera obra de la misma mano como usted supone... —Mancini dejó que sus palabras se abrieran paso en la cabeza del superintendente.

—¿Qué? —preguntó Gugliotti.

—... puede querer decir que en la lista falta otro correo. El número tres.

—Así que son dos los correos electrónicos pendientes —concluyó la fiscal.

El silencio duró lo que dura un suspiro. Mancini fue quien lo rompió:

—Es necesario que un informático forense controle la fuente digital del correo en cuanto la brigada de Investigación Tecnológica haya acabado su trabajo. Y que uno de los nuestros vaya lo antes posible a ver a Stefano Morini.

—Tiene carta blanca, Mancini —sonrió satisfecho el superintendente—. El inspector Comello formará parte también de su equipo.

El policía asintió.

—Además, le asigno un experto médico forense.

—Hemos pensado en Rocchi, si no le parece mal —intervino la fiscal.

Mancini no se movió ni un milímetro.

—Y la fiscal Foderà coordinará las investigaciones —concluyó Gugliotti, oscilando la mirada entre Comello y Mancini en busca de una señal de contrariedad, que no detectó—. ¿Le hace falta algo más? —preguntó para terminar.

—Una base inaccesible a curiosos y colegas, otro miembro para el equipo y la supervisión del profesor Biga.

—De acuerdo —respondió el superintendente torciendo el gesto ante las dos últimas sílabas pronunciadas por el comisario.

—Comuníquenos lo antes que pueda el nombre del último miembro —dijo Foderà.

—En cuanto a su ubicación, se la haré saber esta noche sin falta —dijo el superintendente.

—No —respondió seco Mancini abriendo los ojos para enfocar mejor. Luego se puso de pie y señaló un punto en el mapa de Roma de la pared de al lado—. Aquí será perfecto.

—¿Dónde? —preguntó Gugliotti.

—Aquí —repitió el comisario, mientras Comello decía:

—El antiguo Consorcio agrícola.

—¿Y eso qué es? —preguntó Foderà.

—Fue el depósito de grano del sur de Roma en tiempos del puerto fluvial, hasta los años cincuenta. Más tarde rehabilitaron el edificio. Abajo hay un pequeño supermercado y un cine multisalas —comentó Comello.

—En la planta baja se encuentra una antigua correduría de apuestas que nos servirá perfectamente. El local está cableado y dividido en varias pequeñas salas. Lleva años cerrado; lo requisaron durante las investigaciones sobre el jefe del *holding* criminal surgido de las cenizas de la banda de la Magliana. Allí nadie nos molestará —dijo Mancini.

—Pero ¿por qué allí? —preguntó la fiscal algo irritada—. Habrá mucha humedad.

—Porque a quien se le ocurrió el titular de la *Repubblica* no le falta razón —soltó Mancini, lanzándole una mirada que quedó sin respuesta.

—El triángulo de la muerte —dijo Comello.

—Pero si son solo gilipolleces de la prensa, santo Dios, Mancini —resopló Gugliotti.

El dedo índice del comisario se movió unos cuantos centímetros y empezó a trazar círculos alrededor de la zona del puerto fluvial.

—Este es el baricentro. El lugar donde se refugia, probablemente —después cruzó la habitación en silencio, en dirección a la ventana.

—Es el punto equidistante de los lugares de los homicidios —asintió Foderà.

—Sí, por más que, en este caso, sean más bien los de los hallazgos, y no sepamos dónde fueron asesinadas las víctimas —dijo Mancini.

—¿Y con eso? —insistió Foderà.

—Con eso es probable que, por una razón que aún desconocemos, vuelva a atacar y, cuando lo haga, abandone el próximo cadáver en las cercanías —concluyó Mancini dándoles la espalda.

—¿Qué coño dice, Mancini? ¿El próximo cadáver? —levantó la voz el superintendente—. ¡Tienen que atraparlo antes!

Comello desplazó ligeramente la cabeza hacia la silueta inmóvil ante el marco de la ventana salpicada por las gotas de lluvia. E hizo su contribución:

—Lección número diez. Cuando un hombre comienza a matar, no puede abstenerse de hacerlo.

Gugliotti lo miró como si Comello acabara de pronunciar algo incomprensible y fuera de lugar, luego se dirigió a Mancini:

—Comisario, quizá la situación no le haya quedado lo suficientemente clara. No tenemos tiempo. Tenemos a la prensa pisándonos los talones. Tenemos a las altas esferas pisándonos los talones. No podemos permitirnos que aparezcan nuevos cadáveres.

—La verdad, señor, es que, si el cadáver encontrado en el Gasómetro es realmente el tercero de la serie..., sea lo que sea lo que signifique eso del «arado», está claro que habrá nuevos hallazgos.

—No, si usted y su brigada lo detienen. Que pongan en funcionamiento sus oficinas en el dichoso Consorcio —gorgoteó Gugliotti, con la cara pálida, conforme levantaba el auricular.

—Espere —Mancini se había dado la vuelta ofreciendo su perfil izquierdo. La luz húmeda y apagada contra la que se recortaba transformaba su silueta en la de una criatura diáfana.

—¿Qué más quiere, comisario?

—Le dije «dos cosas». Esta es la segunda: el caso Carnevali —dijo muy serio.

—Comisario —le interrumpió Gugliotti, repentinamente enojado, mientras colgaba el auricular—. Ya se encargará algún otro de eso. Usted coordinará la brigada el tiempo necesario para cerrar esta historia. Y tendrá que darse prisa.

Mancini apartó la mirada de la cara de la fiscal. Desplazó lentamente la cabeza y escrutó los ojos de su superior, invisibles a contraluz.

—No.

—¿Perdone? —Gugliotti se volvió en busca de una cara amiga, cruzándose con la mirada asombrada de la fiscal.

—Si quiere usted que tome el mando de la brigada, *debe* congelar la investigación sobre Carnevali.

También Comello había permanecido en silencio, mientras Giulia Foderà observaba a Mancini desde su silla con los párpados palpitando de incredulidad.

Gugliotti esbozó una sonrisa forzada tras la que se escondía la sensación de que la sorpresa inicial se estaba transformando en algo distinto.

—Comisario, no se encuentra usted en situación de dictar las condiciones, y creo que...

—No se le ocurra encomendársela a nadie —Mancini se había girado y dio dos pasos hacia delante. El tono de la voz había aumentado aún más, pero se mantenía firme y decidido.

La cabeza de Gugliotti retrocedió imperceptiblemente, sus cejas claras se arquearon mientras sus labios se retiraban a causa de la rabia. O del miedo.

—¡Soy yo el que tiene que decidir! Y le digo que...

No tuvo tiempo para terminar porque Mancini lo apremió:

—¿Lo entiende o no?

Gugliotti retrocedió ante el siguiente paso del comisario, cuyos ojos ardían en el fondo de los del hombre que tenía enfrente. El rostro ceniciento, incoloro.

—¡Santo Dios, Mancini! No está usted bien. Yo debería... —dijo el superintendente.

—¿Lo entiende o no? —la voz de Mancini se encaramó áspera y forzada en las cuatro palabras.

Comello se acercó al comisario y lo tomó del brazo para alejarlo, pero el cuerpo de Mancini era una estatua de mármol.

—Comisario, venga... —las suaves notas de la voz de Giulia Foderà llegaron hasta los oídos de Mancini quebrando el hechizo, y Walter consiguió por fin moverlo.

Cuando pasó junto al superintendente, Mancini apenas dirigió la mirada hacia la figura temblorosa. Gugliotti estaba empapado de sudor, un velo húmedo le cubría las mejillas y bajaba por el cuello hasta el interior de su camisa, la mirada vidriosa, clavada en la zona gris entre el ego y el pánico.

Mancini se detuvo y, antes de que Comello pudiera sacarlo de la sala, tuvo tiempo de añadir, con un tono cortés que sonó incongruente:

—No hay señales de violencia sexual, necrofilia o canibalismo. No hay rastro de armas en la escena del crimen. Nuestro hombre es un asesino organizado, lúcido, metódico. Uno de esos que no se detienen por sí solos, Gugliotti. Uno de esos que, hasta que no han completado el plan que tienen en la cabeza, no se detienen.

El superintendente lo miraba con la boca entreabierta. El comisario parpadeó dos veces con fuerza y concluyó:

—Congele el caso Carnevali. Deme su confirmación por escrito y tendrá su brigada lista para mañana por la mañana, *superintendente* Gugliotti.

19.

Roma, sábado 13 de septiembre, por la noche

La ventana daba al patio interior, un perímetro cuadrado de toscas losetas en torno a una serie de parterres con flores marchitas. La grava se ahogaba en un sinfín de charcos lívidos que rodeaban matas de rosas mortecinas y una pequeña hornacina mariana al final del jardín, entre dos palmeras trasquiladas.

Con los ojos fijos en la estatuilla de la Virgen velada de oro y azul, Mancini levantó el auricular con la mano izquierda, se lo colocó entre el hombro y la mandíbula y marcó el número de memoria.

Se oyó la señal de espera.

Su mano derecha levantó la botella del posavasos para llevársela a la boca. En contacto con el frío cristal anaranjado de la cerveza Peroni, la cálida piel de los dedos detonó, lanzando microastillas de dolor hacia la cabeza doliente, que las tradujo en imágenes... Sólido y frío como un cadáver. La imagen de los despojos sin alma en la cama de hospital, los ojos cerrados en el centro del rostro aún tenso por el esfuerzo del óbito. La boca apergaminada. El olor áspero a química y a sudor. La piel dura como la cáscara de un cítrico podrido.

El teléfono seguía sonando.

Se giró en la butaca y desplazó la mirada hacia el marco vacío de la puerta que daba al dormitorio. Una más, entre las muchas que había llevado al trastero. La única que sobrevivía estaba allí al lado, cerrada con llave. A la altura de la jamba, reconoció la silueta del perchero con animalillos de la selva que habían comprado en el mercadillo de Porta Portese. Un resto de algún dormitorio que había ido a parar a un tenderete de todo a un euro. No, pensó Mancini, aquel cuerpo de mujer, de su mujer, no volvería a albergar la vida. Nunca tendrían un hijo. Lo habían intentado. Con éxito. Al cabo de dos meses de un embarazo sin problemas, lo perdieron en el baño de un restaurante de Santa Marinella. Se les fue entre el negro de la sangre y la sal de las lágrimas. Pero volverían a intentarlo, se habían dicho.

—¿Diga?

Se sentó de nuevo.

—Profesor, por fin.

—Enrico.

El comisario percibió un deje de sorpresa en la voz de Carlo Biga. No era resentimiento, ni animadversión, después de que se hubiera ido de tan malos modos del chalé. Se avergonzó de sí mismo, pero no fue capaz de reunir valor para abordar el asunto.

—¿Qué tal está?

—Los achaques de siempre —dijo el viejo cambiando el tono de voz por otro afable.

—Pues beba para que se le pase —dijo, siguiendo su propio consejo.

—¿Y tú?

—Voy tirando —hizo una pausa y prosiguió inmediatamente—: Espere un instante.

—Por supuesto.

Mancini se levantó de la butaquita de lectura que en otros tiempos acogía las caderas esbeltas de Marisa, cruzó el espacio que lo separaba de la nevera y sacó otras dos botellas de Peroni. Volvió a sentarse y apartó una hoja en blanco. Le dio la vuelta y reconoció la receta de la homeópata que le había recomendado la psicóloga del destacamento, Claudia Antonelli. Puso encima ambas botellas y volvió a la conversación.

—Aquí estoy.

—A ver —dijo el profesor con la oreja aplastada contra el auricular negro y pesado, prosiguiendo a partir de su propio punto y aparte mental—. Por lo que entiendo tenemos tres elementos básicos: *where, what* y *who;* dónde, qué y quién. Nos faltan tres.

—Los más importantes —Mancini abrió la primera botella.

—Por desgracia, es cierto.

—*When, how* y *why*, cuándo, cómo y por qué —suspiró el comisario en el otro extremo de la línea.

—¿Has preparado la pizarra?

Mancini levantó el cuello de la botella y dio tres largos tragos.

—No, profesor.

—Enrico..., ya lo sé.

—¿El qué?

—Sí, vaya, sé que son técnicas que ya no usa nadie.

—¿Se refiere a la pizarra?

—Ahora se utilizan software 3D, láser para ver la sangre...

—El luminol no es más que un compuesto químico. Se activa con un oxidante y, cuando hay catalizadores como el hierro de la hemoglobina, permite detectar manchas de sangre. Nada más.

—¡*Vade retro,* Satanás! —se rio Biga y Mancini pensó que, desde luego, había sido un cabrón al contestarle tan mal.

—Es una herramienta indispensable.

—Sé que soy un dinosaurio.

—No es eso lo que quería decir.

—Lo que pretendo señalar yo, en cambio, es que a veces es necesario dar un enfoque, ¿cómo llamarlo?, sólido a las cosas, y la vieja pizarra con sus notas, en mi opinión...

—Ni siquiera sé adónde ha ido a parar —abrevió el comisario—. Y no quiero colocarla en el destacamento ni en la base porque no me gustaría que los colegas metan sus narices en el asunto.

—Ya entiendo —contestó Carlo Biga tratando de ocultar su decepción.

Mancini lanzó una mirada distraída a la señora Taddei, que, tras abrir el paraguas amarillo, se acercaba a la hornacina para dejar la rosa roja de costumbre. Lanzó otra mirada a la pared, cerca de la nevera SMEG roja donde estaba el reloj de Snoopy que había comprado Marisa.

Las 19:20 en punto. Aquella mujer no fallaba.

—Lo importante es que no te olvides de las pocas cosas buenas que te he enseñado —sugirió Biga.

—Nada más que un par... —dijo Mancini antes de volver a saborear el gusto amargo del lúpulo.

—Pues vaya alumno que me ha salido... —luego se detuvo a escuchar—: Pero ¿estás bebiendo?

—En efecto, el médico me ha aconsejado flores de Bach para curar la ansiedad, pero yo sigo pensando que los viejos métodos siguen siendo los mejores.

—Qué mal... Espera un momento.

El profesor fue a servirse medio vaso de su panacea diaria. Volvió al teléfono mientras Mancini observaba a la señora que se había levantado con dificultad tras arrodillarse para rezar un responso y haberse persignado. Ahora se dirigía a la escalera C, puerta interior 3, una planta por debajo de él.

—Ahora que estamos a la par, dime, ¿qué tal el caso Carnevali?

—El superintendente no se atreverá a arrebatármelo si quiere que coordine la brigada para dar caza al loco que se ha cebado con Nora O'Donnell, con el tipo del Gasómetro y con el fraile.

—Siento que te hayas visto enredado. Lo digo de verdad, Enrico...

—Ya lo sé, profesor... —Mancini pensó en aprovechar la ocasión para pedirle disculpas, pero al no saber cómo, lo soslayó—: Ese idiota está levantando un alboroto en los medios de comunicación.

—¿Ya has elegido la brigada?

—Por ahora, usted...

—¿Yo?

—Sí, profesor —dijo Mancini provocando unos segundos embarazosos al otro lado del teléfono. Quizá con eso quedaba todo arreglado. Tal vez le hubiera perdonado.

—Está bien, Enrico. ¿Quién más?

—Walter y Rocchi, más otro todavía por designar, aunque tengo ya cierta idea de quién podría ser.

—Walter... ¿Qué tal está? Me he enterado de su pelea con un compañero.

—Pues sí. Le dio a base de bien. Ya sabe cómo es, lo vive todo como una injusticia.

Hubo una pequeña pausa que llenaron con un gorgoteo simultáneo.

—Recuerdo que le apasionan las películas del Oeste. Es un buen chico —dijo Biga, tras limpiarse los labios con la mano.

—Sí, está obsesionado con esa clase de películas. Supongo que ve algo en ellas que no encuentra en la vida real. Cierto sentido del honor, o de la justicia, tal vez.

—¿Y tú?

—¿Yo qué?

—¿Cómo está tu sentido de la justicia?

—Como de costumbre, profesor, con sus altibajos.

La mano llevó la botella a la boca. La descarga de hielo que le había sacudido un minuto antes le invadió de nuevo y la sensación de humedad en las yemas de los dedos le pareció extraña. Había perdido el hábito del contacto con las cosas. Al menos fuera de esa casa. Fuera de su guarida había un mundo en el que no volvería a posar las manos. Se dio la vuelta, pero su mirada esta vez no se detuvo en el perchero. Más abajo, colgados de un ganchito, estaban los guantes de los que no se separaba nunca.

—¿Y del asesino? ¿Te has hecho una idea?

—Tengo algunas cosas a las que estoy dándoles vueltas, el correo electrónico con el que señaló el sitio del hallazgo del fraile.

—Por algo se empieza.

—Todavía no he podido estudiarlo a fondo. En cuanto tenga un momento se lo paso.

—Está bien, lo espero. Lo importante es que no dejes a un lado lo que te he enseñado —dijo el profesor, forzándose a una carcajada—. ¿Te acuerdas de mis clases? —preguntó después con una pizca de nostalgia en la voz.

—¿Las del aula o las del pub? —desdramatizó Mancini para recuperar el tono serio de inmediato—: Me las sé de memoria, profesor.

—Bueno..., siempre fuiste el mejor.

—No es cierto. Es que me encantaba oírle hablar.

—Gracias... —hubo un momento de incomodidad que Biga se apresuró a interrumpir—: En esta investigación, Enrico, si me permites...

—Se lo ruego, profesor.

—Lo que quisiera decirte... es que lo más importante es el instinto.

—¿Un racionalista como usted hablándome de instinto?

—Déjate de bromas, ya sabes lo que quiero decir: el instinto es importante, pero hay que saber guiarlo. Y además... no te olvides de la primera regla de un analista de perfiles.

—Meterse en el pellejo del cazador —respondió de forma automática el comisario, abriendo otra Peroni.

—Si es un asesino en serie, eso quiere decir que es fuerte, que está acostumbrado a percibir la fragilidad y el miedo de la presa. La peculiaridad que la convierte en la más débil entre los distintos miembros de la manada.

—La víctima ideal.

—Exacto. Pero el componente central en el que debemos concentrarnos es la identificación. El universo de ficción del criminal. Primera regla: reconstruir la fantasía obsesiva del criminal. Segunda regla: el comportamiento refleja la personalidad.

—Sí —respondió Mancini—. Era uno de los mantras en Quantico.

—Entonces sabes también la tercera regla.

—Veamos...

—Para entender al artista es necesario conocer su obra.

Como si hubiera despertado en ese instante, Mancini se espabiló de su modorra, se enderezó en su butaca y tomó un sorbo.

—Gracias, profesor —dijo después.

—¿Por qué?

—No, nada, perdone, es que acabo de acordarme de algo. Tengo que colgar.

—Enrico, ¿te encuentras bien?

—Ya le llamaré yo.

Al profesor apenas le dio tiempo a resoplar cuando, desde el otro lado, llegó un solemne e imperativo clic.

El comisario apartó la botella y, en un impulso de frenesí irrefrenable, sacó del bolsillo de los pantalones la copia impresa del correo de la Sombra a Morini. Se acomodó en la butaca, echó un vistazo al asunto, la fecha y se detuvo en la cabecera: «Estimado Sr. Morini». Era un encabezamiento formal. «La segunda de las muertes de dios se ha llevado a cabo. Pero la justicia solo triunfará cuando el arado trace su último surco.»

Era el correo de un asesino lúcido, seguro. Organizado y con un propósito preciso. No era un hedonista, lo demostraba el que no hubiese violencia de carácter sexual *pre* o *post mortem* o canibalismo. Podía ser un asesino dominante, en cualquier caso, si Rocchi confirmaba que las marcas en los cuerpos de las víctimas les habían sido infligidas en vida. Si los había torturado para saborear el miedo y ejercer su poder de cazador sobre aquellas pobres presas.

¿Qué era eso de «las muertes de dios»? ¿Y el «arado»? ¿Qué ocultaba bajo ese objeto simbólico? Por la posición de los cuerpos encontrados y por esos elementos, podía inferirse que la Sombra era un asesino ritual, con un nivel de instrucción medio-alto.

Pero esas preguntas necesitaban respuestas para trazar el perfil del monstruo que iba sembrando pánico y muerte. Respuestas inmediatas, si quería evitar que triunfara la justicia de la que el monstruo hablaba.

Se puso de pie y miró por la ventana. El jardín estaba vacío. Se asomó apoyando las palmas sobre el alféizar para olfatear el aire húmedo. Si Marisa siguiera aún con él... o si su hijo hubiera llegado a nacer. Si ahora tuviera a su hijo con él, ¿sería todo diferente? ¿Podría curarse? ¿Se desharía de esas dos piezas de cuero desgastado que colgaban del perchero? Y, sobre todo, ¿abandonaría la idea recurrente de un final rápido?

20.

Roma, domingo 14 de septiembre, 06:00 horas

A esas horas, el pasillo del destacamento estaba vacío. El comisario lo recorrió en silencio, con los ojos bajos, el andar inestable, y entró en su despacho. Comello ya se hallaba en el sofá, mientras que Rocchi se afanaba con la cafetera.

—Aquí tenéis vuestros deberes para casa —dijo sin demasiados preámbulos Mancini.

—Buenas, comisario —dijo Rocchi, mientras Comello se levantaba y se acercaba a la puerta para mirar hacia fuera.

—Démonos prisa —Mancini hizo caso omiso del saludo y apartó una tira de piel marrón de la esfera del reloj—. Walter, tú te encargarás de bucear en internet.

—¿Qué debo buscar?

—El matadero. Su historia. La estructura, el procesamiento de la carne. Todo lo que se te pase por la cabeza y pueda relacionarse con el fraile. Está claro que, si lo mataron allí, no fue por casualidad. Como tampoco lo fue el ritual llevado a cabo ni el *staging,* la «puesta en escena». Una alteración voluntaria del escenario del crimen. Lo decía el profesor en clase. ¿Está todo claro?

—Muy claro, comisario.

—Así que manos a la obra y, si hay algo que te llama la atención, imprímelo.

—Muy bien.

—Y, ya que estás, mira a ver si aparece algo sobre el «triángulo de la muerte», como lo han llamado los periódicos.

—De acuerdo.

—Antonio, de ti necesito un análisis comparativo —prosiguió Mancini dirigiéndose a Rocchi.

—¿Qué quieres decir?

—Tenemos tres cadáveres.

—Sí.

—Necesito que me digas, de forma detallada, lo que tienen en común. Cuál es el hilo conductor que los une desde un punto de vista médico forense. Me interesa saber si hay similitudes entre ellos. ¿Las lesiones sufridas por las víctimas presentan semejanzas? ¿Es compatible el cuchillo usado para degollar al fraile en el matadero con el que operó a Nora O'Donnell?

—Está bien, lo entiendo.

—Pero no solo eso. Estamos tratando de averiguar quién era el sintecho. Necesito tu informe.

—El informe está listo. Quería hablarte de ello.

—Espera un momento —dijo Mancini al notar que De Marchi acababa de entrar con unas notables ojeras—. Caterina, tienes que recopilar toda la información sobre las víctimas —le ordenó sin titubear.

Prefería quedarse a solas con Antonio Rocchi para escuchar los detalles, incluidos los más macabros, de su informe.

—El fraile, en primer lugar: de él no sabemos nada, excepto que era franciscano y que vivía en el convento de San Bonaventura al Palatino. A continuación, te centrarás en Nora: date una vuelta por Santa Maria Maggiore, necesitamos más datos sobre ella. Pásate por el pub irlandés y pregunta a quien puedas. De la academia de inglés donde había empezado a dar clases no ha salido nada de interés.

—Entendido.

Mancini los observó uno tras otro. Una energía familiar lo revitalizaba. Después de todo, quizá aquel caso inesperado no le viniese mal. Tal vez pudiera empezar de nuevo. ¿Sería acaso una oportunidad?

—Podéis iros.

—Hasta luego —se despidió Walter al tiempo que se levantaba.

—Ah, una última cosa —dijo Mancini. Se volvieron los tres—. Pronto estará operativa la nueva sede.

—La madriguera —ironizó Comello sobre la ubicación en un semisótano del centro de operaciones de la brigada.

—Nos vemos allí a las doce en punto.

—Está bien —respondió el inspector en la puerta.

—Antonio, tú quédate un minuto —le detuvo el comisario.

—Por supuesto. Me hago otro café, entonces.

Walter y Caterina salieron juntos y Mancini se quedó pensando en lo importante que iba a ser el factor tiempo. Tenían que sintonizar la misma longitud de onda. Todos ellos.

El comisario se dio la vuelta:

—Así pues, respecto a ese sintecho...

—No era un sintecho, Enrico.

—De modo que te has dado cuenta.

—¿Tú también?

—De inmediato, tan pronto como lo vi debajo del Gasómetro.

—¿Por los zapatos nuevos?

—No, podía haberlos robado. No, el caso es que estaba demasiado limpio, dejando a un lado la ropa; no tenía las señales de la calle en las manos. Las uñas perfectas, cuidadas.

—Y los zapatos no eran los suyos —dijo Rocchi.

—Sí, ya me lo imaginaba.

—Demasiado pequeños. Un 40. Quien le hizo todo eso se los puso a lo bruto. Forzando el pie.

—Entiendo... Y, dime, ¿tenía el cuello roto?

—Sí, el cuello estaba roto, pero ya estaba muerto cuando cayó desde el Gasómetro.

—¿Y el cuello se lo rompió antes o después de la caída? —Mancini interrogó los ojos de su amigo.

—Aún no puedo decírtelo con precisión. Solo sé que después de muerto sufrió una buena indigestión.

—¿De qué?

—De toba.

—¿Toba?

—Tenía un kilo de toba metido entre la faringe y el estómago.

La sacudida que le había recorrido momentos antes se transformó en un escalofrío de pánico que se le clavó a la altura del esternón.

—Eso es.

—¿Qué? —preguntó Rocchi frente a la expresión ausente de su amigo—. ¿Te encuentras bien?

—Estoy bien. Pero necesito más elementos, enseguida. Tienes que hacer el análisis comparativo del que te hablaba. Y efectuar pruebas en el fraile. Enseguida.

—Fray Girolamo, sí.

La investigación estaba adquiriendo las características de una cacería. Y él, en excedencia desde hacía tanto, demasiado tiempo, no quería dejar que se le escapara la presa, ahora que la había olfateado. Ahora que había localizado las primeras huellas. Cazadores y presas, había dicho su padre. Pero, como suele ocurrir a menudo en la naturaleza, el cazador se había convertido en presa. Y era él a quien le correspondía perseguir ahora. El olor de la adrenalina, del desafío. Una oportunidad, por fin.

—No tenemos un solo segundo que perder —dijo Mancini mientras salía al pasillo y se alejaba del despacho. Al llegar a la mitad, se dio la vuelta y, dirigiéndose al forense que lo observaba en el umbral, dijo con firmeza—: Podemos detenerlo.

Rocchi salió por la entrada del personal. Mancini miró su reloj: las seis y media. Estaba solo. Cruzó la puerta acristalada con persianas y se encontró en la entrada del público. En el banco de madera de delante del mostrador había una mujer de unos cuarenta años con un bolso llamativo, grandes gafas de sol y un vestidito corto de flores.

—¿Nives Castro? —Mancini le tendió la mano.

La mujer lo miró por un momento con el bolso en su regazo, luego extendió la mano derecha:

—Sí.

—Sígame.

Se levantó revelando la estructura ósea baja y compacta típica de las mujeres filipinas.

—¿Adónde?

No contestó, pero al pasar por delante de la máquina de bebidas calientes le preguntó con toda la cordialidad de la que era capaz:

—¿Un café?

—No, gracias.

Avanzaron por otro pasillo y el comisario entró en una habitación con la puerta abierta. Dentro había un banquito y una silla delante de un espejo. Era la sala de interrogatorios para delitos menores.

—Siéntese un momento. ¿Un poco de agua?

—No —repitió la mujer.

—Muy bien, señora, tengo que agradecerle el haber venido a esta hora tan inusual.

—No preocupe —dijo la mujer con expresión aterrada—. Para mí es mejor esta hora, así después voy a trabajo.

—¿Sabe por qué la he hecho venir?

La había convocado tan temprano porque las oficinas seguían vacías. No quería que nadie se fijara en él mientras trabajaba en un caso que Gugliotti había congelado, pero que aún le caldeaba el corazón.

—Por el doctor Carnevali. Desaparecido.

—Usted trabajaba en casa del doctor como empleada doméstica —empezó.

—Sí, también hacer de comer, yo. Pero estaba en cotización.

—No se preocupe, señora, eso no me importa. Quiero que me cuente algo de la nueva casa. ¿Cuánto tiempo hace que se había mudado el médico?

—Principio del verano.

—¿Y ya estaba usted también a su servicio antes de eso?

—Sí, cuando estaba señora en Parioli yo vivía con ellos.

—¿Tenía una habitación en el piso?

—Bonita habitación con baño.

—Y, después, ¿qué ocurrió? ¿Por qué se mudó Carnevali al campo?

—Señora discutía siempre con doctor. Señora quedó allí con Matteo.

—El hijo. Y, cuando el doctor se compró el chalé en Castelli, ¿usted se fue con él?

—Sí.

—¿Y cómo fue eso? ¿Por qué no se quedó con la señora Carnevali?

—Señora Valeria no buena conmigo. Señora quiere pagar poco y trata mal y así me fui con señor.

—¿Podría decirme por qué discutían tanto?

—Señora decía que el doctor tenía otra mujer.

—¿Una amante?

Una idea tan repentina como trivial cobró forma en la cabeza de Mancini. ¿Y si se tratara de una puesta en escena? Un cirujano que decide abandonar a su esposa y a su hijo para irse a vivir con su joven amante al otro lado del globo. En el fondo, ya había ganado mucho dinero en su consulta privada y Comello había descubierto que había presentado una solicitud de jubilación anticipada. Pero ¿para qué comprarte una casa tan cara si ya has decidido largarte al cabo de tres meses? No, la historia de la amante no le convencía.

—Sí. Señora decía que él gastaba demasiado dinero. Discutían siempre. Entonces ella echó él.

—¿Pudo usted notar si el doctor recibía llamadas telefónicas o si se escondía para hablar con el móvil cuando se encontraba en casa?

—No, nunca visto. Él poco en casa. Pero él es hombre bueno.

—¿Qué cree usted que ha ocurrido, Nives? —Mancini fue al grano.

—El doctor no huye, él quería muchísimo a su hijo Matteo. Él no otra mujer. Él buen hombre —dijo Nives meneando la cabeza y luego apretó los labios en una muestra de pesar.

Mancini había conocido a Carnevali. Era un hombre honesto, enamorado de su trabajo. Sí, habrá sido esa la razón por la que se hartó su mujer. Un hombre ausente, un hombre que vivía para su profesión. Lo recordaba durante el primer ciclo de quimioterapia de Marisa. Pasaba mucho tiempo con ellos. Intentaba tranquilizarlos, diciéndoles que los tratamientos habían avanzado mucho en los últimos años. Que había esperanzas. Lo había intentado. Aunque a Marisa no le gustara. No, a ella no le gustaba su frialdad, ni que careciera de humor, de corazón. Pero los médicos han de ser así, frente al espectáculo cotidiano de la enfermedad. Él más que otros, jefe del servicio de Oncología en el hospital Gemelli, donde las muertes desgarradoras eran la rutina diaria. Él, siempre de viaje para asesoramientos y congresos. ¿Qué clase de vida hogareña podía conducir? ¿Qué podía llevar a casa? Sí, estaba seguro, aquel hombre permaneció junto a Marisa, lo intentó todo para derrotar al... Notó una punzada en el pecho, una sacudida, un pinchazo que le quitó el aliento. Se llevó una mano al esternón.

—Por mí es suficiente —dijo ya recuperado—, pero hágame el favor de no alejarse de Roma.

—De acuerdo.

—Enséñeme su carné de identidad.

Nives Castro, nacida en Manila el 14/12/1972, soltera, via dell'Olmata 46, Roma.

—¿Así que ahora no vive con ninguno de los dos? —preguntó mientras se lo devolvía.

La mujer se sonrojó unos instantes y apartó la mirada:

—No, estoy en casa con otros de mi país. Voy a casa señor solamente una vez semana, sábado. Pero poco dinero y yo trabaja también para otros.

—Pero no para la señora Valeria, ¿verdad?

—No, ya dicho. Ella paga poco.

—De acuerdo. Puede marcharse.

La acompañó hasta la salida, donde la mujer se despidió con un gesto de la cabeza que parecía más japonés que filipino. Durante el último año, Carnevali no había comprado joyas ni regalos para una supuesta amante. Todo estaba en una carpeta dentro de un cajón de su escritorio. Lo presentía: no era una fuga por amor, como sugería la prensa. No, él no lo abandonaría. No dejaría a la única persona que les había ayudado en manos de unos secuestradores de mierda. Esa era su idea. Secuestro por un rescate. Tenía que llevar a cabo *su* investigación a escondidas. Nadie debía saber nada. Esa era la única justicia que deseaba. No podía esperar a cerrar el caso de la Sombra. Algo se había despertado en él cuando leyó el correo del asesino dirigido a Stefano Morini, pero era solo una fina capa de brasas a las que costaba avivarse de nuevo.

Las siete. Antes de su cita al mediodía con los demás tenía tiempo para ir a oír lo que tuviera que contarle la señora Carnevali.

21.

En el semisótano de una antigua casa, rodeada por un muro de piedra en ruinas, una melodía agita el aire podrido de humedad. Las paredes de la habitación están pálidas y moteadas, salpicadas a veces de gris donde el yeso no ha cedido. Fuera, la lluvia se clava en la tierra o golpea contra el cemento y salpica. No hay canalón que recoja su furia. Un sauce, dos palmeras y una hilera de álamos rodean la propiedad. Unos metros más allá, un bloque de hormigón en bruto, tal vez un almacén, con una puerta de hierro herrumbrosa y una hendidura atrancada en el otro lado, da a un sucio canal.

En el limo pútrido de desagües y hojas nadan dos nutrias gigantes. La mayor aprieta en la boca los restos de un animal hecho pedazos; la otra nada a su lado. De repente, guiada por un impulso más fuerte que su propia naturaleza, la muerde con furia detrás de la oreja. Un grito penetrante sigue a un rápido coletazo que barre el agua. Las ranas apostadas en el mantillo saltan para camuflar sus dorsos viscosos en el lecho del canal. Dos tordos se alejan aleteando. La asaltante cobra ventaja sobre la otra, que deja caer el trozo de carne, pero la rabia caníbal no se refrena. El animal se ensaña en el cuello sangrante de su nueva presa. Unos pocos segundos son suficientes para desgarrar la piel del cráneo y arrancar la vida de la víctima fuera de su cuerpo. Con los ojos rojos y el hocico goteando sangre, la vencedora arrastra esa masa, antes familiar, a la otra orilla. Y comienza a masticarla.

A su alrededor, los eucaliptos oscilan como un único pulmón, suave como sus cortezas, que quiebra el viento y protege el achatado edificio. Una docena de ejemplares de más de veinte metros de altura que, en fila, marcan los confines del terreno al lado del canal.

En el sótano, sobre el alféizar de un ventanuco, una hilera de cactus se alimenta de la acuosidad que exuda el cristal. Las hojas, repletas de púas letales, exhiben llamativas flores diminutas. No hay un solo insecto en el aire, demasiado denso para dar cabida a las alas. Bajo el mísero marco de plantas, una mesa de mármol gris mate recibe unos pocos destellos desde el exterior.

Sobre ella yace un hombre. Sus escasos cabellos están empapados de sudor, lleva unas gafas cuadradas y finas. Permanece inmóvil, tendido de espaldas, con sus grandes ojos negros perdidos en el vacío. Tiene la boca abierta. Los labios costrosos de rojo, los cuatro incisivos inferiores consumidos. Alrededor de la cavidad oral, a pocos milímetros del borde, cuatro pequeñas costras redondas: unos minúsculos agujeros, arriba y abajo. Viste una túnica blanca, de algodón, también manchada de sangre. Por debajo, un traje gris con una corbata marrón, zapatos de piel.

El hombre mira fijamente un reloj digital en la pared.

Junto a él, a la derecha, en el lado despejado, una barra de metal sostiene un goteo intravenoso color pajizo. Las muñecas y los tobillos están atados a la mesa con gruesas correas de cuero. La finísima aguja penetra la piel seca y alcanza una vena en el dorso de la mano. Las uñas son diminutas hojas muertas.

La cabeza le da vueltas desde hace tiempo, sin que pueda concretarlo: ¿semanas, días o pocas horas? Los músculos de los hombros y de los brazos son solo esponjas de las que ha sido drenada la energía. Las náuseas vienen acompañadas por breves regurgitaciones de bilis. La garganta, el paladar y la lengua están tachonados de picaduras ardientes. El único sabor que nota es el del hierro.

Se oye golpear una puerta.

Después, habitual e inesperada, la música se eleva sobre los últimos movimientos de la Canción de cuna *de Brahms. Los ojos del hombre de la mesa se abren más aún y liberan unas cuantas lágrimas, mientras la boca lanza gritos ahogados. Jadea con fuerza, la respiración se vuelve más rápida, más profunda, la garganta ulcerada se contrae y le raspa hasta sofocarlo. Un golpe de tos y un hilo de sangre se le escurre por la barbilla, hacia abajo, a lo largo del cuello.*

El hombre abre mucho los ojos e intenta enfocar la pantalla en la pared.

Son las 21:00 horas.

22.

Roma, colina del Palatino, domingo 14 de septiembre,
07:10 horas

Después de casi un minuto de espera en el telefonillo, un lapso de tiempo que Caterina no quiso interrumpir apretando de nuevo el botón, el aparato emitió un zumbido y una lucecita roja se encendió al lado de la pequeña cámara.

—Buenos días, soy la inspectora De Marchi, de la policía estatal —se acercó la placa a la cara—, quisiera hablar con alguien sobre la muerte de fray Girolamo.

Había pensado en telefonear, pero, dada la hora y considerando el efecto sorpresa, al final prefirió no hacerlo. Sin embargo, ahora se arrepentía, quizá a esas horas los franciscanos estuvieran reunidos para la oración, aunque había leído en alguna parte que lo hacían sobre todo al amanecer y al atardecer. Los segundos pasaban y Caterina, con la cámara colgada del cuello protegida por el paraguas ocre, se preguntaba sobre el cariz que debía dar a la conversación.

El convento de San Bonaventura, fundado en el año santo de 1675, se había construido sobre una antigua cisterna romana en lo alto de la colina del Palatino, el centro exacto de las Siete Colinas. Estaba encajado entre las excavaciones arqueológicas y el Coliseo, cuya mole destacaba más abajo.

La verja se abrió rechinando, Caterina dio unos pasos y se detuvo sobre la grava blanquísima que rodeaba el patio de acceso. Diez metros más adelante, en el cuerpo principal del edificio, se abrió de par en par una puerta de madera que daba a un espacio al aire libre. Un hermano, de barba larga, con sobrepeso, encapuchado y con una tau de madera al cuello, le hizo señas para que se acercara. Caterina no dejó que se lo repitiera y recorrió los pocos pasos que los separaban con el paraguas sobre su cabeza.

—Adelante —dijo con un hilillo de voz el hombre—. Yo soy fray Giuseppe —y le tendió una mano larga y cuidada.

Más allá del umbral, arrancaba una pared de ladrillo de unos treinta metros de largo que doblaba al fondo a la izquierda. Caminaron uno al lado del otro, las chanclas de Caterina crujían sobre la gravilla húmeda mientras su mirada se posaba en las sandalias del franciscano, expuestas a la lluvia. Entre tanto, en la pared se alternaban las hornacinas del Vía Crucis protegidas por rejas de hierro. Doblaron la esquina y siguieron el camino que llevaba a través de una galería de hiedra al jardín del convento, pero, antes de dejarse engullir por el túnel verde, la inspectora divisó un espacio abierto a la derecha que llamó su atención. Se detuvo, mientras fray Giuseppe continuaba y, cuando este se volvió, hizo un gesto a la cámara señalando la logia en forma de media luna.

—¿Puedo? Será solo un segundo.

El religioso sonrió benévolo e inclinó la cabeza en señal de asentimiento. Caterina llegó al lugar e introdujo la cabeza. Más abajo, a pocos centenares de metros, se desplegaba toda la zona del Coliseo, con el Arco de Constantino y los pinos marítimos haciendo de marco. Liberó el objetivo, encendió la cámara, la ajustó en modo LLUVIA y empezó a disparar, enfocando con el *zoom* los detalles de aquel inusual panorama. Despegó el ojo del aparato y dejó que su mirada se deslizara por las formas del gigante adormecido. El emblema de Roma, el símbolo mismo de su monumentalidad, decretado por la célebre profecía de Beda el Venerable *Quandiu stat Colysaeus stat Roma; quando cadet Colysaeus cadet Roma et mundus*. Mientras resista el Coliseo resistirá Roma; cuando caiga el Coliseo caerán Roma y con ella el mundo entero. Incluso desde aquella distancia la edificación irradiaba un aura de poder. Cien mil metros cúbicos de travertino y trescientas toneladas de hierro que los mantenían unidos como los huesos y los músculos de un monstruo de cincuenta metros de altura, justo por encima de las copas de los pinos. Caterina encuadró las arquerías de las columnas corintias del tercer nivel, después el camino de acceso a la cávea, que no tardaría en llenarse de turistas.

Envuelto por la lluvia y dominado por un cielo azabache, el Coliseo parecía una trampa de mármol y ladrillo, una bestia dormida, pero lista para una nueva masacre. Sus piedras rojas y crueles daban forma a la maciza armonía de su curva elíptica. Desde la colina parecía una enorme boca dentada, aún movida por una atávica ferocidad, y desvelaba su horrible, majestuosa naturaleza, potente y fatal. La maquinaria de la muerte, los hombres y la sangre. Nos hablaba de los atroces juegos fruto de la crueldad imperial y de los infames gustos de la plebe. No resultaba tan extraño que, a mediados del siglo XVI, Benvenuto Cellini hubiera hecho de él la puerta de los infiernos. Eso era, y no la ciudad santa, pensó Caterina.

Volvió de sus pensamientos sobresaltada cuando la mano del fraile se posó en su hombro.

—Tenemos que irnos. Me quedan pocos minutos antes de los oficios.

Llegaron ante el portón principal, Caterina dejó el paraguas fuera y entró. La sala, desnuda y sin ventanas, estaba iluminada por la luz de dos candelabros de hierro. El olor a humedad era sutil pero perceptible. Se hallaban en un amplio vestíbulo amueblado con un único banco de madera que corría por el lado izquierdo y coronado por una hornacina con la imagen del santo patrón. El fraile le señaló el asiento, y, antes de que Caterina pudiera darle las gracias y acomodarse, se bajó la capucha. Rondaba los cincuenta; joven, considerando la edad y la apariencia de Girolamo.

—Bueno... —no sabía por dónde empezar—. Soy inspectora del destacamento de Montesacro y, como puede ver —dijo, señalando la cámara colgada del cuello—, soy una fotógrafa de la policía. Pero no se preocupe, no estoy aquí para sacarle fotos. Necesito cierta información.

El fraile no se alteró y Caterina carraspeó para espantar un momento de incomodidad. La llama de una vela tembló, cerca de su final. El pabilo chisporroteó y el olor a cera de abejas pareció imponerse por un momento sobre la humedad.

—¿Podría darme los datos personales de fray Girolamo? Quisiera saber también cuándo entró en este convento —dijo sin tomar aliento.

—Hace cuarenta años. Se llama... se llamaba Girolamo Matteini, nació en un pueblo de la provincia de Terni. Lo demás puede verlo aquí —concluyó sacando de un bolsillo de la túnica el carné de identidad del religioso fallecido.

Caterina lo abrió y tomó nota mental de todo, se lo devolvió y prosiguió.

—¿Y desde entonces siempre estuvo aquí... dentro?

—Como usted sabrá, aquí todos tenemos una pequeña celda donde pasamos la mayor parte del día en oración. También Girolamo tiene... tenía una. Nosotros, los frailes del Palatino, observamos la palabra de Jesús mediante las enseñanzas y las reglas de Francisco de Asís. Pero también nos encargamos de las peregrinaciones a Tierra Santa, de organizar marchas de oración y retiros para aquellos que necesitan encontrarse a sí mismos en la fe de Nuestro Señor.

Caterina dejó que su mirada danzara al ritmo del parpadeo de las sombras, mientras fray Giuseppe seguía hablando, mirándola directamente a los ojos.

—En casos raros, puede ocurrir que alguno de nosotros salga para llevar el testimonio de Francisco a los más necesitados. Verá, desde hace muchos años, fray Girolamo cumplía la voluntad de Nuestro Señor, no lejos de aquí, en el hospital San Giovanni, donde llevaba palabras de consuelo a las jóvenes que *creían* querer interrumpir su embarazo. Él transformaba esas palabras en la esperanza y le aseguro que durante muchos años impidió cientos de abortos.

Caterina tragó saliva y decidió guardarse las consideraciones que en una situación diferente habría vomitado.

—Por lo que sabemos, el hermano fue asesinado la noche del 10 al 11 de septiembre. ¿Recuerda si ocurrió algo de particular el día de su muerte?

—Hubo una llamada telefónica. El 10 por la noche.

La agente de policía replicó sin pensar:

—¿Es que reciben llamadas?

—También tenemos internet, puede visitar nuestra página... —respondió con una sonrisa—. Recibió una llamada de una mujer. Yo se la pasé. Una chica joven, asustada por el horror del aborto, con una voz estridente, pobre alma perdida. Era su deber salvar una vida. Salvar a una mujer herida y profanada —dijo con voz profunda e insinuante.

—¿Me está diciendo que fray Girolamo recibió a esas horas de la noche una llamada telefónica para una visita y se fue solo al matadero?

—A Testaccio, me dijo. Era su deber.

—¿A qué hora la recibió?

—No puedo decírselo exactamente, pero creo que ya era tarde, bastante después de vísperas.

—¿Y sabe a qué hora salió?

—Antes de medianoche. Fue andando.

—Pero si son más de dos kilómetros. Y estaba lloviendo.

El religioso asintió, entrecerrando los ojos.

—¿Por qué no se llevó a alguien, a algún hermano más joven?

—Porque no era nada excepcional. No había nada por lo que preocuparse. Sucedía a menudo. Una llamada en mitad de la noche como muchas otras. Era su misión. Después de la muerte de sus padres y de la clausura, Girolamo dedicó su existencia terrenal a proteger la vida y llevar consuelo a quienes estaban a punto de perderla. Era un buen hombre. Todos tenemos el corazón roto. Gozaba de buena salud, no fue el Señor quien lo llamó a su lado.

Esas palabras, el ritmo calculado de su voz cálida y evocadora, le resonaron en la cabeza como si estuviera en una cueva donde hubiese un eco mágico. Pero los ojos azules del fraile relucían vacuos. Caterina parpadeó, hipnotizada por el vaivén de las sombras agonizantes.

—¿Quién fue? ¿Por qué tanta maldad, señorita? —le preguntó el monje poniéndose de pie y ofreciéndole la mano abierta.

Las sombras temblaron de nuevo y Caterina volvió a verse delante del pilón en el que el monstruo había dejado verter la sangre y la vida de fray Girolamo. Ella había elegido ese trabajo y pronto alcanzaría su meta. Iba a entrar en la policía científica. Tendría que enfrentarse a una infinidad de imágenes macabras, pero las dejaría fijadas para siempre. Y al menos, los de las escenas del crimen eran cuerpos sin vida, espantosos, desde luego, pero inmóviles e inofensivos.

—Lo encontraremos —tuvo apenas fuerzas para contestar.

La lluvia caía a plomo sobre el adoquinado salpicando las chanclas blancas con gotas marrones. Tenía que volver al búnker para elaborar su informe. Debía examinar el listado de llamadas telefónicas recibidas por el único teléfono del convento. Había apuntado el número en su móvil.

El taxi arrancó siguiendo el tráfico denso de primera hora de la mañana. Caterina había cerrado el paraguas y lo había dejado a sus pies. Tras comunicar su destino al conductor, posó su frente contra la ventanilla rayada por la lluvia. La cuenca alargada del Circo Máximo discurría lenta a su derecha y la vibración provocada por los adoquines de viale Aventino la obligó a separar la cara del cristal. Al final del tramo arbolado, el agua se deslizaba incesante sobre el mármol inclinado de la pirámide Cestia y por encima de los bloques de toba que la rodeaban. Aquel enorme triángulo blanco era el más conocido de los mausoleos surgidos en Roma tras la conquista de Egipto en el año 31 a. C. Bajo su sombra, protegido por el follaje de mirtos, laureles y cipreses, se extendía el cementerio no católico que albergaba los restos mortales de pintores, filósofos y poetas.

El taxi tomó via Ostiense y dejó de traquetear, dobló por via del Porto Fluviale y la recorrió hasta el puente de hierro.

—Hay un accidente —murmuró el taxista.

Caterina lanzó una mirada entre los asientos por el parabrisas y pudo entrever, a veinte metros, una colisión entre un coche y una furgoneta. Meneó la cabeza y se cambió de asiento. Por detrás de la ventanilla cuadrada, el Tíber fluía rápido y oscuro, custodiado por el cuerpo de hierro del enorme Gasómetro. Otro gigante, pensó, parecido, aunque diferente, al estadio de piedra que había inmortalizado poco antes. El cilindro metálico se elevaba a casi un centenar de metros del suelo, el doble que su más ilustre primo: los materiales y el efecto del conjunto constituían la antítesis de la elegancia solemne y eterna del Coliseo. Caterina percibía, en cualquier caso, un extraño lazo entre los dos organismos. Algo mortífero, amenazador, oculto a la vista, parecía animar ambas estructuras. La primera había mezclado el juego con la muerte, la segunda había envenenado a los hombres y el río. Ambos proyectaban su propia sombra fatal, ambos marcaban aquella tierra como heridas, como órganos expuestos a las fauces del tiempo. Podía oír su respiración, imaginar cómo se contraían y se expandían esas formas imperceptiblemente.

—Ya hemos llegado. Son veinticinco euros.

El taxi se había escabullido entre el tráfico sin que ella se diera cuenta. Se espabiló y salió por el lado de la acera.

—Quédese con el cambio —le dijo conforme le entregaba tres billetes de diez euros a través de la ventanilla.

Se dio la vuelta y se quedó bajo la lluvia, con el paraguas cerrado en su mano derecha, mirando el enorme tambor de acero al otro lado del río.

23.

Roma, domingo 14 de septiembre, 12:15 horas, en el búnker

La cara del profesor Biga campeaba en las dos dimensiones de la pantalla plana colocada en la columna de cemento.

El telefonillo vibró y Walter se dio la vuelta, se acercó a la puerta y cogió el auricular:

—¿Sí?

—Ya estoy aquí —dijo una voz femenina al otro lado de la superficie brillante y fría.

—¿Quién es?

—Yo, Caterina. Date prisa.

—Déjala entrar —dijo Mancini, sin darse la vuelta siquiera—, ella es el cuarto miembro.

—¿Ella? —preguntó sorprendido Comello.

—Nos será de ayuda —añadió el comisario volviéndose hacia la puerta, que se abrió con un fuerte chirrido de goznes. Durante unos instantes ni siquiera la vio, de lo concentrado que estaba en el espacio que se abría a espaldas de su colega—. Nos ayudará en la investigación. Necesitamos sus ojos. Dos minutos y puedes empezar, Walter.

Caterina dejó el paraguas empapado en el suelo, se quitó la chaqueta roja y la colocó en el respaldo del sofacito más cercano al ordenador, donde se sentó no antes de haber echado una ojeada a los rincones oscuros de la gran sala, en busca de algún mínimo movimiento sospechoso. Otro timbrazo desgarró el aire.

—Es el forense. Que pase —sentenció Mancini, de nuevo delante de las fotos.

—¡Hola, chicos! —exclamó Rocchi, radiante.

Sus gafitas redondas ocultaban dos ojos almendrados marrones como el pelo que se recogía en una corta coleta. Llevaba siempre un par de vaqueros descoloridos, jerséis de algodón de color beis por cuyo escote a pico emergía un trozo del inevitable cuello vuelto gris. Zapatos marrones con gruesas suelas de goma. Era el médico forense al que la central recurría con mayor frecuencia en los casos de asesinato violento. Brillante y meticuloso, desde tiempos del instituto, que acabó sin pena ni gloria, Antonio Rocchi solo tenía dos amores y una afición en su vida.

La medicina forense y el bajo eléctrico eran sus dos amores. Lo primero era un capricho nacido en la infancia, cuando se pasaba las tardes disecando los insectos muertos que Sly, el enorme gato de la familia Rocchi, dejaba en el umbral de la habitación de Antonio. Un flechazo que se transformó rápidamente en amor por la biología en la escuela secundaria y por la medicina en la universidad.

El segundo, un cuatro cuerdas Fender Precision 70 azul, se había convertido en un fiel amigo después de una convalecencia tras una operación del ligamento cruzado. Postrado en cama durante semanas, había sucumbido a la oferta de un compañero y había aceptado un VHS de una banda de heavy metal de la que ya no había vuelto a separarse y que le había hecho caer enamorado de ese instrumento al que creía parecerse. Poco llamativo pero necesario.

La afición, como describía a los pocos amigos que afirmaba tener, era el cannabis, cuyos beneficios psicotrópicos y lenitivos había aprendido a apreciar estudiando farmacología, y a utilizar cuando la carga psicológica del trabajo se volvía insoportable. En esos momentos sentía la necesidad de aligerar los nervios. Pero su actitud siempre juguetona, su buen humor e ironía, que algunos colegas habían tachado como efecto de ese pequeño vicio, funcionaban como ritos apotropaicos. Le permitían mantener la debida distancia con la muerte, de la que iba cogida del brazo todos los santos días. Casi siempre muertes violentas, cuerpos heridos, mutilados, torturados. Y la sonrisa se había convertido en su respuesta a todo aquel horror, en cualquier ocasión.

—Adelante.

El comisario se dio la vuelta y le hizo un gesto con la mano a Rocchi, quien obedeció, soltando su maletín de aluminio mojado y sumergiéndose de inmediato en la atmósfera solemne del lugar y del momento.

—Ya estamos todos. Os resumo brevemente los hechos y datos que tenemos hasta ahora —los ojos de Mancini se posaron en una irregularidad del techo, un punto gris un poco más oscuro que el color del cemento—. Al martes 9 de septiembre se remonta el hallazgo del cuerpo de Nora O'Donnell en una explanada de tierra junto a la basílica de San Paolo. Dos cortes en forma de cruz en la parte frontal y la lengua arrancada, pero sobre los detalles surgidos de la autopsia ya nos informará Antonio.

Rocchi asintió mientras los demás observaban primero a Mancini y después desplazaban la mirada a las fotografías de las víctimas colgadas en la pared. En la pantalla, el profesor estaba tomando notas.

—El jueves 11 de septiembre se encontró el cadáver de un hombre de unos sesenta años en una hondonada a los pies del Gasómetro, justo al otro lado del Tíber.

Acompañando esta aclaración, Mancini dibujó con el brazo derecho una parábola en el aire que dejaba atrás el edificio del Consorcio donde estaban, cruzaba el río y llegaba a la base del cilindro de acero.

—Tenía las piernas atadas con alambre de púas y los brazos cruzados sobre el pecho y sujetos por tres vueltas de cinta adhesiva. Su rostro estaba hinchado, con las facciones irreconocibles, probablemente a causa del impacto contra el suelo. Por último, sabemos que el viernes 12 de septiembre se produjo el hallazgo del cuerpo de fray Girolamo y estamos al tanto del correo electrónico que lo precedió y que, de hecho, supuso el auténtico pistoletazo de salida de la investigación. Existen elementos suficientes para tomar seriamente en consideración la obra de un asesino en serie. Otros elementos preliminares: no hay señales de violencia sexual ni de actos consumados *post mortem* con los cadáveres. No hay marcas de dientes en los cuerpos ni huellas de canibalismo. No hay armas en las escenas del crimen.

Mancini hizo una pausa, miró a los demás y concluyó:

—Estamos tratando con un asesino lúcido y organizado que, si el correo electrónico recibido por Stefano Morini se revela auténtico, quiere comunicarse con el exterior —el comisario despegó la mirada del techo, cerró los párpados e inclinó la cabeza. Volvió a abrir los ojos para observar el local oscuro y silencioso—. Este es el punto de partida. El nudo que liga los tres asesinatos y que salta a la vista es la ubicación topográfica de las víctimas en tres lugares casi contiguos. Vamos a empezar por este hecho comprobado. Así que es tu turno, Walter.

Comello asintió y tomó una serie de papeles, los puso en orden y leyó:

—«El matadero y el mercado de ganado de Testaccio se construyeron bajo la dirección del arquitecto Gioacchino Ersoch entre 1888 y 1891. Este complejo industrial sirvió para reemplazar el precedente, que se hallaba en las cercanías de la piazza del Popolo y se cerró como consecuencia del plan regulador de 1883.»

El inspector leía ayudándose con el dedo índice derecho y usando unas gruesas gafas que en su rostro barbudo le hacían parecer un gran oso panda.

—«La arquitectura de Ersoch es fruto de una esmerada indagación estilística que unida a una racionalidad distributiva al servicio de las funciones a las que está destinada la estructura...»

—Abrevia —dijo Mancini con un gesto de la mano. La expresión de su rostro era tensa. En aquel ambiente cerrado se estaba ahogando.

La madriguera, como la había bautizado Comello, o el búnker, como lo llamaba el profesor, era una enorme sala en el vientre del antiguo Consorcio agrícola, una planta por debajo del nivel de la calle. No del todo rematadas, las paredes mostraban el gris oscuro del hormigón armado, mientras que en el centro había una ancha columna cuadrada. En su conjunto, el área disponible del local abarcaba unos cincuenta metros cuadrados, con la puerta del cuarto de baño-cafetería en el lado estrecho al fondo, justo enfrente de la puerta de acceso, una pesada estructura de acero que, por obvias razones de discreción, debía permanecer cerrada.

Mancini, sentado en uno de los dos sofás cama de Ikea proporcionados por la secretaria de Gugliotti, se giraba cada vez más a menudo para mirar el marco que contenía aquel macizo bloque de metal. No había ventanas que iluminaran el local, alumbrado por la luz fría de una serie de bombillas de bajo consumo colgadas directamente de los cables de las paredes y de la columna.

En el lado derecho había un estrecho banco de trabajo que ocupaba la mitad de la longitud de la sala con cuatro tomas de corriente de las que se alimentaban otros tantos ordenadores. Un fichero, una impresora y cuatro tablones de corcho completaban el mobiliario de la habitación. Al otro lado, un televisor de pantalla plana pendía de la pared.

—«El tránsito desde el mercado de ganado a las instalaciones del matadero se realizaba a través de cuatro básculas (dos para el ganado domesticado y dos para el ganado bravo), que también servían para el pesaje de los animales» —Comello se detuvo un instante y se quedó mirando al comisario, que tenía los dedos en la barbilla, nerviosos, y prosiguió—: «El ganado se introducía en los cubículos, dispuestos cada uno frente a su respectivo matadero, en cuyo interior exhibía Ersoch sus invenciones tecnológicas.» Bueno..., resumo un poco, comisario.

—Sí, será mejor.

—Ersoch fue el primero en utilizar en Roma esa clase de estructuras modulares de hierro...

Comello hojeaba las fotocopias de la investigación que había realizado mientras Mancini, ansioso, se levantaba para acercarse a la columna central, en tres de cuyos lados campeaban fotos *post mortem* de las víctimas.

—Los mataderos más complejos, o anexos a establecimientos industriales, disponen de instalaciones para la recuperación y transformación de subproductos, para la salazón, la cocción y la esterilización de la carne.

—Eso es asunto mío —Rocchi sonrió a Caterina, que estaba a su lado.

Ella lo observó, meneó la cabeza y volvió a mirar a Comello, que dejó resbalar un par de hojas sobre la mesa, escogió una tercera y reemprendió su discurso.

—En la construcción de los edificios es fundamental garantizar la higiene de todo el proceso, por lo que la estructura entera debe contar con locales de buena ventilación y fácil limpieza, con disponibilidad de agua y facilidad para eliminar los residuos. Por ello, los edificios se diseñan en un plano horizontal, manteniendo separados los establos de custodia y vigilancia del ganado, las salas de matanza y los locales para las otras operaciones. Normalmente hay salas de matanza para cada tipo de ganado (bovino, equino, ovino, porcino) y el matadero debe contar con recintos aislados para el abatimiento y la eliminación del ganado enfermo. Pero también secciones para la destrucción de la carne que no se consume, así como células y cámaras frigoríficas para el almacenamiento de las reses sacrificadas y laboratorios para los análisis e investigaciones microscópicas.

Mancini levantó el brazo.

—Está bien, es suficiente. ¿Ideas? ¿Sugerencias? —el silencio general lo convenció de que era hora de cambiar el foco de la discusión—: Antonio, ¿tienes algo para nosotros?

—Por supuesto —bramó Rocchi. A continuación, se inclinó sobre el brazo del sofá, recogió el maletín y se lo puso sobre el regazo. Lo abrió y sacó una carpetita azul de la que asomaban una hoja y una foto—. Aquí está —dijo al tiempo que se levantaba y enseñaba la imagen a los cuatro.

—¿Una válvula? —preguntó sorprendido Comello.

—¡Bingo! —contestó satisfecho Rocchi—. Una válvula, efectivamente.

—¿Y qué pasa con ella? —preguntó De Marchi, dirigiéndose a Mancini.

—¿Es que tiene algo que ver con el análisis comparativo que te pedí? —Mancini señaló las fotos de las tres víctimas en la pared. Las caras blancas. Las órbitas negras.

—Es justo lo que he encontrado en el cuerpo desangrado del viejo fraile.

El aire en la madriguera pareció condensarse, solidificarse, en un larguísimo momento de silencio. Incrédulo, Enrico Mancini se quedó mirando al médico forense, a la espera.

—Verás —dijo Rocchi enseñando la foto—. Se la he extraído del esfínter. Se la metieron a la fuerza.

—Se la insertó cuando estaba colgado —añadió Mancini, mientras se restregaba la cara—. Antes de desangrarlo.

—Oh, Dios mío —susurró Caterina llevándose una mano a la boca.

—Antes de que el *rigor mortis* lo hiciera inaccesible —agregó Rocchi.

Mancini se pasó los dedos por los ojos. Notaba una leve alteración del ritmo cardiaco. Batió las palmas dos veces con decisión:

—Está bien, muchachos. Echemos un vistazo a internet.

—¿Puede pasarme la imagen, doctor Rocchi? —dijo Comello.

—Aquí está, pero tutéame.

Comello asintió y se sentó en el último ordenador, colocó las fotos en el escáner y empezó a teclear y a clicar.

—Caterina, por favor, échale un vistazo a esto y entra tú también en internet —dijo Mancini tendiéndole un *post-it.*

Ella lo cogió, lo leyó y se lo llevó al segundo ordenador. Abrió un buscador e introdujo las palabras: GASÓMETRO, OSTIENSE y ALREDEDORES.

—He mandado dos agentes a la basílica de San Paolo para hablar con los sacerdotes, los monaguillos y quien se tercie. Has estado en el convento esta mañana, ¿verdad?

—Sí. La noche del 10 de septiembre fray Girolamo recibió una llamada telefónica. Asistía o, más bien, digamos que disuadía a las mujeres que querían abortar. Según el hermano con el que he hablado, parece que debía reunirse con una en el matadero de Testaccio cuando fue asesinado.

—¿A sus años...? —comentó Rocchi.

—Pues sí, pero parece ser que en el convento era algo habitual. Funcionaba como una especie de teléfono de la esperanza. Una sala de urgencias del alma para impedir lo que los católicos consideran un crimen.

—Sí, pero esta vez era una trampa. En lugar de una muchacha asustada, se encontró con alguien más esperándolo. ¿Tienes el número de teléfono para localizar los registros?

—Ahí está —dijo Caterina abriendo la agenda de su móvil—. Se lo estoy mandando a la central.

—Esperemos las noticias de los agentes que han ido a San Paolo y ya veremos si la basílica y el convento están unidos por este hilo conductor. Ya he enviado al pub donde trabajaba Nora al agente que reconoció su cadáver.

—Muy bien, comisario —dijo Caterina y dirigió los ojos al teclado para empezar a escribir.

Siete kilómetros al noreste de la madriguera de la brigada, en una callecita escondida del barrio de Montesacro, bajo la cálida luz de una lamparita, sentado en el banco acolchado del mirador, Carlo Biga releía satisfecho lo que había escrito en su hoja de papel cuadriculado. Nombres, lugares, flechas, asteriscos y signos de interrogación trazaban un mapa conceptual ilegible para cualquiera que no estuviese familiarizado con los tortuosos procesos mentales de aquel hombre.

Mientras tanto, las puntas de los dedos de la mano izquierda acariciaban la forma de pelaje rojizo acurrucada en el cojín que el profesor tenía a su lado. A través de las yemas de los dedos y a lo largo de la palma de la mano, las vibraciones del animal llegaban al vientre tenso del hombre liberando una tibieza benéfica que se propagaba de órgano en órgano, envolviéndole los pulmones y atrapando el corazón, hasta diluir, poco a poco, la rígida mordaza de los nervios.

24.

Roma, domingo 14 de septiembre, 15:00 horas, en el búnker

Navegar entre blogs y páginas de hidráulica había minado el entusiasmo de Comello, quien despegó los ojos cansados de la pantalla y se levantó de la silla giratoria. Se volvió y se restregó los ojos cerrados con los nudillos. Bostezó y se dejó caer en el sofá, después encendió el televisor que se iluminó en un canal de noticias.

En el otro sofacito, tumbado y con la cara en la cavidad del codo, estaba Mancini. Hacía semanas que las cosas no iban por el buen camino. Apartó el brazo y abrió los párpados. Una vez más el velo de niebla, la frente perlada. Metió la mano en el bolsillo posterior de los vaqueros y sacó la hojita blanca y roja de la receta. Xanax 300 mg. Todavía no.

De forma automática, su mente pasó del tranquilizante al médico de cabecera que se lo había prescrito y después al encuentro de pocas horas antes con la mujer del doctor Carnevali.

Había ido a verla a su casa, el niño estaba en clase de violín. Su vivienda en el exclusivo barrio de Parioli, en viale Panama, era un enorme sexto piso decorado con un marcado gusto por el mobiliario italiano de finales del XIX, las alfombras persas y los pesados cortinajes con colgaduras. Oscuro, a pesar de su posición. Nada más entrar y de que lo recibiese un mayordomo filipino, la señora salió a su encuentro con una sonrisa. Sus ojos chispeantes emitían un resplandor azul que a decir de Mancini cortaba la atmósfera de la casa como la luz de la aguamarina la oscuridad. La mata de pelo rubio jaspeado de oro ondeaba junto con el traje de chaqueta años setenta color cielo. La falda, justo por encima de la rodilla, y un par de botines desvelaban, junto con el paso suave, una elegancia fascinante y sinuosa.

Un pensamiento le asaltó de forma inesperada. ¿Cómo había sido capaz Carnevali de dejar a una mujer así? Nunca le dio la impresión de ser un hombre casquivano, de esos que van en busca de emociones y aventuras. Pero, aunque lo hubiera sido, no le habría resultado fácil encontrar una amante mejor.

—Comisario Mancini —empezó la mujer, con el arañazo vibrante de su voz.

Después sus ojos se entornaron por la sorpresa, cuando el policía no sucumbió a sus encantos ni respetó las buenas maneras, y le estrechó la mano sin quitarse siquiera el guante.

Él no se inmutó. No soportaba el contacto con la piel de los demás. Se había dado cuenta de que lo mismo le ocurría con los objetos más comunes con los que tenía que lidiar a diario: ellos también se le habían vuelto desconocidos al tacto, había perdido el recuerdo de su consistencia. El volante del Mini Cooper rojo de 1971 abandonado debajo de casa desde el día de la muerte de Marisa. La persiana de su despacho. La piel de una mujer. De su mujer.

—Señora Carnevali —asintió el comisario retirando la mano para hundirla en el bolsillo de la gabardina.

—Por favor, venga a sentarse —le había precedido hasta el salón y se habían acomodado en un mullido sofá, de madera oscura con palmetas en los apoyabrazos—. ¿Le apetece beber algo? —preguntó ella distraída.

—Una rubia.

La mujer permaneció un momento en silencio, después le hizo un gesto al criado.

—Ronald, ¿tenemos cerveza en la nevera?

—No, señora. Vino blanco o champán.

—¿Le importa que sea un vino, comisario?

—No, gracias, señora. Tengo poco tiempo.

La mujer descansó una mano en la otra y quedó a la espera, con la sonrisa congelada en el rostro.

—Estoy tratando de encontrar a su marido, señora.

Ella lo interrumpió de inmediato.

—Ya no vivimos juntos, aunque *técnicamente* todavía estemos casados.

Había pronunciado esa palabra, *técnicamente,* remarcando cada sílaba y dándose un golpecito con las yemas de los dedos en la parte posterior del pelo, que se había movido siguiendo el movimiento de la cabeza hacia atrás.

—Bueno, no deja de ser el padre de su hijo. ¿No quiere saber qué le ha ocurrido?

—Ya le digo yo, comisario, lo que ha ocurrido. Que se ha fugado con su fulana.

—¿Perdón?

—Pues claro. Mire, es inútil que lo busquen en Italia. Ese ha montado toda esta farsa y se ha marchado al extranjero.

Mancini escrutó en silencio a la mujer que estaba a su lado. Ahora parecía menos segura de sí misma y de su belleza. Había amado, y mucho, a ese hombre. Pero esa época había pasado y solo quedaba hastío en sus palabras.

—¿Cree usted que la razón es esa? ¿No puede haber otra explicación?

—Es lo que le digo.

—Su antigua empleada doméstica me ha dicho que durante el último año discutían a menudo.

—Discutíamos porque él siempre estaba fuera por trabajo y, durante uno de esos viajes, conoció a esa mujer —movía levemente la cabeza de derecha a izquierda, entrecerrando los ojos, decepcionada.

—¿Sabe usted quién es? —preguntó Mancini tratando de mantener un tono cortés.

—No, pero le oí una vez hablando por teléfono con ella, y luego encontré esas cosas en el cajón de su escritorio.

—¿Qué cosas?

—Un cuaderno. Un pequeño diario, creo. Lo guardaba en un cajón cerrado con llave, en su estudio. Un día, Ronald, quitando el polvo, encontró la llave bajo la lámpara de la mesa. Yo... *tuve* que abrirlo y leerlo.

Mancini soslayó la interpretación de ese «tuve» y le preguntó:

—¿Qué fue lo que descubrió?

—Que llevaba un año viendo a uno de esos loqueros, y no me había dicho nada. Al principio me sentí culpable y me dio pena. El suyo es un trabajo muy duro, que te obliga a armarte con una coraza y un cinismo necesarios. Pero al contacto con los enfermos terminales uno nunca acaba de acostumbrarse, y por eso me imagino que optó por pedir ayuda. Con el tiempo, descubrí que después de las sesiones llevaba este diario como una especie de terapia. Debía usarlo para anotar lo que no conseguía sacar a la luz durante la siguiente sesión.

¿Sería posible? Aquel hombre, realizado y seguro de sí mismo, ¿había sentido la necesidad, a esas alturas de su vida, de buscar apoyo psicológico?

—Y pude leer palabras inequívocas.

—¿De qué clase? —seguía sin poder creerlo.

La señora Carnevali había apoyado levemente los tres primeros dedos de la mano derecha en la barbilla.

—Era una especie de confesión.

El comisario quedó a la espera de que la mujer prosiguiese. No quería apremiarla, ya que parecía lanzada en lo que era, a todos los efectos, un desahogo.

—Estaba repleto de frases como «No puedo vivir sin... No veo el momento de volver a tenerla... La echo muchísimo de menos», y cosas por el estilo.

—¿Así que usted cree que se refería a su amante, a la terapeuta?

—Se llama transferencia, comisario; es un mecanismo psíquico que puede surgir entre el paciente y el analista.

—Ya sé a lo que se refiere. Pero tuve el placer de conocer a su marido y me pareció una persona equilibrada, seria.

—Es un hombre fuerte, con los nervios de acero, pero de una profunda pobreza de sentimientos.

Valeria Carnevali le había hablado sin fijar la mirada en él. En ese momento le pareció que los ojos de la mujer se velaban a causa de un pensamiento tan inesperado como doloroso. Logró recobrarse y concluyó:

—Un hombre anafectivo que cayó en las redes de una mujer capaz de dominarlo psicológicamente, una con quien, por una vez, era él quien podía abrirse.

—¿No leería por casualidad el nombre de la doctora en el diario de su marido?

—Laura Barbati, me parece... Es una junguiana, creo.

Mancini tomó mentalmente nota para pasársela a Walter tan pronto como regresara.

—Una última cosa y ya no la molesto más. ¿Puede decirme si el diario sigue aún aquí en la casa?

—No. En su escritorio ya no está. Creo que se lo llevó con él, al mudarse.

—¿Se acuerda de cómo era?

—Era pequeño, más o menos así —explicó la mujer acercando ambas manos para simular el formato de una agenda de bolsillo—. De tela azul.

—Azul, de acuerdo, pero ¿cómo, señora? ¿Como su vestido? —señaló el conjunto que llevaba la mujer.

—Qué va —se irritó ella—. Mi traje es celeste. Mucho más oscuro, azul de Prusia, diría yo.

El comisario se había puesto en pie mientras que la mujer seguía sentada mirándolo de abajo arriba:

—Tengo que marcharme. Si más adelante necesitase algo suyo...

La señora Carnevali cogió de la mesita una tarjeta de visita y se la tendió: VALERIA CARNEVALI - DISEÑADORA DE INTERIORES. Seguía la dirección de la vivienda y el número de un teléfono fijo.

—Siempre puede encontrarme en casa, ya lo ve —fueron sus últimas palabras.

Ahora Mancini revivía esa escena y, por mucho que intentara considerar la hipótesis de la amante, no podía imaginarse a Carnevali enamorado de nadie, ni aun de su mujer, a pesar de que tuvieran en común un fuerte deseo de afirmación personal. Mauro Carnevali era un hombre frío, pero honrado y capaz. En Italia se le consideraba una eminencia en su campo. Un destello de la memoria le evocó la barba larga, singularmente blanca en la punta de la barbilla, con la que el médico se había presentado en la primera consulta.

En el pequeño vestíbulo del servicio de Oncología del Gemelli, salió de su despacho y fue a su encuentro. Habían estado esperando su turno, como quería Marisa, junto con una docena de personas. Todos por la misma razón. Tratar de entender por qué. Tratar de entender cómo iba a cambiar su vida, o cómo se quebraría. Sentados con ellos estaban una anciana y su marido, ambos con aire extraviado y ojos relucientes, ¿era posible que a su edad...? Junto a Marisa, dos hermanas. Una ostentaba su alopecia química con orgullo, mientras la otra le acariciaba en silencio la mano perforada por las agujas. A la derecha había un joven, calvo también y sin la menor señal de cejas, que llevaba una gorra de béisbol puesta del revés y una gran sudadera azul que rezaba PUEDO RESISTIRLO TODO, EXCEPTO LA TENTACIÓN. Qué fortaleza de ánimo, pensó el comisario mientras la vieja madre miraba desconsolada a su hijo. De pie se encontraba el único paciente solitario. Venía sin acompañante aquel hombrecillo que apenas llegaba al metro sesenta, con el rostro requemado por el sol, bigotes rubios, un enorme apósito detrás de la nuca y un nerviosismo que sabía a miedo. Se levantaba, se sentaba, trasladaba el peso de un pie a otro, se tocaba la nariz, parpadeaba. Los últimos eran una mujer con un corte semicircular a la altura de la tiroides y una peluca, quien charlaba de la enseñanza con una amiga que fingía gran interés.

Aquel día, en el hospital, se vio reflexionando sobre sí mismo. Un analista criminal como él debía dedicarse a analizar las personalidades de sujetos extraños. En su caso, cazadores, asesinos en serie; allí, en cambio, todos eran presas, los enfermos y sus acompañantes. Un paciente, un familiar. Negro y blanco. Los portadores del mal y los actores de la esperanza.

Ahora, en el sofá en el búnker, apoyado en el pliegue del codo, Mancini trataba de ordenar sus pensamientos sobre el caso Carnevali. A pesar de hallarse en el lugar predispuesto para las investigaciones sobre la Sombra, y con su equipo, era incapaz de entregarse a ellas del todo. Quedaban algunas cuestiones vitales en el aire. ¿Qué eran esas tiras en el suelo? ¿Por qué no había huellas de zapatos? La inspección no había sido minuciosa, al menos no para él que otorgaba a ese caso una importancia existencial. No podía culpar a los dos chicos. Hubiera debido realizarla él, pero el gilipollas de Gugliotti le había obligado a... Las cosas se le estaban yendo de las manos. Se sentía escindido entre dos emociones que no conseguía colocar en el lugar correcto. ¿Qué era lo realmente importante?

A fin de cuentas la cacería había comenzado y no podía dar marcha atrás. A pesar de todo, tenía que admitir que justo allí, en algún lugar de Roma, se escondía un asesino en serie. Tras esos crímenes había un propósito específico, un denominador común. Y ahora una firma indudable. El corazón animal, la toba y esa válvula eran nudos insertados en un mismo, sangriento, hilo conductor. ¿Por qué introducir objetos, y por qué precisamente esos, en los cuerpos de las víctimas? ¿Cómo se relacionaban con el mensaje simbólico del arado que aparecía en el correo que había recibido el periodista?

Tenía que ir a ver a Morini. Tenía que escuchar su versión de los hechos y examinar el ordenador en el que Morini descargaba el correo. Era un anciano, enfermo, y probablemente fuera solo una víctima de los acontecimientos. No debía propasarse con él. Todo lo contrario, obtendría más con una actitud tranquilizadora, que, sin embargo, en ese momento estaba lejos de sus posibilidades. No podía permitirse el lujo de actuar a su manera y no tenía margen de error.

No, esta vez no podía trabajar solo.

25.

Roma, domingo 14 de septiembre, 17:00 horas

Las farolas que bordeaban la calle mojada no alumbraban mucho y sobre esa superficie los tacones altos soportaban mal los andares decididos de Giulia Foderà.

Nada más salir del chalecito en la parte vieja de Monteverde, tomó el coche y, después de treinta minutos metida en el tráfico humeante de viale Trastevere, consiguió aparcar en una zona de pago cerca de Torre Argentina. Compró un paraguas a un vendedor ambulante frente a la librería Feltrinelli y se adentró en la maraña de callejuelas que conducían al Panteón.

Echó un vistazo a su muñeca izquierda. Llegaba puntual. Recorrió via dei Cestari y desembocó frente a la basílica dominica de Santa Maria sopra Minerva. En el convento adyacente, más tarde sede de la Santa Inquisición, el 22 de junio de 1633 había tenido que retractarse Galileo de sus tesis astronómicas. Delante de la fachada campeaba el obelisco egipcio de Minerva sobre el dorso del elefante diseñado por Bernini. Y allí, a la derecha, Giulia Foderà vio la silueta de Enrico Mancini con la cabeza hacia atrás bajo la lluvia, mirando la zona superior del muro.

El taconeo de los zapatos de la fiscal espabiló al comisario, que la recibió con un gesto de la cabeza y continuó observando la pared.

—Buenos días —Foderà exhibió una sonrisa tan expresiva que ella misma se sorprendió.

Él se dio la vuelta y contestó sin corresponder a tan inesperada cordialidad:

—¿Cuánto hace que llueve?

Después de un momento de estupor que se tradujo en pasarse el paraguas de una mano a otra, Giulia Foderà respondió:

—Semanas, comisario.

—Vengo de via di Ripetta —el hidrómetro de Ripetta era una lápida vertical, colocada a principios del siglo XIX para la medición de las crecidas del Tíber—. Y ya marca catorce metros.

—¿Es mucho?

Como ocurría a menudo, Mancini hizo caso omiso de la pregunta durante unos segundos, y luego dijo:

—Aquí detrás está el Panteón, el punto más bajo de Roma, doce metros por debajo del cero de Ripetta, es decir, del nivel del mar.

—Veinticinco siglos de historia romana y aún no hemos sido capaces de contener el agua del río —comentó ella.

—Y estas, en cambio —prosiguió Mancini conforme sacaba la mano derecha de la gabardina y señalaba las lápidas—, son placas conmemorativas de inundaciones. Una especie de muro de la memoria.

—¿Y eso que hay en las placas? —intentó preguntar otra vez Foderà, indicando unas pequeñas manos esculpidas, mientras daba un paso hacia él.

—Son las manitas. El dedo índice extendido indica el nivel que alcanzó una crecida —el comisario frunció los ojos y leyó—: Esa es de 1530. HUC TIBER ASCENDIT IAMQUE OBRUTA TOTA FUISSET ROMA NISI HUIC CELEREM VIRGO TULISSET OPEM.

—¿Qué quiere decir?

Mancini se volvió y observó fijamente a la fiscal con una expresión interrogativa en la cara.

—Debería decírmelo usted. Después de la lección sobre los cascajos de Testaccio.

En el rostro de la mujer, la vergüenza se tradujo en un sonrojo repentino que intentó apagar volviendo la mirada hacia el mármol y recitando:

—«El Tíber llegó hasta aquí y Roma habría quedado completamente sumergida si la Virgen no hubiera acudido enseguida al rescate.» Más o menos.

—Excelente —dijo Mancini sin dejar de observarla—. Ya es la hora.

—Ah, sí, claro —murmuró ella.

La blusa de seda gris realzaba la atractiva silueta de Giulia Foderà, mientras la falda desvelaba sus piernas, bonitas y delgadas, en tensión sobre los zapatos que la separaban siete centímetros del suelo.

Era la segunda vez que Mancini se percataba de un cambio de vestimenta tan radical respecto al traje de chaqueta que lucía en ocasiones oficiales. Procuró no hacer mucho caso y echó a andar, flanqueado por su compañera de misión.

Los rumores que circulaban entre el pequeño mundo de la policía y el de los tribunales estaban más o menos en sintonía. Giulia Foderà era una mujer dura, fuerte, decidida, hermosa y peligrosa. Ninguno de los colegas de los dos entornos se había atrevido nunca a acercarse a ella. Y eso porque conocían su vida privada lo bastante bien como para preferir mantener las distancias.

Procedente de Calabria, de donde llegó de niña, e hija de un abogado penalista que se había forjado su reputación defendiendo a clientes víctimas de la 'Ndrangheta, Giulia Foderà destacó pronto como docente universitaria, una carrera que abandonó nada más sacarse la oposición, aún muy joven. De hacer caso a los chismorreos, parece ser que tenía un novio de los de toda la vida, hijo de un amigo de la familia, y que, después de once años juntos, ella decidió abandonarlo para dedicarse a la carrera judicial. Una mujer difícil de manejar, en definitiva. Rebelde y fascinante.

Ni siquiera Gugliotti se mostraba insensible al encanto mediterráneo de Foderà, a quien dispensaba un raudal de cumplidos, teniendo siempre buen cuidado en mantener una distancia de seguridad. Y lo mismo hacían colegas y amigos, atraídos por el encanto severo y elegante de aquella mujer.

—¿Queda muy lejos? —preguntó ella, apresurando el paso para seguir el ritmo del comisario.

—Ya casi estamos —contestó Mancini sin detenerse.

Al cabo de cinco minutos superaron la estatua de Pasquino y entraron en via del Governo Vecchio, flanqueada por lo que en tiempos fueron talleres de artesanos y ahora eran restaurantes y exclusivas tiendas de ropa usada.

Al llegar al número 90, Mancini se detuvo. El edificio era una oscura construcción renacentista cuyos tres pisos de la fachada lucían ventanas con dinteles. Sobre el último destacaba una gran cornisa decorada con lirios y cabezas de león. Frente a ellos se abría un enorme portal.

El comisario recorrió con el dedo el telefonillo hasta encontrar lo que quería.

—Ahí está. Es en el segundo piso.

—Perfecto, llame entonces.

—No. Vamos a subir.

—Pero a lo mejor está durmiendo.

—Usted dijo que me seguiría, señora Foderà —y, dicho esto, cruzó la puertecita que se abría en el cuerpo del portal.

Quince metros de un pasillo de mármol gris con rombos rojos terminaban frente a una doble escalinata blanca que ascendía a izquierda y a derecha. A ambos lados, junto a dos hileras de buzones de madera, estaban los respectivos ascensores de hierro forjado.

Mancini se dirigió a la izquierda, apretó el botón de llamada y veinte segundos después llegó el ascensor. Abrió la cancela adornada con motivos florales y las puertas correderas y entró, mientras la compañera de misión buscaba el apellido en los buzones. Por fin se reunió con el comisario en la minúscula caja y, nada más pulsar Mancini el botón con el número 2, el mecanismo se puso en marcha y empezó a subir traqueteando como un tranvía, con los dos apretados en espera del piso. Él estaba pálido y afligido, ella mostraba en cambio un ligero rubor bajo los pómulos. Ambos mantenían los ojos clavados en el suelo, hasta que el ascensor se detuvo con una leve sacudida.

En el rellano había tres puertas, elevadas sobre otros tantos zócalos de mármol. En la que tenían delante había una plaquita de latón que rezaba en cursiva: *STEFANO MORINI*.

El comisario llamó al timbre, que sonó dentro de la casa como si retumbara en el interior de una cueva. No hubo respuesta y Mancini volvió a pulsar el timbre.

—No está en casa —concluyó Foderà.

—He oído un ruido —replicó Mancini tras haber pegado la oreja contra el batiente de la puerta.

Pasaron treinta segundos antes de que las cerraduras rechinaran y se abriera una ranura delante de los dos.

—¿Sí? —preguntó una voz insegura desde el interior.

—Señor Morini, buenas tardes. Soy el inspector Mancini, de la jefatura de policía de Roma —sacó su placa y, después, se echó a un lado para permitir que viera a la mujer que estaba a su espalda.

Bajo la luz incierta de la claraboya por la que entraban los pocos rayos del patio, Giulia Foderà parecía más hermosa de lo habitual. Lo mismo debió de pensar el inquilino del interior número 5, dado que el rectángulo de aire entre las antas se ensanchó para revelar el rostro demacrado de un anciano.

—Le presento a la fiscal Giulia Foderà.

—Encantada —se adelantó la mujer, tendiendo la mano derecha y apremiando al periodista—: Debemos robarle unos minutos, pero le aseguro que seremos breves.

La puerta se abrió y el hombre se asomó del todo. Llevaba un chándal gris sobre un cuerpo rígido pero inestable.

—Entren —dijo con voz firme sin estrechar la mano a la mujer, quien la retiró, cohibida.

Por detrás de la silueta del viejo, un pasillo con el suelo cubierto por una alfombra acababa en un estudio diminuto iluminado por una lámpara de mesa. Entraron y Mancini cerró la puerta tras ellos. El olor a papel superaba al de comida y, aunque la casa estaba desordenada, el conjunto no daba mala impresión.

Avanzaron despacio detrás de Morini. Una pila de periódicos y una maqueta de un trirreme romano aún sin completar destacaban en el centro de la mesa.

—No dejo de intentarlo —dijo, mostrando una mano temblorosa—, pero los remos son lo más difícil de pegar.

Entraron en un saloncito con papel pintado y diferentes estantes que albergaban al menos un millar de libros. Los huéspedes miraron a su alrededor y Morini no desaprovechó la ocasión:

—Cultura.

—¿Cómo dice? —preguntó Giulia Foderà.

—Trabajé principalmente para la sección de cultura del *Messaggero*. Por eso tengo todos estos libros. Casi todas las novelas que fui reseñando a lo largo de los años. Pero, por favor, tomen asiento.

Los dos se sentaron en un sofacito de paño marrón mientras Morini se colocaba enfrente en un sillón idéntico. Mancini recorría con los ojos los lomos de todos esos volúmenes apilados en las disposiciones más improbables hasta rozar el techo. La biblioteca soñada por Marisa, un irremediable caos de libros.

—Discúlpenme si no les ofrezco nada, pero tardaría media hora y no quiero que se sirvan ustedes mismos, teniendo en cuenta cómo está la cocina.

—No se preocupe —contestó la fiscal—. En realidad, estamos aquí...

—Por el correo electrónico.

—Exacto —se espabiló Mancini—. Cuéntenos cómo fue la cosa.

Stefano Morini entrecruzó los dedos de las manos y los apoyó en la barbilla en un intento de refrenar el balbuceo.

—La otra noche, después de más de un mes, abrí el correo y me encontré con ese mensaje. Ya se lo imaginará, no se me dan muy bien los ordenadores y, por eso, entre otras razones, me jubilé. Este trabajo ya no se parece a mí. En otros tiempos era diferente, había corresponsales, se mandaban telegramas, despachos...

La cabeza de Morini se movía de un lado a otro. Pobre hombre, pensó Foderà.

—Creí que era una broma, pero por si acaso llamé a un viejo amigo, el jefe de la sección de noticias de Roma, quien me aconsejó que me dirigiera a la policía.

—Entiendo —dijo Mancini—. ¿Recibió solo ese correo electrónico?

—Sí, claro. Bueno, creo que sí. No lo sé.

—¿Revisó usted el *spam*? —preguntó con un hilillo de voz la fiscal.

El experiodista levantó la cara y observó a la mujer que tenía delante como si hubiera hablado en un idioma desconocido, y luego volvió a menear la cabeza:

—No lo sé...

Mancini tomó la palabra:

—Señor Morini, el hecho es que nos hallamos ante un caso urgente y necesitamos su colaboración. Este hombre está matando a gente inocente.

—Tenemos que echar un vistazo a su ordenador —intervino con dulzura inusual Giulia Foderà.

—Entiendo. Mi portátil está allí, en la habitación —dijo Morini con un gesto de la cabeza que no resultó muy preciso. El viejo se dio cuenta y añadió—: Allí, al lado de la puerta del baño.

Mancini se levantó y se dirigió hacia el dormitorio. Era una habitación rectangular de unos quince metros cuadrados. En las cuatro paredes había largos estantes de madera oscura atestados de libros y de un número inimaginable de fotocopias. En una esquina había una cama de matrimonio, cubierta con una manta amarilla de viaje y otros volúmenes. En la otra esquina, cerca de la ventana, había un banquito con una lámpara idéntica a la de la entrada. Y, por último, un viejo ordenador portátil enchufado a la red eléctrica por el largo cable de un transformador que cortaba por la mitad el cuarto antes de desaparecer por detrás de la mesilla de noche al lado de la cama.

Estaba abierto. Mancini pulsó la barra espaciadora y la pantalla se iluminó en la página del correo electrónico. En el espacio de la identificación aparecía ya la dirección del periodista. En el cuadro de contraseña el cursor parpadeaba. El comisario hizo ademán de levantarse cuando vio en el borde inferior derecho del teclado un pedacito de papel cuadriculado pegado con papel celo. En él había algo escrito a bolígrafo. Por un momento, no pudo creer lo que veía: MARISA. Lo miró otra vez. CONTRASEÑA: MARIA. Tecleó las cinco letras mientras se preguntaba si ese nombre sería el fruto de una creencia religiosa o algo más personal.

Entretanto, Giulia Foderà, sin dejar de mirar al hombre que tenía frente a ella, lo escuchaba, hipnotizada por el flujo ininterrumpido de su voz cálida.

—Me dejó.

—¿Quién, disculpe?

—Se me fue hace dos años. Tras una larga enfermedad. Se dice así, ¿verdad? Es así como la describen, lo que se lee y se oye en la televisión. Una larga enfermedad. ¿Y la mía, entonces? La mía quién sabe lo que es.

—Lo siento —dijo Foderà intentando imaginarse el dolor de aquel hombre solo y enfermo.

—Me casé en San Pietro, ¿lo sabe? Ante el altar papal, el 12 de marzo de hace treinta y siete años. Sin ella, decidí quedarme encerrado en casa. Una vez a la semana viene una señora a limpiar y me prepara algo de comer. Es la portera. Yo me conformo. Pero esta historia del asesino...

De la cama del rincón llegaba un olor a rancio. Las sábanas se encontraban manchadas en las esquinas que rozaban los pies de la cama. Mancini pensó en airear el cuarto, pero se abrió la pantalla del correo entrante. Estaba llena de mensajes no leídos. Revisó aprisa los remitentes, pero ninguno era el que estaba buscando. Pasó a la segunda página y localizó el correo que Morini había remitido a la policía, aunque, lamentablemente, solo después de pasárselo a sus colegas.

—Era una mujer preciosa —Morini señaló el cuadro que resaltaba sobre el sillón. En el rostro de alabastro del centro de la tela destacaban dos ojos otoñales. Los largos cabellos de seda oscura hablaban de la corta edad de la mujer.

—Era guapa de verdad —confirmó Foderà.

Mancini clicó en la carpeta del correo no deseado y revisó los veinticinco correos que el ordenador había enviado a la papelera automáticamente. Préstamos, Viagra y chicas que se ofrecían para reuniones de grupo. Luego, en la segunda página, entre concursos y masajes, encontró lo que estaba buscando. El pulso se le aceleró, las pupilas se le dilataron y notó la repentina pátina de sudor que le recorría la cara y el cuello. Había dos correos fechados el 3 y el 9 de septiembre. Los reenvió de inmediato al correo de Comello para hacer los análisis pertinentes. Tomó el móvil y escribió un mensaje a Walter: CORREO PARA TI. MÁNDASELO TODO A INVESTIGACIÓN TECNOLÓGICA. ¡ENSEGUIDA! Después clicó dos veces en el primero y esperó a que se abriera.

De: sombra@xxx.it
Para: stefanomorini@libero.it
Asunto: CH_4
03:05 - 3 de septiembre 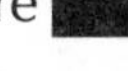
Estimado Sr. Morini:

La tercera de las muertes de dios se ha llevado a cabo. Pero la justicia solo triunfará cuando el arado trace su último surco.

Usted no me conoce. Nadie me conoce.

Cómo me llamo no tiene importancia.

Solo soy una sombra

El comisario se pasó la parte superior de la muñeca izquierda por la frente. Se levantó, abrió la ventana y volvió a sentarse. Tenía que mantenerse lúcido. Razonar. ¿Por qué habría escrito ese cabrón a Morini? No podía tratarse de una elección al azar. Aunque estuviera jubilado, Morini podía ser el vehículo adecuado para la difusión de la *notitia criminis*. Pero, entonces, ¿por qué no había escrito el asesino directamente a los periódicos o a la televisión? No, la Sombra lo había escogido por alguna razón en particular, probablemente de carácter personal. Si era así, entonces el asesino y el periodista tenían que conocerse. Había llegado el momento de hacer las preguntas oportunas. Y confiar en que el cerebro de Stefano Morini no fuera también víctima del Parkinson. Enrico clicó en el segundo correo, mientras se restregaba los párpados con los nudillos de la mano libre del ratón.

El correo tenía la misma estructura que el anterior.

> **De:** sombra@xxx.it
> **Para:** stefanomorini@libero.it
> **Asunto:** Constantino
> 01:05 - 9 de septiembre ■
> Estimado Sr. Morini:
> La primera de las muertes de dios se ha llevado a cabo. Pero la justicia solo triunfará cuando el arado trace su último surco.
> Usted no me conoce. Nadie me conoce.
> Cómo me llamo no tiene importancia.
> Solo soy una sombra

Qué raro, reflexionó el comisario, el primer correo que había acabado en la carpeta de *spam* estaba fechado el 3 de septiembre y anunciaba la tercera víctima y su ubicación, mientras que este último, del 9 de septiembre, comunicaba la primera de las muertes de dios. De memoria, creía recordar que aquel en el que se revelaba la muerte de fray Girolamo era del 12 de septiembre. Comprobó el correo que Morini había enviado a su antiguo colega del *Messaggero,* echó un vistazo a las otras carpetas, lo cerró todo, se levantó y salió de la habitación.

—Una de esas viejas historias, ya sabe, un amor sencillo que hoy no interesaría a nadie. Una vida juntos, unos cuantos viajes, sin hijos. Maria y yo vivíamos solos amándonos el uno al otro —los párpados de Morini estaban entrecerrados y se humedecía continuamente los labios.

Mancini entró en el saloncito. Pero su entrada, en vez de arrancar a las figuras del aura hipnótica que las envolvía, pareció cristalizarlas. El comisario se detuvo a observarlos. Dos estatuas de cera. Los miró de arriba abajo. Permanecían inmóviles. Y los ojos de ella... Siempre los había visto fríos. Grandes, felinos, profundos, pero distantes. Por un momento, le pareció volver a verla en la sala de desuello de los cerdos, en el matadero, cuando, ante el cuerpo de fray Girolamo colgado de las cadenas y brutalmente desangrado, aquella mujer no había dejado que la traicionara una lágrima. Ahora, en cambio, los ojos de Giulia, oscuros como la madera, relucían.

—Señor Morini, he encontrado dos correos electrónicos del asesino en la carpeta de *spam*.

Giulia Foderà se echó hacia atrás como para evitar una bofetada mientras el periodista parecía confundido por el sonido de aquella palabra, *spam*.

—Ahora necesito que me responda a un par de preguntas —añadió Mancini, conforme se sentaba delante de él.

—Sí, señor —contestó el otro, con expresión ausente.

—Debe ser usted lo más honesto y preciso posible.

Morini frunció el ceño mirando primero al comisario y luego a la fiscal. Puso las manos en el regazo y dijo:

—Haré todo lo que pueda.

—¿Por qué razón cree usted que le ha escrito ese criminal?

Había recibido un breve dosier de la central sobre el experiodista: una persona apacible, sin antecedentes, un profesional impecable. Años de reseñas en las páginas de Cultura del *Messaggero*, la lectura también como afición, viudo. Nada que hiciera pensar en una doble vida. No, no era el cómplice del asesino.

—La verdad es que no lo sé. Al principio pensé que era una broma, después mandé la carta a ese amigo mío de sucesos. Vamos, que pensé que si la cosa iba en serio... Como les dije, me llamó para decirme que reenviara el correo a las autoridades. Pero creo que al final lo utilizó para un artículo.

Mancini y Foderà cruzaron una mirada antes de que el comisario insistiera:

—¿Por qué le escribió a usted, Morini?

—No soy capaz de imaginar una razón plausible —parecía sincero y asustado por el tono duro del funcionario de policía.

Giulia Foderà hizo un gesto al comisario e intervino:

—¿Nunca trabajó para la sección de sucesos?

Las manos de Stefano Morini se sobresaltaron y empezaron a temblar con más intensidad.

—No, en absoluto. Nunca. Verán, yo no me he metido nunca en nada raro. Escribía bien, y decía lo que pensaba de los libros que reseñaba, sin compromisos. Nadie me amenazó nunca, si es eso lo que quiere decir.

Mancini volvió a intervenir.

—¿Nunca tuvo ninguna discusión con nadie?; qué sé yo, por una mala reseña o por cualquier otra cosa...

—Nunca. Se lo juro —y se volvió hacia el retrato de su mujer en busca de un apoyo invisible.

La fiscal aprovechó para lanzar una mirada a Mancini que quería decir: «Ya es suficiente».

Mancini hizo caso omiso y prosiguió.

—Le voy a hacer otra pregunta.

El hombre del sofá no le oyó. Seguía mirando el rostro del cuadro y aferrándose las manos. Mancini lo intentó tosiendo un par de veces sin que surtiera efecto alguno. Entonces Giulia Foderà se estiró para cubrir la distancia que la separaba de la rodilla del viejo y posó una mano encima.

—Oh, lo siento.

—No se preocupe, señor Morini. El comisario quisiera hacerle otra pregunta. Si no está muy cansado.

—Claro que no, adelante —dijo el periodista, herido en su orgullo.

—¿Recuerda si contestó usted a ese correo electrónico?

—Por supuesto que no. Nada en absoluto. Como ya le he dicho, reenvié la carta al periódico en cuanto la recibí.

—De acuerdo —Mancini se inclinó hacia el hombre que tenía enfrente. Forzó una sonrisa tranquilizadora mientras vigilaba los ojos del anciano—. ¿Conocía usted a la víctima de cuyo asesinato se habla en el correo? ¿Esa que encontramos en el matadero de Testaccio?

—Fray Girolamo, ¿verdad? —las cejas le temblaron ligeramente, mientras las pupilas se balanceaban inseguras en el fondo blanco y amarillo de la córnea—. He leído que se llamaba así. No, no sé quién era, pero siento mucho que haya ocurrido algo tan terrible. Es increíble, pensé que se parecía más a una de esas novelas policiacas que reseñaba que a las noticias de la sección de sucesos de Roma.

—Bueno, por ahora es suficiente. Gracias, señor Morini. Vamos, señora fiscal —dijo Mancini al tiempo que se ponía en pie.

—Sí —respondió Foderà enderezándose—. Adiós, señor Morini —esbozó una sonrisa.

El anciano abrió los párpados y parecía alelado, como si despertara de un sueño del que había sido arrancado de repente. Les saludó desde el sofá, esbozando un gesto de despedida con la mano, que no tendió a ninguno de los dos.

—Ya conocen el camino —se limitó a decir.

—Adiós —repitió Mancini, mientras le dejaba una tarjeta de visita al periodista—. Revise la carpeta de *spam* de su ordenador y, si hay novedades, informe *solo* a la policía —después se alejó por el pasillo, delante de Foderà.

En el ascensor Giulia dijo:

—Creo que podemos fiarnos de él.

—De él creo que sí, pero no de su cabeza —la mirada inquisitiva de la fiscal lo invitó continuar—. Comprobé el correo basura y el correo saliente, y había un mensaje de respuesta al asesino, en la carpeta de borradores.

Giulia Foderà se llevó una mano a la boca.

—Empezaba con un «Estimado señor» y proseguía diciendo que no le conocía y que no quería tener nada que ver con alguien que se presentaba como un asesino, fuera verdad o no.

La fiscal soltó un suspiro de alivio cuando el ascensor llegó a la planta baja.

—Pero ¿entonces...?

Mancini deslizó las puertas correderas, abrió la cancela y salió.

—No me importa que pueda habernos mentido, sino que no se acordaba ni de haber escrito una respuesta al asesino ni de haberla enviado. ¿En qué medida podemos confiar en lo que dice? Aunque sea de buena fe.

Bajaron por las escaleras y se encontraron con los caparazones de tortugas de los adoquines mojados. En lo alto, la luz iba menguando entre las siluetas austeras de los edificios. Mancini vio aquel cielo mojado, se dio la vuelta y se dirigió a Giulia Foderà:

—¿Puedo? —dijo, señalando el paraguas que ella acababa de abrir. Entonces se le acercó, se lo quitó de la mano y se metió debajo.

—Por favor —consiguió susurrar ella antes de que Mancini empezara a caminar a su lado con un paso más lento y rítmico de lo habitual.

26.

Roma, domingo 14 de septiembre, 19:10 horas, en el búnker

Comello había recibido el correo electrónico mandado por Mancini desde la dirección de Stefano Morini y se lo había reenviado a los informáticos de Investigación Tecnológica. El comisario había regresado hacía unos minutos junto a la fiscal y todos estaban esperando una respuesta, a ser posible rápida.

En la pantalla del enorme televisor de la pared apareció Carlo Biga. Foderà, que se había sentado en el sofá junto a Rocchi, comenzó a rebuscar en el bolso. Mancini se paseaba arriba y abajo. Caterina y Walter permanecían en sus puestos.

—Si no les importa, empezamos —arrancó el comisario—. Hemos solicitado asesoramiento al profesor en el examen comparativo de las escenas del crimen y de los restos encontrados. Y hemos de analizar los tres correos de la Sombra que tenemos.

—Claro —asintió la fiscal, colocando el bolso entre ella y el médico forense.

—Le he enviado las fotos de las escenas del crimen, profesor Biga —intervino Comello.

—Sí, las he impreso —contestó el profesor, levantándolas frente a la *webcam* que había instalado en el escritorio de nogal.

Rocchi se movió para entrar en el foco de la minicámara colocada sobre el monitor:

—No son de lo mejor, porque las hice con el móvil, pero se ven los cadáveres y la zona que los rodea.

—Es suficiente —dijo Biga.

—¿Y qué tenemos? —preguntó la voz de Foderà.

Se produjo un instante de silencio debido a la baja intensidad de la señal de audio-vídeo de la madriguera.

—Una firma —respondió por fin el viejo profesor levantando las cejas mientras las comisuras de la boca se le doblaban hacia arriba—. El elemento común, lo que llamamos firma, es por ahora el objeto extraño hallado *dentro* de cada cadáver.

—Además de la firma real de los correos, en los que se define como «una sombra» —agregó Comello.

—Está claro —dijo la fiscal dirigiendo una mirada a Mancini.

—He analizado las evidencias de las tres escenas del crimen y los restos —prosiguió Biga—, las fotos de los lugares de los hallazgos, la hora de los delitos, he evaluado la postura de los cadáveres y he leído los informes del doctor Rocchi.

Durante unos instantes el amplio busto desapareció de la vista para regresar unos segundos después con un vaso en la mano. Bebió un sorbo, chasqueó los labios y lo dejó delante de él. Luego tomó una hoja manuscrita que acercó a los ojos.

—Aquí están mis consideraciones. Por desgracia, por ahora tenemos pocos elementos para el análisis de las víctimas, solo algunos de la camarera irlandesa y del fraile.

—Los del hombre del Gasómetro los estamos esperando. Cualquier momento puede ser bueno para la identificación, profesor —dijo Comello.

Biga asintió y empezó a leer mientras Mancini cogía la copia impresa que le había entregado Caterina y seguía el texto con los demás.

—Los crímenes fueron perpetrados en circunstancias ambientales favorables. El asesino actuó por la noche, oculto en la oscuridad y el fragor de la tormenta y aprovechándose de la lluvia que caía para borrar sus huellas. Esto refuerza, si fuera preciso, la idea de que las agresiones no han sido improvisadas ni aleatorias.

—Todo lo contrario, planificadas —dijo Foderà.

—Estoy convencido de que el estudio de la zona en la que se decubrieron los cadáveres podrá decirnos algo más sobre él y confirmar, de una vez por todas, que nuestro hombre conoce bien estos lugares, que planificó sus acciones metódicamente y que debe de hallarse en las cercanías —dijo Mancini desplazándose por la sala.

—No hay duda —le secundó el profesor.

—¿Aquí cerca? —preguntó la fiscal.

—Caterina —prosiguió Mancini—, ¿quieres leernos la información que has recogido sobre el área del otro lado del Tíber, la del Gasómetro y las industrias abandonadas, por favor?

—¿Eso qué tiene que ver? —espetó Foderà, irritada por la enésima respuesta soslayada.

—Acabaremos llegando a todo —Mancini agitó una mano.

—Veamos —dijo Caterina con una sonrisa satisfecha, abriendo una presentación de PowerPoint de su MacBook conectado a la pantalla del televisor—. La imagen desde lo alto del Gasómetro y del área limítrofe muestra su situación desde el satélite —hizo una pausa y sacó de debajo del teclado dos hojas grapadas—. He descargado información sobre la historia del lugar de una investigación de la Facultad de Arquitectura de la Universidad Roma Tre —carraspeó y continuó—: El más alto de los cuatro gasómetros de Ostiense está considerado como un emblema de la arqueología industrial en la capital.

Las imágenes de la zona ya en desuso y de los edificios de metal y cemento iban pasando por la pantalla, al hilo de las palabras de Caterina.

—El área estuvo destinada a la producción de gas de alumbrado. El concesionario era una sociedad anglo-romana. En la capital, el alumbrado público de gas dio comienzo durante el pontificado de Pío IX, en 1854. El primer taller se hallaba en via dei Cerchi, cerca del Circo Máximo, y era capaz de producir hasta sesenta mil metros cúbicos de gas al día.

—¿Tan cerca del centro? —preguntó Comello.

—Entre finales del siglo XIX y principios del XX, tras la introducción de la energía eléctrica, el gas se recondujo al uso doméstico. El carbón necesario para su producción, proveniente de Inglaterra, de Cerdeña o de la Toscana, llegaba a los almacenes por el Tíber o por medio de vías férreas hoy inexistentes. El carbón lo introducían obreros especializados, los fogoneros, en las retortas, en cuyo interior se alcanzaban temperaturas de hasta mil grados.

La imagen de Carlo Biga apareció en una esquina de la pantalla:

—Continúa, Caterina. Se pone interesante.

—Bien, profesor —le devolvió la sonrisa ella—. En los hornos de destilación, el gas se generaba mediante la combustión de la hulla y luego se metía en los colectores, en cuyo interior se depositaban el alquitrán y las aguas de amoniaco que, de otro modo, harían la mezcla mortal. El gas se sometía a una limpieza químico-física para separar el naftaleno y el benceno. Después de este proceso llegaba a los gasómetros: grandes depósitos, formados por un tanque de hormigón armado en la base y un enorme armazón de hierro en cuyo interior fluía una estructura móvil.

—Los desgraciados que trabajaban allí... eran a menudo presos condenados a cadena perpetua. No se trataba de una gran vida, teniendo en cuenta que el índice de mortalidad de los fogoneros a causa de las exhalaciones de gases nocivos era altísimo —comentó el profesor, pensativo.

—Quién sabe cuántos habrán muerto allí dentro... —se preguntó Comello.

—Creo haber leído que sanearon la zona, ¿no? —dijo Rocchi.

—Sí, pero alquitrán, amoniaco, benceno..., sustancias carcinógenas todas que todavía están allí debajo —respondió Foderà cruzando nerviosa las piernas.

Un segundo después de que esa palabra hubiera dejado de resonar, Mancini giró la cara para ocultar cómo sus párpados se doblaban bajo el peso de una inesperada punzada de amargura. *Carcinógenas*

—Como puede verse por las imágenes de Google Earth —prosiguió Caterina tratando de romper ese instante del que solo ella parecía haberse dado cuenta—, las estructuras construidas en el siglo XIX están todas abandonadas. Los gasógenos y las instalaciones para los destilados ligeros del petróleo construidos después de la guerra se encuentran ahora en desuso. Sobreviven como áreas inutilizadas que jalonan la línea del paseo fluvial.

En ese momento la cara del profesor y las imágenes de Google Earth desaparecieron sustituidas por la pantalla parpadeante de las últimas noticias. El programa de gestión de la pantalla estaba programado para interrumpir el *videochat* y las presentaciones en caso de que hubiera noticias de última hora en el canal dedicado a la crónica de sucesos. Caterina clicó en la ventana que se había abierto en el ordenador y, un instante después, apareció en la pantalla una periodista y en sobreimpresión este rótulo: HALLADO UN CADÁVER EN OSTIA.

—¡Volumen! —chilló el comisario a Walter.

La voz femenina resonó en la sala:

—En las excavaciones de Ostia Antica, que pueden ver a mi espalda, y más concretamente en el interior del Mitreo de las Termas de Mitra, ha sido encontrado un cadáver hace poco más de media hora.

Mancini se quedó mirando a Foderà como diciendo: «¿Cómo es posible que los periodistas lo sepan antes que nosotros?».

Era la segunda vez que llegaban después de la prensa. «¿Otro correo electrónico a Morini?», fue el pensamiento que el comisario leyó en los ojos de Giulia Foderà. No era posible, dos horas antes no había ni rastro. ¿Qué había ocurrido, pues?

La respuesta a sus preguntas llegó de la pantalla.

—Uno de los tres guardias de las excavaciones, Amintore Bassi, durante la ronda de cierre del área, se acercó al Mitreo, que se halla aquí enfrente, y, a pesar de la lluvia, advirtió el fuerte olor que nosotros notamos también.

Mancini y Comello se levantaron e intercambiaron una mirada con los ojos muy abiertos, mientras Foderà se acercaba.

—En el centro del Mitreo, justo frente a la estatua del dios que sacrifica al toro...

Mancini sintió que le temblaban los brazos. Avanzó hasta la columna donde estaba colocada la pantalla, seguido a unos pasos por Comello, que se rascaba la barba de dos semanas.

—En espera de que la policía científica efectúe los preceptivos exámenes, toda la zona ha sido acordonada...

Rocchi volvió de la antesala que había frente al baño, donde había preparado unos cafés.

—¿Alguien quiere?

—¡Chssss! —dijo Comello agitando una mano—. Ven, corre.

El forense se acercó a los dos, que miraban hacia arriba.

—¿Qué pasa? —preguntó cuando estuvo lo bastante cerca como para captar la expresión horrorizada en sus rostros.

Finalmente él también levantó la mirada. Una vista aérea de las ruinas y excavaciones de Ostia Antica, que destacaban entre el verde céltico de los prados y de los pinares que abrazaban la zona de norte a sur, cubría la pantalla, mientras la voz de la periodista, de fondo, comentaba:

—Parece que las hipótesis de los investigadores se están orientando hacia la autoría de un asesino en serie. El criminal, a quien la prensa ya ha bautizado como la Sombra, ha actuado hasta ahora en una zona localizada entre el matadero de Testaccio, la basílica de San Paolo fuori le Mura y el área del puerto fluvial. Pero, si la investigación confirma que también en este caso se trata del mismo asesino múltiple, eso solo querrá decir una cosa: que el monstruo ha ampliado su radio de acción.

—Joder —sibiló Rocchi.

—A Gugliotti le habrá dado un infarto —observó Comello.

—Señora fiscal... —murmuró Mancini dirigiéndose a Foderà.

En la esquina inferior derecha de la pantalla, Biga estaba esperando. Caterina se volvió para mirar la cara seria del comisario, que tenía la boca abierta, con los labios tensados hacia atrás.

—Quizá no tenga nada que ver con nuestro hombre —apuntó Comello.

La cámara se demoraba en la estatua sobre el basamento al fondo de la bóveda del sótano. El mármol estaba iluminado por una cavidad que se abría en el terreno de encima, las Termas de Mitra. En el centro del espacio entre el objetivo de la cámara y la escultura, rodeada por una cinta blanca y roja, había una silueta cubierta con una tela blanca. A su alrededor, visible incluso a través de la penumbra y la lente del televisor, una miríada de puntos negros en movimiento al lado del capullo sin forma.

—Cristo santo, pero ¿qué son?, ¿moscas? —preguntó Comello acercándose a la pantalla.

—Es él —asintió Mancini, con los ojos brillantes.

—Tal vez sea una secta satánica. Unos gilipollas vestidos de negro que juegan con velas y cuchillos —dijo Rocchi.

Foderà se había quedado petrificada. Mancini escuchaba el reportaje en silencio, mientras la palidez iba abriéndose paso en su cara. Caterina no podía apartar los ojos de la nube de insectos. Se sentía paralizada, como si estuvieran allí con ella. Aquellas pequeñas vidas imparables.

Después, la fiscal lo llamó:

—Comisario...

El móvil de la mujer sonó cortando el aire en el búnker. Lo sacó del bolso, leyó el nombre y levantó la mirada hacia el equipo:

—Es Gugliotti.

—¡Mierda, mierda, mierda! —soltó Comello.

—¿Diga?

Siguieron algunos instantes de un silencio solo roto por la voz chillona que venía del móvil de la fiscal.

—Claro —se encogió de hombros e hizo un gesto con la cabeza señalando la puerta. Después colgó, rebuscó en el bolso y levantó la barbilla—. Me voy corriendo a la central —dijo con firmeza.

—Deprisa —rompió lo embarazoso de la situación Mancini—, coge el coche, Walter.

—¿Ostia? —replicó Comello.

—Las excavaciones. Tú te vienes con nosotros, Antonio. Caterina, tú quédate aquí, revisa el correo electrónico y llama a la central por lo de la identidad del hombre del Gasómetro.

—Muy bien, comisario —contestó ella mientras volvía a sentarse y se quitaba la Nikon, que ya se había colgado del cuello.

Ni siquiera en ese momento de tensión se le escapó a Mancini la decepción de la fotógrafa forense. Sintió que debía explicarse, para no dejar en el aire una desazón que podría llegar a ser perjudicial.

—Estarán los chicos de la policía de Ostia y quiero que llamemos lo menos posible la atención, sobre todo la de los reporteros televisivos. En esta ocasión, prefiero que te quedes aquí, Caterina.

Después se dio la vuelta, descolgó la gabardina del perchero y se acercó a la puerta blindada. Recorrió con los ojos el marco metálico y el panel. Esta vez, la sombra de la angustia quedó encerrada dentro de él. Tecleó el código de apertura, con Comello inmediatamente detrás y Rocchi que aprovechó para tirar el vaso de café a la papelera. Un minuto más tarde todos se habían ido.

Caterina ocupó su sitio. Levantó los ojos hacia la columna. Las noticias se habían interrumpido tal como se iniciaron, de pronto, y en la pantalla solo aparecía el escritorio vacío del profesor.

Definitivamente sola, apoyó los brazos en la mesa al lado del ordenador y dejó caer el rostro en la cavidad del codo doblado. De repente, volvió a levantar la cabeza para no pensar que la habían dejado de lado. No quería rendirse a la idea de que su fragilidad podría perjudicar la parte más importante de su trabajo. Pronto entraría en la policía científica y nadie volvería a dejarla de lado. Cogió la cámara de fotos de la mesa y se la colgó del cuello, con ese gesto automático que siempre le daba tanta confianza.

La Nikon quedó reclinada en el pecho rodeada por ambas manos mientras un ruido metálico indicaba que la puerta había vuelto a abrirse. Caterina se puso de pie. ¿Quién podría ser?

—Se me ha olvidado algo —dijo jadeante Mancini, entrando en la madriguera y dejando la puerta entreabierta tras de sí.

Dio tres pasos en la habitación y se detuvo frente a la inspectora. Su agobio por lo que iba a decirle se reflejó en Caterina, sorprendida en esa postura tan íntima. Se incorporó.

—Me gustaría que hicieras una cosa para mí, ahora —dijo Mancini aludiendo a la ausencia de los demás.

Los ojos de ella se movieron de un ojo al otro del comisario, un par de veces, sin ser capaz de decir o hacer nada.

—Quisiera que revisaras las fotos de la inspección en casa de Carnevali. Una por una. Por favor —añadió, claramente incómodo.

La boca de Caterina se abrió en una sonrisa que delataba una repentina oleada de satisfacción cómplice. Por toda respuesta, el comisario asintió, se dio la vuelta, cruzó la habitación y desapareció más allá de la puerta de acero.

27.

Ostia, domingo 14 de septiembre, 20:30 horas

El olor a tierra mojada al pie de los pinos, la fragancia viscosa de la resina y la salobridad que el viento arrastraba consigo desde el mar, mezclados con la lluvia ligera, habían activado sus receptores. Los estímulos eléctricos se habían abierto paso hasta el mesencéfalo y habían roto de nuevo los malecones de la memoria. Y del dolor.

Caminaban, él con su cazadora de cuero en la cintura, el pelo largo contra la brisa arenosa, ella con una cinta roja en la frente, el rostro erguido, robando el mínimo instante de calor a un tímido sol de marzo. La esperanza que los unía en un abrazo. La última tarde antes de la quimioterapia. Antes de la cárcel, decía Marisa, dejando que en su boca se abriera paso una sonrisa genuina y luminosa como no volvería a haber más. No recordaba haberla visto nunca ensombrecida por un gesto. Ni siquiera cuando fueron a recoger el informe de la punción y el diagnóstico fue de cáncer en el seno izquierdo.

Marisa vivía como si fuera un personaje de una novela y fuese perfectamente consciente de serlo. Es todo falso, pero debemos fingir que lo creemos, convencernos cada día de que merece la pena, pues si no será el final. Busquemos la distracción más adecuada, de la que no podamos desviarnos, y sigamos adelante. Hay quien lee, dijo aludiendo a sí misma, quien trabaja duro, quien forma una familia y quien atrapa a los malos de las películas... Volvió a sonreír. Le habían sentado mal todas esas lecturas, le decía él, y no bromeaba en absoluto.

De repente, abriéndose paso a través de la malla de esa asociación olor-recuerdo, llegó una interferencia de signo contrario, nacida del cerebro, que había ido a recuperar la empalagosa esencia de la quimio para mezclarla con la aspereza del terreno húmedo. Y aún más. El funeral, la tierra removida. Quiso que la metiera allí dentro, Marisa. Siempre decía que le gustaría regresar al vientre de la madre.

Mancini se quedó clavado en el sitio, metió la mano en el bolsillo y sacó su móvil. Observó un momento la pantalla apagada. Lo encendió. Nada. Lo lamentó y se lo guardó de nuevo. Se hallaban a pocos metros de la entrada a las excavaciones. Rocchi y Comello continuaron sin darse cuenta de que él se había parado. Los oídos guateados, el suelo dando vueltas y aquellas náuseas. Se dobló sobre sí mismo mientras los demás se volvían. El vómito salió de golpe, con una sola arcada. Instintivamente, se pasó la mano derecha por la cabeza: los dedos de piel áspera rastrillaban los rizos negros, los apretaban y volvían a la cara, a los ojos, para comprobar que todo estaba bien.

—¡Comisario!

—Enrico.

Mancini se incorporó, sacó un pañuelo del bolsillo de los vaqueros y se lo pasó por la boca.

—El coche —dijo.

—¿Qué?

—La carretera, todas esas raíces —parpadeó para recuperar el equilibrio.

—Ven, déjame ver —dijo Rocchi señalando el Giulietta de Comello.

—No, estoy bien. Vamos.

—Pero Enrico...

—No tenemos tiempo que perder con mis náuseas —dijo según se ponía en marcha, tambaleándose.

Walter le dio una botella que había sacado de su coche. Mancini se llenó los pulmones de aire y lo expulsó, luego tomó dos sorbos, se enjuagó la boca y escupió al suelo. Mejor.

Rocchi le ofreció un paquete de chicles de menta:

—Arréglate la boca. ¿No querrás resucitar a ese desgraciado que nos está esperando?

En la entrada salió a su encuentro un tipo grande, de barriga ancha y prominente, con una gorra azul en la cabeza con la palabra PERSONAL.

Antes de que pudiera abrir la boca, Comello sacó su placa.

—¿Ya han llegado? —preguntó.

El guardián se detuvo ante la placa y miró de arriba abajo a los tres.

—¿Quiénes?

—Los colegas de la científica.

—Están allí abajo, cerca de los de la televisión.

—Enséñenos el camino —dijo Mancini.

El otro se dio la vuelta y comenzó a trotar sobre sus chanclos sucios de hierba. Más allá de un grupo de pinos más bajos, un quiosco, focos y cámaras de televisión se agolpaban en un área situada a cincuenta metros de la entrada al lugar del hallazgo.

Cuando estaban a escasa distancia, el guardián dijo:

—Es allí. Antes del canal. En el Mitreo. Pero yo me vuelvo —se giró y se alejó a buen ritmo.

El comisario saludó a un colega calvo con un impermeable negro que estaba con su gente en una pequeña colina cien metros más arriba. De él se oía hablar muy bien y su traslado a Roma parecía a punto de salir del horno. Dos agentes estaban intentando desalojar a los cámaras. Mancini le señaló la apertura del Mitreo y el otro asintió como respuesta. *Adelante.*

—Por ahí —Mancini indicó un bloque de toba herbosa de un metro y medio de altura por encima del cual pasaron los tres, uno tras otro, para llegar al pequeño edificio más allá del cual se intuía la vegetación del río.

Eran las Termas de Mitra, bajo las que se abría la bóveda de ladrillo que albergaba la zona subterránea donde se hallaba la estatua de la deidad persa Mitra, retratada en el momento de degollar a un toro. Allí los esperaba otro cuerpo sin vida.

Mancini avanzaba escrutando el terreno, delante de los otros dos.

—Entró por aquí —señalaba la abertura por encima del basamento de piedra sobre el que estaba colocada la escultura.

—¿Quién?

—Él. La Sombra.

—¿Cómo lo sabe? Nos ha dicho que con la lluvia... —preguntó Comello.

—Aquí abajo no llueve y no hay señales de pisadas. Si hubiera cargado con la víctima, todavía veríamos huellas. El peso de dos cuerpos habría dejado huecos profundos en este terreno blando. Y lo mismo si lo hubiera arrastrado. Y por encima hay un pantano —concluyó Mancini, acercándose al cuerpo.

El cadáver yacía cubierto por una tela de lino blanco marcada por los humores corporales. A la altura de la cabeza se adivinaba el relieve del cráneo. Los pómulos, la barbilla y la frente empapaban la toalla de rojo.

—Poneos esto —Rocchi sacó de los pantalones tres pares de guantes de látex. Una vez que los tuvieron puestos, dijo—: Adelante, veamos lo que hay ahí debajo.

Comello se puso rígido, aunque intentó disimularlo limitándose a dar simplemente medio paso a un lado mientras Mancini y Rocchi avanzaban.

Fuera del Mitreo un trueno agitó el aire y un fragor se abatió sobre la zona. La atmósfera era opresiva. Mancini respiró con toda la boca y se imaginó que el frescor del chicle de menta se mezclaba con el olor a moho.

—De acuerdo —susurró el forense, acercándose más todavía. A un metro y medio de su meta se agachó y dio otro paso.

De repente, aquel sudario inmundo se animó. Un ligero zumbido y un estertor sordo se elevaron de la boca del cadáver.

—¡Se mueve! —gritó Comello echándose bruscamente hacia atrás. El zapato se hundió y la mano se lanzó a la cartuchera.

—Ojalá —dijo Rocchi, inmóvil en su posición acuclillada.

Otro jadeo y la tela se levantó imperceptiblemente.

Otro paso atrás del inspector Comello.

Rocchi negó con la cabeza sin darse la vuelta. Alargó la mano y con las puntas del dedo índice y del pulgar levantó el borde de la tela. Otra vez aquel sonido ronco.

—No es nada —Rocchi levantó la tela con la ayuda de la otra mano—. Aparte de estos.

Bajo el sudario, la forma redonda de la cabeza vibraba ante el incesante rebullir de minúsculas vidas blancas como la leche. Las larvas carnívoras horadaban la piel bailando entre la boca, las fosas nasales, las órbitas y las orejas.

—*Sarcophaga carnaria* —reconoció Mancini.

—Bravo, Enrico —dijo Rocchi, singularmente excitado.

—Gusanillos —banalizó Comello.

—Desde luego —sonrió el forense.

Mancini se colocó a su lado, cogiendo la esquina inferior de la tela.

—Levantémosla.

El inspector retrocedió rumbo a la salida, en busca de una bocanada de aire.

El comisario se volvió y notó la cara cérea de Comello bajo el pelo húmedo.

—Sal, Walter. Vigila que no se acerque nadie. Quiero echar un vistazo antes de que llegue la científica, que está cribando el área y dentro de poco estrechará el círculo.

La regla que Mancini seguía siempre y que formaba parte de su método personal era «observar antes que los demás». Antes de que las etiquetas de los investigadores y de los fotógrafos de la científica «contaminaran» el lugar del hallazgo. Necesitaba una escena del crimen prístina, despejada, para leerla e intentar reconstruir, imaginar, *ver* el comportamiento y las acciones del asesino.

A Comello no tuvo que decírselo dos veces: desanduvo el pasillo. Se puso la capucha de su sudadera e inspiró con toda la fuerza de los pulmones. Tenía unas ganas locas de largarse. De alejarse de aquel lugar. De escapar de la muerte que sentía pegada a él.

—¿Adelante? —preguntó Rocchi.

—Sí —contestó Mancini.

Lentamente, en un solo movimiento fluido, como un telón que se alza, levantaron el sudario. Mancini depositó la tela sobre las piernas del cadáver y se detuvo, dejó correr la mirada desde las rodillas hasta la cabeza, y luego la apartó de la forma podrida para posarla en el rostro contraído de Antonio Rocchi.

El cuerpo, un hombre blanco de más un metro ochenta que, a juzgar por la calvicie y las canas, debía de rondar los sesenta años, regurgitaba manchas de sucia blancura que se expandían por el tórax hasta el ombligo, donde un trozo de tela roja tapaba la zona del pubis.

—Pero ¿eso es...? —preguntó Rocchi, hipnotizado por el pulular lechoso de las larvas.

—Una falda, escocesa. Un *kilt* —Mancini le rozó un brazo—. No tenemos tiempo para seguir el proceso burocrático de la autopsia. Necesito información. Ahora.

—¿Qué quieres?

—Miremos debajo... —señaló la falda—. Si hay algo para nosotros, estará ahí.

—¿A qué te refieres? —ahora la tensión era evidente en el rostro del forense.

—Piénsalo. El corazón, la toba, la válvula. Todos son elementos colocados dentro de los cuerpos de las víctimas. Elementos ajenos a los cadáveres.

—Ya entiendo.

Sin más demora, Rocchi se colocó las gafas en la nariz y se inclinó sobre el cuerpo. Cogió dos puntas de la falda y las apartó hacia arriba.

Nada.

—Está bien, pasemos arriba —dijo Mancini señalando la zona de debajo de la barbilla, que bullía de insectos.

El médico forense acercó la cara a la garganta de la víctima y se detuvo. Sacó de su bolsillo un pequeño cepillo y limpió la zona. Por debajo de la capa blanca se abría una profunda herida que arrancaba bajo la barbilla y llegaba hasta el espacio supraesternal. Los dos colgajos de piel estaban echados a los lados y desvelaban la anatomía de la garganta.

—Este es el músculo esternotiroideo y este tubo de aquí al fondo es la tráquea. La verdad, ha hecho un buen trabajo.

—Venga —dijo Mancini.

—Lo único que falta...

—¿Qué?

—No veo el cartílago tiroides... No tiene nuez de Adán.

Mancini se asomó y señaló la prominencia sanguinolenta que veía en medio de la garganta abierta.

—¿Y eso?

—Esto... —Rocchi pasó el cepillito con mucho cuidado para que no se moviera nada—. No es la nuez. Esto es... otra cosa.

—La Sombra —Mancini tenía una expresión satisfecha.

—Sí —con unas pinzas, Rocchi extrajo la pequeña masa, no más grande que un huevo, sacó el móvil y la fotografió tres veces, luego volvió a colocarla en su lugar.

Un minuto más tarde estaban fuera de la cueva, bajo un plomizo cielo nocturno. Algo más abajo, Walter subía hacia ellos evitando el acceso al Mitreo.

—Por aquí —dijo Rocchi—. Demos un rodeo.

Distante, el otro comisario, de espaldas, se afanaba con un iPad, mientras la científica fotografiaba lo que consideraban el camino de entrada del homicida al lugar.

Mancini, en cambio, tenía la certeza de que el asesino en serie no había pasado por allí. Aunque probablemente hubiera actuado por la noche, nunca habría utilizado el camino recorrido por los turistas, se encontraba demasiado expuesto. No. Sus dos compañeros caminaban unos pasos por delante. Se detuvo y observó aquel espacio sagrado enmarcado por la bóveda de ladrillos de la cueva. Al fondo estaba el altar en el que yacía tendido el cadáver violado y, por encima, la abertura por la que se había deslizado la Sombra para depositar el cadáver. Por tierra, agua y barro. Dos metros por encima se hallaba la pequeña estructura de piedra de las Termas, también inundada de limo.

¿Qué significaba esa sensación? Un escalofrío de humedad, la lengua pegada al paladar. Permaneció así, plantado en el suelo arcilloso como una estatua que se hunde, mientras sus ojos seguían asaeteando de un lado al otro la cueva. Fue entonces cuando lo *vio* arrastrarse. Aquella voluminosa figura, con su carga exánime, se acercaba oculta por la lluvia, se deslizaba desmañada y voluminosa en el pantano sobre el techo del Mitreo y se dejaba caer en aquel agujero cenagoso. Había usado el río, después el aguazal y la abertura en el suelo. Así era como lo había hecho. ¡Qué diantres, era así como *siempre* lo había hecho!

—¿Volvemos al búnker? —preguntó Comello, dándose la vuelta.

Mancini se desenclavó del barro y se espabiló de la visión.

—¿Qué? No. Nosotros no, Walter. Déjame en casa y lleva a Rocchi a la suya. Tengo que darme una ducha y redactar mis notas.

—Y con Foderà ¿qué hacemos?

—Estará ocupada con el superintendente. Envía un mensaje a Caterina y dile que avise a la fiscal y al profesor para vernos mañana por la mañana temprano.

—¿Por qué mañana?

—Porque esta noche tenemos que acercarnos al matadero.

28.

Las salinas del meandro del Tíber son un recuerdo de época romana, pero el olor salobre que se alza del río a pocos centenares de metros de su desembocadura alude a ese remoto pasado. Ostia, ostium, *la boca del río, piensa Remo, y por unos instantes su mente vuela a la clase masculina del instituto, a las horas de latín con la profesora de pelo corto, entrecano.*

En la orilla se demoran tres embarcaciones ancladas en el agua turbia. Remo deja el coche entre dos árboles en via Gherardo, una carreterita de campo adyacente a las excavaciones arqueológicas. No hay nadie por ahí. Se abre paso entre las matas húmedas.

Está muy excitado ante su próxima cita.

Un minuto después desemboca en viale degli Scavi, a la altura del Teatro. Mira a su alrededor. Nadie a la vista, ninguna lámpara con sensores de movimiento, ninguna cámara. Sonríe satisfecho. Los pinos marítimos lo protegen de la lluvia mientras avanza por el borde de la pista. A su izquierda, en el centro del antiguo castrum, *está la piazza del Foro della Statua Eroica, por detrás de la cual se entrevé el conjunto de las Termas del Foro. Poco más allá asoma el bloque de los Molinos con las pequeñas muelas de basalto. Remo es un gran aficionado a la historia del arte romano y se sabe de memoria ese yacimiento. Y además tiene su teléfono inteligente, conectado día y noche a internet.*

Sí, desde que existe internet, Remo se siente menos solo. Puede satisfacer fácilmente sus deseos de un cuerpo femenino. Desde que tiene internet, ha dejado de trabajar y, desde que se ha apuntado a la página para adultos «Encuentros en rojo», Remo busca chicas de carne y hueso, sobre todo de mucha carne.

Hace un año que no trabaja como anestesista y lleva una vida mejor, nada de estrés y basta de discusiones con sus colegas no objetores, malditos asesinos de fetos. Sigue soltero: le hubiera gustado llevar una vida de pareja, pero ahora, a sus sesenta años, no tiene la menor gana de ponerse a buscar una compañera que, incluso si las cosas le fueran de lujo, sería como mucho una de esas que en los chats llaman milf.

Sigue avanzando, sus mocasines de piel acarician la hierba, y dobla ligeramente a la derecha. La cita es ahí mismo, en la domus *de Amor y Psique. Qué idea más romántica ha tenido Irina, así dijo que se llamaba la voz por teléfono. Aunque quizá no sea más que un* nickname, *reflexiona divertido. El que utiliza él es más explícito: Príapo 21.*

Conoce el camino pero enciende el móvil para verificar la dirección en Google Maps. Abandona la calle principal y toma la del templo de Hércules. La voz de sus pasos en el silencio de la noche tiene el timbre rechinante de la gravilla bajo sus suelas de goma. Se acerca a la placa de plexiglás pegada al muro de toba: DOMUS DE AMOR Y PSIQUE. *A la derecha, una fila de columnas da a un jardín interior que revela una fuente con su podio, cinco nichos y un sencillo juego de agua.*

Entra.

El vestíbulo comunica con un espacio rectangular, el pavimento está cubierto por un mosaico cuyas teselas llevan siglos descoloridas. A la derecha, un pasillo se abre a una letrina. A la izquierda hay tres habitaciones, mientras que el cubículo central está revestido de losas de mármol. En el centro del espacio que tiene enfrente, se yergue sobre un soporte un pequeño grupo escultórico. Amor y Psique. Aquí es donde tiene la cita.

No es la primera vez que consigue ligar con alguna de las chicas de «Encuentros en rojo». Hoy también ha procurado alejarse todo lo posible de Sezze, el pueblo de los montes Lepinos donde vive. Son solo aventurillas, ya lo sabe, pero esa página web es una verdadera bomba. Algo de charla, algunos escarceos, con moderación, y, si la cosa funciona (por otro lado, esa es la finalidad del servicio), se pasa a las descripciones personales, a algunos rasgos físicos y biográficos oportunamente retocados (se ha quitado cinco años), igual que las fotos que se intercambian antes del encuentro (Photoshop es mejor que el bótox para eliminar esas arrugas de más). Él es alto y desgarbado, con los ojos ligeramente hacia fuera a causa de la tiroides y el pelo ralo por delante. Según la foto que ha recibido, Irina tiene muchas curvas, tal y como a él le gusta, con una naricilla fina y dos ojos oscuros y despiertos. Y es muy muy rubia. Quién sabe si se tiñe. Sonríe ante la idea de que pronto lo descubrirá.

Todo contribuye a hacer crecer en él el deseo de un cuerpo femenino. Esta noche está muy excitado. Un encuentro sexual en un lugar así es algo que nunca se le había ocurrido, quién sabe cuántas cosa extrañas le esperan aún. Olfatea el aire punzante, el olor del río que se arroja al mar. Lo dulce y lo salado. Mira el reloj. La hora es la correcta. Se frota las manos, mientras nota que la excitación va creciendo desde abajo, invadiéndole las tripas, conquistando el estómago hasta llenarle los pulmones de aire caliente.

La neblina se levanta del río transmutando ruinas y columnas en macabros espectros marmóreos. Remo siente un escalofrío, pero transforma de inmediato esa sacudida en una variedad de su propia excitación. La voz por teléfono era cálida y sensual, con ese timbre punzante y sugestivo que tanto le gusta.

Bañada por la claridad de una luna poniente, la escultura representa a los dos amantes dándose un beso delicado. Remo observa esos cuerpos infantiles y deja que se le escape una risotada ante la idea de lo que le espera. Quién sabe dónde consumará su banquete erótico. Tal vez en las escalinatas, o bien en uno de esos asientos de piedra de la letrina. Siente que su deseo sigue creciendo. Se acerca, observa la estatua, mira a su alrededor y extiende una mano, para rozar la mejilla de Psique con la punta de los tres dedos centrales. El mármol está frío, y por un instante vence el fuego que arde en él.

Las pálidas órbitas de los amantes se reflejan. Remo se pierde en la trayectoria de sus miradas lánguidas, envuelto por el efecto hipnótico de la lluvia. A su alrededor, los sonidos se agigantan desvelando el crepitar de las gotas sobre las hojas. Repican las masas de agujas de pino, la corácea lámina de la encina, los óvalos relucientes del mirto. Instrumentos de linfa, corteza y celulosa, recorridos por los dedos sutiles de los cirros.

Lentamente, incluso los olores de la naturaleza se dilatan, flotando en el aire. La esencia de la resina, el musgo y los abetos. La lluvia repiquetea sobre las agujas secas y el croar de una rana resuena inesperado. No proviene de los cañaverales del río. Está en otro sitio, mucho más cerca.

Se espabila, aparta los ojos del conjunto marmóreo y los entorna. Mira a su alrededor. No hay ninguna rana. Ni rastro de Irina tampoco. De entre los tupidos matorrales se levanta otro ruido. Esta vez es más agudo, más alto. Demasiado alto, razona. ¿Qué clase de animal puede ser?

Se aleja de la blancura relajante de la estatua. Avanza en dirección al sonido. Fulmíneo, un tintineo metálico sustituye el croar. Un silbido horada el aire, y después Remo siente una punzada en el centro de la espalda.

Lo último que intuye antes de desplomarse sobre las rodillas es el rápido movimiento de los arbustos.

29.

Roma, lunes 15 de septiembre, 01:00 horas

El Giulietta negro se aproximó al bordillo de via Stradivari. Comello bajó y cerró el coche. Miró a su alrededor, se puso la capucha de la cazadora y continuó en silencio hasta el puente Testaccio.

La achatada silueta del matadero estaba iluminada por las luces de dos farolas entristecidas. Diez metros más abajo, el Tíber, henchido y voraz, se arremolinaba amarillento arrastrando consigo ramas y bolsas de plástico. El café y la gasolinera seguían cerrados. La entrada posterior de la fábrica había sido sellada tras el examen del terreno y la recogida de pruebas de la policía científica en la escena del crimen de fray Girolamo.

Walter levantó la cinta y se agachó un poco para pasar. Recorrió los treinta metros que lo separaban de la primera encrucijada y giró a la derecha, encaminándose hacia la zona de desuello de los cerdos. El empedrado era irregular y, entre un adoquín y otro, se habían abierto paso mechones de hierba. La lluvia que caía era fina, pero molesta.

El área que precedía la sección de desuello estaba delimitada con cinta amarilla y el portalón de acceso permanecía sellado. Comello prosiguió y dobló la esquina hasta la segunda puertecilla. Se acercó, observó la manija de hierro oxidado y notó inmediatamente los precintos por el suelo. Se metió una mano en el bolsillo y sacó dos pequeños guantes blancos. Se los puso y bajó la manija. El hierro gélido y húmedo penetró a través del látex y le recorrió la muñeca, el codo, los pulmones, una sacudida de hielo que lo aferró por el cuello y por un momento le envolvió el corazón. La escena del crimen en torno al primer pilón estaba rodeada por tres vueltas de cinta.

—Ten cuidado a ver dónde pones los pies —susurró una voz.

Junto al pilón había una estructura de tablones de madera que podía pasar por una especie de mesa. Comello escrutó la penumbra.

—Tranquilo, comisario —respondió acercándose titubeante—. Pero ¿dónde está?

—Baja la voz —musitó molesto Mancini desde debajo de la mesa. Estaba acuclillado, mirando hacia arriba.

—¿Está jugando al escondite?

—Cállate —Mancini dio dos pasos y salió de las sombras.

—¿Ha encontrado algo?

—Nada. Ni la menor señal, ni un indicio.

—Con esta lluvia pinta mal para las huellas.

Mancini le dirigió una elocuente mirada y apoyó una mano en los tablones para probar su resistencia.

—Estos pilones servían para expurgar la sangre y a los animales los depositaban ahí donde estás tú ahora.

Mancini se encaramó sobre los tablones para observar la serie de ganchos engarzados con las serpentinas de hierro del techo. Analizó cuatro antes de encontrar el que buscaba. Lo agarró con la mano izquierda mientras pasaba el dedo índice de la derecha por la punta.

—Fue con este —dijo en voz baja.

—¿Se acuerda?

—Tiene menos herrumbre —dijo deslizando el dedo por la cavidad.

—¿Qué significa eso?

—Que ha sido restregado. Probablemente la fricción con la cadena que Girolamo tenía en los tobillos.

Mancini desplazó la mirada a lo largo de la serpentina que corría por encima de la mesa y desaparecía en un hueco de la pared mientras Comello se acercaba, con gesto de preocupación en el rostro. Un momento después el comisario cayó de rodillas sobre la madera. Walter, que estaba a un paso, interceptó el cuerpo que se desplomaba a un lado evitando que se golpeara contra el suelo.

—¡Comisario! —le llamó con la voz quebrada por el pánico.

Nunca había querido hacer el curso de primeros auxilios. Eso son cosas para las colegas, había pensado siempre. Se acordó de repente de todas las situaciones de emergencia que había presenciado y reclinó el cuerpo. Lo tumbó en el suelo boca arriba y, con los dedos pulgar e índice de la mano derecha, le abrió los párpados. Las pupilas parecían normales. Agachó la cabeza hasta apoyar el oído en el pecho de Mancini. El corazón latía.

—¡Comisario! No me haga esto, por favor. Abra los ojos.

Fue como una descarga, la idea de que ese hombre pudiera morírsele entre los brazos debido a la incapacidad que una vez más demostraba le dejó aniquilado.

—¡Comisario!

La adrenalina, liberada por las glándulas suprarrenales, le aceleró el pulso y el pánico se hizo insoportable cuando los bronquios empezaron a dilatarse. Sujetó la nariz de Mancini entre los dedos, le abrió la boca echándole la cabeza hacia atrás e inspiró.

—Quieto —soltó con un golpe de tos la figura del suelo en el momento en el que Comello bajaba la boca.

—¡Mierda! —masculló Walter.

Mancini empezó a respirar a pleno pulmón y se incorporó.

—Estoy bien. Ayúdame.

Una vez de pie, con la imponente figura de Comello a su lado, Mancini notó un vértigo idéntico al que le había afectado dos minutos antes. Después, igual que había llegado, esa sensación se alejó.

—Mejor... —dijo—. Estoy mejor.

—El que ha estado a punto de morir soy yo, jefe. Se lo aseguro.

—Pues habríamos sido dos... Nos habrían encontrado aquí, en la escena de un violento asesinato...

—¿Se imagina el follón? Ya veo al gilipollas del superintendente...

—Vámonos —le interrumpió Mancini soltándose del brazo—. Puedo caminar.

Salieron de la sala de desuello uno al lado del otro. El comisario caminaba lentamente bajo el polvillo de la llovizna. Comello se puso la capucha.

Mientras avanzaban, la mirada gacha de Mancini se deslizaba a derecha e izquierda, arriba y abajo, saltando del pulido resplandor de los adoquines a los ralos mechones de hierba que los rodeaban. A mitad del camino hacia la encrucijada que daba al acceso trasero, justo en el medio de la calle, una mata más ancha y más tupida, de unos cincuenta centímetros de alto, interrumpía la regularidad del empedrado.

—Espera un minuto —dijo Mancini cuando llegaron hasta allí.

—¿Ha visto un ratón, comisario?

—Ven —le tiró del brazo Mancini acercándose al matojo.

Se agachó apoyándose con una mano en el suelo mientras Comello repetía sus gestos, atento y preocupado.

—Mira.

—¿Qué es lo que tengo que ver?

—Mira lo grande que es.

A sus pies había una reja de metal cuyas barras paralelas habían sucumbido a la herrumbre y al empuje de la maleza de debajo.

—Por lo menos un metro y medio a cada lado —comentó Comello.

—Sí. Saca la linterna —ordenó Mancini.

—Solo tengo la pequeña.

—Nos vale igual.

Comello sacó la linterna reglamentaria del bolsillo interior de la cazadora negra:

—Aquí la tiene —dijo según la encendía.

Mancini la cogió y escrutó entre la hierba que desaparecía bajo la rejilla.

—Menudo pedazo de matorral —dijo Walter—. Quién sabe lo profundo que será.

—Bastante. Ayúdame a levantarlo.

—Pero, comisario, ¿no es mejor que lo dejemos y que le lleve a casa?

—Estoy mejor, ya te lo he dicho. Ayúdame y estate calladito.

Comello se encogió de hombros y le obedeció. Agarró la reja metiendo los dedos en los huecos y tiró. La estructura de metal rechinó sobre sus bisagras y se levantó.

—¿No querrá bajar hasta allí? —preguntó el inspector cuando vio que el agujero tenía una profundidad de más de dos metros. La mata de hierba salía de una grieta en la pared y no del fondo. Mancini la apartó e iluminó hacia abajo.

—¡Ahí está! —comentó satisfecho. El hueco era efectivamente una conexión de desagües.

—¿Qué? ¿No querrá de verdad que bajemos?

—No. Tú no.

—Por supuesto que no. Pero, jefe, usted tampoco puede, acaba de desmayarse.

—Tú tranquilo, sujétame.

Comello estiró los brazos y agarró las manos enguantadas de Mancini, que se metió dentro. El comisario apoyó los pies en la superficie vertical y se dejó caer hasta que las piernas llegaron al espacio vacío del canal de conexión.

—Bájame despacio, Walter.

—Ya lo intento —dijo este cargando sobre sus hombros con el peso de ambos.

—Ahora déjame —Mancini había conseguido entrar en la pequeña cavidad—. Pásame la luz.

Comello le soltó y recogió la linterna, que había dejado al lado de la rejilla.

—Aquí está.

Mancini tendió la mano y la agarró. Después, todavía en cuclillas, alumbró el fondo del pocillo central. Solo agua de lluvia. Se giró hacia el conducto donde estaba. La escasa luz apenas alumbraba unos diez metros en torno a él. La sección del conducto era circular y parecía alejarse bastante. Corría en perpendicular a la forma alargada del matadero y Mancini se la habría jugado a que desembocaba directamente en el Tíber, teniendo en cuenta también la pendiente descendente. Miró a su alrededor y vio que a la derecha había otro canal que penetraba en el cuerpo de la sala de desuello ascendiendo apenas. Le hacía falta un plano del alcantarillado para confirmar sus sospechas, pero el olor a barro en aquel punto se mezclaba con algo que evocaba la sangre. No podía equivocarse, aquel era uno de los canales de desagüe del matadero.

—¿Todo bien, comisario?

—¡Sí! —resonó agigantada la respuesta.

Dio un paso en cuclillas. El aire estaba enrarecido, pero se podía respirar. Dio tres más con cuidado para no golpearse la cabeza y dirigió el débil haz de luz hacia abajo siguiendo el conducto. Sobre la base de limo seco reinaban mohos y concrescencias de hongos. Agachó la cara para ver mejor y dirigió la linterna a un par de metros de distancia. Tuvo que desplazarse un poco más para llegar al punto que había atraído su atención. Iluminó una pequeña zona donde el barro seco se encontraba resquebrajado. Luego movió la linterna hacia delante. De allí arrancaban dos surcos que se perdían en la oscuridad. Dos líneas paralelas. Inspiró un aire que parecía carecer de oxígeno. Lo expulsó mientras se daba cuenta de que tenía que salir de allí rápidamente. Se giró y recorrió sin pensar los metros que le separaban de la entrada del conducto.

—¡Sácame de aquí! —chilló.

Un instante después, Walter Comello agarró a Mancini de los brazos. El tirón y la fuerza del inspector hicieron el resto. Walter sacó a Mancini y lo dejó sobre el adoquinado reluciente. El comisario boqueaba y se quedó sentado. Mejor.

—Cierra y larguémonos.

—¿Ha encontrado algo? —Comello colocó la reja en su sitio y se incorporó.

Mancini parecía haberse recuperado, se irguió y se encaminó solo unos pasos por delante de su compañero. Avanzaba lentamente, pensativo.

—Tal vez sí —dijo por fin, dándose la vuelta—. Llévame a casa. Luego vete a dormir. Te quedan pocas horas de sueño.

30.

Roma, lunes 15 de septiembre, 06:00 horas

—Procuremos darnos prisa —dijo Mancini a los dos inspectores mientras miraba el reloj.

Caterina y Walter le estaban esperando ante la entrada de la madriguera. Ella con la Nikon en bandolera, él con las llaves del Giulietta.

—¿Tiene sus notas?

—Sí —contestaron al unísono.

—Bien, vámonos.

Diez minutos después habían cruzado el puente de la Ciencia y se hallaban justo debajo de la mole oxidada y resplandeciente del mayor de los cuatro gasómetros. Mancini iba el primero siguiendo el camino de tierra que bordeaba el río. Resguardada por el paraguas, Caterina levantó el dedo índice hacia la estructura mayor.

—Este gigante nació a mediados de los años treinta. La Sociedad Romana del Gas comenzó proporcionando gas metano a instalaciones industriales y vendiéndoselo a la municipalidad para el alumbrado público.

—Vamos —insistió Mancini alzando la vista y protegiéndose los ojos del efecto refractante de la estructura con las primeras luces del alba.

—Tres mil toneladas de chapa y perfiles laminados, mil quinientos postes instalados a lo largo de cerca de treinta y seis kilómetros, casi cien metros de altura, diámetro del tanque de sesenta y tres metros.

—Hay otros allí detrás, ¿no? —preguntó Comello haciendo un gesto con la mano más allá del muro que rodeaba la zona y la volvía inaccesible a los curiosos.

—Otros tres, más pequeños. Mi abuela me contaba que, cuando era joven, justo detrás de la piazza del Popolo, había un pequeño gasómetro, al principio de via Flaminia —dijo la fotógrafa forense con voz suave, mientras rebuscaba en la memoria familiar—. Hablo de finales de los años veinte. Y este complejo sirvió...

—Para cerrar aquella instalación, ya que en el ínterin Roma se había ensanchado —concluyó Mancini contrariado.

Resguardados por los paraguas avanzaron por un tramo de gravilla. El comisario seguía delante, Comello en el medio, De Marchi en la retaguardia sin dejar de hablar ni de señalar edificios que iba describiendo uno a uno.

—Esos son los almacenes de carbón de la fábrica de gas —indicó unas enormes naves abandonadas—, allí están los hornos de destilación del carbón de piedra, la sala de máquinas para la extracción y purificación del gas —añadió moviendo el índice a la derecha—. Más abajo, justo antes de la vieja central Montemartini, hay un grupo de construcciones auxiliares.

—Muy bien, Cate —susurró Comello.

El sendero de tierra discurría por la orilla izquierda del Tiber durante más de doscientos metros, bordeando el muro de protección de la zona.

—Ya hemos llegado —se detuvo Mancini.

El sol aún bajo lucía desenfocado por una pared de nubes y no era capaz de calentar el aire húmedo. El comisario cerró el paraguas y señaló un edificio en la ladera del río. Trazó en el aire un arco que superaba el camino para acabar detrás del muro.

—¿Eso qué es? —preguntó De Marchi, hojeando sus notas. Luego inclinó la mirada hacia la vegetación que subía de las orillas del Tíber y se aferraba a los cimientos de la construcción elíptica que tenían enfrente.

—El edificio de las bombas de agua. La extraía del Tíber y la mandaba a esa torre cisterna. Entonces había un guardia, pero ahora está abandonado. Entremos —decidió Mancini adentrándose en la maraña de arbustos que ocultaba una verja.

En el interior había una puerta de entrada roja y ventanas altas y estrechas. La expresión atónita de Caterina se vio reflejada en la de Walter. Pero al estupor se sumaba algo más. La proximidad del río le había causado problemas ya en otra ocasión y allí la orilla frondosa podría ocultar decenas de esos seres horribles.

—Desde aquí hasta el puente Marconi hay bastantes refugios improvisados. Casetas o edificios como este. No falta gente que ha elegido la orilla izquierda para vivir —dijo Walter, escrutando con la mirada el nivel del río.

—Y allí abajo fue donde encontramos el cuerpo del sintecho —dijo Caterina volviéndose hacia el enorme Gasómetro.

—Vivir aquí significa remar a contracorriente. Los que lo hacen tienen que luchar con inundaciones fluviales, enfermedades, heladas y animales, mientras que la gente ni siquiera sabe que existen. Y, si alguien dice «los que viven en el río», seguro que piensa en algún *radical vip* que se ha montado un picadero en un barco en el puente Milvio. Anda y que les jodan —concluyó Walter con una mueca de asco.

Mancini abrió la cancela. La vegetación era tupida. Caterina, activando su radar personal, se puso a la escucha, mientras el comisario recibía la ayuda de Comello para empujar la pesada puerta de metal oxidado, que se abrió rechinando. El interior reproducía la forma externa de un rectángulo redondeado en sus lados más cortos. Un único espacio con ventanas que daban al curso del río y dos escaleras de hierro que conducían hacia arriba y hacia abajo.

—Echemos un vistazo rápido a esta planta —dijo Mancini señalando una cortina detrás de la cual se intuían dos jambas.

—Vamos —le dijo Walter a Caterina, que parecía estar en trance. Ella se espabiló, posó el paraguas en el suelo cerca de los otros dos y retiró la tapa del objetivo.

Mancini apartó la cortina desvelando una pequeña habitación cuadrada, sin ventanas, y un camastro que parecía llevar años sin usarse. En un rincón, restos de un fuego: papel y madera quemada, el suelo ennegrecido.

El comisario se agachó y lo rozó con los dedos.

—Aún está caliente. Ven a ver.

Comello se acercó y puso la mano en el suelo.

—Sí, alguien ha estado aquí.

Caterina no dejaba de sacar fotos, aunque, cuando los dos se levantaron, los siguió.

—Vamos abajo, pero cuidado con el agua.

Descendieron por la escalera metálica y se encontraron en un área rectangular que albergaba maquinaria con incrustaciones de algas y de herrumbre.

—Deben de ser bombas volumétricas —dijo Comello avanzando hacia las palancas que medio siglo antes inyectaban agua de refrigeración en el complejo industrial.

Seis tubos de un metro de diámetro, que arrancaban desde el suelo y entraban en la caja de acero por debajo del cuadro de mandos. De la parte izquierda del tanque solo salían tres, de diámetro duplicado, y desaparecían en la pared por la que habían entrado. En el rincón de detrás de las máquinas había una pequeña trampilla abierta. Comello se agachó y comprobó, solo medio metro más abajo, la furia del agua turbia que se abatía contra los pilares que sustentaban el edificio.

—Ha pasado por aquí —confirmó Mancini escrutando el pasaje—. Echad una ojeada por allí mientras yo voy arriba —agregó, señalando una habitación que se entreveía a la derecha. Luego subió acompañado por el estruendo rítmico de los escalones oxidados.

El espacio era idéntico al de abajo, pero partido en dos por un tabique cuya bóveda dejaba entrever una terraza. El interior estaba vacío y Mancini avanzó hacia el pasaje.

En la planta baja, Caterina se acercó a la puerta abierta en el lado estrecho de la sala. El interior se hallaba en penumbra, un pequeño ventanuco era el único espacio por el que se filtraba la luz. En el centro había una mesa de tablones y, en el suelo de la pared opuesta a la entrada, un mantel de cuadros rojos y blancos. La humedad sabía a sal y a la tierra que el río robaba a sus riberas mientras que la habitual fuerza de atracción y repulsión la obligaba a seguir avanzando. Un paso y las sienes le empezaron a palpitar. Otro, con los ojos clavados en el mantel. Sus manos sujetaban firmes la cámara fotográfica. Con el índice derecho en el disparador. Pero se detuvo. La carótida, impulsada por la adrenalina, estaba bombeando sangre hacia lo alto. Apoyó la mano izquierda sobre la mesa. Era sólida, real. Las piernas volvieron a moverse. Siguió el contorno del mueble con los dedos hasta que llegó al otro lado. Era un amplio mantel de algodón y se hallaba entre la pared y el suelo. Estaba lleno de manchas oscuras. Una fuerza invisible la atraía hacia ese revoltijo.

—No tengo miedo —fue un susurro que llenó el aire.

Después Caterina dejó que sus piernas cedieran levemente y se arrodilló mientras las lágrimas empezaban a caer por las comisuras de los ojos. Lo sabía. Podía llamar a Walter, pero era incapaz, tenía un clavo en la garganta que la estaba ahogando, dejándola sin escapatoria. Expulsó el aire. Extendió el dedo índice y el pulgar hacia el extremo más cercano del mantel y tiró hacia ella. A cámara lenta, un fotograma tras otro, los movimientos discurrían ante sus ojos como si fuera una mera espectadora de esa acción robotizada. La tela se retiró despacio, dejando al descubierto un plato hecho añicos, un pedazo de pan duro y un tenedor de plástico. Y, además, una pequeña porción de carne.

Apartó la mano de la Nikon y se la llevó a la boca para ahogar un grito.

Allí abajo algo se movía. Cuando los dedos de la muchacha dejaron al descubierto los restos de la comida de un sintecho, la tela de algodón se animó. Una niebla humeante se interpuso entre ella y la imagen que tenía enfrente. Un mareo y la necesidad de aire. La urgencia de chillar hasta quedarse sin aliento. El dedo corrió de nuevo al disparador.

Las veía. Decenas de pequeñas ratas negras devoraban el pan y la carne amontonándose unas sobre otras. Feroces y despiadadas, se mordían entre sí para intentar aliviar el hambre y porque la naturaleza las obligaba a consumir los dientes que crecían sin cesar. Lo sabía todo de ellas.

Disparó.

Las miraba fijamente mientras su llanto mudo se transformaba en sollozos.

Volvió a disparar.

A centenares, llenaban la esquina de la habitación, e iban en aumento.

Disparó una, dos, tres veces.

Tenía que detenerlas. Bloquearlas. Impedir que se multiplicaran, que aquel hervidero siguiera creciendo. Tenía que hacerlo.

Pero no lo consiguió.

Con un único movimiento fluido, la Nikon se le resbaló de la mano y se detuvo, colgada del cuello, en su pecho. Los brazos de Caterina caían inertes a lo largo del cuerpo arrodillado frente a aquel furioso festín. A millares, hacinaban la habitación, rodeándola por todas partes. Sintió que se le quebraba la garganta por el esfuerzo que produjo un grito seco, fortísimo.

Ni siquiera diez segundos tardó Comello en pisar la habitación.

—¡Cate! ¿Qué pasa?

Yacía reclinada de costado, con las manos en los ojos.

—No quiero —repetía, con la voz rota—. Échalas.

Walter llegó hasta ella y dirigió la mirada hacia el mantel que le rozaba los pies. Al lado había unos cubiertos de plástico, un vaso y un plato roto, y, cerca de las piernas de Caterina, dos trozos de carne en lata con sus respectivos contenedores de aluminio.

Ella los estaba mirando y meneaba la cabeza.

—Por favor. Por favor. Por favor.

Comello estaba desconcertado. No había nada más en el suelo.

—Por favor, que se vayan. Échalas de aquí —se quejaba.

De repente, él comprendió.

Se agachó, metió los brazos por debajo del cuello y por debajo de la curva de la rodilla y la tomó en brazos. Ella se acurrucó como una niña y enterró la cara en el pecho, sollozando. Él no sabía qué decir. ¿Qué debía hacer? Se dio la vuelta y salió de la habitación apretándola contra él como una criatura indefensa y percibió cómo el calor de ella se extendía a través de su piel, hasta penetrarle en el pecho.

Arriba, el comisario echó una mirada hacia fuera. Bajo el cobertizo había una sábana que revoloteaba colgada de un alambre con dos pares de calcetines agujereados y una camiseta a rayas rojas y blancas. En cuanto Mancini puso el pie en la terraza, un movimiento a la derecha atrajo su atención. Detrás de la ropa tendida se movió algo, ágil e invisible, y unos segundos más tarde había desaparecido en la espesura del cañaveral a orillas del río.

—¡Alto! —le conminó Mancini acompañando con la mirada las cañas que se balanceaban y deslizando automáticamente la mano derecha en la gabardina en busca de la cartuchera.

Hacía meses que no llevaba el arma, y fue la primera vez que lamentó no tenerla allí consigo. ¿Por qué? ¿Qué pretendía hacerle a quien probablemente no era más que un sintecho? Avanzó hasta la balaustrada de hierro más allá de la cual se había lanzado el desconocido. Ya no había nadie. Mancini la franqueó y, sujetándose de la barandilla, se inclinó. En el cañaveral el agua era alta y turbia. No. No merecía la pena. Estaba a punto de volver adentro cuando, a la derecha, a pocos metros de donde se encontraba, divisó un hueco entre las cañas.

¿Y si fuera...?

Se desplazó pegado al parapeto del edificio hasta que estuvo delante de la abertura. En ese lugar alguien se había abierto paso rompiendo los altos tallos de juncos. Ese alguien debía de haber utilizado el desagüe que desaparecía en el terreno y se dirigía hacia la cisterna del complejo industrial. Las cosas empezaban a cobrar orden. El pasaje del Mitreo, el canal del matadero y ahora...

De repente, llegó un grito desde abajo. Se dio la vuelta y corrió escaleras abajo hasta la planta central. Comello estaba allí de pie, con Caterina en sus brazos, que parecía adormecida. Mancini sintió que una mano invisible le agarraba de las piernas y tiraba hacia abajo. Sus rodillas cedieron justo antes de que pantorrillas y cuádriceps lo irguieran de nuevo.

—¿Qué ha pasado? —preguntó mientras se acercaba.

—Una indisposición. Hay demasiada humedad aquí, creo que le ha faltado el aire.

—¿Qué ha sido ese grito?

—Vio un animal y se asustó.

Mancini asintió clavando la mirada en los ojos del inspector y dijo:

—Ya hemos terminado. Volvamos.

31.

Roma, lunes 15 de septiembre, 07:30 horas, en el búnker

Ya de vuelta, cansados y empapados, Comello reclinó a Caterina en el sofá más grande y Rocchi sacó el estetoscopio, el medidor de la tensión arterial y un termómetro electrónico.

El profesor Biga apareció en la pantalla. Parecía nervioso y preocupado. Mancini le refirió la inspección que acababan de realizar y se sentó.

—¿Por qué nos ha hecho venir a estas horas, comisario? —preguntó Foderà. Tenía la cara roja y las uñas de la mano derecha con muescas de los dientes. Desprovista de ese maquillaje ligero que le daba un toque simulado de belleza natural.

—Para ponernos al día, señora fiscal.

—Espero que haya novedades importantes —comentó levantando la voz—, dado que ayer estuvo usted ilocalizable toda la noche y no se dignó hacerme saber nada.

—Hay novedades, en efecto —zanjó seco Mancini—. Y tenemos que cotejarlas de inmediato.

—Vamos a empezar entonces.

—Está bien —sentenció Rocchi tras examinarla, arreglándose la coleta—. Solo ha sido un buen susto.

Caterina se incorporó hasta quedarse sentada:

—Por mí, puede seguir.

—¿Quieres un café? —preguntó Mancini.

—No, gracias —respondió Caterina, que iba recobrando color en la cara a ojos vistas.

—Yo sí, ¿alguien más quiere?

—No, gracias —fue la respuesta de los demás.

Al llegar al rincón de la cocina, Mancini llenó de azúcar un vaso de plástico, metió la cápsula y pulsó el botón. El líquido negro cayó espeso hasta la mitad del vaso. El comisario apagó la máquina, que borboteó con sus vapores, echó casi todo el café por el agujero del fregadero y dejó el vasito. Se agachó e introdujo la mano en la bolsa que guardaba detrás de la nevera. Sacó una botella de cerveza y se la apoyó en la mejilla. Metida en la funda enfriadora de goma, la Peroni seguía a la temperatura adecuada. La destapó despacio y la vació en cuatro sorbos, después la metió de nuevo en la bolsa. Se limpió y se levantó, cogió el vaso y se enjuagó la boca con los restos del café.

—Aquí estoy —dijo por último acercándose a los demás, con el rostro relajado—. Veamos, he agrupado los datos que Walter y Caterina recogieron en internet. He estado pensando una y otra vez en estos lugares, junto a los jardines de San Paolo, como si fueran escenas del crimen conectadas de alguna manera y he cruzado los elementos disponibles.

—¿Y qué es lo que tenemos? —preguntó Giulia Foderà apartándose un mechón de pelo de los ojos.

—Espere, señora fiscal. He estado haciendo algunas averiguaciones después de analizar los datos que tenemos del matadero y del Gasómetro. Pero sobre todo después de nuestra visita a las excavaciones de Ostia y la inspección que hemos realizado hace un rato, en la otra orilla del Tíber, Walter, Caterina y yo. Y aquí hay algo interesante acerca del complejo industrial del puerto fluvial —dijo sacando de la gabardina una hojita doblada y garabateada—. Tiene que ver con la eliminación de los derivados de la destilación de carbón. Estos condensados eran, sobre todo, aguas amoniacales resultantes del proceso de depuración del gas.

—Comisario, ¿podría decirme adónde quiere ir a parar? —la fiscal empezaba a perder la paciencia y no dejaba de dar vueltas en su dedo índice a un anillo en forma de serpiente que tenía dos pequeñas esmeraldas por ojos.

Carlo Biga se acomodó en la silla de detrás del escritorio en el centro de la pantalla.

—Cuando Antonio nos hizo aquella digresión sobre los mataderos —prosiguió Mancini—, había algo que no dejaba de darme vueltas en la cabeza, pero que no conseguía encuadrar bien.

Comello vigilaba a Caterina con fugaces miradas de reojo. La chica parecía sentirse mejor, había encendido el ordenador y escuchaba al comisario.

—Después nos habló de la necesidad de higiene en el interior de instalaciones como esas, de la limpieza de los animales y de las salas, y algo no encajaba.

—Claro —confirmó Rocchi—. La limpieza y la eliminación de residuos.

El rostro de Mancini estaba iluminado por la falsa luz de las lámparas.

—Caterina, ¿lo tienes? —dijo a continuación.

—Sí, comisario. Vamos a referirnos específicamente al proyecto y construcción del matadero de Testaccio —clicó dos veces en una ventana de la pantalla mientras la fiscal resoplaba—. Según el diseño de la instalación hidráulica y del alcantarillado, el sistema de eliminación de residuos estaba formado por toda una red de gruesos conductos subterráneos que, al final, con la inclinación adecuada, acababan por confluir. También he encontrado las plantas catastrales del alcantarillado, como me había pedido usted.

La orientación de los canales subterráneos, perpendicular a la superficie del matadero, confirmaba las sospechas: desembocaban en el Tíber.

Desde la pantalla de la columna llegó un ruido y todos se volvieron a mirar. Biga golpeaba con la palma de la mano sobre el escritorio.

—¡Claro que sí, claro! —se acaloraba.

Mancini había permanecido quieto y miraba hacia un punto por detrás de De Marchi.

—Acaba de leer, Caterina.

—«Los materiales residuales confluían en un colector de alcantarillado, que recogía las aguas y las dispersaba a través de una amplia boca en la orilla izquierda del Tíber.»

—Así que, si lo he entendido bien —pronunció con voz eufórica el profesor—, la lluvia llegaba a través de las columnas de arrabio construidas por Ersoch hasta las alcantarillas, donde se descargaba de todo: aguas residuales y desechos de los animales sacrificados, ¿verdad?

—Correcto, profesor.

—Comisario, ¿nos está diciendo usted que el asesino pasó por los conductos del alcantarillado para aproximarse al matadero? —preguntó la fiscal.

—Digo que los utilizó para ir a degollar al fraile sin dejar huellas en la superficie. Lo mismo ocurrió un centenar de metros más allá.

—En el Gasómetro —dijo Comello con los brazos cruzados.

Mancini plantó el dedo índice en sus notas sobre el puerto fluvial y continuó:

—Generalmente a las aguas se les añadían sólidos inorgánicos, como limo o sulfato de hierro, para formar precipitados insolubles orgánicos e inorgánicos que después se retiraban. Al final del tratamiento, las aguas descargaban con normalidad en el cuerpo de agua más cercano.

Hizo una pausa para escrutar las caras. Cuando, por las expresiones serias e intensas, constató que la conexión había quedado clara para todos, se metió el papel en el bolsillo y concluyó:

—Walter y yo nos hemos acercado esta noche al matadero y yo he bajado por una de las rejillas de ventilación en la superficie de las instalaciones. No me cabe la menor duda: nuestro hombre pasó por allí. También estoy seguro de que utilizó la trampilla de la planta baja del edificio de las bombas para el agua y el conducto de desagüe oculto entre las cañas. Como ocurre con el canal que llega justo detrás de las Termas de Mitra.

—Y probablemente utilizó un colector del alcantarillado a la altura del puente Marconi y de la basílica de San Paolo, donde se encontró el primer cuerpo.

Todos se volvieron hacia la pantalla: Carlo Biga acababa de pronunciar su veredicto.

—Sí, profesor. Yo he pensado lo mismo.

—Entonces, ¿dónde diablos se esconde? —preguntó Foderà a quemarropa.

Mancini se quitó la gabardina y la dejó sobre el respaldo del sofá. Se acercó a la encimera y puso boca abajo la notita.

—Al principio pensé que en algún sitio situado en un punto más o menos equidistante de los tres lugares de los hallazgos.

—El triángulo —asintió la fiscal.

—Pero luego lo entendí... Después de la última víctima en las excavaciones de Ostia Antica, todo quedó más claro.

—¿El qué? —le apremió Foderà.

—Que la conexión, señora fiscal, es el Tíber.

Pasaron cinco segundos que parecieron congelar el aire de la enorme sala. El búnker se hallaba solo a un centenar de metros de la orilla del río.

—La Sombra no está aquí —dijo Mancini, interpretando los temores de los presentes.

—¿Cómo puede estar tan seguro?

—Porque nuestro hombre es un homicida que sabe organizarse, lo planifica todo de antemano. Transporta los cadáveres desde la auténtica escena del crimen, que desconocemos...

—Su refugio —precisó Comello.

—... hasta los lugares que ha escogido para colocarlos. Esto, de por sí, nos plantea dos cuestiones. No conocemos los lugares reales de los asesinatos y nos hallamos ante un individuo que no vive en las cercanías.

—De modo que Ostia es solo otro punto de la línea de agua que arranca del matadero, toca el puerto fluvial, pasa por San Paolo y llega hasta allí —razonó en voz alta Caterina.

—La Sombra se mueve a lo largo del río o, más bien, a lo largo de todo el curso de agua navegable —dijo Comello señalando un área impresa de Google Maps, pegada a la pared entre dos ordenadores—. Por eso no tenemos ninguna huella —añadió, mientras Biga asentía en silencio—. Sobre el terreno las borra la lluvia.

—Y en el agua nadie puede encontrarlas —glosó el forense, meneando la cabeza.

—En efecto, de los análisis de la científica en las cuatro escenas de los hallazgos no se ha sacado nada en limpio. Ni un indicio, ni una huella dactilar, ni ADN del asesino sobre las víctimas.

—Pero el Tíber es muy largo, más de cuatrocientos kilómetros —señaló Comello.

—Planteemos una primera hipótesis —dijo Mancini, ajustándose un guante y luego el otro con un modo de gesticular que sonaba a ajuste de cuentas—. Pongamos que nuestro hombre se desplaza en barca, por la noche, bajo la lluvia, es decir, que es prácticamente invisible. Escoge los lugares para depositar los cadáveres de forma que pueda llegar hasta allí y marcharse después sin que le molesten.

—Se camufla muy bien, considerando que las cámaras de seguridad de la basílica no detectaron nada —dijo Biga.

—El eje sobre el que gira la solución de este misterio se encuentra en los correos electrónicos que recibió Morini y me gustaría analizarlos con vosotros —añadió Mancini. Después hizo un gesto con la cabeza a De Marchi—: Caterina, si estás lista, adelante con las diapositivas.

La fotógrafa forense asintió y puso la mano en el ratón. La primera imagen reproducía el mensaje que la policía y los periodistas habían recibido de Stefano Morini.

De: sombra@xxx.it
Para: stefanomorini@libero.it
Asunto: Cascajos de carne
02:05 - 12 de septiembre ███
Estimado Sr. Morini:
La segunda de las muertes de dios se ha llevado a cabo. Pero la justicia solo triunfará cuando el arado trace su último surco.
Usted no me conoce. Nadie me conoce.
Cómo me llamo no tiene importancia.
Solo soy una sombra

—Vamos a empezar por aquí. Podemos dividir sus componentes en 1) cabecera, es decir, remitente, destinatario, asunto y fecha; 2) cuerpo del mensaje, es decir, todo lo que va desde «estimado» hasta «cómo me llamo no tiene importancia»; 3) la firma.

»Tenemos un arranque de tono formal. Luego, en el asunto de este correo fechado el 12 de septiembre, el asesino nos informa del asesinato y, con un juego de palabras, del lugar del hallazgo de la *segunda* víctima, o mejor dicho, de la segunda de las "muertes de dios", como él las llama. En efecto, fray Girolamo fue encontrado en el matadero de Testaccio. El mismo patrón se repite en los demás correos, pero eso lo veremos dentro de un momento. Pasemos de inmediato al cuerpo del texto.

Mancini señaló la parte central del correo electrónico.

—Es aquí donde se halla el núcleo simbólico que tenemos que descifrar. Debemos entender el mensaje subyacente y comprender cómo funciona la mente del asesino, cómo se activa su fantasía, cómo actúa la imaginación al proyectar sus crímenes y al escoger a sus víctimas.

El comisario levantó la vista y captó la sonrisa de Carlo Biga. El profesor se reclinó contra el respaldo, apoyó los codos en los brazos de la silla y entrelazó las manos sobre su prominente estómago, mientras la mirada del equipo se trasladaba a la pantalla.

—En el caso de un asesino en serie —empezó con tono serio y voz firme—, la imaginación adquiere un papel central desde que el sujeto concibe la acción criminal que llevará a la práctica. Hoy sabemos que muy a menudo los primeros síntomas de graves problemas psíquicos se manifiestan en los años previos a la adolescencia. La fantasía que obsesiona al sujeto es la de dominar a otro ser humano. Decidir acerca de su vida le proporciona una sensación de poder de la que disfruta psicológica e incluso físicamente. El asesino vive y revive la fantasía proyectándola en su mente. Son fragmentos de imágenes que luego trata de reproducir en la realidad. ¿Y saben cuándo lo consigue? Cuando todas las teselas de su delirante mosaico personal encuentran su acomodo. En ese momento, cuando entre las paredes de su cráneo todo encaja a la perfección, el sujeto pasa de la necesidad de hacer realidad la fantasía a la convicción de poder hacerlo, de poder llevar realmente a la práctica su propia obra. Lo peor de todo, lo que convierte a un simple homicida en un despiadado asesino en serie, es que, una vez que ha llevado a cabo su plan criminal, el proceso fantasía-realización se repite en una especie de bucle, un cortocircuito entre la ficción y la realidad. La situación psicoemotiva del homicida lo llevará antes o después a un nuevo deseo.

—También a causa de ese continuo revivir sus propias fantasías es por lo que los asesinos son a menudo unos perfeccionistas, unos maniáticos de la precisión en todo lo que hacen —le interrumpió Mancini dirigiéndose a los demás en la sala.

—Efectivamente. Imagina hasta en sus más mínimos detalles las condiciones en las que encontrará a su presa. Fantasea sobre su acercamiento, sobre las peculiaridades estéticas de la víctima, pero sobre todo se cuenta historias de miedo. Se cuenta a sí mismo cómo arrojar a un pozo terrorífico a su víctima. ¿Dolor? ¿Sufrimiento psíquico? Y cuando su mentira gana a la realidad, la transforma, la domestica según su imaginación, la víctima se convierte automáticamente en un objeto, inútil. Un juguete roto. Para tirar. Y el juego tiene que empezar de nuevo con otro objeto.

Mancini dio un paso en el centro de la sala:

—Si fuera un necrófilo, como en el caso de Jeffrey Dahmer, el Caníbal de Milwaukee, nuestro asesino jugaría con el cuerpo sin vida de su víctima, tal vez haría que se sentara en el sofá para ver una película en la televisión, la colocaría ante una mesa preparada para comer o la ducharía antes de consumar con ella un acto sexual. Pero sabemos que no es así. La Sombra no ha tocado a sus víctimas.

Rocchi captó la mirada de confirmación del comisario y se apresuró a asentir, con los brazos cruzados, un segundo antes de que el turno volviera a Carlo Biga.

—A medida que las víctimas se acumulan en la realidad, las fantasías de los asesinos en serie se vuelven más sofisticadas y más sangrientas. Algunos reaparecen en las escenas de los crímenes anteriores para volver a sentir la excitación del dominio y renovar así su fantasía. A menudo sustraen objetos pertenecientes a sus presas, como si fueran trofeos o fetiches, pero, a pesar de ello, el acto no les satisface lo suficiente. Eso provoca que el sujeto siga matando para tratar de cerrar la brecha entre la mentira que se narra a sí mismo, que es su fantasía, y la realidad.

El profesor se pasó la lengua por los labios secos.

—Ahora bien, todo lo que les he dicho, para nuestra desgracia, no sucede aquí. Él, la Sombra, coloniza a las víctimas, no abusa de ellas ni antes ni después. No es un sádico. Es lúcido y, a juzgar por el texto de los correos que envió a Stefano Morini, agregaría otro adjetivo: es vengativo. Por eso tenemos que averiguar lo que significa para él el enigma del arado y las muertes de dios.

Biga se detuvo y alargó una mano más allá del borde del plano de cámara para acercar un vaso de cristal oscuro, del que bebió ávidamente dos veces. Mancini aprovechó para volver al análisis del esquema del correo electrónico.

—En lo que al tercer punto se refiere, la firma del asesino, la conocemos, a pesar de que no sepamos lo que se oculta detrás del símbolo que ha escogido. Es interesante señalar que, al igual que Jack el Destripador firmaba en 1888 sus cartas a la policía, nuestro hombre también ha elegido un apodo para sus correos. Pero vamos a echar un vistazo rápido a los otros que estaban en la carpeta de *spam* de Morini y volveremos de inmediato a las cuestiones planteadas por el profesor. Por favor.

De: sombra@xxx.it
Para: stefanomorini@libero.it
Asunto: Constantino
01:05 - 9 de septiembre ■■■
Estimado Sr. Morini:

La primera de las muertes de dios se ha llevado a cabo. Pero la justicia solo triunfará cuando el arado trace su último surco.

Usted no me conoce. Nadie me conoce.

Cómo me llamo no tiene importancia.

Solo soy una sombra

Mancini reemprendió su análisis:

—El mismo esquema, como puede verse, pero enviado el 9 de septiembre, tres días antes que el otro. En este caso también, lo que escribe en el asunto indica una conexión con el lugar donde ha depositado a la víctima: Constantino es el emperador romano que dio inicio a las obras de la basílica de San Paolo y, en efecto, fue en San Paolo donde se halló el cuerpo de Nora O'Donnell —lanzó una mirada a Foderà.

»El esquema se repite también en el tercer correo —Mancini hizo una señal a Caterina, quien pasó rápidamente a la siguiente diapositiva. Era idéntica a la anterior excepto en el asunto: CH_4, en la fecha: 3 de septiembre, y porque anunciaba la tercera de las muertes de dios—. Como puede verse, en este caso el asunto recoge la fórmula química del metano, CH_4, aludiendo por tanto al Gasómetro, donde se producía el gas y donde hemos encontrado uno de los cadáveres de la serie.

—Pero si no le detenemos antes, habrá otros, todos los que a su parecer contribuirán a que se haga justicia, es decir, hasta que «el arado trace su último surco» —leyó Comello.

—Está bien —dijo Mancini—, ¿qué más cosas ven en estos correos? Lo primero que se les pase por la cabeza sin darle demasiadas vueltas. ¿Antonio?

—En primer lugar: falta el posibe correo del Mitreo —contestó el forense con ambas manos en los bolsillos—. En segundo lugar: considerando sus fechas de envío, los correos de la Sombra son levemente posteriores a la datación de la muerte de cada víctima y, sobre todo, anteriores a su descubrimiento —añadió después atrayendo las miradas de sus compañeros—. Esto confirma que primero mata y, a continuación, escribe para conducirnos a nosotros y/o a la prensa.

—La cuestión es: ¿pretende llamar la atención? —preguntó Comello.

—No, no desea la atención de la prensa, no es un tema de narcisismo —negó con la cabeza el comisario—. Y tampoco quiere la nuestra para que lo detengamos: realiza el crimen, coloca el cuerpo, lo comunica y pasa a otra cosa. Es una trayectoria bien estudiada.

Una tos resonó en la pantalla, solicitando la atención de los presentes.

—Si hubiera querido comunicarse con la prensa o con nosotros, habría enviado un correo directamente a los periódicos o a la policía —observó Biga—. ¿Por qué la Sombra ha utilizado, en cambio, la dirección de Morini? Si lo ha decidido así es porque, para nuestro hombre, es necesario que el mensaje pase a través de ese experiodista enfermo antes de llegar a nosotros. Lo repito, para mí el carácter simbólico de la parte central de todos los correos es decisivo —Biga se humedeció la garganta—. Debemos *traducirla* y tendremos el mensaje oculto. Eso es lo primero que hay que hacer.

—Por el momento no tenemos más datos sobre su identidad o acerca de la historia de las víctimas, sobre su pasado, su familia y así sucesivamente, por lo que debemos proceder con el análisis de los datos objetivos disponibles. ¿Alguien más quiere decir algo sobre los correos? —apremió Mancini.

—Hay algo que no me acaba de cuadrar —dijo Caterina con la voz aún ronca. Tosió para aclarársela y prosiguió levantando una hoja de papel en la que había ido tomando notas entre una diapositiva y otra—. He ordenado los elementos que atañen a los tres correos y hay algo fuera de lugar.

Caterina recorrió con el índice el papel horizontalmente, de izquierda a derecha, cruzando las casillas que había trazado.

—He pensado en lo que ha dicho Antonio hace un minuto. Es decir, que la secuencia de los acontecimientos que tenemos es: asesinato, correo electrónico, hallazgo.

—Exactamente —confirmó Rocchi—, de acuerdo con lo que he podido determinar sobre el momento de la muerte.

Mancini, Biga, Comello y la fiscal seguían la conversación entre los dos.

—Lo que salta a la vista es una aparente incongruencia. Se trata de algo tan obvio que, a lo mejor, por eso no lo hemos visto hasta ahora.

—¿Podemos ir al grano? —pidió Giulia Foderà, irritada.

—Disculpe —Caterina bajó un instante la mirada hacia su Nikon antes de proseguir, decidida—. Los correos anuncian los asesinatos y el lugar donde se han depositado los cadáveres. Se supone que son inmediatamente posteriores al momento del asesinato y, según decimos, preceden a los hallazgos.

Se detuvo. Estaba repitiendo cosas ya dichas. ¿Se había perdido en el razonamiento? Guiñó los ojos para recobrar la concentración. Después bajó los párpados y los vio otra vez, miles de pequeños cuerpos grises que la asaltaban. La fiscal se volvió hacia Mancini y frunció las cejas con expresión inquisitiva. Caterina se espabiló y rozó la cinta de la cámara, buscando un poco de seguridad y el hilo de sus pensamientos.

—¿Por qué nos dice la Sombra que hay un orden (primera, segunda, tercera muerte de dios), cuando las evidencias disponibles sobre la datación de las muertes y las fechas de los correos electrónicos indican un orden diferente?

Las palabras de Caterina, semejantes a la mirada inefable de la Medusa, habían petrificado la atmósfera en la madriguera. El comisario, el inspector, el médico forense y la fiscal parecían haberse solidificado de repente como estatuas de sal. Solo Carlo Biga movía su orondo cuerpo en la silla a través de la pantalla. Las expresiones que lentamente iban dibujándose en cada una de las caras expresaban consternación, asombro y estupor.

—¿Eso qué quiere decir? —insistió Caterina llenando ese vacío—. No puede ser el orden en el que cometió los asesinatos, porque Antonio ha llegado a otras conclusiones sobre el momento de las muertes.

Cual sentencia definitiva después de esa última palabra, el teléfono conectado con la central sonó de repente, cortando de raíz el nuevo giro de la discusión.

Mancini y Foderà intercambiaron una mirada, después el comisario se acercó al aparato, que estaba al final del banco de trabajo, detrás del último ordenador.

—No. Déjeme contestar a mí —dijo la fiscal. Se acercó a Mancini, le miró a los ojos, puso una mano sobre la suya, apartándola, y luego levantó el auricular—. Giulia Foderà.

El profesor había acercado la cara a la cámara de la pantalla de su portátil, para observar mejor los labios de la mujer. Comello y Rocchi estaban de pie, listos para ir a inspeccionar la escena donde se había hallado un quinto cadáver. Caterina, con los ojos cerrados a la espera de la noticia de otra muerte, trataba de imaginarse el lugar elegido por el asesino y cuál sería el vínculo entre las grandes estructuras que albergaban la obra de ese loco furioso.

—Entiendo, vamos enseguida —dijo Foderà al cabo de unos segundos.

Mancini respiró hondo y se volvió para mirar a sus compañeros, después agachó la cabeza, meneándola. Todo había acabado. Otro cadáver significaba el final de la investigación. Había fracasado. No había durado mucho. Debía haberlo sabido, debía haberlo comprendido. Su instinto de cazador había muerto junto con sus energías e ideales. Enterrado en un ataúd en el cementerio de Prima Porta. Se le hizo un nudo en la garganta. Y sacudió la cabeza para deshacerse de él.

—Le han cogido —susurró Foderà mientras colgaba.

Mancini levantó la barbilla, con la boca entreabierta y los ojos negros de asombro. El forense tenía su habitual sonrisa impresa en la cara. Caterina y Walter se miraron con expresión interrogante.

—Pero ¿cómo...? —dijo el profesor desde la pantalla, sin ser escuchado.

—Le han detenido. Lo tienen en la central —agregó Foderà a media voz.

Mancini dejó caer la barbilla hasta el pecho. Aturdido por la noticia. Pero ¿qué le ocurría?, ¿a qué venía ese arrebato de decepción? Por fin podría volver a tiempo completo a *su* caso. A *su* Carnevali.

Era lo que quería.

¿O no?

32.

Roma, lunes 15 de septiembre, 15:00 horas,
jefatura central de policía

—Le tenemos —dijo satisfecho Gugliotti cuando la brigada al completo entró en su despacho. Los observó uno a uno mientras se frotaba las manos.

—¿Dónde está? —dijo Mancini.

—Abajo —el superintendente giró la pantalla de su escritorio. En el sótano, en la sala de interrogatorios para sospechosos de grandes crímenes, una cámara en su trípode encuadraba a un individuo corpulento. Estaba esposado con los brazos detrás de la espalda y tenía la cabeza agachada.

—¿Cómo saben que es él? —preguntó el comisario.

—¡Es el de los correos, Mancini! —dijo secamente Gugliotti—. Ayer mandó otro y le pillamos. Se lo mandó a Stefano Morini, como todos los demás, pero esta vez logramos llegar hasta él.

Le habían atrapado siguiendo el rastro que habían reconstruido los de Investigación Tecnológica, con la ayuda de un perito informático experto en *network forensics*. Había sido posible gracias a los datos de ese último correo electrónico, que avisaba del cuarto asesinato en Ostia. Los precedentes, en efecto, no habían llevado a nada porque el remitente había falsificado su dirección IP, el código de cuatro grupos de cifras que identifica un ordenador conectado a la red.

—Pero esta vez cometió un error, nuestro experto pudo identificar el cibercafé desde el que escribió y los de Investigación Tecnológica intervinieron para requisar el equipo desde el que partió ese correo. Cruzando los datos extraídos del ordenador con los vídeos de las cámaras de circuito cerrado del Internet Point y con el testimonio del dueño llegamos hasta nuestro hombre.

—¿Quién es? —preguntó el comisario. Estaba amargado y también en sus compañeros se leía la decepción. Nadie se había dignado informarles de los resultados de las pistas que Mancini había sugerido a Gugliotti.

—Todavía no sabemos cómo se llama. No llevaba documentación encima. Es croata y debe de haber sido un soldado o algo parecido, si atendemos a su envergadura, a los tatuajes militares y a sus cicatrices.

—¿No puede tratarse de un caso de robo de identidad? —aventuró Caterina.

Gugliotti miró a De Marchi con una expresión escéptica grabada en la cara. Se le veía molesto.

—Le hemos interrogado y ha confesado. Quería que lo atrapáramos. Cuando los chicos fueron a por él esta madrugada a un desván abandonado en Tor Bella Monaca se lo encontraron sentado en el suelo. Los estaba esperando.

Mancini notó una emoción que se atenuaba dentro de él. Era la pasión que estaba recuperando, con mucha dificultad, por ese trabajo y que ahora volvía a disminuir. ¿No tendría en cambio que sentirse satisfecho? Caso cerrado. Pero ahí estaba esa sensación de vacío, de derrota, de impotencia, que ya había sufrido en otra ocasión, afligiéndolo de nuevo. ¿O sería algo más?

El superintendente necesitaba respuestas inmediatas. Y ahí estaban. La presión de la prensa se había ido intensificando hasta llegar a las noticias nacionales en los periódicos y en la televisión. Y, junto con la de los medios de comunicación, crecía también la presión política.

Y eso mejor que nadie lo sabía Mancini, quien no se limitó, con todo, a esa constatación. Sentía que algo no cuadraba y tal vez, en otras circunstancias, en otros tiempos, habría sacado el veneno que llevaba en el cuerpo. Morini había recibido el enésimo correo de la Sombra y los de Investigación Tecnológica, que ya vigilaban la cuenta del experiodista, lo habían interceptado. Entonces, ¿por qué su equipo no había sido informado inmediatamente de ese correo? ¿Por qué él no había recibido una comunicación directa? ¿Podría confiar en el funcionario de chaqueta y corbata que tenía delante?

—¿Puedo verlo? —preguntó en un suspiro.

—Por supuesto, comisario —hinchó el pecho Gugliotti, antes de añadir, con una sonrisa incontenible—: Eso sí, no me lo maltrate, ya hemos terminado con él... y tarde o temprano tendremos que enseñárselo a la prensa.

En el pasillo que partía por la mitad el nivel -1, Mancini y Comello caminaban uno al lado del otro. Los pasos del primero resonaban rítmicos e hipnóticos, mientras que las Adidas del inspector se apoyaban suavemente en el suelo. Frente a la puerta blanca con un cuadrado de vidrio blindado en la parte superior, Comello intentó mirar por encima del hombro del comisario dentro de la habitación. Mancini tecleó el código de apertura y entró derecho hacia la mesa, mientras el hombre esposado a la silla levantaba la cabeza, dejando al descubierto sus ojos gélidos. Comello cruzó el umbral, empujó la puerta detrás de él, asintió cuando oyó el sonido que anunciaba el cierre electrónico y se reunió con su superior.

—Artículo 64 del Código de Procedimiento Penal —arrancó Mancini mientras abría la carpeta que le había dado Gugliotti, leía algo y la arrojaba sobre la mesa—. Ya se lo habrán dicho, pero tengo que repetírselo: «Cualquier cosa que diga podrá ser utilizada en su contra. Tiene usted la facultad de negarse a contestar a las preguntas que se le hagan, pero el proceso seguirá su curso en cualquier caso».

Sus rasgos eran los de un varón del este, pómulos altos, cara triangular, orejas y nariz finas. En la carpeta estaba escrito: «Nacionalidad croata». Lo único que le habían encontrado encima era un pequeño cuchillo. Parecía lo bastante corpulento y malencarado como para ser un exsoldado de alguna unidad especial. En un choque cuerpo a cuerpo se habría deshecho de los dos policías sin esfuerzo. Hicieron falta cuatro hombres para tomar las huellas de sus pulgares, que en ese momento estaban siendo cribadas en la base de datos del AFIS, el sistema automático de identificación de huellas dactilares, una especie de enorme biblioteca informatizada en la que confluían las huellas de los sujetos penales para su comparación con un total de siete millones de muestras en Italia.

El hombre ni pestañeó, limitándose a replicar con voz segura:

—He sido yo.

Mancini se acercó a la cámara, desenchufó la clavija trasera y la luz verde de la transmisión en directo murió. Volvió junto al hombre y se desabrochó los puños de su camisa negra, antes de remangarse. Luego dijo simplemente:

—No.

—¿Qué ha hecho? —gritó incrédulo Gugliotti dos plantas más arriba—. No me digan que ha apagado la cámara, ¿no, verdad? —preguntó a Caterina De Marchi y a Giulia Foderà, pero la pregunta quedó sin respuesta y el superintendente se acercó al aparato y lo apagó para encenderlo de nuevo. La pantalla seguía en negro. Se asomó a la parte de atrás e intentó desenchufar el cable posterior.

Desde donde estaba, Comello veía que los párpados del comisario se movían acelerados y cómo Mancini, para contrarrestar ese tic, se esforzaba por abrirlos. El efecto era grotesco.

—Repito, fui yo quien los mató, a los cuatro.

—No.

Mancini se quitó su estrecha corbata y se la entregó al inspector. Agarró la silla y la puso frente a aquel coloso. La colocó al revés y se sentó, con el respaldo cubriéndole el tronco hasta el pecho.

—¿Por qué lo hiciste?

—Ya se lo he dicho a los otros. Seguí su voz —hablaba con un acento del este apenas perceptible, debía de llevar bastante tiempo en Italia.

—¿En serio? —dijo Mancini escrutando la cara que tenía a pocos centímetros de la suya—. ¿Y qué coño te dijo esa voz? —preguntó en un tono tan alto que pilló por sorpresa tanto al hombre de la silla como a Comello.

De la boca del croata salió un sonido antinatural, que venía de la garganta:

—Corta, corta, córtalos a todos.

A Walter se le desorbitaron los ojos.

—¿De quién era esa voz?

—Del diablo.

—¿En serio?

Mancini estiró los párpados, puso los ojos en blanco, descargó un puñetazo violento contra el respaldo acolchado y aferró al hombre por la garganta con una mano.

—¡Comisario! —Comello dio un paso.

Mancini levantó el brazo izquierdo, con la mano abierta, sin dejar de mirar al croata, y el inspector se quedó clavado donde estaba.

—¿Fue el diablo quien te dijo que mataras a esa gente?

El croata no gimió, permaneció inmóvil mirando a Mancini como si tuviera enfrente a un fantasma.

—El diablo estaba conmigo, en el desván —respondió con gesto afligido.

—¿Y qué te dijo?

—Que matara al sacerdote.

—¿Ah, sí? —Mancini le soltó.

—También a los demás. Si no, me arrojaría al infierno. El diablo me dijo que tenía que pagar por lo que hice en la guerra.

—¿Y los abriste con tu cuchillo?

Rocchi le había dicho unos minutos antes que la pequeña hoja curva que se había utilizado en las cuatro víctimas de la Sombra podía ser compatible con la que habían encontrado en manos del croata. Un *srbosjek,* un «cortaserbios», un puñal unido a un guante de cuero que dejaba al descubierto los dedos. Arma tristemente conocida por los degollamientos en masa en los campos de concentración croatas durante la Segunda Guerra Mundial.

—¿Conque fuiste tú? ¿Eh? ¿Fuiste tú? —Mancini graznaba, con la garganta contraída a causa de la furia y los ojos inyectados en sangre.

El hombre permaneció en silencio, con una expresión vacía en su rostro. No era miedo lo que Comello podía leer en su cara. Era como si se hallara frente a un demonio liberado de los infiernos, un loco sin luz en los ojos.

—Comisario, tal vez...

—¡Cállate! —le gritó Mancini—. ¡No te metas en esto!

El inspector se puso colorado y retrocedió dos pasos, hasta apoyar la espalda en la pared junto a la puerta.

—Los mataste a todos con tu cuchillo y luego nos escribiste los correos. ¿Por qué? ¿Para qué nos avisaste?

—Me lo dijo el diablo, fue él. Que tenía que pagar por mis crímenes y que había llegado el momento —el hombre se mostraba serio y respondía con lentitud a las preguntas de Mancini. Pero empezaba a sentir temor y, mientras el policía hablaba, seguía sus labios y sus desplazamientos.

—Cuéntame cómo te cargaste a la mujer que dejaste frente a la basílica de San Paolo.

—No puedo. Lo que hice... tenía que hacerlo. No puedo —la voz revelaba las primeras fisuras.

En su estancia en Estados Unidos, Mancini había aprendido que los asesinos en serie capturados se dividen en dos grandes categorías: aquellos que lo cuentan todo, sin omitir ningún pormenor, incluyendo la dinámica de cada asesinato y las ejecuciones con todo lujo de detalles. Pero también había asesinos como el que tenía delante en ese momento, personas que se avergonzaban de las atrocidades perpetradas y que no se atrevían a revivirlas ni siquiera con palabras. Había llegado la hora de jugar un poco.

El policía echó hacia atrás la cabeza para inspirar con ambas fosas nasales:

—Pues, entonces, tienes que jurármelo por tu santo demonio. Si fuiste tú, ¡júralo por el diablo que te dijo que lo hicieras!

El enorme cuerpo del hombre dio un respingo y de la boca se le escapó un sollozo. De repente parecía exhausto.

—No puedo.

Mancini insistió en la estocada:

—¡Dilo! —volvió a gritarle en plena cara al hombre, que ahora había cambiado de expresión—. Dilo, o te mato aquí. Ahora. ¿No me crees?

—¡Basta! —dijo Comello, con el gesto cada vez más sombrío.

El comisario se incorporó y recorrió la distancia que los separaba. Se detuvo a unos centímetros de su cara, como poco antes con el soldado. Comello miraba al suelo, con las pupilas dilatadas. Nunca lo había visto así, ni siquiera se lo había imaginado. Era evidente que estaba fuera de sí y, por primera vez, Comello se descubrió pensando que Mancini tenía que abandonar el servicio tan pronto como fuera posible.

En una fracción de segundo el comisario extrajo la Beretta de la funda que Comello llevaba en la cadera derecha y se la plantó en el estómago. El aire de la sala de interrogatorios pareció incendiarse. El croata los miraba a los dos, incrédulo.

Mancini dio un paso atrás:

—Callado y quietecito —dijo.

Comello creyó captar un movimiento de la ceja del comisario. ¿Una señal de complicidad? ¿U otro tic provocado por la rabia?

Mancini se giró y volvió con el detenido. Despacio, se arrodilló al lado del hombre y susurró:

—Ya te lo he dicho, voy a matarte. ¿Y sabes por qué lo hago? ¿Eh? —respiró brevemente y lanzó un puñetazo hacia delante contra la mandíbula del militar. Los nudillos chocaron contra la pared de detrás de la cabeza del hombre—. Porque ya no le tengo miedo a nada. Porque el diablo soy yo.

El otro acusó el golpe. Tosió inclinando la mandíbula hasta tocarse el hombro, para protegerse del siguiente puñetazo, porque estaba seguro de que daría en el blanco.

—¿Sabes lo que voy a hacer ahora? Pues coger esta —levantó la pistola y clavó la mirada dentro del cañón—. Hay quince balas. Voy a descargártelas en la cara y demostrarte que el infierno se ha abierto de verdad. Y que Satanás en persona ha venido a por ti.

La voz de Mancini sonaba deformada por una ira que era incapaz de refrenar. El croata se volvió hacia Comello, con mirada de súplica. Pero el inspector ni siquiera lo vio. Era una estatua, presa de un pánico que nunca antes había sentido, ni siquiera en plena acción con los de Homicidios. Después el hombre esposado dejó caer la barbilla y empezó a llorar.

—¡A mí no me da miedo nada, qué cojones! ¡Mírame! Yo el diablo lo llevo aquí dentro —dijo Mancini golpeándose el pecho con un puño.

Se volvió hacia Walter, que estaba sudando, con la cara tensa.

—¡Estoy repleto de tics! —dio un paso hacia su compañero—. No puedo separarme de la botella, estoy obsesionado con todo —dijo levantando las palmas de las manos y mirando fijamente sus guantes como si estuvieran manchados de sangre—. Veo puertas que se cierran por todas partes. ¡Me estalla la cabeza! —se golpeó la sien con la mano izquierda tres veces con los ojos fuera de las órbitas.

El croata gimoteaba y sorbía por la nariz como un niño y su mole parecía encogerse hasta desaparecer en esos sollozos.

—¡Soy un psicópata endiablado! Pero ¿sabes qué? Tendré todas esas putas manías, pero a lo que no tengo miedo es a morir. Ya no le tengo miedo a la muerte. Porque Satanás arde —repitió por enésima vez acercándose a Walter—. Pero no muere.

El inspector buscaba palabras para apaciguar esa ira. Solo ahora se daba cuenta de que aquello siempre había estado allí, latente. Por eso Mancini había renunciado a llevar el arma reglamentaria. Qué triste era todo, qué triste. ¿Cómo había podido llegar a ese estado?

El comisario respiraba con irregularidad por la nariz y las fosas nasales se le estremecían, el labio superior temblaba mostrando los dientes de arriba. Apretó los ojos siguiendo el ritmo de las fosas nasales.

—¡A tomar por el culo! Quiero vengar a esos cuatro desgraciados a los que te has cargado. Ahora.

Cargó la Beretta delante de Comello. El inspector pensó que tenía que intervenir.

—¿Qué coño es el arado? —chilló Mancini dirigiendo la mirada hacia la silla.

—Yo...

El comisario giró sobre sí mismo, dio tres pasos y se plantó junto al asesino. Levantó la pistola y se la apoyó en la frente.

—Ya no le tengo miedo a nada —quitó el seguro.

Comello superó el bloqueo que le inmovilizaba las piernas y se movió por detrás de Mancini. Tenía que actuar. De inmediato.

—¡No lo sé! —estalló en ese instante el soldado.

—¿Qué? —preguntó Mancini con una voz repentinamente suave y controlada. Después bajó el cañón de la Beretta, mientras Walter se detenía detrás de él.

—Solo escribí un correo. El último, nada más. No he matado a nadie —balbucía atemorizado—. El diablo me dijo que tenía que pagar por mis crímenes de guerra. Y tenía que hacerlo en esta vida, en la cárcel, si quería evitar el infierno. Pero tú... ¿Quién eres tú? ¿Eres el diablo? —el hombre era un grifo del que las lágrimas manaban junto con las palabras—. Yo... sueño con ellos cada noche. Esas gargantas. Y sus ojos. Santo Dios.

Mancini se pasó una mano por el pelo e inspiró hondo con la boca, después le tendió el arma a Comello, que estaba detrás de él.

—Gracias, Walter.

El inspector le miró de arriba abajo, sin saber qué decir mientras en la boca del otro se dibujaba una sonrisa fugaz. O tal vez otra mueca de tensión.

Con expresión asombrada, Giulia Foderà entró en la habitación y se encontró detrás del comisario y del inspector.

—¿Qué está pasando aquí? La conexión con la cámara no funciona.

—Es un mitómano —dijo el comisario apartando a Comello.

La fiscal buscó al detenido. Seguía en su sitio, esposado a la silla, con aspecto derrotado. La cámara yacía inerte, con el cable de alimentación por el suelo.

—He venido a traerte esto —eran dos hojas grapadas.

Salieron los tres y Comello cerró la puerta dejando en el interior al hombre, que no paraba de mascullar oraciones y palabras incomprensibles en su lengua materna. Cruzaron el largo pasillo juntos mientras Mancini echaba un rápido vistazo al texto. Eran los resultados de la investigación sobre el soldado.

Bruno Petkovic no estaba fichado entre los criminales más sanguinarios. Antiguo miembro del ejército de la autoproclamada república croata de Herzeg-Bosnia entre 1991 y 1994, era un esquizofrénico paranoide que se había escapado unos días antes del hospital psiquiátrico judicial de Montelupo Fiorentino. Un antiguo torturador, un verdugo que sufría de alucinaciones posbélicas y que, probablemente, había pensado que una celda en la cárcel era mejor que una cama entre dementes.

Había sido hábil. Es más, le había ido de maravilla.

La segunda hoja era el correo electrónico del croata. El comisario lo leyó rápidamente y, al llegar a la mitad de las escaleras, se detuvo de pronto, mientras Walter seguía avanzando.

—Ya lo sé —comentó Giulia Foderà, torciendo el gesto.

Mancini entró en la oficina del superintendente sin llamar. Todavía estaba allí De Marchi con Rocchi y Comello acababa de llegar.

—¡Esto los de Investigación Tecnológica ni siquiera lo han visto! Mirad —dijo Mancini pasando la hoja al resto del equipo.

De sombra@xxx.com
Para: stefanomorini@xxx.it
Asunto: Miedo
Señor Morini:
Ya me conoce usted.
Ha visto lo que soy capaz de hacerle a un cuerpo humano. Dígale a la policía que volveré a matar.

Y será muy pronto.
La Sombra

De la firma al remitente, al mensaje, todo apuntaba a una falsificación, todo decía «soy un mitómano». Un mentiroso patológico que se había apropiado de la noticia aparecida en los periódicos para montarse ese correo absurdo. ¿Cómo era posible que el superintendente se lo hubiera tragado de esa manera?

La respuesta se encontraba allí, al alcance de la mano. Vincenzo Gugliotti permanecía sentado en su escritorio, con el rostro oculto entre las manos.

—¡Es un mitómano! —dijo el comisario.

El superintendente asintió en silencio. Luego descubrió el rostro, se inclinó sobre el teclado, introdujo una orden y giró el monitor hacia los demás. Un segundo más tarde la cámara encuadraba la entrada de la jefatura central, unos metros más abajo. Cuatro furgonetas, varios fotógrafos, operadores con sus cámaras y una docena de periodistas se hallaban estacionados frente al acceso principal, esperando.

—Ya estaba perfectamente claro con este correo. Pero, por si no bastaba, ¡su *supuesto* asesino acaba de confesar hace cinco minutos!

Vincenzo Gugliotti no sabía adónde dirigir la mirada: hacia la cara del hombre que lo estaba acusando o hacia los rostros decepcionados y preocupados de los demás. Foderà incluida.

—Míreme a los ojos.

La fiscal se estremeció y, por un instante, Comello pensó que iba a asistir a otra escena como la de antes. Gugliotti parecía indefenso, a merced del comisario, como el verdugo croata hacía unos instantes.

El superintendente creía haber capturado a ese cabrón de asesino en serie. Haber echado el cierre a aquella historia tan incómoda. Y creía haberlo logrado sin la ayuda del equipo de Mancini. Había pensado que se había topado con el clásico golpe de suerte, y no se le había ocurrido otra cosa más que excluir al comisario. Un simple error de cálculo, de superficialidad, al que había cedido en nombre de no se sabía bien qué.

—Le pido disculpas, comisario Mancini. Por favor...

El comisario escrutó la expresión temblorosa del superintendente y sintió piedad. Gugliotti estaba acorralado entre sus superiores, la opinión pública y la prensa, y necesitaba un culpable. A aquel individuo le importaba tres narices la justicia. Pero ahora podía leer la vergüenza y el miedo en sus ojos marcados.

—¿Por qué los de Investigación Tecnológica no nos han mandado de inmediato ese correo electrónico?

Mancini apoyó las palmas en el borde de la mesa y se inclinó hacia el superintendente. Tenía en la cara una expresión que Walter le había visto poco antes y que se mantenía indescifrable.

—Lo siento, comisario...

—A partir de este momento cualquier información de la jefatura central y de Investigación Tecnológica pasará por la fiscal Foderà y por mí. De lo contrario, Gugliotti, le dejaré que se ahogue en este follón.

Mancini hizo un gesto hacia la puerta y los otros componentes de la brigada, junto con la fiscal, se levantaron y lo siguieron fuera de las cuatro paredes de la sala de control.

33.

Roma, lunes 15 de septiembre, 11:49 horas

Ni siquiera parecía por la mañana. La lluvia era una pared de agua apostada contra el suelo gris verdoso del río en crecida. En el edificio de las bombas, el Tíber siguió subiendo, inundando la parte inferior de la estructura. El cuadro de mandos no controlaba la centrífuga vertical desde hacía décadas. Los compresores multinivel, los sistemas de presurización y los transmisores de presión ya no respondían al panel de control, vencidos por las fauces herrumbrosas del tiempo.

Esta vez Niko le había visto las orejas al lobo. Esos eran maderos. Sin duda. Incluso la mujer joven. Si hubiera estado sola, eso sí, ya se habría encargado él. La habría desplumado a base de bien. Pero con los dos hombres la cosa era distinta. El rubio grandote y el otro, que hacía la guerra por su cuenta, le habrían zurrado la badana. El hombre de la gabardina y los guantes, en particular, le había dado miedo enseguida, estaba como una cabra, era increíble que no le hubiera disparado al escaparse saltando por la terraza. Tal vez le hubiera visto demasiado tarde.

Ahora permanecía sentado en el cuartito donde había encontrado acomodo esos últimos días. Su refugio en el paseo fluvial Gassman, en el parapeto opuesto, se había inundado y allí, donde se hallaba ahora, le parecía disfrutar de casa propia. Quién sabía lo que duraría con esa inundación.

Después de que aquellos tíos se fueran, salió de su escondrijo entre la vegetación del terraplén. Justo a tiempo: la corriente tiraba con fuerza, el agua estaba fría y el cañaveral, lleno de animalejos. Dos grandes ratas con los dientes amarillos habían chocado contra su pierna y había visto cómo una gaviota enorme golpeaba a una serpiente en la cabeza antes de tragársela de un solo bocado. Pero él no tenía miedo de esos animales. No, él no era un cagueta. El gigante también se había dado cuenta, y efectivamente no lo había matado como al otro.

Quizá los policías estuvieran allí por eso. Pero ya era demasiado tarde. El tío de la bolsa estaba muerto y no le importaba. Él se había salvado porque no había hecho nada malo. Pero tenía que admitirlo, cuando ese monstruo le había agarrado por detrás y había visto brillar la pequeña hoja curva había sentido que el corazón se le paraba y ni siquiera había sido capaz de gritar.

El gigante vestido de verde oscuro lo había arrastrado al rincón del horno con una sola mano, ligero y silencioso como una hoja levantada por la inexorable fuerza del viento. Y cuando le había dado la vuelta y había visto que no era más que un niño, le había clavado esos ojazos horribles en los suyos. Hundidos en sus profundas cuencas, de un azul gélido y penetrante, sobre una nariz regular y unos labios pálidos y finos.

Un tiempo infinito, eso le había parecido.

Luego le había puesto una mano enorme en la boca y le había dado a entender que se callara, que no le iba a pasar nada. Lo había soltado, se había calado el gorro de lana negro en la cabeza y había señalado el cuerpo en la bolsa. Había sacado un saco negro lleno de pedazos de roca. Los había dejado caer al suelo y los había desmenuzado, con las manos, mientras él lo miraba aterrorizado. Le había señalado el cadáver y le había hecho gestos de que le sacara la cabeza. Él había obedecido porque fuera seguía relampagueando y esa criatura, de eso estaba seguro, se desplazaba sobre los rayos. Los viejos del campamento le contaban que el *mullo* era capaz de cambiar de forma, cabalgar sobre los relámpagos y robar el alma a los niños mirándoles fijamente a los ojos.

Por eso, mientras temblaba, preguntándose si eso le ocurriría a él también, había sacado la cabeza del muerto de la bolsa. Su pelo rubio estaba incrustado de sudor y había advertido de inmediato el olor de las heces. Más tarde, pudo darse cuenta de sus ojos desencajados y de la marca oscura en su cuello. Y, cuando el gigante le había enseñado en primer lugar la roca desmigajada y luego la boca del muerto, él le había obedecido. Porque, en lo hondo de la mirada de la enorme criatura que tenía delante, había sentido latir el corazón de ambos. Dos marginados. Un monstruo y un niño gitano. Y por un momento la soledad que flotaba en los ojos de aquel ser lo había envuelto, le había hecho olvidar la sensación de abandono que lo perseguía como el hálito de un hambriento perro vagabundo.

Solo por un instante.

Había empezado a meter esas cosas en la boca del cadáver presionando cada vez con más fuerza. Hasta que había oído que algo cedía en el fondo de la garganta del muerto y las lágrimas habían comenzado a brotarle. No quería continuar, pero tenía que hacerlo. No era un cagueta, pero aquel ruido de la garganta rota no lo olvidaría nunca. Como tampoco ese otro ruido que se produjo cuando el gigante apoyó la mano en la pared metálica del horno para sujetarse. Lo había reconocido, era el mismo que había oído resonar en el complejo industrial esa noche. Un tintineo. Una vez terminado su trabajo, aquel coloso le había puesto la palma sobre los ojos y había dicho *sssh,* y él había pensado, eso es, ya está, ahora me abre la garganta. Me ahogaré en mi sangre como los gatos de Lai, ese mal amigo que colocaba lazos en los límites del campamento y se divertía torturando a esos pobres animales.

Luego, nada. No se acordaba de nada más, solo que se había despertado allí, al día siguiente, en aquel edificio del río que ahora ya no parecía un lugar tan seguro, especialmente después de la visita de los maderos aquella mañana.

Había llegado el momento de cambiar, de trasladarse a otro lugar o de volver al campamento. Esperaría a que esos interminables días de lluvia dieran paso a un par de días soleados, y se marcharía. Allí Niko ya no se sentía seguro.

El *mullo* podía volver y él no quería perderse otra vez en el extravío de aquellos ojos inefables. No quería dejarse llevar por el torbellino inextinguible que había descubierto en el fondo de ese espíritu atormentado.

Tercera parte

LA SOMBRA

34.

Roma, Montesacro, lunes 15 de septiembre, 19:00 horas,
domicilio de Carlo Biga

Los rayos desgarraban el cielo sobre Montesacro como cicatrices de luz en el sombrío tejido atmosférico. Esa noche la vivienda del profesor acogía un *rendez-vous* fuera de programa. Para sus seis huéspedes el viejo profesor había preparado sus albondiguillas de mero con tomillo y había puesto a enfriar un par de botellas de EstEstEst.

En la penumbra entumecida de la sala, Caterina sacó el portátil de la bolsa junto con el pequeño proyector, mientras Comello montaba una conexión a internet en la mesita del café. En un hueco de la biblioteca, un televisor Phonola de tres canales en blanco y negro estaba sintonizado en la primera cadena. El antenista al que el profesor había llamado le había dicho que, para ver los nuevos canales digitales terrestres, tenía que instalar un decodificador. Y que sin él no podría ver siquiera los canales básicos. Pero, por suerte para él, no había sido así.

La metedura de pata de Gugliotti ante la zancadilla de la prensa lo había complicado todo. Era obvio que el superintendente ya no se fiaba de la brigada ni tampoco de Foderà, a quien se veía muy decepcionada. Estaba silenciosa y pensativa. Ella, que siempre había ganado sus propias batallas y había mantenido el rumbo para alcanzar los objetivos que se proponía, esta vez se había confiado al hombre equivocado. El comisario ya no era el hombre que había sido y, a pesar de la reputación de la que gozaba entre sus colegas antes de que todo se escabullera en el olvido del dolor, los rumores sobre su aguante psicológico habían hallado una clara confirmación en la realidad. Nada más entrar en la sala de interrogatorios pudo darse cuenta de que algo no iba bien. Y los gritos que había oído nada más entrar en el pasillo eran la prueba. Mancini se había ensañado con Bruno Petkovic y, aunque le hubiera arrancado una retractación, esa actitud era inaceptable.

Pero también se había dado cuenta de algo más.

La mirada de admiración profesional que siempre había reservado para Mancini se había vuelto más dócil, despertando un remoto sentido de afecto, inofensivo, que había permanecido latente durante años. Lo mantendría a raya, tal como había hecho con todo lo que atañía a su esfera emotiva después de la ruptura con el hombre con quien se suponía que debía casarse. No perdería más tiempo en pos de un proyecto irrazonable.

El resto del equipo había seguido al comisario sin inmutarse. Por otra parte, Mancini ya no se fiaba de la línea telefónica confidencial del búnker, como tampoco de las paredes, pues estaba convencido de que tenían ojos y oídos. Había exigido secreto y confianza, pero era evidente que Gugliotti había decidido poner en marcha una investigación paralela. Y, de esa forma, les había hecho perder un montón de tiempo precioso, imprescindible acaso para salvar la vida de la siguiente víctima. Porque de eso Mancini estaba seguro: no tardaría en haber otra.

—La investigación arranca otra vez desde el principio —dijo, mirando a los ojos a cada miembro del equipo.

Rocchi y Comello estaban sentados en el sofá junto a Foderà, que se colocó en un extremo, mientras Biga se situaba junto a su antiguo alumno, de pie.

—Pongamos sobre la mesa todas las cartas de las que disponemos. Tenemos que analizar lo que sabemos hasta ahora. No saldremos de aquí sin respuestas —sentenció Mancini.

—Lo repito, tenemos que comprender cómo razona y adónde quiere llegar nuestro hombre —añadió el profesor—. Partamos del informe del doctor Rocchi.

El forense se puso de pie y fue a situarse al lado del comisario, dejando su asiento al profesor, que se agachó lentamente, con los meniscos sufriendo bajo su peso. Rocchi se soltó el pelo y se lo alisó con las dos manos para volver a hacerse una coleta. Tres vueltas, en lugar de las dos habituales, era el efecto de la tensión del momento.

—Voy a exponer de forma muy resumida los aspectos más sobresalientes de mi informe comparativo de los exámenes autópticos que he llevado a cabo en las cuatro víctimas. Las heridas infligidas a tres de ellas son fruto de una misma arma, una pequeña hoja curva, compatible con la de Bruno Petkovic, pero que no es la suya, como lo demuestran las pruebas realizadas hoy con dicho objeto en los laboratorios de la central.

—Que se lo cuenten a Gugliotti —comentó Comello.

—El trabajito con Nora se realizó después de su muerte. La herida en la garganta del fraile resultó letal, así como la que abrió en canal al hombre del Mitreo, mientras que el cadáver del hombre del Gasómetro no presenta cortes.

—¿Qué trabajito? —preguntó Caterina.

—Será mejor que no omitas los detalles —asintió Mancini.

Rocchi se pasó la lengua por el labio superior, hacia delante y hacia atrás:

—El cadáver de Nora O'Donnell presentaba dos tumefacciones, en el cuello y en la sien derecha, debido al impacto con una superficie dura. Estaba completamente rasurada y había dos elementos que llamaron mi atención de inmediato. En primer lugar, los órganos habían sido seccionados y separados unos de otros y colocados después de nuevo en su sitio. A partir del análisis de esta operación, fui capaz de detectar la presencia de un órgano extraño.

—¿Un órgano extraño? —preguntó la fiscal.

—El asesino sustituyó el corazón de la mujer por el de un cerdo.

Caterina se volvió en busca de la mirada de Comello.

—El segundo elemento es que la lengua de la mujer fue arrancada, literalmente, desde la raíz. No estaba presente en el cuerpo y no se ha encontrado.

—Fray Girolamo murió degollado, pero ¿y los demás? ¿Cuál fue la causa de su fallecimiento? —preguntó Caterina.

—Bien, sobre eso tengo que detenerme un poco. Generalmente, cuando se produce un intento de estrangulamiento, se realiza de esta manera —Rocchi se llevó ambas manos a la garganta—. No. Perdona, Caterina, ¿te importaría ayudarme?

De Marchi se levantó y se acercó a él con una mirada de preocupación. La diferencia de altura entre los dos era de unos veinte centímetros. Rocchi colocó los pulgares en medio del cuello de la fotógrafa forense.

—Si he de estrangular a un ser humano, aprieto aquí con los pulgares y ejerzo una presión cada vez mayor con el resto de las manos. La muerte se produce por constricción mecánica de las vías aéreas. Si la presión es mayor, por el contrario, como en el caso de los ahorcados o de un estrangulamiento realizado con el brazo, como en una presa de lucha libre, entonces es la oclusión de la yugular y de la carótida lo que causa la muerte, al impedir el libre paso de sangre al cerebro.

—¿Cuál es la dinámica? —preguntó Mancini.

Rocchi se pasó la mano por la frente.

—Al cabo de noventa segundos, como mucho, se verifica un aumento de la presión endocraneal. Eso significa que ya no hay flujo venoso, es decir, que la sangre sigue subiendo durante unos segundos, pero no fluye por el círculo encefálico.

—Es decir, que se pierde el conocimiento antes de la muerte, ¿no? —preguntó la fiscal, y luego agregó—: ¿No muere uno de inmediato?

—No. A menos, y ya estamos en el ámbito del tercer efecto, que no se verifique la rotura de la segunda vértebra cervical, el diente del axis.

Rocchi miró a su alrededor y se percató de las caras fijas en él. ¿Era por el asunto o por el tono monótono, profesional, que había adoptado? Le ocurría siempre, incluso con colegas que, como él, tenían cierta familiaridad con los cadáveres. Pero ya lo sabía: en los casos de muerte violenta, el enfoque burocrático de un fiscal era distinto al de los agentes de servicio o al más teórico de alguien como el profesor Biga. También la posición que tenía Caterina, filtrada por el cuerpo de plástico de su Nikon y del objetivo, la colocaba de alguna manera a resguardo de la dureza de ciertas imágenes. El caso de Mancini era diferente. Poseía una doble mirada, la del polizonte y la del investigador, pero hacía poco que había perdido un tercer factor indispensable para dedicarse a ese trabajo: el estómago. Antonio Rocchi, por el contrario, siempre había tenido uno fuerte y con el tiempo había encontrado una aliada indispensable: la ironía.

—¿Qué está tratando de decirnos con esto, doctor? —susurró Giulia Foderà.

—Que, por ejemplo, durante los ahorcamientos judiciales, una cuerda larga puede conllevar la ruptura de las vértebras. Si bien se trata de un caso bastante raro, porque debe romperse el diente del axis, causando una lesión bulbomedular que afecte a la zona superior de la médula cervical superior y al tronco encefálico. Un trauma que actúa directamente sobre los centros vitales del organismo.

—Una conmoción medular —dijo Carlo Biga.

Rocchi asintió, reprimiendo una sonrisa:

—Pero lo interesante, y aquí llegamos a la pregunta, es que, si excluimos el episodio del matadero, todas nuestras víctimas fueron agredidas de la misma manera.

—Mediante estrangulamiento —dijo la fiscal.

—No. En las gargantas de Nora O'Donnell, del hombre del Gasómetro, etiquetado con poco tino como sintecho, y del cuerpo hallado en el Mitreo no hay marcas de los pulgares del asesino —hizo una pausa—. En cambio, sí las hay de los dedos alrededor del cuello. De una mano, la derecha.

—Pero ¿cómo? —intervino Comello—. ¿La estranguló con una sola mano?

—No. Apretó con la mano hasta partirle el cuello. Le rompió la segunda vértebra cervical, después de haberla aferrado por detrás. Como una soga.

—¿Es eso posible ? —insistió la fiscal—. ¿Y las huellas dactilares? ¿Ha podido identificarlas?

Rocchi miró a Mancini.

—Sí. A pesar de las dificultades de los análisis en la epidermis, las identifiqué. En el sintecho y en el muerto del Mitreo aparecen las mismas. El primero tiene el cuello roto, el otro murió a causa del corte en la garganta, pero, como acabo de explicar, presenta en la nuca señales de una fuerte presión de la mano derecha. En Nora no he logrado detectarlas, aunque aparece el mismo tipo de marcas.

—Vértebras rotas —repitió Biga para sus adentros.

—Las huellas encontradas en los tres cuellos no tienen coincidencias en la base de datos del AFIS. Así pues, en este sentido, seguimos igual —explicó el comisario.

—Un individuo de fuerza poco común, por lo tanto —prosiguió el profesor—. ¿Un obrero?

—Como conjetura, yo diría que mide más de un metro noventa y tiene una fuerza de presión digna de una boa constrictor —explicó Rocchi, que añadió—: Hay dos cosas que me gustaría destacar. La primera es que, como sabemos, en todos los cuerpos se han encontrado elementos extraños. Más en concreto: en Nora O'Donnell, el corazón del cerdo; en el esfínter del fraile, la válvula; por la garganta del sintecho, la toba desmigajada e introducida después de su muerte. Y, por último, en el cadáver que hallamos en las excavaciones de Ostia, dentro del Mitreo...

—¿Qué era eso que sacamos del cuerpo? —inquirió Mancini.

Rocchi tosió dos veces.

—Un rollo de gasa ensangrentada —después tomó un vaso de agua de la mesa preparada por Biga, a pesar de que la botella de vino blanco pareciera hacerle un guiño desde la cubitera. Bebió un sorbo y continuó—: El segundo elemento, en el que reparamos al hallar al hombre del Gasómetro, es que no se trataba de un sintecho, teniendo en cuenta el estado de la piel de la cara y de las manos, las uñas y la comida que encontré en el estómago, que no era exactamente un mendrugo de pan. Hay que añadir que le habían puesto unas zapatillas de deporte varios números inferiores al suyo.

Mancini dio un paso adelante para retomar la palabra. Estaba serio y concentrado. Comello lo observó. Seguía sin poder desembarazarse de la incómoda sensación de aquellos escasos minutos de interrogatorio, unas horas antes. Todavía no tenía la certeza de haber captado el núcleo emocional clave de esa escena.

—Seguimos investigando la identidad de la víctima. En la central están haciendo una criba de todas las denuncias de varones rubios en torno a los sesenta años desaparecidos en las últimas semanas en Roma y el Lacio. Y aguardamos en breve una respuesta. Lo mismo que en el caso del hombre del Mitreo. En cuanto a San Paolo, los dos agentes han hablado con algunos sacerdotes muy asustados y reservados y con un chico que la noche anterior al hallazgo de Nora sacó a pasear a su perro por el parque. Nadie notó nada en los alrededores de la plaza de la basílica.

—¿Y respecto al fraile? —intervino el profesor.

—Tenemos los registros telefónicos de entrada y salida del número del convento de San Bonaventura —se apresuró a contestar Caterina—. La central ha identificado el número desde el que se efectuó la llamada. Es una cabina telefónica del paseo marítimo de Torvaianica, veinte kilómetros al sur de Ostia —precisó.

—¡Estupendo! —exclamó Carlo Biga.

—Por desgracia, no, profesor. Se trata de un lugar despoblado, sin tiendas, bancos o viviendas..., por tanto, nada de cámaras. Al igual que ocurre con los análisis efectuados por la científica en el lugar del delito. Encontraron lámparas votivas y cera en el suelo del matadero, pero no huellas dactilares ni de zapatos.

—De acuerdo, Caterina —Mancini estaba sudando, por lo que se limpiaba la frente con la manga, traicionando una ansiedad que Comello había aprendido a temer—. En el pub donde trabajaba Nora, las cosas han ido mejor. El agente ha podido sonsacarles algo, aunque nadie quiso abrirse del todo. Lo de costumbre: que si era una buena mujer, siempre puntual, que de vez en cuando empinaba un pelín el codo, pero, ya se sabe, a los irlandeses les gusta beber. En fin, cosas así. Pero lo que nos interesa es que, antes de trabajar de camarera, Nora O'Donnell había sido enfermera.

—¿Enfermera? —dijo Caterina.

—En el Santa Maria Goretti, un hospital de Latina —leyó el comisario en el móvil que había sacado de los vaqueros—. Walter, métete en internet y mira a ver si encuentras algo con esas palabras clave.

—Muy bien.

Caterina le cedió a Comello el asiento de delante de la pantalla y fue a sentarse en el sofá, detrás del cual relucía el pequeño Phonola. Se detuvo y levantó el brazo señalando el televisor. «UNA SOMBRA SOBRE ROMA», rezaba el letrero al pie de la pantalla. Luego aparecían imágenes de la sede de la jefatura central de policía y de la sala de prensa. Sentado tras una mesa repleta de micrófonos estaba Gugliotti, abochornado. Después de que Bruno Petkovic confesara, el superintendente tuvo la buena ocurrencia de convocar una flamante conferencia de prensa y ahora estaba allí. Pero ¿qué podía inventarse después de la retractación del croata?

—El sonido no funciona —se justificó el profesor.

Pero la cara desconsolada del superintendente era más que suficiente para que se entendiera que no había tenido otro remedio que confesar su fracaso, desmentirse a sí mismo y a la policía. El hombre que habían atrapado no era la Sombra.

—Chicos...

Era la voz de Comello. Todos se volvieron, mientras Biga daba un golpecito al televisor, que hizo caso omiso.

—He entrado en el Portal de Salud Pública y me ha remitido a la Región del Lacio. Nora O'Donnell estuvo trabajando en el departamento de Oncología del hospital de Latina.

Una fulminante sensación de pesadumbre ciñó como una mano el corazón del comisario, mientras un paño negro caía delante de sus ojos. *Oncología*. Giulia Foderà dio un paso hacia él, los demás se acercaron al portátil. Por un instante, los pensamientos del comisario volaron hacia Carnevali. A *su* caso, encerrado en la nevera. Tenía que volver a retomarlo, tenía que encontrarlo. Pero ¿cuándo? No podía permitirse la menor distracción. La prensa, el superintendente y el sentido de la responsabilidad que iba apoderándose de nuevo de él, lo notaba, no le permitirían seguir su instinto.

Carlo Biga se volvió hacia él y le puso una mano en el codo en un gesto amigable.

—Ahí está.

—Está bien, Walter. Mañana por la mañana muy temprano te vas a Latina para recabar información sobre Nora O'Donnell. Nos vemos aquí en cuanto termines.

—De acuerdo, comisario.

—Nosotros seguimos, chicos. Quiero volver a los correos electrónicos con su ayuda, profesor.

—No hay problema —dijo Biga, dicho lo cual se levantó y se apresuró a acercarse a su tranquilizador globo terráqueo de cerezo.

35.

Las notas finales se interrumpen abruptamente. El ruido de un paso las suplanta. Rebotan en el suelo esos sonidos amortiguados. El hombre de la mesa inclina la cabeza hacia la entrada. Un breve estremecimiento de adrenalina detrás de la nuca le pone en alerta, antes de que los ojos divisen la sombra en el umbral. La silueta se acerca a la mesa y la rodea, ocultándose de la vista del cuerpo recostado.

El tintineo metálico que viene de detrás es el único sonido que interrumpe el repiqueteo de la lluvia. El hombre de la mesa respira con dificultad, como tras una larga carrera. Entonces, una mano enguantada le sujeta la frente y la hoja salta delante de la garganta.

La navaja se desliza por el cuello, de canto, y afeita la barba áspera. Zona por zona, barbilla, nariz, mejillas, va cortando hasta que el rostro queda limpio. Deja la navaja en el pequeño cuenco de metal y coge unas tijeras. Con una mano sujeta un mechón y con la otra le inflige golpes secos, estocadas que llegan a la piel. A cada golpe, un gemido, y chorros de lágrimas y de sangre que se elevan de la mesa.

Al cabo de unos momentos, el cráneo queda despejado, con un rastro de agujeros sangrantes.

—Ya casi hemos terminado —reza la voz, aguda y amortiguada. Deja las tijeras y coge otras más pequeñas—. Quédese quieto, se va a hacer daño —le bloquea la cabeza con una sola mano.

La mordaza hace crujir los huesos del cráneo. Con la otra, acerca el pequeño instrumento al ojo derecho del hombre de la mesa y, abriéndole el globo ocular con los dedos de la izquierda, le corta las pestañas con dos golpes secos. De los párpados gotea un poco de sangre; él deja la herramienta, toma un trozo de algodón y se lo tapona.

—Deje de llorar, que le va a escocer —dice la voz en el aire cargado de humedad.

Pasa al otro ojo. Termina, coge la navaja y se dedica a las cejas hasta reducirlas a unos pocos pelos ralos.

—Por favor —trata de decir el hombre tendido, pero la sangre y las lágrimas le ahogan.

—Perfecto —recita la voz en cambio—. Ahora un poco de relax.

Pasa al lado del cuerpo y levanta los brazos hacia el goteo. Trastea unos momentos, se vuelve y se queda mirando el resultado de la sesión de trabajo. Sonríe, pero el hombre tumbado no puede adivinarlo, debido al fino velo de gasa que oculta la cara de su verdugo. Como tampoco puede adivinar las formas de esa cabeza completamente rapada, las cejas desnudas y los párpados como los suyos, costrosos de sangre. Las mejillas, el pubis sin vello. No hay un solo pelo en el cuerpo de su torturador.

Al cabo de unos instantes, el hombre de la mesa cierra los ojos, su respiración se vuelve pesada. Duerme profundamente. Muy despacio, a cámara lenta, se acerca a la superficie de mármol que eleva ese cuerpo del suelo. Se queda mirándolo, observa el trabajo realizado, y sonríe. Solo entonces se vuelve hacia la pequeña bandeja de hierro con el líquido esterilizador, introduce sus gruesas manos llenas de callos en dos guantes de látex y saca un bisturí y unas pinzas. Los levanta a la luz de neón, después inspira y cierra los ojos unos instantes con la cabeza todavía echada hacia atrás. Vuelve a abrirlos, pero las lágrimas le impiden la visión. Inclina la mirada hacia el hombre, se le acerca y, mientras sujeta con las pinzas el lóbulo de la oreja izquierda, con la otra secciona la carne.

De la mesa no se alza un suspiro siquiera. El goteo ha hecho su trabajo y la sombra le quita el suave trozo de carne con facilidad. Lo deposita sobre el mármol y tapona. Después sutura la herida. Dos minutos y está cerrada.

Coge el lóbulo, se lo mete en el bolsillo de la camisa y cruza la habitación. Un momento después, la Canción de cuna *vuelve a sonar.*

Una puerta abierta da a una pequeña cocina: azulejos celestes a la izquierda, detrás de una vieja nevera blanca y un fregadero; hay dos mesas de formica pegadas a la corta pared de la derecha. Abre la nevera, mete la cabeza y saca del fondo una caja de plástico, un Tupperware, una bolsa roja de la Asociación de Donantes de Sangre y un envoltorio transparente. Cierra la nevera y recorre el pasillo, sube las escaleras, al final de las cuales se halla la puertecita de entrada.

Fuera llueve. El terreno está inundado. Un bordillo de cemento recorre el perímetro de la casa. Él baja tres escalones y sale del porche, mira hacia arriba observando cómo llora el cielo. Llega hasta la cancela, la abre y se acerca al canal que se pierde trescientos metros más abajo, entre viñedos y un bosque de eucaliptos. Por encima de la espesura se entrevé la cúpula, de una blancura sacra, del reactor. La instalación posee chapiteles y naves y un majestuoso cuerpo central, que parece esculpido en mármol.

El hombre se acuclilla en la ribera y toma la bolsa de sangre, abre la válvula y la arroja al turbio canal. La bolsa emite un ruido sordo, encrespa las aguas y empieza a vaciarse. A una veintena de metros hay una enorme tubería de cemento, medio oculta por las ramas y el follaje. La bolsa aún no ha terminado de vaciarse cuando, desde el fondo de la cueva artificial, algo se mueve.

Entonces destapa la caja opaca y saca unos trozos de carne oscura. Los agarra uno a uno y los lanza cerca de la embocadura, en el agua baja y fangosa. Tan pronto como el trozo aterriza en la poza, tres animales, con los dientes hiperdesarrollados, se lanzan sobre él. Los gritos de la pugna y los silbidos duran el tiempo que necesita el ejemplar más grande, una hembra tuerta, para salirse con la suya y desaparecer por el conducto. Los otros dos animales olisquean el lugar en el que se hallaba la carne y se desplazan hacia el centro del canal, donde el agua está negra de sangre. Nadan en círculos, se sumergen en busca de ese olor irresistible.

El hombre de la orilla estira las piernas, toma aire y devora el bocadillo que ha sacado de la bolsa transparente. Del bolsillo de su camisa de franela de gruesos cuadros extrae el lóbulo y lo lanza en medio del foso. Se levanta y se aleja hacia la casa. No le da tiempo ni a llegar a la verja cuando las dos nutrias ya se están disputando ese regalo.

36.

Latina, martes 16 de septiembre, 08:10 horas,
hospital Santa Maria Goretti

Después de más de sesenta kilómetros por el asfalto en mal estado de la carretera nacional de Pontina, el Alfa se detuvo en viale Michelangelo, frente a la entrada del pabellón, en el lado opuesto a Urgencias. Un hombre alto, rubio, con los ojos protegidos por unas gafas de espejo, vestido con una cazadora ocre de cuero, un suéter rojo de algodón, pantalones vaqueros y zapatillas de deporte bajó del coche. Cruzó la verja corredera y la barrera de la garita del guarda. Prosiguió bordeando los setos de laurel cerezo antes de girar a la derecha y pasar por una glorieta llena de flores. La isleta de hortensias púrpuras, rojas y azules retumbaba contra la mole incolora de la construcción.

El ruido de una sirena y el repentino cambio de marcha de la ambulancia hicieron que volviera la cabeza. Un momento después el vehículo lo superaba para desaparecer por detrás de la esquina del edificio.

Las puertas automáticas daban a un gran espacio circular revestido de linóleo desde el suelo hasta las paredes. Frente a la entrada, una escalinata conducía a las plantas superiores. A la derecha se veían dos ascensores gemelos, mientras que a la izquierda había un cuartucho para la recepción y otro en el que campeaba una hoja de papel DIN A4 con las palabras HOSPITAL DE DÍA.

Comello se asomó al primero. Un enfermero de bata verde y zuecos blancos alzó la vista sobre unas gafas de carey. Estaba sentado ante un pupitre que le servía de escritorio.

—¿Sí? —soltó molesto, levantándose de golpe en cuanto vio la placa.

—Necesito cierta información. Tengo que hablar con una enfermera..., la de más antigüedad del servicio, si es posible.

—Ah, ya. Pues entonces...

El hombre, de mediana edad, era delgado y tenía la cara demacrada, la piel seca y un círculo de alopecia en la parte superior de la cabeza. Se ajustó con gesto torpe los pantalones y alzó los ojos hacia el techo, en busca de una respuesta.

—Bueno, vamos a ver... Anna Torsi lleva aquí casi treinta años y seguro que puede echarle una mano.

—¿Dónde puedo encontrarla?

—Arriba —contestó, señalando las escaleras—. En la primera planta. La última puerta a la derecha. Está escrito «Enfermera jefe».

—Gracias —dijo Comello, y salió de la habitación.

El enfermero se quedó mirándolo unos segundos, después se encogió de hombros, se sentó y sacó de la cajonera de debajo del mostrador un lápiz y un crucigrama blanco.

La puerta automática abrió sus brazos deslizantes cuando el inspector pasó a su lado. Un movimiento que abrió de par en par esa frontera invisible entre los dos mundos: *dentro y fuera*.

Hasta los colores parecían hablarle de esa separación. El vestíbulo de entrada era una extraña alianza de grises, de los rojos desvaídos de las barras antipánico y del pálido aluminio de los marcos de las puertas. Fuera, en cambio, los llamativos parterres relucían. En el umbral de aquel desesperado cosmos Comello sintió el impacto de una sensación olfativa repentina y desestabilizadora. En aquel punto concreto, el olor acre del formaldehído desposaba el aroma delicado de las hortensias creando un efecto agridulce que le costaría olvidar.

Eran dos universos con diferentes leyes espaciotemporales. Las horas, la comida, el hastío, una morfología humana distinta, los sanos y los enfermos. Un médico con una bata blanca y una mascarilla en la cara entró después de apagar en el parterre un Marlboro. Dos bancos en el exterior acogían a los pacientes y a sus acompañantes. Se distinguían con facilidad. Los cráneos pálidos de los enfermos, los párpados como plantas carnívoras, los labios de papel. Junto a ellos estaban los sanos, charlando, sonriendo y soltando ocurrencias forzadas; estaban allí para sostener físicamente a los pacientes después de la terapia, para acompañarlos a casa, meterlos en la cama y esperar el efecto, impredecible, del tratamiento.

El antes y el después.

Dentro y fuera.

Comello subió los veinticuatro escalones que lo separaban de la primera planta. A la derecha, al final de un pasillo iluminado por los grandes ventanales que se abrían al lado contrario, estaba el cuarto con la placa que le había indicado el enfermero. Llamó dos veces.

—Adelante —contestó una voz femenina.

Cuando abrió la puerta, el inspector se encontró frente a una mujerona de edad avanzada y con una bata azul.

—Dígame.

—¿Anna Torsi?

—Sí. ¿Es usted un pariente?

—¿Qué? —Comello quedó descolocado, convencido de que su aspecto de polizonte saltaba a la vista.

—¿Quiere noticias de algún familiar? —preguntó la mujer inclinando levemente la cabeza hacia un lado. Tenía unos pequeños ojos azules bajo la frente clara y amplia, labios finos y una nariz redonda que apuntaba hacia abajo.

—Ah, no. Perdone —sacó la placa del bolsillo trasero de los vaqueros, se la pasó rápidamente por delante de los ojos y se la guardó de nuevo, tratando de no dar mayor importancia al asunto—. Inspector Comello. Policía de Roma.

La enfermera jefe no se inmutó:

—¿Qué puedo hacer por usted?

Comello sacó la billetera de la cazadora y extrajo una foto de carné, en la que aparecía la cabeza de una mujer pelirroja con pecas y ojos verdes.

—¿La conoce?

Anna Torsi se acercó la foto a la cara:

—Es Nora Donnell.

—O'Donnell —la corrigió.

El inspector miró a su alrededor y señaló una mesa con dos sillas al lado de una cama.

—¿Le importa?

—¿Qué ha ocurrido? —dijo la mujer, que ahora parecía turbada. Luego le hizo una seña al policía para que se sentara.

—Dígame, ¿cómo es que la conoce?

Anna Torsi sujetaba entre las manos la pequeña imagen y la estaba mirando como para interrogarla. Su cara demostraba atención; su gesto, severidad.

—Trabajó aquí tres años, lo dejó hace unos meses.

—¿De qué se encargaba Nora, exactamente?

—Ayudaba a las mujeres operadas y realizaba el suministro de quimioterapia por vía venosa.

Hasta ese momento no se había dado cuenta Comello de que la mujer que estaba enfrente tenía un pelo a cepillo muy oscuro, pero ralo, frágil, una pelusa. Se esforzó por no demorarse mirándola.

—¿En qué anda metida? —preguntó la enfermera jefe.

Comello tomó la foto de la mano de la mujer y la volvió a meter en la cartera.

—Ha fallecido.

—Ah —dijo Anna Torsi sin pena alguna ni vergüenza por no sentirla.

—No se la ve muy afligida.

—No —respondió con irritación—. Nora y yo no nos llevábamos muy bien.

Comello la miró y esperó a que continuara.

—Sé lo que está pensando —prosiguió—. Pero ¿sabe una cosa? Yo la muerte la veo todos los días. Aquí dentro. Y no me refiero a las personas que entran para no volver a salir. No estoy hablando de los que pasan de la cama al ataúd.

—Entiendo.

La enfermera jefe le observó un momento y dijo:

—Inspector, no creo que pueda usted entenderlo. Ni usted ni quienes viven fuera de aquí. Estoy hablando de la muerte de verdad. De la que acompaña paso tras paso a todo paciente que vive aquí dentro.

Comello parecía incómodo y cruzó las piernas.

—*Vive* —había dicho—. Solo quería...

—Nora no era capaz de llevar a cabo su trabajo. Por esa razón se optó por alejarla. Aquí hace falta paciencia. Y celo, si no amor.

—¿Alejarla? —el inspector se acomodó en la silla.

—Trataba mal a las enfermas. Se mostraba hosca, impaciente. Siempre pensé que le asustaba lo que veía. Las transformaciones de las pacientes.

Comello observó a la mujer, que ahora parecía menos rígida que antes:

—¿Hosca o... violenta?

—Que yo sepa, nunca llegó al extremo de... Pero sé que no actuaba de manera profesional.

—¿Se acuerda de algún episodio en particular? Piénselo un momento —dijo él cruzando los dedos, mientras exhibía una sonrisa conciliadora.

—Ya se lo he dicho, tenía miedo de las pacientes, de las mutilaciones posoperatorias y de lo que ocurría después del tratamiento. Mejor dicho, yo diría que estaba asqueada. Sí. Le daban asco. Era terrible.

—¿Manifestó alguna actitud peligrosa?

—Bueno... Hace un año y medio, me parece, no me acuerdo bien..., ocurrió algo aquí en planta, de cierta gravedad, digamos. Y ese fue el motivo por el que se la echó. Lo recuerdo muy bien.

Comello sacó un cuaderno, lo abrió y extrajo el bolígrafo de la espiral.

—Una de nuestras pacientes llevaba en coma un par de días. Suele ocurrir al final..., sobre todo cuando se trata de cáncer hepático. Pero también cuando la quimioterapia lo destroza, al hígado me refiero.

—Sí —Comello hizo como que entendía.

—Se cae en un estado de coma hepático que puede ser más o menos grave: de tercer y hasta de cuarto grado. En el primero se verifican de vez en cuando momentos de vigilia, de semiinconsciencia; el segundo es el más profundo, el que precede a la muerte y en el que se observan movimientos impulsivos de los miembros superiores.

Walter apuntaba mecánicamente números y palabras. Tomaba muy pocas notas, las que necesitaba para fijar conceptos y para atar en corto a quien tenía delante, de modo que siguiera centrado en las respuestas. Mancini, en cambio, ni siquiera tenía cuaderno. No necesitaba ayuda para recordar incluso los detalles más insignificantes ni para presionar a los interrogados. Ahora Comello podía imaginarse a su comisario en pugna con el mal que había atrapado a la mujer que amaba.

—Recuerdo que mientras le arreglaba la almohada a la paciente se quejaba del mal olor.

—¿Mal olor?

—*Fetor epaticus,* el olor del aliento dulzón que tienen los enfermos de hígado.

—¿Cómo se llama la paciente?

—Falleció ya.

—Ah —Comello hizo una pausa—, ¿cómo se llamaba?

—La verdad, no me acuerdo. Quizás Bardi... Borsi... No me viene a la cabeza. Disponemos de un sistema de almacenamiento de datos en el servidor del hospital, pero lleva dos días bloqueado y aún no hay noticias del técnico.

—¿Y no tienen un archivo de papel?

—Lo teníamos. Se trasladó al sótano cuando se informatizó todo. Pero ahora está hecho un pegote. La semana pasada se inundó completamente. Por esa misma razón no funciona el servidor. La lluvia, aquí, en Latina, causa daños muy serios, porque por debajo tenemos una ciénaga.

—Entiendo. Mándemelo todo lo antes posible. Es muy importante —dijo sacando una tarjeta de visita con el correo electrónico del destacamento al que estaba destinado—. Ahora siga, por favor.

—Pues ese día Nora se pasó de la raya y cuando la mujer, que había salido momentáneamente del coma, le preguntó si le podía colocar la almohada, ella le gritó y la empujó. Sí, vaya, que la zarandeó.

—¿Y no intervino nadie?

—El único que estaba presente era su hijo. Un chico muy tímido. Vino a verme para denunciar lo ocurrido.

—¿Y usted qué hizo?

—Bueno, le dije que me encargaría del asunto y luego, al final del turno, llamé a Nora y la amenacé con hacer que la despidieran si volvía a suceder algo parecido.

—¿Y Nora qué contestó?

—Nada. Se me quedó mirando con esa expresión arrogante que tenía y sonrió. Luego se marchó y la cosa no fue a más.

—¿No fue a más?

—Esa noche no, pero algunos días después la paciente empeoró y cayó inconsciente. Todos los indicadores señalaban que estaba en las últimas y ese pobre chico... seguía sin moverse de los pies de la cama. Con la mirada fija en el brazo de la madre que subía y bajaba debido a los espasmos metabólicos, permanecía en silencio. Mirándola y nada más.

—Dios mío —su pensamiento voló de nuevo hacia el comisario y las imágenes del día anterior en la sala de interrogatorios se mezclaban con las que ese lugar y la historia que estaba oyendo proyectaban en su interior. Meneó la cabeza y siguió escuchando.

—Al cabo de una semana en coma la mujer murió. Era temprano por la mañana, yo acababa de terminar el turno de noche y estaba descansando en el sofá de la sala del personal. Recuerdo como si fuera hoy que me despertaron los gritos de su hijo. Lo más desgarrador que había oído aquí dentro. Se lo juro.

El inspector no sabía qué decir. La enfermera jefe era una mujer lo bastante curtida como para mantener a raya toda clase de implicación.

—Me levanté y fui a ver qué pasaba. Cuando llegué a la puerta, vi cómo Nora trataba de apartar al chico de la cama de su madre. Lloraba como un niño, a pesar de lo enorme que era.

Comello oyó una campanilla resonar en los meandros de su cabeza de polizonte. No era posible.

—¿Cómo de enorme?

—Bueno, exactamente no lo sé. Tal vez un palmo más que usted, pero a mí me parecía un crío.

Tenía que medir uno noventa y cinco por lo menos.

—Prosiga.

—Nora perdió la paciencia y le chilló para que se quitara de en medio, que total su madre había muerto. No, ahora lo recuerdo mejor, repitió «Se acabó» dos, tres veces. Y había mucha amargura en su voz. Era una mujer mala.

—¿Cómo es posible que él no le hiciera nada?

—Nada de nada. Al contrario, cuando ella lo agarró del hombro, él se dejó arrastrar como si fuera una hoja. Se detuvo al pie de la cama mientras Nora le tomaba el pulso y constataba el fallecimiento antes de llamar al médico. Después le cerró los ojos. Pero cuando ella acercó las manos a la cara de la madre... —la enfermera jefe se estremeció con un sollozo, sus labios se encogieron.

—Señora...

—... él gritó que no. Que no lo hiciera. «Mamá no puede morirse», repetía.

—Siento haberle hecho recordar un episodio tan doloroso.

—No me lo imaginaba, discúlpeme. Creí que lo había superado —la mujer hizo una pausa para sonarse la nariz con un pañuelo que se sacó de la manga de su uniforme.

La atmósfera de la habitación se había vuelto de repente cargada. El miedo, la melancolía, las lágrimas, la enfermedad danzaban por el aire, ocupando, todos a un tiempo, el espacio entre esas cuatro paredes.

—Fue desgarrador. Él seguía llamándola, pero cada vez con voz más baja. Hasta que Nora se fue, ufana de haberse salido con la suya, y él se quedó allí. Solo.

—Pobre muchacho —dijo espontáneamente el inspector, observando a la enfermera jefe mientras se restregaba los ojos.

—Después fue aún peor.

—¿Qué significa eso?

—Yo no tuve ánimos para marcharme. Y, al cabo de un momento, él empezó a murmurar algo con la boca cerrada. Recuerdo que se mecía despacio de un lado a otro, sujetándose a la estructura de aluminio de la cama mientras miraba a su madre.

Comello notó un estremecimiento. El labio inferior se le encogió y advirtió cómo los ojos se le humedecían. Espantó esas sensaciones bajando la respiración al nivel del diafragma. Se impuso una actitud adecuada.

—Me armé de valor y entré. Me acerqué a él y le puse una mano en el hombro. «Tienes que serenarte», le dije, «ella ya ha dejado de sufrir». Ni se dio cuenta. Siguió con aquel movimiento acompañado de una extraña retahíla sofocada. Después se incorporó, se dio la vuelta y clavó los ojos en mí. Sentí miedo. Esa mirada pesaba. Nunca había visto ojos tan afligidos, inspector. Nunca. Era incapaz de apartarme de esos dos agujeros negros. Y, al final, fue y lo hizo. Sonrió, los cerró y...

Las lágrimas rompieron de nuevo sus diques y la mujer se puso de pie. Deambulaba por la habitación en busca de alguna forma de consuelo.

—Los cerró. Se giró, dio tres pasos y se tiró.

Comello se levantó de un salto como si hubiera asistido a esa escena.

—¡¿Pero qué está diciendo?!

—Sí. Todavía recuerdo el sonido de esos tres pasos. Estábamos allí —sollozó Anna Torsi e hizo un gesto con el brazo hacia la puerta.

Comello asintió y la siguió fuera, al pasillo. A la izquierda había dos habitaciones. Entraron en la segunda. Era una doble, con las camas en el mismo lado. Los habituales colores pálidos acolchaban el ambiente. La enfermera jefe se acercó a la ventana velada por finas cortinas blancas.

El inspector se abrió paso y lanzó un vistazo al exterior. Daba al lado corto de una plaza asfaltada. Había tres grandes esferas de hierro colado que emitían vapores densos como nubes de algodón.

—Era fuerte y aquí no hay mucha altura.

Comello calculó el salto en seis, siete metros. Suficiente para matar a un hombre de ese peso y de esa constitución física.

—Bajamos con la camilla y... No sé cómo era posible, pero permanecía allí, de rodillas. Esos ojos llenos de lágrimas. Estaba llorando y, cuando me acerqué junto con los auxiliares para colocarlo en la camilla, recuerdo que oí esa musiquilla que salía de sus labios cerrados.

El policía no pudo reprimir la curiosidad:

—¿Qué música?

—Al principio parecía un gemido. Después, mientras lo trasladábamos, la reconocí. Era la melodía de las campanillas de los recién nacidos. Esas que se atan a las cunas. Venía de la garganta del chico. Salía de su boca.

—¿Lo hospitalizaron?

La mujer pareció despertar de un estado de hipnosis.

—Sí, tenía las piernas fracturadas. Rodillas, tibia, peroné, todo. Estuvo bastante tiempo en Cirugía Ortopédica. Le operaron varias veces y le implantaron placas. Fui a verle en una ocasión. Resultó horrible.

—¿Le atormentaban las fracturas?

—Lo mantenían sedado, por lo general, pero esa vez me lo encontré despierto.

—¿Le dijo algo? ¿Le preguntó por su madre?

—Nada. Permanecía sentado en la cama, con la mirada en alto, hacia el techo. Tenía los ojos hinchados, enrojecidos, en el silencio.

—¿Qué fue de él? ¿Sabe dónde vive?

—No lo sé. Nunca volvió para las revisiones. Por lo que yo sé, ni siquiera para quitarse las escayolas de las piernas.

—Una última cosa. ¿Puede decirme dónde está enterrada la madre? —preguntó Comello; pensó que tal vez podría conseguir algo de información en el registro del cementerio.

—Supongo que la incinerarían, porque aquí, en el camposanto, no pude encontrarla.

La empatía que la mujer le había regalado con esa confesión dolorosa no merecía ser rota por un saludo formal. Hizo un gesto con la cabeza y se dirigió a la puerta. Se detuvo un momento en el umbral y miró hacia atrás.

Fuera ascendía el sol oculto por la lluvia. Anna Torsi se había escurrido de nuevo en su nebulosa mental, habitada por los fantasmas de la memoria. Y ahora, con la mirada perdida detrás del cristal, Walter la oyó decir en un susurro:

—Tendría que haberse matado. En cambio, lloraba y cantaba.

37.

Roma, Montesacro, martes 16 de septiembre, 09:40 horas,
domicilio de Carlo Biga

Habían pasado la noche en aquella vieja casa llena de ruidos y crujidos. El viento y la lluvia no habían dejado de abatirse sobre el chalecito y uno de los tres faroles del jardín había caído fulminado.

No podían perder las preciosas horas de la noche. Caterina y Antonio se habían repartido el sofá, mientras que Mancini se quedó de pie escribiendo en la Moleskine roja de Marisa. Giulia Foderà había preferido irse a casa.

Rocchi husmeaba en la cocina en busca de algún modo de producir la suficiente cantidad de café para las tropas. Una cafetera de antes de la guerra emergió por fin del fregadero, repleto de cacharros grasientos.

—El primero que me diga que mi trabajo con los cadáveres da asco... —dijo al entrar en el salón, sujetando la cafetera con dos dedos.

Todos permanecían en su sitio, en silencio. Se respiraba una fuerte tensión, como si en algún lugar se hubiera puesto en marcha una invisible cuenta atrás. Rocchi sirvió el café y se sentó en espera de que el comisario volviera a empezar.

—Profesor, le ruego que nos exponga lo que me decía esta noche. Después haré balance sobre el perfil de nuestro hombre —dijo Mancini, lanzando una mirada al péndulo que marcaba los segundos.

Biga se alzó del escritorio donde estaba leyendo algo, se unió al grupo y comenzó:

—El descubrimiento de un crimen atroz nos coloca siempre ante el mismo interrogante. ¿Qué clase de persona puede causar semejantes estragos? —se paseaba nervioso, con las gafas sobre la punta de la nariz—. El análisis que realizamos tiene justo esa finalidad. Dar una respuesta a tal pregunta.

—¿Por qué arrancarle la lengua a la víctima? ¿Qué clase de perfil psicológico puede hacer algo así? —dijo Caterina.

Mancini quiso puntualizar las cosas de inmediato:

—Concebir a un asesino en serie como el resultado de una infancia en una familia desestructurada, o como fruto de casos sociales marginales, es una gilipollez. Los asesinos con los que nos enfrentamos son, cada vez más a menudo, individuos cuya gama de desviación está lejos de los esquemas conocidos. Son sujetos que creen matar para salvar a la víctima o a la sociedad civil, o moralistas reprimidos y sádicos, como hemos podido verificar en varios asesinos de prostitutas o travestis. Pero no es nuestro caso.

El turno volvió a Carlo Biga, quien prosiguió:

—Como ustedes saben, el *modus operandi* y la firma constituyen dos elementos distintos y muy reveladores. En nuestro caso, la modalidad con la que la Sombra ha llevado a cabo sus crímenes es la misma, y cabe imaginar que también, en el caso de la cuarta víctima, el método de acercamiento al lugar de colocación coincide con los anteriores.

—Sí, profesor. En la zona de las excavaciones de Ostia hay un meandro del río —señaló Rocchi.

—La fiscal ha hablado con la policía fluvial. Están rastreando datos sobre los movimientos en el Tíber en los últimos días, pero ya le han adelantado que es muy difícil que alguien pueda aventurarse con alguna clase de embarcación en el río en crecida, y dadas las lluvias de las últimas semanas... —les explicó Mancini, que lo había sabido por un SMS nocturno de Giulia.

—En cuanto a la firma, en cambio... —Carlo Biga se pasó la mano por la cabeza, localizó una irregularidad del cráneo y dejó que la punta del dedo índice la recorriera mientras hablaba, con los ojos medio cerrados—. Nunca me había topado con nada parecido. La Sombra, en lugar de llevarse fetiches o trofeos de los cuerpos de sus víctimas, parece avasallarlas con esos objetos suyos que representan su sello distintivo. Su firma. Estudiando los datos que tenemos, estoy convencido de que los lugares de los hallazgos, los objetos y los cadáveres tienen que ver los unos con los otros, como si estuvieran unidos por un lazo, aún invisible para nosotros. Y ese es el desafío que nuestro hombre nos lanza, el de encontrar el hilo que los une.

—Un hilo de Ariadna que nos llevará a él —comentó Rocchi.

—O que le traerá hasta nosotros —dijo sin sombra de ironía De Marchi.

—Estoy de acuerdo. Nos está diciendo algo. Cada una de sus acciones tiene un significado simbólico y tenemos que descubrirlo. En todos los actos de violencia de un asesino en serie la imaginación desempeña un papel central y forma parte del proceso homicida en su conjunto. Sin embargo, en nuestro caso, esto se agudiza, teniendo en cuenta los correos electrónicos que testimonian el valor simbólico que poseen para él y del que debemos ser conscientes. Antes de concentrarnos en estos correos —Mancini hizo una pausa—, quisiera proporcionarles el perfil criminal que he redactado esta noche, para que cuenten con más elementos a la hora de leer el texto. Es provisional y se irá actualizando a medida que nos llegue información de la central.

Ya no recordaba cuánto hacía que no trazaba un informe de *criminal profiling*. Pero esa noche de insomnio se la había pasado, como en otros tiempos, con lápiz y papel. Imágenes, notas, dibujos y el sentimiento de la persecución que avanzaba entre líneas, palabra tras palabra.

—He analizado las notas comparativas del profesor en los lugares de los hallazgos, las posiciones de los cuerpos, los he contrastado con los datos que tenemos sobre las víctimas, con los del forense y con las fotos de las que disponemos y he esbozado un perfil psicológico coherente con todo ello.

Tomó la Moleskine y la abrió hacia la mitad. Pasó un par de páginas y las recorrió con el dedo índice, en busca del arranque.

—La Sombra es un hombre blanco, de entre veinticinco y treinta años, que reside en un radio de treinta kilómetros de los lugares donde se encontraron los cadáveres. Vive solo y trabaja por su cuenta, en un lugar aislado de la campiña romana, cerca de un curso de agua. Soltero, sin desviaciones sexuales aparentes, no colecciona material pornográfico. Un hombre medio, de lo más común, de no ser por su mole, que le obliga a hábitos nocturnos y, como he dicho, a una vida apartada.

Mancini hizo una pausa, mirando a la cara a sus colegas, y después continuó:

—El autor de estos crímenes es lo que se llama un homicida organizado. Planifica sus agresiones, transporta a sus víctimas a los lugares donde las hallamos, tiene una inteligencia superior a la media, es hábil en actividades manuales, mantiene un perfecto control de su componente emocional tanto durante el secuestro de la víctima como en el momento de su asesinato. Tiene mucha fuerza, probablemente realice un trabajo físico, lo que me lleva a pensar que quizá esto pueda estar relacionado de alguna forma con el arado de su cantinela. Tiene un objetivo que desconocemos y seguirá matando hasta que *su* profecía se cumpla —se golpeó el dorso de la mano con la otra.

—O hasta que lo detengamos —dijo Rocchi.

El comisario hizo un gesto a Caterina y dijo:

—Echémosle una ojeada.

Empezó a proyectar las diapositivas que había preparado por la noche, siguiendo sus notas. Rocchi le había proporcionado información sobre todos los exámenes forenses e imágenes de las evidencias halladas en los cuerpos mientras Caterina, que había fotografiado las escenas de los hallazgos, había añadido las imágenes.

ASESINATOS SOMBRA

UNO

Nombre: Nora O'Donnell; camarera/enfermera.

Escena del crimen: desconocida.

Lugar de colocación del cadáver: basílica de San Paolo fuori le Mura.

Hora del hallazgo: 06:50 (9 de septiembre).

Hora de la muerte: 22:15-23:00 (8 de septiembre).

Causa de la muerte: estrangulamiento/rotura de vértebras.

Arma del crimen: manos desnudas.

Modus operandi: se desplaza de noche siguiendo los cursos de agua; víctima sorprendida por detrás, agarrada por el cuello con una sola mano.

Firma: objeto, corazón de cerdo.

Notas: ningún rastro, ninguna huella dactilar; asesinato ritual.

DOS

Nombre: desconocido.

Escena del crimen: desconocida.

Lugar de colocación del cadáver: Gasómetro.

Hora del hallazgo: 05:00 (11 de septiembre).

Hora de la muerte: incierta, unos diez días antes del hallazgo.

Causa de la muerte: estrangulamiento/rotura de vértebras.

Arma del crimen: manos desnudas.

Modus operandi: se desplaza de noche siguiendo los cursos de agua; víctima sorprendida por detrás, agarrada por el cuello con una sola mano.

Firma: objeto, toba desmenuzada.

Notas: ningún rastro, ninguna huella dactilar.

TRES

Nombre: Girolamo Matteini; fraile.

Escena del crimen: matadero.

Lugar de colocación del cadáver: matadero.

Hora del hallazgo: 03:00 (12 de septiembre).

Hora de la muerte: alrededor de la 01:00 (11 de septiembre).

Causa de la muerte: degollamiento.

Arma del crimen: cuchillo desconocido.

Modus operandi: se desplaza de noche siguiendo los cursos de agua; víctima sorprendida por detrás, agarrada por el cuello con una sola mano.

Firma: objeto, válvula en el esfínter.

Notas: ningún rastro, ninguna huella dactilar.

CUATRO

Nombre: desconocido.

Escena del crimen: desconocida.

Lugar de colocación del cadáver: Mitreo.

Hora del hallazgo: 19:00 (14 de septiembre).

Hora de la muerte: 02:00-03:00 (14 de septiembre).

Causa de la muerte: resección de la tráquea.

Arma del crimen: manos desnudas.

Modus operandi: se desplaza de noche siguiendo los cursos de agua; víctima sorprendida por detrás, agarrada por el cuello con una sola mano.

Firma: objeto, gasa en la garganta.

Notas: ningún rastro, ninguna huella dactilar.

Desde la posición acuclillada en la que se había colocado, junto al sofá, Antonio Rocchi comentó:

—Como puede verse, carecemos de los nombres del hombre del Gasómetro y el del Mitreo. Este último fue asesinado con la misma hoja con la que se realizó el corte en la garganta, compatible con la de los demás.

—Perdona, Antonio —dijo Caterina al advertir la señal de correo entrante que parpadeaba en la pantalla del ordenador—. Ha llegado un mail de la central. Han identificado el cuerpo del hombre del Gasómetro. Se llama Daniele Testa, nacido en Roma el 21 de diciembre de 1951. Desaparecido la noche del domingo 31 de agosto. Fue entonces cuando se produjo la denuncia de la familia. Había ido a correr al paseo marítimo de Latina, donde residía, cuando se perdió su rastro. Y hay otra cosa muy interesante. La profesión de la víctima: médico cirujano.

—¿Latina? —el tono ascendente del comisario quedó suspendido en el aire cargado del salón. Segundos más tarde, esa misma voz dijo—: Caterina, llama enseguida a Walter.

No era... No podía ser una coincidencia.

Caterina se precipitó hacia la puerta en busca de un poco de cobertura para telefonear. Nada, aquel maldito chalé era peor que estar en un túnel. Abrió y salió al jardín de la entrada. Solo un pelín. Dio un paso más bajo la lluvia, marcó el número de Walter y esperó.

38.

Roma, martes 16 de septiembre, 10:18 horas

La campiña entre Borgo Piave y Aprilia con sus grandes sistemas de canalización, que parecían parrillas colocadas sobre el verde de la hierba, había dejado paso a los cenicientos centros industriales de Pomezia. La carretera nacional braceaba bajo el temporal, mientras el Giulietta del inspector hacía añicos su manto, volando junto a los pensamientos de su piloto.

Antes de arrancar había montado en el coche y había permanecido sentado unos minutos pensando en el trágico destino de aquella mujer y de su hijo, en Anna Torsi, que quién sabe cuántas de esas historias sin final feliz había vivido. En el pabellón, que en ese momento, por la ventanilla veteada de agua, le había parecido un organismo vivo que inspiraba vida y espiraba muerte al ritmo inagotable del tiempo.

El servidor de almacenamiento de datos del hospital estaba estropeado. Peor suerte había corrido el archivo de papel, destruido por la inundación de la sala donde se guardaba. Tan pronto como fuera posible, la enfermera jefe le enviaría la información solicitada. Pero ahora tenía que ir a ver a su comisario. Tras esa media mañana entre aquellos rostros carentes de esperanza, Comello sentía que podía entender algo más de ese hombre. Quizá Walter fuera capaz de percibir por fin el miedo que Mancini arrastraba consigo cada día de su vida. Y de alguna manera, también de comprender sus absurdas manías, hijas de esa implacable carcoma mental.

El móvil se encendió con una luz naranja y en el coche resonó la melodía de *El día de la ira*. Se quedó escuchándola unos segundos, luego tomó el dispositivo con la mano derecha y respondió.

—Hola, Cate. Casi he llegado a Roma.

Al otro lado de la línea, Caterina oyó un molesto crepitar. Podía ser la comunicación o el aire contra la ventanilla abierta del coche a toda velocidad. La mujer se desplazó hacia la verja levantando la vista hacia el cielo en busca de la invisible cobertura.

—¿Puedes oírme, Walter?

Comello oyó la voz de su compañera, lejana y poco clara, aunque intuyó el significado de la pregunta y contestó:

—Sí, Cate, pero mal.

En ese momento Giulia Foderà se asomó a la verja y entró saludando a Caterina, que le devolvió el saludo para seguir después la conversación.

La fiscal dejó su paraguas fuera de la puerta y entró en la sala de estar. Dio dos pasos levantando la barbilla como para darse tono. Mancini la saludó con un movimiento de cabeza mientras los demás le daban los buenos días en voz alta. Foderà se quitó el abrigo rojo y lo dejó en el perchero de detrás de la puerta.

Rocchi se puso de pie y, remarcando las palabras con golpes de la mano derecha sobre la palma de la izquierda, arrancó:

—Cada elección del lugar donde deposita los cadáveres, cada elección de las víctimas y de los objetos es un mensaje. La Sombra nos está hablando.

—¿Por qué hacerlo a través del correo electrónico? —replicó la fiscal.

—Porque realmente quiere que le encuentren, no es un exhibicionista, tiene un mensaje. Pero no para los medios de comunicación. No está gritando «Yo existo» para llamar la atención sobre sí mismo —dijo Biga.

—El Gasómetro, el matadero, San Paolo y el Mitreo son lugares vinculados entre sí. Si dejó los cuerpos allí, es porque tal vez sean importantes para él —argumentó la fiscal.

—¿Crees que se trata de un fanático religioso? —dijo Rocchi girándose a mirar al comisario.

—Yo diría que no, ni en los lugares de los hallazgos ni en los cadáveres hemos encontrado nada que nos remita a ningún ritual religioso. Salvo en el matadero, donde encontramos cera, en los otros tres casos los cuerpos fueron abandonados en un lugar diferente al de su asesinato. Para mí, no. No es un fanático.

—Pero está claro que la sucesión de víctimas, lugares y objetos representa esa muerte de dios. Y para detenerlo tenemos que averiguar cuál es el papel del arado —dijo Foderà.

—El mensaje simbólico es fruto de la imaginación del asesino. ¿Por qué escogió a esas víctimas, por qué las trasladó a esos lugares? ¿Qué es lo que las une en una serie? La respuesta se halla en la relación entre el mundo de ficción del asesino, en eso que ha imaginado y nos ha comunicado con el acertijo de los correos, y la realidad de los asesinatos. Y, hablando de la intención simbólica en el asesinato del fraile, yo diría que la simbología del crimen, de todos los crímenes, de hecho, es interna. Íntima. Personal. Y, quiero insistir en ello, está vinculada estrechamente con el mensaje de los correos —sentenció el profesor Biga.

—Analicemos el texto, palabra por palabra. Las muertes de dios —comenzó Mancini.

Foderà levantó un brazo como si estuvieran en el colegio:

—Ha escrito «dios» con minúscula, y en plural «las muertes», lo que hace que el genitivo subsiguiente pueda ser tanto objetivo como subjetivo. El genitivo subjetivo señala el sujeto que realiza la acción; el genitivo objetivo, el objeto que la padece.

—Eso quiere decir que «dios» puede ser tanto el sujeto de las muertes, digamos el responsable, el culpable, como su objeto, es decir, la víctima de múltiples muertes.

—Tenemos que sumergirnos en su alma. Deducir la personalidad de nuestro hombre por sus palabras, además de por sus acciones —argumentó el profesor.

—Si se tratara del primer caso, podríamos decir que quien mata lo hace por sentido de la justicia, palabra que aparece en el correo; en el segundo caso, que dios sufre más de una muerte, y esto resulta más críptico —aventuró Rocchi.

Después de algunos segundos en los que solo se oyó la armonía de las gotas sobre el adoquinado y el tintineo metálico de los aleros, Giulia Foderà se puso de pie y se acercó al comisario, enfrente del sofá.

—Estaba pensando... Si excluimos el componente religioso, ¿cuándo usamos la palabra *dios*? ¿A quién consideramos un dios?

—A un ídolo, a una persona famosa —dijo Rocchi.

—A la persona que amamos —la respuesta tenía el timbre suave de la voz del comisario. El momento de incomodidad que siguió quedó interrumpido por la misma voz que lo había causado—: Aquella a la que amamos por encima de todo.

—Entonces tal vez podría significar que ese ser querido por la Sombra, su dios, está muerto —confirmó la fiscal.

—O que ha sufrido más muertes, en un sentido simbólico. O bien incluso que él, la Sombra, se venga asesinando, lo que considera una forma de justicia divina —precisó Mancini.

—Y acaso el nombre con el que firma esté vinculado a eso. Se siente solo una sombra, después de ese duelo que lo ha conmocionado —consideró el forense.

—Nos está diciendo que lo importante son las muertes de dios, frente a lo cual el autor material no es más que una sombra —dijo Giulia Foderà.

—Continúen —se entrometió Biga—. No se detengan.

Mancini se inclinó encogiéndose en su posición acuclillada y se puso la mano abierta delante de la cara. Desde esos barrotes de piel observaba la discusión. Los examinaba uno a uno mientras razonaban. Estaban cerca. No le cabía la menor duda. Sentía el estremecimiento de la intuición. El lúcido instinto que siempre le había acompañado estaba ahí otra vez. Por eso se había agachado, para no dejar que se le escapara esa sensación, ese fluido vital, para retenerlo todo lo posible. Para tener tiempo para observarlo.

Para desvelarlo.

—¿Y si ambas cosas estuvieran relacionadas? —aventuró Rocchi.

—En ese sentido, el genitivo funcionaría en ambas direcciones, como un espejo —subrayó Giulia Foderà.

—Un momento, quietos todos.

En el silencio que siguió, Mancini se puso de pie y levantó las manos ante él, con las palmas abiertas. Hizo un gesto a la fiscal para que fuera a sentarse y, cuando tuvo a toda la audiencia delante, tratando de refrenar las ganas de gritar, dijo en voz baja, arañando la garganta:

—Los otros objetos.

—¿Cuáles? —preguntó Foderà.

—Hay otra serie de elementos que representan la firma. Son dos series distintas. No tenemos solo los que se han encontrado *dentro* de las víctimas, sino también los que él les puso *encima*.

Rocchi, que hasta entonces había observado con cierta desconfianza la escena, se iluminó:

—La chaqueta de Nora, los zapatos de Daniele Testa, la falda del hombre del Mitreo... ¿Y en el fraile?

—Era un franciscano, ¿no? —dijo el comisario—. Encontramos su hábito en el pilón y... Tuve desde el principio la impresión de que faltaba algo importante, pero ¿qué? Ahora que sé lo de la falda, la chaqueta y los zapatos de las otras víctimas, sé lo que hay que buscar: algo anómalo en él, algo que no encaje, como para los demás... Le faltaba su cruz.

El forense dejó escapar un golpe de tos:

—Lo siento, Enrico, pero estaba en el pilón. Es uno de los restos hallados.

—¿Qué? —preguntó Foderà mordiéndose la mejilla y notando una sacudida de dolor y el sabor de la sangre que se le extendía por la boca.

—¿Cómo era esa cruz, Antonio?

—Un pequeño crucifijo de oro unido a una cadena del mismo metal, de eslabones finos.

—Exacto...

—No lo entiendo —dijo la fiscal. El profesor, entre tanto, con el vaso en la mano, empezó a asentir.

—La orden de los franciscanos es conocida en cualquier rincón del mundo por la Regla de su fundador, Francisco, también conocido como el pobrecillo de Asís.

—Joder —se le escapó a Rocchi.

—Me habría esperado un rosario de madera o un crucifijo basto.

—Mientras que esa fina cruz de oro es un objeto... femenino —concluyó el médico.

—Como los zapatos, la falda y la chaqueta, todas ellas prendas que no pertenecían a las víctimas, a quienes se vistió con ropa de otra persona —precisó Mancini.

—De una mujer —dijo Foderà.

—La mujer de la Sombra —el profesor volvió a la discusión acompañado por el sonido redondo del aplauso de sus manos—. Ahora sí que lo tenemos. Ese es el móvil.

Mancini se abandonó a una sonrisa frente al forense, la fiscal y el profesor. ¿Es que estaba cambiando algo? Tomó aire y dejó que la emoción iluminara sus ojos negros.

Se estaban acercando.

Fuera, Caterina se había alejado de la puerta y trataba de resumir con monosílabos claros y bien marcados la novedad de Daniele Testa mientras Walter intentaba escucharla.

—Esa sí que es una buena noticia —dijo por fin Comello—. Y se empareja con lo que he descubierto sobre Nora O'Donnell.

Caterina alzó la mirada hacia el fragmento de cielo que destacaba entre el marrón del tejado y el intenso verde de los pinos. No había ni rastro de azul, tan solo un sombrío triángulo gris. Una mancha de pelaje rojo se movió en el parterre protegido por el alero y Caterina se acercó a la puerta, dispuesta a reunirse con los demás.

La voz de Walter le llegaba entrecortada:

—Está bien, Cate, tomo la circunvalación y así voy directamente a casa del profesor...

El hocico felino se asomó entre la hierba alta. Una cola de color esmeralda vivía sus últimos espasmos entre los caninos afilados del gato. Y, en el instante en que dejó de retorcerse, Caterina oyó un arañazo al otro extremo del teléfono.

—¿Walter? ¿Sigues ahí?

La conversación quedó interrumpida debido la mala cobertura en el área de Pontina que el inspector estaba cruzando. Caterina se quedó mirando el trocito de carne verde que era masticado hasta desaparecer en las fauces del gato. El chirrido que había oído, volvió a pensar, no se parecía a los que había percibido durante la conversación.

—Walter está de regreso —dijo volviendo a casa y cerrando la puerta tras ella, con un repentino impulso de preocupación en el rostro—. Hay novedades sobre Nora O'Donnell. Nos las contará en cuanto llegue —concluyó, agachando la cabeza.

—Muy bien —Mancini asintió sin darse siquiera la vuelta.

En ese momento, a cuarenta kilómetros de la casa del profesor Biga, en la enorme curva de Castel di Decima, el conductor de una flecha negra pisaba el freno en cuesta y patinaba en una mancha de gasóleo ensanchada por la lluvia que caía. El oscuro proyectil derrapó contra el quitamiedos provocando un trompo. Los airbags, los cinturones de seguridad y el parabrisas reforzado no resistieron ante la fuerza desencadenada por la masa del hombre y la aceleración del impacto contra el acero.

Curvado en el aire, frágil y pesado, el cuerpo voló como vuela un animal sin alas. Y cayó como cae una cometa de carne. La luz se apagó y volvió a encenderse, los oídos registraron el choque contra el metal, el silbido del cuerpo en el aire, el golpe seco hecho de mil ruidos. Los huesos crujieron en el impacto. La visión borrosa, el pánico, las palpitaciones. El olor de la tierra mojada se mezcló con el gusto metálico de la sangre y aquel apestoso revoltijo fue lo último que el cuerpo del inspector reconoció. Antes de que todo se apagara en un impulso olfativo áspero aunque dulce. El formaldehído y las hortensias.

El antes y el después.

Dentro y fuera.

39.

El silencio envuelve las excavaciones de Ostia mientras la niebla sube del Tíber a pocas decenas de metros de la casa de Amor y Psique. Remo se da la vuelta. No hay nadie, aparte de la estatua de los dos cándidos amantes. Intenta estirar el brazo, acercar la mano al punto donde siente el ardor, donde ha sentido la punzada. No llega. Un insecto, piensa. Se parece al dolor de aquella vez en la playa, después de que le picara una abeja. El calor se expande, le llega a los omoplatos. El cuello se le hincha, se vuelve de piedra.

Remo sacude la cabeza, intentando forzar el bloqueo de la nuca. Una onda acústica le desgarra los oídos. Es un sonido indistinguible, fuerte, repetido. Un tambor acolchado en medio del cráneo. La excitación se va desinflando mientras la picadura de la espalda late al ritmo del martillo que le martiriza la cabeza. Un fragor que no se sabe de dónde proviene.

Mira a su alrededor. No hay nada, excepto la bruma que se ensancha, que rodea las columnas, que se extiende sobre el mosaico del pavimento y, como una mano enguantada de blanco, se encarama a sus piernas. Parpadea con incredulidad. No puede levantarse, permanece doblado, inhala aire por la boca y por la nariz.

Otra vez el sonido de esa rana.

—Estoy aquí.

—¿Irina? —la esperanza irrumpe en la voz rota de Remo.

Por fin logra distinguir algo. No es el molesto croar de una rana. Es el sonido de dos botas de agua y del corazón que le estalla en el pecho.

—Achitabla de culebra, pero hay quien lo llama Aro, doctor Calandra.

El corazón de Remo se acelera otra vez con latidos ahogados. Es como el reloj que lleva en el bolsillo. Corazón y reloj laten al unísono. Todo a su alrededor es un vasto sonido, después un trueno llega del cielo.

—Me encantan las plantas, sobre todo los venenos naturales —las piernas se acercan restregándose sobre las teselas del pavimento de mosaicos.

Remo quiere enderezarse. Tiene que verle la cara. Pero todo lo que divisa es una sombra proyectada por el encuentro entre la silueta desconocida y la reverberación lunar.

Una mano enorme le agarra del cuello, por detrás, lo levanta y lo arrastra lejos. Remo se revuelve, presa de esa pesadilla, empieza a patalear. Consigue propinar un golpe con toda la fuerza que le queda en el cuerpo contra el costado del hombre que lo sostiene. No sirve de nada. La presión se refuerza, le muerde la nuca. No puede librarse de las garras, está paralizado por el veneno.

—Ya es la hora —las vértebras le crujen, pero la mano se detiene y lo suelta cuando Remo Calandra, anestesista recientemente jubilado, se desliza en la oscuridad.

Se despierta en el asiento de cuero de su nuevo Fiat 500 gris. Nota una niebla en los ojos y se siente confundido. La bruma ha abandonado la turbia superficie del río para envolver el coche, que parece flotar sobre una suave cortina de algodón.

¿Lo habré soñado?, se pregunta.

Pero no tiene tiempo para responder porque se da cuenta de que hay algo que no cuadra. Respira profundamente porque el aire está cargado. Voy a poner en marcha el coche y a bajar la ventanilla, piensa. El hombro derecho se gira, el codo se alza y la mano se hunde en el bolsillo. Pero son solo simples acciones mentales cuya plasmación cinética no pasa de la pura intención. Algo le está bloqueando. Mira hacia abajo y lo ve. Lo nota. Es el cinturón de seguridad. Apretado alrededor del pecho y el abdomen.

Está aturdido. No recuerda nada. Un sabor azucarado conquista cada centímetro del paladar, la lengua hinchada se topa con los dientes. Desplaza la mirada y capta las cifras fosforescentes de los dígitos en el salpicadero. Marcan 01:20. ¿Tan tarde?

Poco a poco, las imágenes empiezan a agolparse en su mente, desordenadas, confusas, luego van tomando forma, se alinean.

Desde luego, algo no cuadra. ¿Por qué se encuentra en el lado del copiloto? ¿Cómo es que el asiento está completamente echado para atrás? Pero, sobre todo, ¿por qué no puede mover siquiera la cabeza? Es en esa fracción de segundo cuando nota una cinta pegajosa que le rodea la frente. Debe de ser cinta aislante.

Luego, esa voz de nuevo. A su espalda.

—¿No se acuerda de mí? No, por supuesto que no.

Remo busca el espejo retrovisor con los ojos...

—Bueno, tengo tres noticias para usted. La primera es que no soy Irina...

Podría gritar, pero quién iba a oírle. Se siente incapaz. Incapaz siquiera de pensar en gritar. Está exhausto y le duele el cuello, la nuca, donde la mano de acero le apretó. Solo puede intentar ganar tiempo.

—La segunda es que... sí, yo soy Irina —dice con una voz ronca, diferente de la de antes... Femenina.

Remo la reconoce, es la voz del teléfono. No es posible. Eso no le puede estar pasando a él.

—¿Quién coño eres?

La Sombra no responde.

—Aquel día usted estaba en una manifestación por los derechos de los médicos objetores antiabortistas, doctor. Llegó al quirófano en el último minuto, estaba cansado, igual que ahora, ¿verdad? Para esa persona era la operación más dolorosa, la segunda. Pero usted se equivocó con la anestesia.

—¿Qué operación? ¿Cuándo?

—La achitabla de culebra es un veneno que provoca entumecimiento, parálisis y taquicardia. Se inyecta en la vena, pero, debido a su alta toxicidad, basta con una cantidad muy pequeña para obtener efectos sedativos o paralizantes. He estado estudiando. He hecho mis deberes, doctor. Ahora soy mejor que usted.

El ruido de las olas del río y el olor de la sal. La luna roja chorreando sangre.

—Se equivocó de dosis, no sé cómo pudo ocurrir. Pero sucedió. Y aquella mujer permaneció consciente e impotente ante el dolor. Fue una maldita tortura.

El rostro de Remo está empapado de sudor, la frente húmeda afloja los bordes de la cinta aislante. Las manos tiemblan inertes. Se siente blando, un ser sin esqueleto. Sin voluntad.

—Me olvidaba de la tercera noticia —dice la voz desde el asiento trasero—. Esta noche opero yo y puedo jurarle que no sentirá ningún dolor.

Las lágrimas hinchan los ojos desorbitados por el terror que ha dejado clavado a Remo Calandra. Oye el ruido de la puerta trasera que se abre y luego se cierra despacio. Después el sonido de otra puerta, la suya. Trata de enfocar el rostro del hombre que está sentado encima de él, encerrándole las caderas entre las rodillas. Ese hombre baja ahora el asiento hasta tumbarlo.

—O tal vez sí —concluye la Sombra sacándose del cinturón un pequeño cuchillo curvo.

Remo ve la cuchilla mate y curvada como un trozo de luna creciente. Y sigue sin poder creérselo.

No se lo cree hasta que la presa de las piernas del otro lo petrifica. Le agarra la mandíbula y la levanta ligeramente, le apoya la hoja debajo de la barbilla y ejerce una ligera presión, apenas suficiente para perforar la piel. Remo estira la boca, con expresión de incredulidad. El hierro penetra en la carne, el corazón parece a punto de estallar en el interior de la caja torácica, pero Remo se carcajea, loco de horror. No hay sonrisa en cambio en el rostro de la Sombra mientras el puñal roza la masa de cartílagos y músculos que protegen la tráquea.

No es posible, piensa. Ese ruido. El rezongar de la sangre que alcanza las vías respiratorias. Lo ha oído cientos, no, miles de veces, en el quirófano. Ahora es él quien asiste a su propia muerte, clavado al asiento por la mole del hombre, por la química del veneno y por la de un terror absurdo.

Cuando la hoja se abre paso, lenta, hacia abajo, abriendo un desgarrón por el que el asesino introduce los dedos índice y medio, Remo se siente vencido por un calor repentino. Los pulmones se le inflaman, la espalda se le arquea. Desencaja los ojos, las pupilas dilatadas conquistan el círculo del iris, dos agujeros negros que se tragan todo lo que gira a su alrededor. Porque ahora todo da vueltas, un remolino de imágenes reales, de recuerdos, de negro y de luz.

Los labios se pliegan. Su propia mueca grotesca es la última imagen que Remo ve reflejada en la ventanilla de su Fiat 500 antes de que las pupilas se reduzcan a dos puntas de alfiler carentes de luz.

40.

Roma, martes 16 de septiembre, 13:30 horas,
hospital San Camillo

El estilo rococó romano ornamentaba el edificio central del hospital San Camillo mientras las palmeras que flanqueaban la entrada chorreaban agua como si fueran abetos. El comisario se metió en la recepción y se acercó al mostrador, tras el que sobresalía una mujer con un peinado bob rubio ceniza y una blusa azul de estilo coreano.

—Comello, reanimación.

La empleada desplegó una amplia sonrisa de satisfacción y pronunció estas palabras:

—Lo siento, pero ya no es horario de visitas —dijo, señalando con un lápiz el reloj de pared, que marcaba las 13:30.

Mancini bajó los párpados, metió la mano en el bolsillo interior del impermeable y, mientras sacaba la placa, repitió:

—Comello, reanimación.

—Sector A, primer piso —se corrigió la mujer agachando la mirada hacia los papeles que tenía delante.

Después de subir las estrechas escaleras de mármol, Mancini entró en la antecámara de reanimación, donde Caterina y Rocchi permanecían de pie ante un ventanal. A su alrededor había dos aparatos para los electrocardiogramas, un enorme desfibrilador y el instrumental para la anestesia.

—Ahí está —se limitó a decir Caterina sin apartar la mirada del cristal.

En la cama se encontraba el inspector Comello, intubado y conectado a un ventilador mecánico que había detrás de él y con un monitor en color que daba cuenta de su evolución y de las curvas respiratorias de presión, flujo y volumen. Otra pantalla monitorizaba el electrocardiograma.

—Patinó —susurró Caterina apoyando la barbilla en el pecho.

—En un tramo de Pontina —precisó Rocchi—. Perdió el control y salió despedido del habitáculo.

Mancini se volvió hacia la cama del inspector y vio el vendaje que cubría la frente y la cabeza de su compañero. Las excoriaciones en la cara y la nariz rota. Meneó la cabeza y su respiración se volvió insegura. Esas luces y esos sonidos electrónicos lo hipnotizaban.

—No está grave, a pesar de todo. Lo mantendrán en coma farmacológico hasta esta noche. Los médicos deben evaluar los daños cerebrales del impacto.

—Tiene los brazos rotos y fractura de pelvis, y las costillas le han perforado el bazo, pero su vida no corre peligro. Es un toro —dijo Rocchi.

Mancini se acercó al cristal. La bomba de oxígeno subía y bajaba mientras Walter permanecía inmóvil en la cama. Dos rayos en sucesión explotaron en lo hondo de las córneas del comisario, dos potentes destellos de luz que lo desorientaron. Se apoyó contra el cristal con los ojos cerrados. Nadie lo miraba. Ensanchó las fosas nasales lo suficiente como para inhalar una gran cantidad de aire.

Ese olor.

La cama.

El respirador.

—Es culpa mía —estalló Caterina.

—No digas tonterías —dijo el forense.

Mancini se quedó mirándola, aturdido.

—Lo llamé mientras conducía...

—En todo caso, será culpa mía: yo te dije que lo llamaras. O por haberlo mandado allí en vez de ir yo mismo —replicó el comisario, con una máscara inexpresiva en la cara.

—Enrico, no te metas tú también a decir bobadas.

Caterina hundió la cara entre las manos y se dio la vuelta, sollozando.

—Tengo que irme —dijo el comisario y después se alejó por el pasillo que llevaba abajo, mientras los dos le seguían con la mirada.

Bajó las escaleras apoyándose en el pasamanos. Nadie a la vista. El aire parecía más limpio allí y tal vez lo consiguiera. Llegó al fondo y se dirigió hacia la puerta corredera de cristal. La mujer de la recepción lanzó un conciliador «Adiós, buenos días», sin obtener respuesta.

Cuando estaba fuera, oyó que lo llamaban desde el interior. Se giró, frunciendo el ceño. Era Caterina. Llevaba en la mano una pequeña libreta. Sus ojos estaban enrojecidos por el llanto.

—¿Qué es eso? —preguntó molesto Mancini.

—El cuaderno de Walter. Aún lo tenía en el bolsillo cuando lo trajeron. Contiene sus notas sobre Nora.

Las lágrimas corrían por sus mejillas cuando Mancini respondió ausente:

—No sé, Caterina, no sé.

Ella dio un paso y anuló por primera vez la distancia que siempre los había separado.

—Por favor, no te rindas ahora.

Mancini la observó. Ella también había comprendido que todo era inútil. Lo sabía ella, lo sabían todos, nunca conseguiría encontrar al asesino ni salvar a sus presas. Se había dejado arrastrar hacia una zona de sombra de la que no volvería a salir.

Meneó la cabeza despacio y se dio la vuelta, dejando a Caterina atónita allí, de pie. El chaparrón de media hora antes se había atenuado y ahora era una simple llovizna. Mancini se abrochó el impermeable, se apretó también el cinturón y levantó un poco las solapas. Se encaminó entre las palmeras hacia la puerta grande que daba a la Gianicolense y giró a la derecha, para bajar hasta la parada de autobús. Estudió el panel y decidió que no había esperanza. Extendió el brazo y detuvo el primer taxi que vio, un Mercedes nuevo con las ventanillas traseras tintadas.

—Llévame a la jefatura central de policía —dijo.

—Muy bien, señor —respondió el joven taxista, un chico de unos veinticinco años de pelo rubio corto, una camisa de grandes cuadros rojos y negros y vaqueros oscuros. En el semáforo giró a la izquierda por via dei Quattro Venti.

El coche era un punto blanco en el túnel de árboles que subía hacia Monteverde. El quedo murmullo de una radio deportiva llenaba la oscuridad del habitáculo, mientras Mancini miraba por la ventanilla trasera, detrás del conductor. El coche blanco rodeó Porta San Pancrazio y descendió por la derecha, tomando por via delle Fornaci. Avanzaban cuesta abajo por la calle mientras entre los edificios sobresalía la cúpula de San Pedro.

La sólida geometría de su fachada, envuelta por la perspectiva del abrazo de la columnata de Bernini, resplandecía, incluso bajo la lluvia. Ahí estaba el travertino «prestado» por el Coliseo durante los saqueos del siglo XVI, pensó Mancini. Qué ironía, los mármoles del más célebre edificio pagano acabaron sirviendo para construir el símbolo mismo de la cristiandad. O tal vez fuera únicamente otro de los signos, el más paradigmático, de la cristianización del paganismo que la Iglesia de Roma había llevado a cabo desde sus albores.

El Mercedes cruzó el puente Principe Amedeo y se metió por corso Vittorio, hasta llegar al Largo di Torre Argentina. Había un gran vaivén de gente, como siempre, delante del teatro y de la librería Feltrinelli. ¿Cuánto hacía que no entraba? Ya no tenía ganas de leer. Se cruzó con el espectro del Altar de la Patria, se encaramó por via IV Novembre y subió por via Nazionale, deteniéndose a pocos metros de la jefatura central de policía.

Mancini pagó, bajó y cruzó hasta hallarse frente al edificio donde por fin iba a hacer lo que debería haber hecho hacía mucho tiempo.

—¿Qué demonios quiere ahora, Mancini?

—Lo dejo.

—No puede abandonar el caso después de la que me ha montado.

—Renuncio.

—¿Por qué? Pero ¿qué coño dice? Está usted a cargo de una investigación de la máxima prioridad.

—Lo sabe perfectamente, Gugliotti. Ya no puedo más ni fui nunca el hombre más adecuado para este caso. Walter casi se deja la piel porque yo le mandé ir allí. En otro momento hubiera ido yo, esto no habría pasado.

—Es uno de sus hombres, lo envió a hacer su trabajo. Es la práctica habitual, comisario.

—Usted no lo entiende. Durante el interrogatorio... En determinado momento, quise matar a ese chico, Bruno Petkovic. Quise matarlo.

Gugliotti se quedó mirando a Mancini y habló por primera vez como un hombre experimentado.

—¿Y usted cree que es el primero al que le ocurre? No sea ridículo, Mancini —suspiró, apoyándose en el respaldo de la silla—. Usted está cansado, eso es todo. Es comprensible. Concluya este caso y tómese un descanso.

—¿Sabe por qué envié a Walter a Latina? —Mancini no le había escuchado. El superintendente permaneció a la espera. Después el comisario suspiró, como si estuviera expulsando su decepción—. Porque tuve miedo. Miedo de regresar a ese servicio. A Oncología. No, no era miedo, era terror. No puedo escuchar, ver, recordar. Yo...

Mancini metió la mano en el bolsillo interior de la gabardina y sacó su cartera.

—Ya ocurrió otra vez, ¿es que no lo entiende? Me fui, y... Y ella está muerta.

—Comisario, está muy afectado, le entiendo mejor que nadie. Pero fue una casualidad. Usted estaba de servicio en Estados Unidos.

Gugliotti recitaba su papel con evidente énfasis. Ambos sabían que, en cualquier otra ocasión, el superintendente habría disfrutado de echarlo. Siempre había reinado la inquina entre ambos, aplacada por el respeto a la jerarquía por parte de Mancini y por el temor ante su inferioridad en el trabajo de campo por parte de Gugliotti. Aquel, sin embargo, no era el momento adecuado. El superintendente necesitaba cerrar el caso de la Sombra, y Mancini era el único capaz de resolverlo. De eso estaba seguro.

—¿Y si no hubiera ocurrido por casualidad? ¿Y si hubiera sucedido porque, en el fondo, yo lo deseaba? ¿Porque sabía que iba a ocurrir y no quería estar allí?

—¿Qué tiene eso que ver? ¿Qué habría cambiado?

—Todo cambia cuando llega la enfermedad. La piel se vuelve amarilla, los labios se secan, las cejas, el pelo, la cabeza. Y ahora, con Walter, ha vuelto a ocurrir. He eludido un deber que era mío y él se encuentra ahora en una cama de hospital. Una y otra vez —dijo golpeando con el puño sobre la mesa.

El superintendente se echó para atrás, asustado de nuevo.

—Si alguien como yo no tiene agallas ya para observar un cadáver, un pedazo de carne muerta, es un policía acabado —le apremió el comisario.

Si el olor de la descomposición te quiebra el aliento, te quema los ojos, qué haces, Enrico Mancini, ¿eh? ¿Qué haces? ¿Te vas al infierno? Ya había visto el infierno, entre las cuatro paredes de madera de aquella choza. El asesino de Casteggio lo llamaron los periódicos nacionales. El Señor de los Anillos lo bautizó a su vez la prensa local. En la escena del crimen, en la campiña de esa pequeña localidad cerca de Pavía, se hallaron unas pequeñas alianzas. Junto con los anillos, el asesino había dejado también en el suelo el dedo que los llevaba. Tras el segundo hallazgo, los investigadores alertaron a la central de policía de Roma. Mancini estuvo fuera más de un mes, antes de resolver el caso. Solicitó un coche para recorrer la zona y poder trabajar solo. Siempre había sido una persona desconfiada, por más que aquel fuera un trabajo en equipo. No sabía delegar, y, cuando lo hacía..., bueno, Comello era el ejemplo.

Esa vez, sin embargo, atrapó él solo al asesino de las chicas. Era un orfebre jubilado de Piacenza, un individuo tan obsesionado con las manos de las jóvenes como para cortarles los dedos. En una choza detrás de un taller improvisado, a Mancini lo recibió el sobrecogedor espectáculo de cinco cuerpos mutilados. Más que las espeluznantes imágenes, el comisario había conservado el recuerdo del olor de los reactivos químicos y de la descomposición de la carne humana.

—¿Está decidido a seguir con esto? —le preguntó Gugliotti ante la cartera abierta.

—No hay esperanza, superintendente. Estoy cayendo. Como un proyectil.

—¿Un proyectil? —palideció Gugliotti frente a esos ojos vacuos y esas palabras sin sentido.

Mancini agachó la cabeza, se topó con las baldosas de gravilla y se perdió de nuevo en ese torbellino de fragmentos coloreados.

—Mi descenso ha comenzado... Mi balística descenditiva. Yo... no tengo salvación.

Cogió la cartera y sacó la placa. Dio un paso y la dejó sobre el escritorio de Gugliotti, que se echó hacia atrás y lo observó como se mira a un insecto caído del cielo. A continuación, el excomisario Mancini se dio la vuelta y se marchó, dejando al superintendente en su nube de silencio.

41.

Roma, miércoles 17 de septiembre, 12:00 horas

No le gustaba relacionarse con la gente. Nunca fue esa clase de hombre, ni siquiera antes de ennoviarse con Marisa. A la universidad iba para estudiar y no para salir con los compañeros o con las chicas. Antes de aquello, en la época del colegio, tuvo un amigo, Marco, con quien compartía pupitre y deberes en casa, horas pasadas leyendo tebeos o jugando al fútbol.

Marco tenía un solo ojo: había perdido el izquierdo a los diez años, ninguno de los chicos sabía cómo. Y nadie se lo preguntó nunca. Pero, de todas formas, era mejor que él. Siempre de portero. Jugaban por las tardes, después de la merienda. Vivían uno frente al otro en las colmenas de viale Adriatico, en Montesacro. Y allí disputaban sus partidillos con el hermano pequeño de Marco, hasta casi el ocaso, cuando las madres se asomaban al patio gritando los nombres de los afortunados ganadores de un baño caliente y una buena cena.

Marco los dejó a causa de un accidente de tráfico en esa avenida. Una tarde, una camioneta lo atropelló mientras iba a recoger una pelota que él, Enrico, había lanzado más fuerte de lo habitual, perforando la red hecha con bolsas de patatas cosidas. No lo vio venir y, cuando el ojo derecho realizó junto con la cabeza la torsión necesaria para encuadrar la masa de hierro que se le echaba encima, el camión había cruzado la distancia que los separaba con un vano chirrido de frenos.

Fue a finales del verano, también entonces. Como ahora.

El sabor amargo de la Guinness lo había anestesiado. Había pasado casi tres horas en el pub de via Nazionale. Las cinco pintas que tenía ante él daban testimonio de la infinidad de pensamientos que rebotaban entre una pared y otra de su cerebro averiado. Perderse en la atmósfera ociosa de un pub, dejar el mundo atrás para encerrarse en un agujero sobrecargado de cerveza era la mejor manera de aguardar la muerte.

El excomisario Mancini tomó un largo trago y apuró el líquido negro del vaso. Apoyó las manos enguantadas en el borde de la barra y echó el taburete hacia atrás. Bajó y se dio la vuelta, aturdido, buscando el baño. El pub, en penumbra, estaba aún medio vacío y el camarero se afanaba en colocar los altavoces en una esquina. En un cartel verde estaba escrito, entre una flauta irlandesa y un arpa estilizada, IRISH SONGS TONIGHT.

Mancini superó la barra y entró en los servicios a través de unas puertas de vaivén. Un lavabo y dos puertas con sendas plaquitas: MNÁ y FÍR, y un urinario de pared repleto de bolas desodorantes. Mancini se desabrochó y liberó la vejiga grávida. Al acabar, se apoyó contra la pared enfrente del espejo que había sobre el lavabo. Otra noche en blanco. No era un espectáculo agradable. Marisa habría sabido apreciar aquel aspecto de desconsuelo que, según le decía, le daba un aire a Luigi Tenco. Me espera el mismo final, pensó él.

Abrió el agua caliente y la dejó correr. El líquido resbalaba para desaparecer en un remolino transparente mientras del mármol subía una nubecilla de vapor. Mancini notó el irrefrenable impulso de liberar sus manos. Tenía que hacerlo. Hacía semanas que las llevaba tapadas, salvo cuando cogía alguna de sus botellas. Había empezado a mediados de agosto, con aquel calor sofocante. Rebuscando en el cajón de recuerdos de Marisa, exactamente tres meses después de su muerte, había encontrado los guantes que habían pertenecido a su suegro. Aún la recordaba, sentada en el suelo con las piernas cruzadas y los diez pétalos de piel lisa en su mano abierta. Apoyando sobre ellos la mejilla para soñar con el tacto de su padre, tan amado y distante.

Una distancia que Mancini había colocado entre él y el mundo, poniéndose esos mismos guantes, pero evocando siempre el pálido rostro de Marisa rozándolos una y otra vez. Un escalofrío le recorrió de pies a cabeza. Tenía que resistir, en cambio, tenía que mantenerse firme en su determinación.

Cerró el grifo y alzó la mirada en el espejo empañado. El fantasma que entreveía apenas tenía apariencia humana. Un espectro, en eso se había convertido al final. Un ser atrapado en un mundo sólido e incomprensible. Esta vez no lo conseguiría.

Pero primero tenía que terminar algo.

Sacó del bolsillo de sus vaqueros un pañuelo y lo restregó por la boca del grifo, humedeciéndolo. Se lo pasó por la cara y salió del servicio. Dejó treinta euros en la barra y se dirigió hasta la ventana que había junto a la entrada. Seguía lloviendo y no prometía escampar. El móvil vibró una vez en la gabardina y Mancini hundió la mano en el bolsillo. Un mensaje entrante. Caterina.

VENGA AL SAN CAMILLO.

Sin volverse, Mancini empujó la puerta y salió bajo el diluvio, llegando al borde de la acera. Extendió el brazo manteniendo el equilibrio sobre los adoquines mojados hasta que un taxi se detuvo. Subió, vio al conductor con un cigarrillo electrónico encendido, salmodió su destino. Cuando el taxista arrancó, una nube de vapor dulzón se entremezcló con los vapores de la cerveza. Algo parecido a... cada beso que sus labios habían dejado en la piel agria y dulce de Marisa antes de su partida hacia Estados Unidos. La punta de la nariz que casi rozaba el pómulo de su mujer buscando ese olor. Había desaparecido. Cancelado, anulado, aniquilado por la química mortífera de la última quimio. Sorbió la nariz, y cerró los ojos cansados.

Media hora más tarde, el taxi le dejó en la Gianicolense. El comisario cruzó la calle con un paso más suave que de costumbre y llegó a la recepción del hospital. La mujer con el peinado bob había cambiado de blusa, pero lo reconoció y agachó la mirada.

—¿Qué ha ocurrido? —preguntó a Caterina frente a la puerta de reanimación.

El aspecto de Mancini era peor que el de costumbre. La barba de dos días y las ojeras delataban que estaba cansadísimo y el aliento le olía a cerveza.

Caterina inclinó la cabeza y dijo:

—Está despierto.

La reacción del superior no fue la que se esperaba la fotógrafa forense. Ni la menor señal de alegría o de alivio. Dos palabras tristes, sin entusiasmo:

—¿Puedo verlo?

Comello seguía en la habitacioncilla del día anterior y las máquinas que le rodeaban proseguían con su perorata, despreocupadas del tránsito del sueño a la vigilia del inspector.

—¿Qué tal, comisario? —una comisura de la boca levantada sustituyó a la ironía que el inspector fue incapaz de imprimir a su pregunta.

Mancini no abrió la boca. Entró en la habitación y se acercó a la cama por la derecha. En el otro lado, junto a la mesilla, estaba sentado Rocchi, quien dijo:

—Saldrá de esta con dos semanas de observación, por el bazo —señaló el goteo—. Son analgésicos para las fracturas. Parece que no tiene daños permanentes.

Comello intentó sonreír de nuevo, sin éxito, mientras un polvillo blanco como la nieve caía sobre los ojos del comisario obligándolo a sentarse al borde de la cama.

—¿Ha leído el cuaderno? —preguntó Comello arrastrando las palabras.

Mancini metió la mano en la gabardina y dejó sobre las sábanas la libreta de espiral.

—He renunciado, Walter.

—¿Qué? —dijeron a la vez De Marchi y Rocchi.

—He devuelto mi placa a Gugliotti.

Una expresión atónita se dibujó en el rostro magullado de Comello, ocupado hasta un momento antes por una mueca de dolor atenuada por la morfina. Luego, dirigiéndose a los otros dos, dijo:

—¿Os importa dejarnos solos?

Rocchi hizo un gesto a Caterina y salieron del cuarto.

—Salí volando —dijo Comello una vez que se quedaron solos.

Metido en su gabardina, de perfil junto a la cama, con el pelo negro moteado de lluvia, Mancini parecía una estatua de mármol oscurecida por el esmog.

—De no ser por la fuerza de la gravedad, aún estaría en el aire —añadió el inspector. La lengua empezaba a soltársele.

Mancini se ensombreció:

—La gravedad no nos empuja a la tierra.

—¿Ah, no? —dijo Comello tratando de arrancarle una sonrisa.

Los ojos de su antiguo superior se deslizaron sobre el linóleo, que parecía balancearse.

—Nos acompaña bajo tierra.

Hubo un momento de bochorno y de silencio. Saltaba a la vista que había estado bebiendo. Se levantó y parpadeó con fuerza, intentando conservar el equilibrio. Notaba que las Guinness se le revolvían en el estómago.

—La gravedad se aprovecha de nuestra forma, que traiciona nuestras debilidades.

—¿Es la... balística? —preguntó Comello, apretando los labios y mirando por un segundo a su comisario con expresión de lástima.

—Creo que sí —dijo Mancini.

Comello tenía el brazo extendido sobre la sábana, con la aguja en la vena. A su lado estaba su libreta. Tenía que hablarle de Anna Torsi antes de que el efecto de la morfina se saliera otra vez con la suya, pero no quería perder ese momento de intimidad.

—Explíqueme esa balística suya, comisario.

La luz de emergencia era la única fuente de claridad en la penumbra de la habitación. El cono que proyectaba se derramaba por las sábanas blancas y llegaba a rozar el rostro pálido del hombre en pie. Fuera de ese tenue resplandor, todo parecía desaparecer engullido por una oscuridad mortal.

Con los ojos velados de lágrimas, Enrico Mancini habló:

—Verás, Walter, yo lo siento así. Lo veo. Todos los días. Caminamos sobre la superficie del mundo y siento que el movimiento horizontal que damos a nuestras vidas es el único posible. El movimiento de la acción, de la afirmación de nuestra existencia, lenta e inexorablemente refrenado por el impulso vertical de la gravedad, que nos empuja hacia abajo.

—Hacia la tierra —concluyó Comello.

—Bajo... tierra —lo corrigió—. El movimiento horizontal que nos anima se topa con la gravedad, y se inclina en una parábola que dura toda la vida y concluye con la victoria de la fuerza vertical que nos condena al... —Mancini cerró los ojos y soltó aire— subsuelo.

Por la ventana que daba al pequeño vestíbulo a oscuras se asomaron Rocchi y De Marchi. Walter les hizo un gesto de que todo iba bien.

—Comisario —susurró, convencido de que le escucharía en el silencio que había seguido a aquel grito de ayuda—. Ya lo entiendo.

—¿El qué?

—Entiendo por qué me mandó allí.

Mancini levantó los párpados y su mirada trastornada se volvió recelosa. Sentía que el efecto de las cervezas iba menguando junto con la energía negativa que arrastraba con él, pero una melancolía irreprimible empezaba a ocupar su lugar.

—A Latina, quiero decir. Pude verlos, a esos pacientes. Y ahora lo entiendo. Yo también sentí miedo. Sentí el peso con el que carga esa gente sin esperanza.

—Déjate de esperanzas, Walter. Es una trampa, pájaros en la cabeza. Es una palabra que no tiene sentido. No vuelvas a usarla. Es la peor de las distracciones.

El sueño estaba a punto de imponerse al inspector, que tuvo que esforzarse.

—No le entiendo.

—Amamos, tenemos hijos, vamos a trabajar. Cada uno cultiva las aficiones de mierda que quiere, practicamos un deporte de mierda durante toda nuestra mierda de vida. Y sabes por qué, ¿eh? ¿Sabes por qué nos esforzamos tanto?

Comello movió la cabeza de derecha a izquierda:

—¿Para vivir bien?

—Para distraernos de la idea de la muerte. Todo es un gigantesco juego de rol, que sirve para no dejar que levantemos la vista de nuestras acciones de todos los días.

Un rayo proyectó su resplandor azul en el interior de la habitación, iluminándola. Después volvió el negro de la noche sideral.

—Y la esperanza, la idea del mañana, es una derogación de nuestras distracciones cotidianas. No, no podemos permitírnoslo. Es peligroso. Tenemos que creer, si queremos que funcione. La esperanza es el sentido del después. Nos aleja de la necesidad del hoy.

—Entonces, ¿qué somos?, ¿algo así como gente que ha sobrevivido?

El inspector estaba próximo a ceder al sopor que le ascendía por las piernas y lo envolvía hasta la cintura con una especie de calor innatural.

Mancini se acercó y posó su mano en la de Comello. Parecía en trance.

—No, amigo mío, es peor aún. Somos *supervivientes* desde el principio. Vivimos en este perenne estado de espera. De espera de la nada.

Comello dejó caer la cabeza en la almohada, buscó los ojos de su comisario, pero ya no estaban allí.

—No se rinda. Tenemos que atraparlo. Lea esto —tocó la libreta con el índice.

Mancini no parpadeó. Se quedó mirando fijamente al hombre que iba deslizándose entre las espirales de los analgésicos. Después de apartar la mano de la del inspector, remachó:

—Es demasiado tarde, Walter.

Con los labios que se esforzaba por humedecer con la lengua, el inspector hizo un último intento:

—No se me dan bien las palabras, pero quiero decirle algo.

Luego levantó la mano izquierda, abrió la palma y cerró los últimos tres dedos. La pistola estaba lista para disparar:

—Lección número nueve —forzó una sonrisa Comello—. El que no acepta un desafío ya lo ha perdido, y lo ha perdido de la peor manera posible.

Y se dejó engullir por el sueño hipnótico de la morfina.

42.

Roma, miércoles 17 de septiembre, 18:00 horas

La mole del chalé de Carnevali era una silueta angulosa contra el fondo suave de los Castillos Romanos. Enrico Mancini dejó el coche fuera de la verja y bajó mientras abría el paraguas que había encontrado delante del asiento del copiloto. Rompió los precintos judiciales y entró en el jardín. El jeep aún seguía allí.

Caterina le había dejado las llaves del coche y él, que hacía meses que no se ponía al volante, había subido y se había puesto a conducir, hasta acabar casi por casualidad en la carretera de circunvalación. Los ecos de su encuentro con Walter le afligían junto a un feroz dolor de cabeza. Casi sin darse cuenta, tomó la carretera hacia los Castillos hasta que advirtió que, en menos de una hora, podía llegar a la casa del oncólogo.

Su caso. Había dimitido, todo había terminado, pero antes tenía que cerrar esa página también. Algo que solo era *suyo*.

En el centro del prado había una poza de agua estancada en un punto donde no parecía crecer la hierba. Mancini siguió hasta la entrada de la parte trasera que había visto en las fotografías de Caterina. Quitó los precintos y entró.

La casa estaba a oscuras y un intenso olor a cerrado flotaba en el aire. Con el dedo índice probó un interruptor. Funcionaba. Echó un vistazo a su alrededor hasta que notó, en el suelo, dos tiras de barro seco que cruzaban el salón y subían por las escaleras de madera. Las siguió como si siguiese, sin desviarse, unas vías. No perdió el tiempo y fue directamente al dormitorio del doctor Carnevali. Todo estaba como atestiguaban las palabras y las fotos de De Marchi y Comello.

La habitación estaba completamente revestida de madera. Los suelos de parqué, las paredes con paneles e incluso los armarios. La cama matrimonial estaba sin hacer. Fue allí donde Carnevali durmió la noche anterior a su desaparición. Mancini se acercó y rozó una almohada con la mano, agachó la cabeza e inspiró un olor que reconoció. El jabón de afeitar mentolado que usaba su padre. Se desplazó al centro del colchón, cerró los ojos reteniendo aquella sensación olfativa y se sentó. No le importaba contaminar la escena. No le importaba, y un momento después se encontró acostado, con la almohada sobre la cara y el rostro de su padre en el cerebro.

Antes de que el sueño lo venciera se incorporó de golpe. Se quedó sentado y notó que, al pie de la cama, una esquina del colchón estaba desplazada. Metió una mano por debajo y lo levantó.

Surgió la esquina de lona oscura, revelando el delgado rectángulo azul de lo que parecía un cuaderno. Mancini lo sostenía en la mano como si fuera el objeto de su deseo. Se tumbó otra vez y, a la luz del ocaso, empezó por la primera página.

Leyó el diario de un tirón. Presa de una furia desconocida, cruzó los meses de psicoanálisis de Carnevali y las semanas de autoterapia en las que había seguido recurriendo a la escritura para purgarse de las penas que lo afligían. No había nada que se refiriera a su mujer o a su hijo. Ninguna amante a la que confesar penas de amor, deseos o proyectos de una inminente partida.

Después llegó al relato de los días previos a su desaparición.

6 de septiembre

Anoche me fui a la cama con una sensación de opresión y no pegué ojo, sería esa carne con páprika que me trajo Nives. O Renero, que estuvo ladrando toda la noche.

El insomnio me vuelve irascible. Quise pagarla con el perro, pero luego salí y lo vi en la caseta con la cola fuera, y se me pasó la rabia. Pero el día ya había empezado torcido.

Esta tarde he visitado a dos mujeres. Una de unos sesenta años que me obligó a aceptar huevos y achicoria. La otra más joven, con un carcinoma en el pecho. La enfermera me ha dado los resultados de la biopsia: por desgracia, está desahuciada.

He vuelto a las ocho y media bajo la lluvia, a tiempo para el partido con una cerveza y una pizza congelada de salchichón picante, y por primera vez hoy me he sentido mejor, incluso he encendido la chimenea. Creo que tira bien.

Renero sigue todavía en su caseta, no parece haberse recuperado, y he visto el cuenco lleno. Mañana por la mañana llamo al veterinario.

7 de septiembre

¿Me habré convertido en un esclavo de esta «terapia de la escritura»? No consigo desprenderme del diario, ni siquiera ahora que ya he dejado el tratamiento.

Son casi las tres de la mañana. He tomado otro Tavor, pero nada, no funciona. Me estaba quedando dormido cuando oí un ruido. Rítmico, insistente, molesto. Venía de abajo, pero, cuando llegué a la puerta de la habitación, me di cuenta de que no provenía del interior de la casa.

He mirado por la ventana. Tengo que acordarme de cambiar las luces de neón de fuera, no se ve nada. Lo único que noté es el agujero (¡más grande de lo normal!) que Renero ha excavado en el centro del jardín. Eso significa que está mejor, quién sabe lo que habrá enterrado esta vez.

El ruido parece haber desaparecido. Tomo otro medio Tavor, dejo de escribir y me meto en la cama: ojalá consiga dormir un rato por lo menos.

Son las tres y media pasadas. Ese ruido me ha despertado de nuevo, y esta vez he tenido la impresión de que venía de dentro de la casa, de abajo.

Por un momento he pensado que podía ser un ladrón. ¿Debo llamar a emergencias? He buscado el móvil en la mesilla de noche, donde siempre lo dejo. No estaba.

Entonces me he acordado de que anoche me lo dejé en el jeep.

Ahora que lo pienso puse la alarma y cerré todas las puertas. No, no son ladrones.

Estoy inquieto, y no entiendo por qué. Ni siquiera escribir me ayuda a calmarme, a pesar de que sé que tendría que parar, debo tratar de dormir, mañana por la mañana tengo una operación.

Ahora dejo el lápiz, saco del armario el bate de béisbol que Matteo dejó aquí el fin de semana y me lo llevo a la cama.

Debo admitir que la mano me tiembla. Tal vez me hiciera falta mi amor para reunir algo de coraje...

He vuelto a oír ese ruido. He bajado. La puerta de la cocina y la del garaje estaban abiertas. Estoy seguro de que anoche las cerré con llave para poner la alarma.

He salido al jardín, pasando por la puerta-ventana. He seguido el perímetro de la casa hasta la entrada del garaje que da al césped. Me he acercado lo suficiente como para distinguir algo.

Y me he quedado paralizado.

Había una silueta a tan solo unos metros de mí, quieta. Un hombre con una pala en la mano derecha.

Me he dado la vuelta y he salido corriendo. Estaba seguro de que, al cabo de unos metros, me alcanzaría. He corrido hacia el coche, para coger el móvil. Estaba abierto, pero las llaves no estaban en el salpicadero y el teléfono había desaparecido.

Ahora sé qué significa el pánico.

Me he dado la vuelta, la silueta aún seguía allí. A lo lejos ha caído un rayo y ha iluminado su cabeza sin pelo, su cara cubierta por una gasa fina, sus ojos tristes, su palidez fantasmal. Conozco esa mirada.

He echado a correr hacia la casa, me he encerrado dentro, he vuelto a mi habitación, he cerrado la puerta y estoy sentado aquí en el suelo.

Escribo, ahora, y no he vuelto a mirar por la ventana.

¿Habrá sido una alucinación debida al exceso de Tavor?
No lo sé.

Está llegando el alba y no he pegado ojo. Al cabo de un rato cesaron los ruidos y miré fuera. Nada.
Ha sido una alucinación. Sin duda.
Igual que esos ruidos detrás de mi puerta.

Le habían raptado. Arrancado de su nueva casa antes de que pudiera hacer de ella una guarida segura. Pero era sobre todo un hombre derrotado por la profesión que ejercía, eso era lo que Mancini había encontrado en esas páginas. No el profesional, el estudioso seguro de sí mismo que habían conocido Marisa y él. A quien habían confiado sus vidas. Miles de líneas revelaban una persona frágil y nada emotiva. Esclavo de los antidepresivos y de los somníferos, a la psicoanalista que lo trataba le refería pesadillas aterradoras, cráneos devorados por gusanos cancerígenos y pacientes fallecidos que salían de la tumba para llevárselo con ellos. Al final se las apañó para dejar la cocaína, a la que en muchas páginas del diario llamaba «mi amor». Ese amor por el que la señora Carnevali, imaginando que se trataba de una joven amante, había decidido abandonarlo.

La noche había cubierto de negro la campiña alrededor del chalé cuando Mancini se encontró sudoroso y aún sentado en el suelo. Cerró el diario y miró a su alrededor. Había algo que le había golpeado como un puñetazo en el estómago: el desapego en la descripción de su trabajo, de la enfermedad y del sufrimiento progresivo de sus pacientes en un contrapunto perfecto a su propia situación psicológica.

Tenía que encontrarlo y devolverlo a su profesión. Quién sabe cuántos pacientes se encontraban en ese momento en la misma espiral de angustia que había vivido Marisa. Mujeres a las que se les había sustraído incluso la esperanza de la cura: Mauro Carnevali, uno de los oncólogos más respetados de Europa.

Se levantó apoyándose en los brazos y se acercó a la ventana con el diario en la mano. La lluvia había amainado un poco. En el centro del césped, entre el garaje y el jeep de Carnevali, estaba ese espacio sin hierba. El agujero. Mancini se volvió y decidió ir a verlo más de cerca. En la oscuridad, su rodilla derecha chocó contra algo duro y afilado. Perdió el equilibrio y cayó al suelo sobre el hombro derecho. La sacudida le restalló a través de los nervios del húmero, del bíceps, del codo, y le explotó en la mano. Apoyó la mano izquierda en el hombro dolorido y se lo apretó con fuerza mientras se sentaba. Había chocado con un galán de noche color caoba que, en la oscuridad y sobre el parqué, era invisible. El mueble se había volcado esparciendo por el suelo una camisa marrón y unos pantalones del mismo color con el cinturón todavía puesto. El diario estaba en el suelo.

Como una pequeña pantalla iluminada en la oscuridad, de la superficie oscura del parqué surgió un pequeño rectángulo blanco. Se acercó. Era una tarjeta de visita, que debía de haberse caído del bolsillo del pantalón o de la camisa.

DOCTOR MAURO CARNEVALI
ESPECIALISTA EN ONCOLOGÍA
CONSULTA PRIVADA: VIA DEI MARCHESI 88, ROMA
INSTITUCIONES PÚBLICAS: INSTITUTO EUROPEO
DE ONCOLOGÍA (MILÁN) - POLICLÍNICO AGOSTINO GEMELLI
(ROMA) - HOSPITAL SANTA MARIA GORETTI (LATINA)

Una ola de calor invadió la parte superior del cuerpo de Enrico Mancini hasta cubrirle la cara. La respiración se le aceleró. Miró a su alrededor, confuso. Las paredes bailaban bajo el efecto del ataque de pánico. Intentaba fijar la vista, pero estas eran materia líquida. Alzó los ojos y vio oscilar la lámpara arrastrada por la ola que atravesaba el techo. El suelo parecía resquebrajarse siguiendo los tablones del parqué. Se estaban despegando, se levantaban. Iban a tragárselo. Todo se iba desmoronando y él estaba allí, impotente. Su mundo se desmenuzaba bajo el peso de un duelo que no podía procesar. Cerraría los ojos y se reuniría con Marisa.

Sí, no tardaría en ocurrir.

—Me estoy volviendo loco —susurró en el vacío, dejando que los párpados se le cerraran.

Como si se hubiera pronunciado una fórmula mágica, aquellas palabras actuaron sobre el torbellino que se lo estaba tragando, haciéndole desaparecer en la nada de la que provenía. Las paredes, el techo y el suelo estaban otra vez inmóviles en su macizo perfil de madera.

Hasta la ansiedad había desaparecido y Mancini se sintió de repente exhausto, atemorizado, impotente. El hombro le dolía por el golpe. Metió una mano en la gabardina y sacó la libreta de Comello. Estaba completamente estropeada, la cubierta lisa, las páginas dobladas. Se sentó al estilo indio y dejó la tarjeta sobre el muslo mientras hojeaba las páginas desde el principio. La caligrafía redonda del inspector había llenado cada centímetro de papel con apuntes tomados durante las clases de Carlo Biga.

Las dos últimas páginas llevaban escritas las palabras LATINA-PABELLÓN en la parte superior. Mancini sintió un nuevo sobresalto y empezó a leer con rapidez, antes de que otro ataque lo dejara medio muerto allí.

Se detuvo casi de inmediato y se pasó el dorso del guante por la frente perlada de sudor. Se quedó mirando la tarjeta, después desplazó la mirada hacia el cuaderno. Por último se estiró y recogió el diario del médico. Empezó a pasar, frenético, las páginas. No podía ser una coincidencia.

En medio del diario había una página en blanco.

Recordatorio 4 de septiembre
Cita enfermera jefe Oncología en el Goretti
Anna Torsi 11:30 horas

—Cristo santo.

Recogió la libreta de Comello. En la primera página, en la tercera línea estaba escrito: NORA O'DONNELL/PABELLÓN/ANNA TORSI.

Se levantó, cogió el diario, la libreta y la tarjeta de visita y se acercó a la puerta. Encendió todas las luces, incluso las del pasillo que conducía abajo. Fue al dormitorio de invitados, al baño y al despachito, aún repleto de cajas de cartón de la mudanza. Estaba aturdido y se sentó en un puf del pequeño cuarto; después se puso a leer el informe de Comello sobre la enfermera jefe del Goretti. Las palabras le bailaban ante los ojos, irregulares y diáfanas. En medio de la página había unas líneas subrayadas:

> *Asunto grave en planta/Nora - mal comportamiento con paciente muerta/el hijo de la mujer (individuo muy alto) intenta suicidio por la ventana/ racturas tibia, peroné, pelvis/nunca volvió para retirar escayola de la pierna ni para revisiones.*

Mancini se metió el dedo índice en el cuello de la camisa y se soltó el nudo de la corbata antes de liberar los dos botones superiores del abrazo forzado de los ojales. Le faltaba el aire, los ojos le bailaban. Se volvió a levantar. Era imposible. Regresó al espacio cuadrado que unía los tres dormitorios y el baño y dio un paso hacia atrás.

La había pisoteado. La doble tira de barro estaba allí, esperándole. Como un ser vivo. Se agachó poniendo la mano en el punto donde su pie había pulverizado una de las dos líneas. Cerró los ojos y lo vio, gigantesco, subir las escaleras lentamente, arrastrando las piernas, con los pies embarrados que dibujaban dos líneas paralelas.

Otro pensamiento cobró vida de la nada: el agujero.

Bajó, salió y encendió las luces de fuera. A la izquierda, apoyada en la pared al lado del garaje, había una pala de jardinería. La cogió y se apresuró hacia el círculo de tierra sin hierba.

La hundió con fuerza y la pala penetró como un cuchillo en la carne blanda. Estaba lloviendo, pero Mancini no hacía caso, tenía que cavar. Llegar hasta el final.

El doctor Carnevali.

Al poco rato, la punta de la herramienta encontró resistencia y provocó un ruido sordo. Se agachó y prosiguió con las manos. Una, dos, tres cargas de lodo y de la poza de agua sucia emergió la superficie redonda de un objeto.

No cabía duda. Aquello era un cráneo.

Mancini lo aferró y tiró fuerte apoyándose en las piernas. No creía que pudiera conseguirlo, pero la desesperación y la angustia pudieron más que el peso del cuerpo enterrado. El barro había penetrado por los guantes de Mancini hasta los dedos, podía sentir los granos de tierra por todas partes. Pero tenía que verlo con sus propios ojos. El cadáver demacrado aterrizó sobre la hierba húmeda con un inmundo ruido sordo. La osamenta estaba ennegrecida y descarnada.

Era Renero, el perro del médico. En la cabeza tenía un corte que iba de oreja a oreja, y otro desgarrón en el estómago le había vaciado los intestinos, que probablemente estuvieran por ahí, en el fondo de la poza. En la boca del animal se distinguía algo metálico. Mancini metió el pulgar y el índice, procurando contener las arcadas que le arrancaban desde el estómago y le subían por la garganta; rebuscó y sacó un teléfono móvil.

Lo limpió lo mejor que pudo y apretó el botón de encendido. No dio señales de vida. Los de Investigación Tecnológica se lo entregarían a un experto de *mobile forensics* para recuperar de la tarjeta datos, imágenes, mensajes.

Debió de ser el aire fresco de la noche y el agua que notaba encima, pero la crisis de hacía un rato parecía solo un recuerdo lejano, tan irreal como las alucinaciones que le habían asaltado. Un vigor inesperado le inundó los pulmones, irrigándole de sangre el cerebro.

El camino que lo llevaría al médico era el mismo que le conduciría directamente a los brazos de la Sombra. Tenía que ir a Latina para recuperar en el servidor del hospital las fichas de los pacientes a los que Walter mencionaba en sus notas.

Su pequeño Nokia se había quedado en el salpicadero del coche de servicio. Mancini se acercó hasta él y entró. Lo cogió y lo encendió. Dos mensajes. El primero era de Antonio Rocchi: «Enrico, ¿por qué?». El otro, de Giulia Foderà: «Comisario, ¿qué ha hecho?».

Había abandonado la misión un día antes, presentando su renuncia ante el superintendente. Se lo había dicho a Caterina y a Antonio durante su visita al San Camillo, pero no había avisado ni a la fiscal ni, ahora se daba cuenta, al profesor. Qué gran decepción supondría para él.

Aunque quizá...

Abrió un nuevo mensaje y puso como destinatario colectivo al equipo, después escribió: «Dentro de tres horas en casa del profesor».

Cuarta parte

LAS MUERTES DE DIOS

43.

Roma, jueves 18 de septiembre, 00:40 horas

Condujo durante una hora, protegido por el silencioso envoltorio de la noche. Walter había hecho un buen trabajo, pero nadie podía imaginar que los casos de Carnevali y de la Sombra estuvieran vinculados. Aún carecía de pruebas, aunque lo presentía, el asesino del Gasómetro había secuestrado a Carnevali.

Nada más llegar a casa, corrió a la nevera y la abrió como si de ese gesto dependiese su vida entera. Destapó una Peroni, la dejó sobre la mesa para que se liberara del exceso de anhídrido carbónico. Después fue a apagar las luces y se dirigió al cuarto de baño. Dejó correr el agua caliente en la ducha, se desnudó y pulsó ese interruptor también. Solo entonces se quitó los guantes, los tiró al bidé y abrió el grifo.

Entró en la ducha y dejó que el fluido caliente lo excavara. La oscuridad era el componente necesario junto con el agua. Sus rizos estaban costrosos de barro, al igual que la cara, repleta de puntitos marrones. Sobre su cuerpo, robusto y delgado a pesar de meses de inactividad, Mancini notaba cómo los signos del tiempo y del dolor iban abriéndose paso. Diez minutos más tarde salió de la ducha, tras empujar el regulador con un movimiento de cadera. Se acercó al bidé, enjuagó los guantes, los escurrió, cerró el agua caliente y los puso sobre la secadora, que encendió. Cada vez estaban más desgastados. No tardarían ellos también en mostrar las debilidades de su trama y, entre una costura y otra, se abrirían pequeñas grietas. Se restregó el cabello con una toalla y se la puso alrededor de la cintura. Se acercó a la mesa, cogió la cerveza y dio un largo trago.

En el silencio de la casa, la tenue melodía de la lluvia ascendía por el patio. Tomó otro sorbo y dejó la botella. Cruzó el vestíbulo-sala de estar y se detuvo frente a una puerta con un cristal esmerilado en el medio. Era idéntica a todas las demás excepto en un detalle.

Estaba cerrada con llave.

Posó las manos sobre el marco y la cabeza húmeda en el cristal. Fue un momento. Cerró los ojos y la vio como si estuviera allí con él, en su sillón, diciéndole: «Hazlo, Enrico». Estiró la mano derecha y buscó encima de la jamba. Tomó la vieja llave, la metió en la cerradura y la giró antes de que el efecto de las palabras de Marisa se desvaneciera.

Era una habitación rectangular de poco más de dos metros por cuatro. Encendió la tenue bombilla de cuarenta vatios que colgaba del techo. En el lado alargado de la izquierda había un pequeño escritorio de cristal coronado por tres largos estantes metálicos repletos de libros. En el lado corto que tenía enfrente, la pizarra de los casos. La pared opuesta al escritorio estaba tapizada de hojas amarillentas de periódicos y revistas. Eran artículos sobre él, casos resueltos y distinciones, que Marisa recopilaba, junto con algunos artículos suyos. Se alternaban, uno de él, uno de ella, cercanos y lejanos.

Él seguía aún allí. Ella, en cambio, ¿dónde estaba?

El olor a papel, a polvo y a cerrado se entremezclaban. Mancini cogió la pizarra, un tablón metálico de un metro veinte por uno cubierto de imanes, y la descolgó de los clavos que la sujetaban en la pared. Apagó la luz, cerró la puerta y dejó la llave en su sitio. Depositó la pizarra sobre la mesa de la cocina, apoyándola contra la pared, y volvió para buscar un rotulador.

Por el momento, era mejor que Gugliotti no supiera nada de lo que había descubierto. No se fiaba de ese hombre. Se encargaría él del asunto con los chicos, Carlo Biga y Foderà. Tenía que resolverlo rápidamente si no quería que el superintendente cediera el caso a algún colega ambicioso.

Escribió en lo alto de la pizarra *who, what, where,* y trazó unas líneas para separar las tres voces. Bajo la primera columna apuntó la profesión de cada una de las cuatro víctimas; bajo la segunda, los objetos introducidos por el asesino en los cadáveres; bajo la tercera, el lugar del descubrimiento. En la esquina inferior derecha, en cambio, escribió los nombres de las víctimas en pequeño, con cada una de las prendas femeninas que el asesino les había puesto.

Lo que en verdad siempre le había fascinado eran los mecanismos, los procesos mentales subyacentes a los crímenes atroces, y ahora se afanaba por reconstruir lo que Biga llamaba el *modus sentiendi* de la Sombra. Había secuestrado a Carnevali y el médico podía ser su quinta víctima. Quería salvarlo y salir del laberinto en el que seguía vagando.

—Comisario, hay dos importantes novedades —dijo el médico forense con el iPad en sus manos.

—¿Qué? —contestó Mancini, quitándose la gabardina mientras entraba en casa de Biga.

Nadie había respondido a su mensaje de texto. Era muy tarde por la noche, pero allí estaban, no faltaba nadie. Incluida una visiblemente cansada Giulia Foderà, quien dio la bienvenida a Mancini con una sonrisa impresa en la cara. Él se sentó en el sofá y observó sin empacho a su equipo:

—Gracias a todos. Y a Walter, que ha hecho un excelente trabajo.

—Va mejorando —dijo Caterina, con la voz quebrada.

—Es fuerte —contestó Mancini pensando en lo decisivo que había sido el careo con el inspector, a pesar de la situación en la que lo había hallado después del accidente.

Rocchi fue al grano:

—El hombre del Mitreo, el de la falda... Nos comunica la central que es un anestesista de Sezze, objetor de conciencia, se llama Remo Calandra. Desapareció hace diez días, encontraron su coche al final del Tíber, a pocos cientos de metros de la desembocadura. Justo detrás de las excavaciones de Ostia.

Mancini se quedó mirándolo un momento. Luego se dirigió a Caterina:

—¿Novedades sobre Stefano Morini?

—Sí —respondió ella abriendo un archivo—. Hace tres minutos al periodista le ha llegado un correo. Otra vez al correo no deseado. Idéntico a los anteriores. Se lo he reenviado a la brigada de Investigación Tecnológica.

Mancini reflexionaba en silencio, pero no guardó para sí lo que le daba vueltas en la cabeza.

—¿Qué dice el informático forense?

—Han podido llegar a la fuente digital del servidor. Se lo leo: «La dirección de correo electrónico ha sido registrada a través de una cuenta que se apoya en un servidor neozelandés». Están trabajando para ver si se corresponde con la dirección de alguna vivienda. Es cuestión de horas, dicen.

Desilusionado, el comisario prosiguió, apremiante:

—¿Y la segunda novedad?

—Filippo Disera nos ha enviado su informe.

—¿Qué Disera? —dijo Carlo Biga—. ¿El geólogo forense?

—Sí, profesor. Durante la inspección en el lago del EUR, encontré rastros de hierba pisada y cogí una muestra de tierra. Pedí que hicieran lo mismo con el mantillo hallado bajo los pies de Nora O'Donnell. Se lo dimos todo a Disera —aclaró el comisario.

—Ese hombre sabe describirte la composición de todo el territorio nacional, región por región, como si fuera el jardín de su casa —dijo Rocchi sin apartar los ojos del iPad donde estaba terminando de descargar el archivo adjunto—. Es capaz de atribuir las características de una muestra a un único microambiente. Es el mejor que tenemos por aquí.

—La razón por la que me puse en contacto con él es que nuestro laboratorio identificó las dos muestras de tierra presentes en los zapatos de Nora, demostrando que la mataron en el EUR y la transportaron luego a San Paolo. Pero no sabemos adónde la llevó en el intervalo de tiempo que calculó Antonio, aproximadamente siete horas, entre las 23:00 del asesinato y las 06:50 del hallazgo —dijo Mancini.

Rocchi levantó la vista de la pantalla y sonrió:

—Aquí tenemos la respuesta. Os leo lo que ha escrito Filippo.

Estimado Antonio:

Además de los dos ya localizados, he encontrado una pequeña muestra de un tercer tipo de suelo. Os adjunto la ficha de análisis.

ANÁLISIS MUESTRA TERRENO N.º 3

1. PRESENCIA DE SEDIMENTOS LIMNO-LACUSTRES REPRESENTADOS POR ARCILLAS RICAS EN TURBA, TÍPICAS DE DEPÓSITOS EN RIVERAS O FONDOS DE LAGOS PALUSTRES O ZONAS PANTANOSAS.

2. PRESENCIA DE ARENAS DE COMPOSICIÓN MINERALÓGICA PRINCIPALMENTE CUARZOSA Y MICROSEDIMENTOS GRANULADOS EN LOS QUE SE EVIDENCIAN FRAGMENTOS DE CONCHAS DE MOLUSCOS MARINOS Y ALGAS.

—¿Había una tercera evidencia? —se espabiló Caterina, dejando por un momento su investigación.

—Sí, el análisis comparativo preliminar determinó que es la misma que se encuentra también en los zapatos del hombre del Gasómetro —dijo Rocchi.

—¿Qué se os ocurre? —dijo Mancini.

—¿La Bassa Maremma? —sugirió Caterina.

—No, las Lagunas Pontinas —dijo grave Carlo Biga.

—Sí, es la misma hipótesis que Filippo propone al final de su correo —confirmó el forense.

Mancini se puso de pie y, uno tras otro, extendió de su puño cerrado los dedos pulgar, índice, medio, anular y meñique:

—Latina, Nora, Daniele Testa, los restos de tierra bajo los zapatos de ambos... y Carnevali.

—Comisario, por favor —la expresión del rostro de Giulia Foderà decía claramente que estaba exhausta.

—No. Ahora escuchadme todos —replicó seco.

Les habló de su visita al chalé de Carnevali, del diario del médico que había encontrado debajo del colchón y del probable secuestro, de la tarjeta de visita que revelaba uno de los lugares de trabajo del médico: el hospital Goretti de Latina. Y, por último, del informe de Walter en su libreta, que representaba el eslabón perdido de todo el asunto. Omitió mencionar nada sobre las alucinaciones que lo habían asaltado.

—Este es su teléfono móvil —dijo después, sacando de una bolsa que llevaba el teléfono fangoso y envuelto en celofán—. Caterina, no espero milagros, pero vamos a intentarlo de todas formas.

Ella asintió, aunque notaba en su interior una fuerte sensación de culpabilidad por no haber encontrado el diario durante la inspección del chalé de Carnevali.

Mancini fue directo al grano:

—No es en la campiña romana donde hemos de buscar a la Sombra, sino en las Lagunas Pontinas. Allí es donde se oculta y adonde lleva a sus víctimas para matarlas antes de transportarlas y depositarlas en los lugares donde las hallamos.

—Es un área enorme, de más de mil kilómetros cuadrados —observó Rocchi.

—Empecemos por el Santa Maria Goretti. Vamos a ver qué encontramos. Tenemos las notas de Walter, arrancaremos de ahí. El servidor ya debería estar reparado, hemos de buscar en el archivo de los pacientes. Y acercarnos al servicio de Cirugía Ortopédica. Nosotros tres —dijo, señalando al forense y a la fotógrafa—. Antonio, ¿te sientes capaz de hacer trabajo de campo por una vez?

—¡Por supuesto!

—De acuerdo. Caterina, vete a la central y deja el iPhone de Carnevali. Luego vuelve a recogernos. Profesor, Giulia, ustedes dos nos coordinarán desde aquí.

Era la primera vez que se dirigía a ella llamándola por su nombre delante de los demás. La fiscal asintió y se guardó para sí la emoción de esa nueva muestra de confianza.

44.

Latina, jueves 18 de septiembre, 07:40 horas

Mancini se envolvió en su gabardina, tragó saliva y entró en el vestíbulo del pabellón oncológico. Lo primero que hizo fue intentar aislar el componente oloroso de aquel sitio en un rincón mental que pudiera gestionar, refrenando los recuerdos que de otro modo le provocaría. Se asomó a la garita del hombre del crucigrama, que alzó los ojos, vio a los tres policías y comprendió. Desde que la noticia de la desaparición del doctor Testa se había hecho pública y se había sumado a la de su homicidio a manos del asesino en serie de Roma, el hospital se encontraba en ebullición.

Anna Torsi abrió la puerta de su despacho y recibió a los tres agentes, que la habían avisado con una llamada al móvil. Buscaban el nombre de la mujer de la historia que la enfermera jefe había referido a Walter. La madre del muchacho que había intentado suicidarse.

—Lo he encontrado. Hace media hora que reactivaron el servidor, pasen —dijo la enfermera jefe, invitándolos a acercarse al ordenador encendido en un rincón. En la pequeña pantalla aparecía la ficha de paciente que buscaban.

APELLIDO: BONI
NOMBRE: RITA
SEXO: FEMENINO
EDAD: 49
PESO: 52
ALTURA: 169 CM

HISTORIAL: CUADRANTECTOMÍA MAMA IZQ.; MASTECTOMÍA MAMA IZQ.; METÁSTASIS HEPÁTICAS

Después del historial patológico seguía una detallada relación de exámenes y de tratamientos, con las fechas y lugares de la quimioterapia y la fecha de la muerte de Rita Boni, cuyo primer aniversario se cumplía en esos mismos días. Por último, había una página dedicada al estado civil, cónyuge, familiares, nivel de educación, jubilación, número de plantas de la casa, automóviles disponibles en la familia, etcétera.

No estaba casada, pero tenía un hijo que la llevaba y la traía del hospital a su casa, un pequeño apartamento de protección oficial en el centro de Latina. La mujer era profesora de inglés en un centro de formación profesional de la capital de la región pontina. Pero esa información no bastaba para descubrir el nombre del hijo, siempre que fuera realmente él el hombre al que buscaban.

—Pregunten en Cirugía Ortopédica. Está en la sexta planta. Allí les podrán decir más. Tienen el mismo sistema de archivo.

—Muy bien, gracias. Vamos.

Una vez fuera del servicio de Oncología, Mancini se volvió y dijo:

—Antonio, vete a casa de Rita Boni a ver qué averiguas. Caterina, tú vete al centro donde daba clases y habla con sus colegas. Yo subo a la sexta planta.

Se las había apañado para disimular el terror que había sentido al escuchar esa palabra, *mastectomía.* Pánico, *horror vacui,* un agujero en el estómago. Le hacía falta un café azucarado, de inmediato.

El centro de formación profesional, un edificio prefabricado de dos plantas, estaba situado a unas manzanas del hospital. Caterina abrió el paraguas y se encaminó con su Nikon bailándole en el cuello. Diez minutos más tarde, la bedel de la entrada la acompañó a ver al director. Los ojos oblicuos del responsable del centro la observaron durante unos momentos antes de decidirse a levantarse y estrecharle la mano.

—Angelo Perin, estoy a su entera disposición —prorrumpió con su voz de descendiente de un zapador véneto.

Se trasladaron a la sala de profesores, donde se hallaba un archivo de papel organizado por semestres escolares. Perin mandó subir a la escalera a la anciana empleada y, cuando esta volvió a bajar, casi sin aliento, con la carpeta que buscaban, se la quitó de las manos y se la dio, acompañada de una amplia sonrisa, a la agente.

Luego se sentaron a hojearla y él se dejó llevar por los recuerdos, con un desagradable tono de compromiso:

—Ay, Rita era una maestra de las que ya no quedan. De una pieza, de esas que, en el aula, saben ganarse el respeto de todos. Aquí tenemos casos difíciles.

—Ya me lo imagino —replicó De Marchi dejando la cámara sobre la mesa.

—Una vez la profesora aseguró al hijo de un importante industrial que le suspendería en septiembre si no se preparaba como es debido. ¿Y sabe lo que pasó, al final? —preguntó riendo.

—Cuénteme...

—Bueno, pues el chico se presentó sin haber estudiado porque estaba seguro de que nadie se atrevería a tocarle las narices y la profesora lo suspendió. Dos días después, su Austin Metro negro apareció cubierto de pintura fosforescente verde.

—Menudo cabrón —se le escapó a Caterina.

—Bien puede decirlo. Pero lo más sorprendente fue que, durante todo el siguiente curso escolar, Boni siguió viniendo al centro con el coche en esas condiciones. No quiso pintarlo a propósito. Todo el mundo sabía que había sido ese estudiante, pero no había pruebas. Rita transformó esa afrenta en un símbolo diario para avergonzarlo. El alumno acabó yendo a hablar con ella, se encargó de reparar el coche y, al final del año, obtuvo su aprobado.

—Una mujer con carácter, vaya —comentó Caterina.

—Sí, era una mujer muy fuerte —el tono se volvió afligido, y esta vez parecía sincero—. Vivía con su hijo. El padre se marchó de Italia antes de que diera a luz. Después enfermó y se nos fue en menos de dos años.

—¿Sabría decirme qué edad tenía su hijo cuando ella murió? ¿A qué se dedicaba?

—Era un chico de veinticinco años. Muy sensible. Tenía una maravillosa relación con su madre. Salían siempre al campo a dar largos paseos. Les gustaba mucho. No creo que él llegara a ir a la universidad, pero se le daba bien el inglés. Ella vivía para los libros, pero, ya sabe, aquí, en la formación profesional..., era frustrante. Así que compartió ese amor con su hijo. Y recuerdo que él tenía otra gran afición.

—¿Cuál?

—El cielo. Con la paga extra de Navidad, cada año, Rita le hacía un regalo. Qué sé yo, una lente para su telescopio o un libro de astronomía. Él estaba enamorado de las estrellas.

El director sacó una hoja del expediente y la leyó.

—Aquí está. El último día de servicio de Rita Boni fue el 21 de abril de hace dos años.

De forma casual y repentina, en la cabeza de Caterina se encendió el interruptor de la memoria. Era el 21 de abril de hace muchos años. Habían salido a pasar un día de campo en Villa Pamphili. Mamá y papá, ella y su hermano Luca con su novia, Sara. Había un montón de cosas para comer, un pollo enorme y una bolsa de patatas fritas. Coca-Cola para ellos y cerveza para los adultos. Ella, con tan solo seis años, llevaba unos vaqueros de peto y dos coletas altas en la cabeza. El hermano y la chica se besaban en el asiento trasero del Opel Kadett rojo de su padre. Cate permanecía al otro lado, con la cara contra la ventanilla, incómoda por todos esos arrumacos. Luca era un chico muy guapo, pero muy frágil, solitario, y los padres estaban encantados de llevarse con ellos a Sara cuando hacían esas salidas familiares.

Pronto encontraron el árbol adecuado, una hermosa encina caducifolia a cuyos pies se hallaba el tocón de su desafortunada hermana gemela abatida.

—¡Qué mesa más estupenda! —dijo la madre antes de poner el mantel y sacar la comida—. ¡Es la hora!

Habían comido y luego decidieron ir a dar un paseo. Ella con sus padres hacia los prados y la villa, mientras que Sara y Luca fueron hacia el arbolado. A mitad de camino, sin embargo, se dio cuenta de que llevaba en el bolsillo el inhalador para el asma de Luca y volvió atrás. Sus padres se quedaron esperándola allí.

Deambuló un rato, luego oyó dos voces en la maleza, las siguió y los vio besándose. Ella no era más que una niña y se alejó asqueada de tantas efusiones. Pero se perdió. No quería llamarlos, estaba enfadada y apretaba con fuerza los puños. Tenía miedo de las sombras y ganas de hacer pis. Cerca de una zanja de empalme había visto un matorral lo suficientemente grande y se acuclilló. Mientras lo intentaba, rodeada por un silencio poco natural, vio de repente un nido caído en el suelo. Se entretuvo un rato mirando a los tres polluelos, encantada con su piar. No le había dado tiempo a estirar una mano cuando, gélida como una ráfaga de aire, notó una mirada fija en ella. Se giró mientras las primeras gotas de pis caían al suelo. Allí no había nadie. Había mirado bien. Los gorriones emitían ahora un gorjeo diferente. Parecían asustados.

Fue entonces cuando, en el interior del matorral, las vio.

Una multitud de ojos rojos mirándola fijamente. Pequeños puntos color escarlata en movimiento. Se levantó y dio un paso atrás con las braguitas en los tobillos. Un segundo después, el piar quedo de los gorriones fue sustituido por aquellos horribles chillidos hasta que desaparecieron engullidos por la voraz ola de ratas.

Caterina gritó y tropezó con una raíz. Después, nada más que la oscuridad. A lo lejos, las voces de su madre y su padre que la encontraron inconsciente junto a un nido que albergaba tres carcasas vaciadas de vida.

Había reprimido aquella experiencia lejos del nivel exterior de su conciencia, y, durante años, la había mantenido olvidada, como si nunca hubiera sucedido. Solo tras una docena de sesiones de hipnosis con la doctora Antonelli, la loquera del destacamento, había conseguido despertar ese recuerdo. Su musofobia provenía de ahí. Junto con una invencible reticencia al sexo, que siempre la había acompañado en sus muy breves relaciones.

—Gracias, me ha sido usted de gran ayuda.

Caterina se espabiló de la niebla de sus recuerdos. No añadió nada más, se levantó y se alejó, dejando al anciano Perin con la mano suspendida en el aire y una expresión atónita en su rostro rubicundo.

45.

El efecto Doppler de una sirena que se aproxima duplica su impacto sonoro dando a los transeúntes la impresión de un doble tono agudo. La ambulancia pasa a toda velocidad junto a la imponente mole de mármol travertino del edificio que alberga un jardincillo adornado con algunos arbustos mustios y dos pinos que flanquean las estatuas de las Madri Rurali. El palacio que Mussolini mandó construir reproduciendo la forma de su inicial, la M, la antigua Casa del Fascio, uno de los hijos de la «auténtica y gran epopeya moderna de vida y de trabajo», esparcidos entre las marismas pontinas, bracea en el fango.

El vehículo deja atrás el semáforo rojo y recorre los últimos doscientos cincuenta metros que lo separan del servicio de Urgencias del hospital de Latina. Se detiene ante las barreras automáticas levantadas, mientras un helicóptero ambulancia despega de la azotea, rumbo a otras instalaciones hospitalarias más dotadas para una emergencia cardiológica.

El edificio principal del Santa Maria Goretti tiene siete plantas, señaladas por las estrechas cristaleras que ofrecen la débil luz de la esperanza y del consuelo a los enfermos del hospital regional.

La rampa de Urgencias se encuentra abarrotada de gente en torno a la ambulancia de la que salen los auxiliares. Escoltan una camilla ocupada por un hombre víctima de una brutal colisión automovilística.

Al lado, un grupo de personas en pleno revuelo. Un hombre con un chaleco de tela vaquera habla por teléfono, sujetando con la mano libre a un niño. Una enfermera vestida de verde trata de abrirse paso a través de la pequeña multitud con la barra del goteo balanceándose peligrosamente.

—¡Por favor, dejen paso! —chilla una de las enfermeras aterrorizada por el gentío.

En ese instante, un auxiliar con mono y mascarilla naranjas aparece por detrás de la ambulancia y se pone a la cabeza de la camilla, agitando vigorosamente la mano para hacerse hueco. Su presencia y su mirada torva son suficientes para abrirse camino a través de la multitud que aguarda el horario de visitas.

Pocos instantes después las puertas correderas se abren y la camilla entra con su escolta. El hombre tumbado lleva una máscara para el oxígeno en la boca. Tiene los ojos cerrados y manchas de sangre reseca en el pelo. Un accidente de tráfico con una moto, dice la enfermera del goteo al médico que les sale al paso nada más entrar.

El cielo está bajo y oscuro, el aire cargado de humedad y los chubascos parecen atenuarse. Alrededor del hospital, coches que se mueven lentamente, motores en busca de paz, automovilistas afligidos y un pálido sol en la distancia.

El hombre de naranja se ajusta las gafas sobre la nariz y hace un gesto de entendimiento a la enfermera, luego la camilla se abre paso entre los pacientes a la espera, códigos blanco y verde, hacia Urgencias y las puertas se cierran tras ella. El auxiliar toma aire y se da la vuelta. Recorre el pasillo alicatado de un verde clarísimo que avanza durante diez metros. Tres puertas a cada lado. Al llegar al fondo, gira a la izquierda y pasa por una zona de cafetería, con vistas a un pequeño jardín donde un grupo de jóvenes médicos charlan. Dos de ellos aplastan las colillas en el cenicero de mármol, que tiene el aspecto de una gran maceta.

Deja los baños a la derecha y toma el larguísimo pasillo que conduce al pabellón. Al menos un centenar de metros para un recorrido que desciende en curva. Las únicas luces son una serie de neones exhaustos por el desgaste y la humedad. No hay ventanas. Solo un extintor coronado por su cartel rojo a mitad del camino. Acaba en un espacio desde el que parten otros dos pasillos. Toma el primero y, nada más girar, se mete en el ascensor que tiene las puertas abiertas de par en par, mientras una sonrisa se le dibuja en la cara lisa.

Pulsa la tecla con el número 7 y espera.

Si esa mañana los monitores del sistema de circuito cerrado del hospital no hubieran estado estropeados a causa de la inundación que, unos días antes, había bloqueado también los servidores, habrían mostrado cómo un enorme auxiliar, vestido de naranja y con una mascarilla tapándole la boca y la nariz, entraba en el ascensor y salía en el séptimo piso. Lo habrían seguido mientras avanzaba arrastrando los pies por el pasillo en penumbra y llamaba a la puerta de la habitación del fondo en la que campea el letrero: UNIDAD DE APOYO PSICOLÓGICO.

—Adelante —responde una voz desde el interior.

El hombre ante la puerta no la abre. Tiene la mano en el picaporte.

—Adelante —repite la voz.

Fuera, él deja caer la barbilla, relajando los músculos del pecho y de los brazos. Después el repiqueteo de los tacones sobre el linóleo se acerca a la puerta.

—Pero ¿quién es? —tiene tiempo de decir la voz de detrás de la puerta, mientras agarra el picaporte y lo baja, tirando hacia ella.

En el mismo momento, la fuerza aterradora del otro lado se descarga sobre el picaporte en dirección opuesta. El golpe es seco y potente. La doctora recibe en plena cara la embestida de la mole de la puerta de aluminio.

Las gafas redondas salen volando de la nariz aplastada por el impacto, que desgarra la mucosa y rompe el cartílago del tabique. El vómito de sangre de las fosas nasales provoca una insoportable punzada de dolor. Debido a la torsión del golpe, el hueso de la mandíbula se desplaza y el cuello se ve sometido a una enorme contracción. La doctora se desploma de espaldas con un ruido sordo.

—Con permiso —el auxiliar entra y cierra la puerta.

El cuerpo yace en el suelo, jadeando.

El hombre asiente y mira hacia abajo. Se vuelve para girar la llave en la cerradura. Luego apaga la luz y se agacha. Aferra el cuerpo de la doctora, lo levanta como si fuera una muñeca de trapo y lo tumba en el diván de piel que hay detrás del escritorio.

La amplia ventana rectangular da a una plazoleta rodeada por una larga hilera de pinos. El auxiliar mira hacia abajo, sin asomarse. En la explanada cubierta de cemento, un achatado edificio angular resopla vapores por los enrejados del sótano. Las dos plantas tienen un solo ventanuco. A su lado, tres cisternas panzudas desprenden los efluvios de algún ácido letal.

El sol es un rayo de luz que ensucia el cielo todavía lluvioso. Se queda mirando por el ventanuco, cierra un momento los ojos y se detiene. Las imágenes, los sonidos, los olores de aquellos días aún siguen demasiado cercanos.

Es imposible que se haya ido. Absurdo que el mal haya prevalecido. Piensa en ello muy a menudo. Se dice que no es posible, que la vida ya les había hecho pagar su tributo de pena a los dos, para propinarles eso también. Incluso después de la operación, siempre pensó que saldría de esa. Que ellos saldrían de esa. Porque ellos eran una sola cosa. Siempre estuvieron muy unidos para superar el aislamiento, la ausencia de un padre, el dinero que siempre faltaba. Pero esa era la infancia. Lejana y fabulosa, como las estrellas de allá arriba en el firmamento, como la canción de cuna y sus notas apaciguadoras.

Cuando el hombre vuelve a abrir los ojos, el horizonte es una delgada línea imprecisa, porque las lágrimas han llenado sus ojos tristes, locos de dolor.

Respira hondo y se gira para volver al trabajo. Del bolsillo saca una jeringuilla llena de un líquido transparente. Se inclina hacia la doctora Pesenti, a quien le cuesta trabajo respirar, quita la funda y clava la aguja levemente curva bajo la piel, cerca de la yugular. La mujer intenta abrir un ojo.

—Ya estamos —le sonríe de corazón.

El cuerpo sobre el diván da un respingo e intenta abrir la boca, pero la sangre que ha salido de la nariz rota le invade la garganta. La ahoga.

—Esto la paralizará lo necesario. Impedirá que se agite. Tetrodotoxina, es muy rara. Pero estoy seguro de que eso ya lo sabe usted...

La doctora busca los ojos detrás de las gafas del hombre que le está inyectando ese líquido frío. Se fija en su color, su corte y la forma del párpado superior. ¿Quién es? ¿Un externo o un interno? ¿Qué le está haciendo? ¿Por qué?

—Bien.

El timbre suave de su voz acaricia el aire rozando la cara de la doctora. El auxiliar vestido de naranja extiende los dedos índice y pulgar y se baja la mascarilla hasta el mentón. Posa la mano derecha sobre el cabello de la psicóloga y, lentamente, sin dejar de mirarla a los ojos desencajados, empieza a susurrar una cantinela infantil.

Por último, se quita la peluca oscura y las gafas, que se mete en el bolsillo de su uniforme, a la altura del corazón.

En ese punto, el cuerpo femenino del diván se estremece. Esos ojos. Espantosos, vacíos, inolvidables.

La boca de la mujer se deforma en una mueca de terror cuando la voz cavernosa del hombre formula su pregunta:

—¿Me reconoce ahora, doctora?

46.

Latina, jueves 18 de septiembre, 12:05 horas

Caterina De Marchi regresaba protegida por su paraguas y ahogada en los pensamientos que el estallido de aquel recuerdo reprimido había desatado en su interior. Ahora no tenía tiempo para pensar en sí misma.

Mientras tanto, a dos kilómetros de distancia, en el vientre del pabellón oncológico del Santa Maria Goretti, el comisario Enrico Mancini se movía como un conejillo de Indias en un laberinto. Había recorrido el pasillo que llevaba a la entrada principal del hospital. Antes de llegar al sexto piso se había detenido en la planta baja, donde se hallaba Cirugía General, y se había enfrentado con cara de pocos amigos al ayudante del servicio para sonsacarle la información acerca de Daniele Testa que le interesaba. Después de las gilipolleces de costumbre sobre la privacidad, Mancini había convencido al joven médico de que le sería más práctico colaborar en lugar de ver cómo la consulta privada donde ejercía era objeto de una serie de inspecciones fiscales y sanitarias que lo dejarían fuera de juego durante bastante tiempo.

Al parecer, Daniele Testa había sido en los noventa un excelente cirujano oncológico, pero en los últimos años había tenido algunos problemas con la gestión del estrés en el quirófano. Y por eso bebía.

El médico confirmó a Mancini que ambos pertenecían al equipo de Mauro Carnevali que realizó la primera operación a Rita Boni, para intentar extirparle un tumor maligno en el pecho izquierdo. Pero aquella, como otras antes de esa fecha, había sido una operación «desafortunada».

—Ese día, era temprano por la mañana, a Daniele le entró uno de sus ataques de pánico y, en el momento de la incisión, recuerdo perfectamente que giró la cabeza y cerró los ojos mientras el bisturí penetraba en la carne.

Incrédulo y vencido por la repentina imagen de Marisa, pasiva y a merced de lo que podría haber sido el mismo instrumental, Mancini había insistido, y entonces el médico no se había hecho rogar para vomitar todo su resentimiento contra su antiguo colega.

—Como ya le he dicho, no era la primera vez que ocurría. No me pude contener, me aparté con él a la sala de reconocimientos y le dije que había llegado la hora de dejarlo, que las vidas de esas personas dependían de él, y también las de sus parientes. Tal vez me pasara de la raya, fui un poco brusco y levanté la voz porque fuera había dos enfermeras tratando de calmar al muchacho. A su hijo. Parecía devastado.

Un refunfuño de sílabas salió de la boca del comisario:

—¿Cree usted que resultó... letal esa primera operación?

El médico levantó los ojos al cielo, como para encomendar la respuesta a un destino insondable:

—Quién puede saberlo, tal vez la metástasis de las células cancerosas no se habría producido tan deprisa, afectando al hígado de la paciente, condenándola sin remedio, si se le hubiera extirpado el carcinoma... de otra manera.

Quién puede saberlo...

Las cosas iban cobrando forma en la mente de Mancini, que ahora alcanzaba a comprender la intención simbólica de la Sombra. Daniele Testa había sido hallado al pie del enorme Gasómetro con el cuello roto y la cabeza girada hacia atrás ciento veinte grados respecto al eje frontal. La imagen había regresado de forma vívida cuando el médico había pronunciado esas palabras «... giró la cabeza y cerró los ojos mientras el bisturí penetraba en la carne».

Se sentía exhausto, y tuvo que tomarse un café en la cafetería de la planta baja. Necesitaba descansar. La noche en el chalé de Carnevali pesaba sobre su psique, conmocionada a su vez por los recientes acontecimientos. Y los ecos de esa atmósfera estéril no contribuían desde luego a echarle una mano. Pero el círculo se estaba estrechando alrededor del asesino. Detendría las muertes de dios, conseguiría poner punto y final al caso Carnevali y hacer justicia a las víctimas de la Sombra. Dejó la taza en el platillo y se alejaba de la cafetería a paso ligero, tratando de evitar la visión de camillas que se dirigían a Urgencias, cuando se topó con Caterina De Marchi.

Siete pisos más arriba, la doctora Pesenti estaba casi paralizada, pero seguía despierta. Apoyada como una muñeca contra el respaldo del diván, tenía hinchada la garganta y respiraba con dificultad, mientras podía intuir por detrás de ella al hombre, que trajinaba con algo metálico. Notaba la lengua entumecida, un hormigueo en los labios, los dedos de las manos muertos, igual que la nariz y las orejas. Lo único que le dolía era la cabeza. Había leído en alguna parte que el veneno del pez globo producía efectos como esos.

—Ya está. Pero antes me gustaría decirle una cosa. ¿Recuerda lo que le contó a mi madre durante la última sesión de psicoterapia? Estaba aquí, en este diván, hablándole del dolor que sentía al verse privada de un pecho, sin pelo, casi convertida en una momia. ¿Se acuerda de esas palabras? «Señora, debe usted abandonar las capas superficiales del yo, renunciar serenamente a su feminidad.»

Él estaba allí también ese día. La acompañaba siempre, a todas partes. Convencido de que estar a su lado la ayudaba, tal vez incluso la ayudase a sanar. Cada tres semanas, la cita con el veneno de la quimioterapia; cada dos, con la psicóloga, la doctora Pesenti. La última visita, la de después de la operación, había resultado traumática. Ella no quería ir, aquella mañana había estado llorando. Se sentía horrible, rapada, mutilada: la sombra de la mujer que había sido. Él también se había afeitado a fondo, la cabeza, las cejas, la barba, el pecho, como siempre; era su tributo. En eso también permanecerían juntos, unidos. Después llegaron las palabras de

Pesenti y las lágrimas de su madre. Las manos en la cara. La carrera al baño, donde la había encontrado sin su peluca, sin la leve sombra de ojos que se obstinaba en darse, en los párpados rugosos, sin el carmín que sus manos temblorosas esparcían en torno a los labios secos. «Ya no soy una mujer... Ya no soy nada», dijo mirando la imagen de su hijo en el espejo.

Un imperceptible sonido gutural se alzó del cuerpo de la doctora Pesenti. El horror y la esperanza luchaban sin tregua.

—No he olvidado esas palabras. Por eso ahora le toca a usted —la alianza del meñique derecho golpeó el bisturí y produjo el acostumbrado sonido metálico, como un gong—. Vamos a ello.

La mujer era incapaz de mover un solo músculo, y lo único que oyó fue la queja que salía de los labios cerrados del hombre. No era una queja, sino un motivo musical. Después, el repentino destello de la hoja afilada y curva. El hombre empuñó el cuchillito como si fuera una pluma, entre el índice, el pulgar y el dedo medio, y se dispuso a empezar.

Incidió la frente con un corte horizontal por debajo del nacimiento del pelo y con un movimiento brusco tiró de la piel seca de la cabeza y del pelo hasta la nuca, dejando al descubierto la carne viva y palpitante, el gris blancuzco de la unión de los músculos, el hueso reluciente.

Por un momento, el planeta entero pareció congelar sus latidos. La mujer alcanzó a ver apenas un destello de luz. Después, aquel resplandor se tiñó de rojo y su boca se abrió por última vez. Mientras su cuerpo se desplomaba por el suelo como una marioneta sin hilos, Annalaura Pesenti ya estaba muerta.

En silencio, a excepción de aquel leve gemido, el vengador siguió seccionando la piel en largas tiras irregulares, cándidas y frágiles como las láminas de la crisálida después de la metamorfosis. Tan pronto como hubo terminado, sacó de un bolsillo una bolsa de celofán y la dejó sobre la mesa.

Abrió la cremallera de su uniforme naranja y se quitó los pantalones. Debajo tenía otro par verde oscuro. Se desabrochó la camisa del mismo color y se soltó el sujetador con la prótesis.

A lo lejos tañían las campanas del ayuntamiento bajo un paño lustroso que revoloteaba. Sobre el fondo azul campeaba un escudo, con la estilizada imagen de una ciénaga de la que emergía la torre del ayuntamiento. Estaba rodeada por un círculo de espigas de trigo agavilladas con una cinta roja. LATINA OLIM PALUS estaba escrito en ella.

—Es la hora —dijo el hombre de color naranja. Y le colocó el sujetador en el pecho desollado, sobre la carne aún caliente.

Mancini había escuchado el relato de Caterina y ambos se hallaban ahora frente a los ascensores. Llevaban ya unos minutos esperando cuando un camillero con una cama y un enfermo les informó de que no funcionaban y de que él iba a subir con el de servicio. Tuvieron que volver al pabellón y tomar uno de los de la entrada, subir y atravesar luego toda la sexta planta para llegar a Cirugía Ortopédica.

Una ansiedad bien conocida le roía el estómago. Mientras avanzaban por el pasillo de la planta y los neones tintineaban en el techo se aflojó la corbata. A medio camino se cruzaron con un enfermero que empujaba una silla de ruedas con una desafortunada cuyo aspecto delataba su «pertenencia» al pabellón. Mancini se apretó contra De Marchi para dejar sitio, pero no fue capaz de sostener la mirada de la mujer y desvió los ojos hacia la que el hombre, con un par de gruesas gafas, hizo ademán de dirigirles. El comisario agachó la cabeza y se avergonzó de sí mismo cuando, tras alejarse la silla de ruedas, se sorprendió lanzando un suspiro. La paciente prosiguió por el pasillo acompañada por las pisadas de los zuecos blancos de su conductor y desapareció al doblar la esquina.

Los agentes llegaron a los ascensores y a la sexta planta. La enfermera jefe de Cirugía Ortopédica les franqueó el paso.

El servicio se extendía partiendo de un zaguán de unos diez metros, a cuyos lados se abrían las habitaciones, la enfermería y la sala del personal. La mujer, pequeña de estatura pero con grandes caderas, los condujo ante un ordenador idéntico al que habían encontrado en el pabellón.

—Aquí está lo poco que he descubierto. Espero que les sea útil.

En la pantalla apareció la ficha de un paciente que se remontaba a un año antes y que rezaba:

APELLIDO: BONI

NOMBRE: OSCAR

SEXO: MASCULINO

EDAD: 25

PESO: 96

ALTURA: 194 CM

DIAGNÓSTICO: FRACTURAS MÚLTIPLES, ARTROPLASTIA EN LA RODILLA DERECHA, FRACTURA DOBLE DESCOMPUESTA EN LA PIERNA IZQUIERDA, FRACTURA DE PELVIS.

POSIBLE INCONTINENCIA URINARIA E IMPOTENCIA.

POSIBLE ALTERACIÓN DE LA DEAMBULACIÓN Y CONSECUENTE NECESIDAD DE AUXILIO.

Mancini giró la cabeza hacia Caterina, la miró fijamente a los ojos y dijo:

—Es él. Lleva el apellido de su madre.

—¿Qué hacemos?

—Llama a Antonio y pídele que venga a recogernos, luego comunica el nombre de Oscar Boni a la central y diles que estamos volviendo. Yo llamo a Foderà.

Antonio Rocchi, polizonte por un día, había conseguido hablar con el portero del complejo de viviendas de protección oficial frente a la piazza dei Bonificatori, donde había vivido Rita Boni con su hijo durante quince años. No había sacado ninguna información reseñable, salvo que, tras la muerte de la mujer y la hospitalización del hijo después de su intento de suicidio, la casa fue devuelta a su propietario, quien la había vendido.

—Aquí vale, gracias —dijo la voz de la paciente en la silla de ruedas—. Ha sido usted muy amable.

—No hay de qué, señora —respondió el enfermero con delicadeza.

La mujer seguía teniendo una bonita figura, a pesar de los daños que esa fea enfermedad le había infligido, lo lamentó el hombre mientras constataba que le faltaban ambos senos. Debió de haber sido una hermosa mujer en su día. Le ofreció el brazo para ayudarla a bajar y a ponerse de pie.

—¿Puede usted?

—Sí. Ya viene a recogerme mi hijo, no se preocupe. Gracias de corazón —repitió al hombre de la mascarilla verde, que acercó la silla de ruedas a la pared, se despidió con un movimiento de cabeza y se alejó hacia la salida.

La mujer se sorprendió preguntándose por qué no había vuelto a entrar. Tal vez su turno hubiera terminado. Debía de tener bastante prisa si ni siquiera se había quitado el uniforme ni la mascarilla, pensó con una sonrisa. Una prisa que contrastaba con el paso desmañado que poco antes, mientras la empujaba por el largo pasillo, había podido notar. Pero la verdad era que andaba muy distraída en los últimos tiempos. Ausente. Meneó la cabeza y se apoyó contra la pared mientras esperaba a que su hijo la llevara a casa.

47.

Roma, jueves 18 de septiembre, 16:20 horas

«Te espero en casa del profesor.»

El destinatario era Enrico Mancini. El remitente, Giulia Foderà. No se había atrevido a responder, por temor a alentar ese nuevo *modus communicandi* que ella había inaugurado en los últimos días. Sabía que era una mujer seria, dura y determinada. Sabía también que se había tomado muy a pecho su situación psicológica y que quizá esas pequeñas atenciones eran hijas de un sentimiento más próximo a la lástima que a cualquier otra cosa.

Comello estaba al corriente de las novedades gracias a los mensajes de Caterina, quien había encendido el teléfono y estaba navegando. Rocchi permanecía en silencio al volante y Mancini hacía lo propio en el asiento del copiloto.

Ahora sabían que la mujer por la que la Sombra llevaba a cabo su venganza era su madre. Era ella el «dios» mencionado en los correos electrónicos. Pero ¿qué tenía que ver el arado con todo aquello? Por lo poco que Caterina había descubierto acerca de Rita Boni, era imposible de entender. Mancini se sentía muerto de cansancio y necesitaba recuperar algunas horas de sueño. Hizo que lo dejaran delante de su casa y los citó en el chalé de Carlo Biga, para la última reunión de la brigada antes de empezar la caza al hombre que estaban a punto de desencadenar.

Metió la llave en la cerradura y entró en la casa restregándose los ojos, que le ardían. Se quitó los guantes, los colgó del cuello de la jirafa perchero y se dirigió hacia la mesa. Abrió el portátil. Debía permanecer en conexión con los demás y recibir las novedades de la central. Fue a desnudarse y se acercó a la nevera para ganarse el afecto de su compañera del cuello de vidrio. La destapó y se dirigió a su habitación. Se puso los pantalones del chándal, pero en lugar de tumbarse directamente en la cama se acercó a la cómoda de madera india con la losa de mármol gris y un pequeño tocadiscos con una docena de vinilos al lado. Un polvo de meses holgazaneaba sobre el disco en lo alto. Dejó la botella en el mármol y lo sacó de su funda, con cuidado para que no se le cayera. Era un 45 RPM de 1970, de Piero Ciampi. Puso la cara A, se sentó en la cama, en la parte de Marisa, y se quedó escuchándolo.

En la mesilla de noche seguía aparcada aún la pila de sus libros. Puso la mano en el primero y notó el molesto contacto con la cubierta áspera, polvorienta. *Hilarotragoedia,* de Giorgio Manganelli, un volumen ilegible del que en los últimos meses había conseguido sacar aquella idea de la balística descenditiva y hacerla suya. Marisa habría sonreído, pero se hubiera alegrado al verle abrir uno de sus libros imposibles. Él le leía pasajes en inglés de un manual de *criminal profiling* y ella lo retaba a llegar hasta el final de la primera página de *Hilarotragoedia* sin quedarse dormido.

Se le escapó una sonrisa, que manchó con el sabor amargo de la cerveza. Cogió un pequeño volumen de tapa dura de la mitad de la pila. Lo abrió por donde había un marcapáginas con el signo de Tauro. El lápiz rojo de Marisa había rodeado un párrafo: «La anamorfosis es una técnica pictórica mediante la cual un objeto se pinta de manera que, mirando el cuadro frontalmente, resulte invisible. Si te mueves, ves el objeto. Ahora, insisto, el mundo, visto frontalmente, es ilegible».

«La realidad no existe», solía repetir Marisa en broma aunque quién sabe hasta qué punto. Y esa frase —«El mundo, visto frontalmente, es ilegible»— se la había oído decir en una fiesta de la facultad. Era un recuerdo nítido, a pesar del hastío que lo amamantaba. Una de esas insoportables reuniones en las que, completamente fuera de lugar, se descubría estudiando la fauna académica.

Lo dejó en su sitio y se fue a la cocina. Era incapaz de quedarse quieto, de concentrarse. Cerca del mapa de Roma estaba la pizarra de los crímenes de la Sombra. Algo faltaba, pero no acababa de saber qué era. Tenía que haber un hilo conductor, un mensaje escondido entre los correos y el patrón que había trazado con rotulador. Lo observó por enésima vez.

	WHO	*WHAT*	*WHERE*
1.ª VÍCTIMA	CAMARERA/ ENFERMERA	CORAZÓN	S. PAOLO
2.ª VÍCTIMA	CIRUJANO	TOBA	GASÓMETRO
3.ª VÍCTIMA	FRAILE	VÁLVULA	MATADERO
4.ª VÍCTIMA	ANESTESISTA	GASA	MITREO

Soltó un puñetazo en la mesa, mientras en el dormitorio la canción agonizaba. *Tú no, espera, no, / no te vayas, / tú no. Ya no sé lo que hacer, no entiendo esta vida...* La aguja produjo su característico crujido. Mancini dejó vagar la mirada por los recuadros de la pizarra hasta que el timbre del teléfono lo espabiló.

La voz de Antonio Rocchi arrancó con una pregunta:

—¿Lo has visto?

—¿El qué? —preguntó delatando su desconsuelo.

—Ya está en la página de las agencias de prensa, te lo leo: «Hace aproximadamente dos horas, el cadáver de A. P., psicoterapeuta del hospital Santa Maria Goretti de Latina, ha sido hallado en su despacho por un colega». La central nos ha avisado hace un rato. Te he llamado inmediatamente. Pero antes he hablado con mi colega de Latina, el forense del Goretti.

—¿Qué te ha dicho?

—Me ha contado algunos detalles que la oficina de prensa del hospital no ha facilitado por razones de orden público. La ha desollado... de la cabeza a los pies.

Repentinamente falto de energía, como si alguien le hubiera desenchufado de la corriente, Mancini sintió que sus fuerzas se alejaban del cuerpo y que la cabeza se le volvía pesada.

—Y nos ha dejado otro regalo —prosiguió Rocchi—. Un trozo de tejido en la boca.

—¿Qué tipo de tejido?

—Antirradiación. De los que se utilizan en medicina nuclear. Radiología y radioterapia. Y la víctima llevaba un sujetador puesto que no era suyo. Con una prótesis.

Cinco segundos, y el comisario respondió:

—Entiendo. Trataré de darme prisa.

—Te esperamos.

Mancini colgó y corrió al dormitorio para vestirse. Se la había jugado delante de sus propias narices. Todo había ocurrido mientras Caterina y él estaban allí en el hospital. Podía haber salvado a esa mujer. Otra vez culpa suya. No conseguía mantenerse lúcido, ahora que el caso Carnevali y el de la Sombra se habían superpuesto.

Cogió los papeles que le había impreso Caterina acerca de las cuatro víctimas y los colocó en fila sobre la mesa de la cocina. En la parte inferior de la última hoja añadió a mano los elementos disponibles acerca de la nueva víctima de la Sombra, la psicoterapeuta del Goretti. Ahí tenía a la quinta de las muertes de dios.

La casa estaba en silencio y ni siquiera por el patio subía ruido alguno, aparte del goteo continuo que venía de la ventana. Se acercó al alféizar, se asomó, inspiró hondo y miró hacia abajo. Era temprano, pero también esa noche la señora Taddei llevaría una flor a la hornacina de la Virgen. A la misma hora. Su prenda de amor, su tributo cotidiano al pequeño Marco, su amiguito muerto hacía tantos años, también por culpa suya. Desde entonces la madre no se perdía una cita, precisa como un reloj, todos los días, siempre a las 19:20. Siempre...

Una repentina iluminación le deslumbró. Se incorporó y se dirigió hasta la pizarra antes de que esa sensación se desvaneciera. Corrió al salón para recoger el portátil y verificar el cuarto correo de la Sombra, el referido al hombre del Mitreo que le había reenviado Caterina. No podía ser tan simple.

De: sombra@xxx.it
Para: stefanomorini@libero.it
Asunto: MAB
04:05 - 14 de septiembre ■
Estimado Sr. Morini:
La cuarta de las muertes de dios se ha llevado a cabo. Pero la justicia solo triunfará cuando el arado trace su último surco.
Usted no me conoce. Nadie me conoce.
Cómo me llamo no tiene importancia.
Solo soy una sombra

«¿Mab?», se preguntó a sí mismo. Abrió Google y tecleó las tres letras. El primer resultado fue una tienda de muebles para habitaciones infantiles. El segundo ofrecía el Beretta MAB 38. Mosquete Automático Beretta.

«Una ametralladora para el templo de Mitra...»

Repasó la pizarra. Al esquema que había trazado le añadió la quinta víctima, la psicoterapeuta. Comprobó las fechas de las muertes y de los hallazgos con las fechas y horas de los correos. Había algo que no cuadraba. Observó la pantalla de nuevo.

Los correos estaban unos sobre otros según la fecha y la hora en las que fueron enviados. El de la enfermera, el del cirujano, el del fraile y el del anestesista: 01:05, 03:05, 02:05, 04:05.

No los habían colocado en el orden que deseaba comunicar la Sombra. Ese era el nudo que había tratado de indicar Caterina unos días antes.

En pleno arrebato borró el esquema anterior, el establecido según las fechas de los hallazgos, y lo sustituyó por otro ordenado por las horas en las que había mandado los correos. Y añadió el último, el de la psicóloga. Estaba dispuesto a apostar que el correspondiente le llegaría a Morini a las 05:05.

	WHO	*WHAT*	*WHERE*
1.ª VÍCTIMA	CAMARERA/ ENFERMERA	CORAZÓN	S. PAOLO
2.ª VÍCTIMA	FRAILE	VÁLVULA	MATADERO
3.ª VÍCTIMA	CIRUJANO	TOBA	GASÓMETRO
4.ª VÍCTIMA	ANESTESISTA	GASA	MITREO
5.ª VÍCTIMA	PSICÓLOGA	ANTIRRADIACIÓN	HOSPITAL

Era así. No podía ser de otra manera. Ese monstruo lo tenía todo planeado. Secuestros, asesinatos, dónde dejar los cadáveres e incluso los horarios de envío de los correos. Siempre había sido él el que guiaba el juego. Y seguía siendo así. Pero ¿por qué? ¿Qué sentido tenía construir ese recorrido hacia atrás sembrado de indicios, símbolos, pistas?

Del torbellino de pensamientos de Mancini saltó una imagen. Quedó impresionado por la visión de la parrilla que había dibujado. *El mundo, visto frontalmente, es ilegible*. Se echó hacia el lado derecho de la pizarra y observó desde esa perspectiva el esquema que había reconstruido. La concatenación de muertes de dios siempre había estado allí, como un mensaje. Un juego de perspectivas.

Ahora veía las intersecciones, los pasos oblicuos en la parrilla de las víctimas de la Sombra. *La anamorfosis.*

Cogió un rotulador rojo del portalápices y empezó a trazar flechas de un recuadro a otro. Se detuvo y borró la palabra MITREO, la sustituyó por EXCAVACIONES y la unió con PSICÓLOGA. Todos ellos eran pasos lógicos o que funcionaban por asociación. El lugar del hallazgo de cada víctima indicaba la profesión de la víctima siguiente.

Unió con el mismo método objetos y lugares tanteando la idea de que cada objeto encontrado en el cadáver designara el lugar del subsiguiente descubrimiento.

	WHO	*WHAT*	*WHERE*
1.ª VÍCTIMA	CAMARERA/ ENFERMERA	CORAZÓN	S. PAOLO
2.ª VÍCTIMA	FRAILE	VÁLVULA	MATADERO
3.ª VÍCTIMA	CIRUJANO	TOBA	GASÓMETRO
4.ª VÍCTIMA	ANESTESISTA	GASA	EXCAVACIONES
5.ª VÍCTIMA	PSICÓLOGA	ANTIRRADIACIÓN	HOSPITAL

Si todo era correcto, ahora podía resolver el misterio de la próxima víctima y el lugar donde el asesino la dejaría. Solo tenía que tomar el último *what*/qué y *where*/dónde y trazar dos flechas.

De su manto mental emergió una imagen de una claridad inmaculada. La lógica de la parrilla sugería que el siguiente sacrificado sería un médico y Mancini se habría apostado algo sobre el lugar del hallazgo. No, el tejido antirradiación hallado en la boca de la psicóloga no era de los que se usan en los servicios de radiología de los hospitales, como había supuesto Rocchi.

Y, para confirmar su hipótesis, estaban también los análisis del suelo de Filippo Disera: «sedimentos limno-lacustres» típicos «de lagos palustres o zonas pantanosas» y «presencia de arenas».

La central nuclear de Borgo Sabotino.

Allí era donde encontraría también la guarida del asesino.

Tenía que actuar rápidamente, pero sin involucrar a nadie. El caso Carnevali y el de la Sombra de Roma eran, definitivamente, una sola cosa. Y, de alguna manera, sentía que ambos le pertenecían.

No, esta vez actuaría solo.

48.

Roma, jueves 18 de septiembre, 21:20 horas,
hospital San Camillo

La cabeza rubia de Comello oscilaba entre una hoja y otra, derecha-izquierda-derecha, cuando Enrico Mancini entró. Sobre la cama, entre las piernas, el teléfono inteligente y un Bic rojo.

—¿Qué tal estás, Walter?

El inspector levantó la cabeza y sonrió expresivamente. Tenía un aspecto casi decente y parecía estar mejor.

—Bien, comisario, estoy listo...

Mancini lo detuvo agitando el dedo índice frente a la nariz.

—¿Qué estás haciendo?

—Cate me ha pasado algunas notas. Para no perder entrenamiento.

Mancini metió la mano en el bolsillo trasero de sus vaqueros y tendió la libreta roja a Comello.

—Esto es tuyo.

—He oído que está otra vez en el caso... Me alegro mucho, comisario.

Mancini meneó la cabeza.

—En estos momentos no soy tu superior, sino un ciudadano de a pie que ayuda a su antiguo equipo.

—Dice Caterina que ya está, que sabemos el nombre del asesino.

—Sí, pero es todo lo que sabemos —mintió—. He llamado a la central y no tenemos nada más. No tiene antecedentes y su último domicilio conocido es la casa donde vivía con su madre, la mujer de la que te habló Anna Torsi.

—De aquí en adelante se encargarán los de operaciones especiales —dijo el inspector.

—Desde luego. Para mí la investigación ha terminado —rezongó Mancini, luego echó un vistazo al reloj de pared de plástico y decidió abreviar—. Necesito que me hagas un favor.

Walter permaneció a la espera.

—¿Sigues teniendo esa vieja furgoneta?

—La Ranger. Claro, comisario, ¿para qué le hace falta?

—Para cargar leña. He decidido volver a abrir mi casa de las montañas. Necesito un par de semanas de descanso.

Dos años antes, Enrico y Marisa habían adquirido por un puñado de euros una casita en Polino, un pueblo de la zona de Valnerina. Tenía una gran chimenea, mucha piedra y vigas vistas. Nada más terminar de arreglarla fue cuando ella se enteró de su enfermedad.

—Pues claro que se la dejo —levantó el pulgar Walter—. Las llaves están junto a las de casa en uno de los bolsillos de mi cazadora. Allí dentro —señaló un armario y Mancini fue a abrirlo, le acercó la cazadora y el inspector cogió un manojo de llaves—. Es la que pone Ford.

—Gracias, en cuanto acabe te la devuelvo.

—Nunca la uso, no se preocupe. Pero, antes de que se vaya, quiero enseñarle una cosa. He estado recopilando en estas hojas parte de los últimos elementos tratando de resolver el enigma del arado.

—No importa, Walter... —dijo Mancini, que tenía los minutos contados para poder hacer lo que se proponía.

—Mire —insistió el inspector enseñándole un pedazo de papel garabateado—. Aquí hay bastantes cosas sobre ese muchacho.

—Tienes que descansar, Walter —intentó decir Mancini.

—Aquí el tiempo me sobra. Me aburro. Me gustaría marcharme, pero tengo que estar en observación una semana más. Así que escúcheme. Ella, su madre, era profesora de inglés. Se me ha ocurrido que tal vez por eso llamó a su hijo Oscar, como Oscar Wilde.

—Creo que era irlandés.

—Bueno, vale, no seamos tiquismiquis. Según dice Caterina, Oscar alimentaba un desmesurado amor por su madre junto con la pasión por la astronomía. Tenía un telescopio y un montón de libros. Así que... He estado rebuscando en internet con mi móvil —tomó el papel y leyó la frase central del correo de la Sombra—. La justicia solo triunfará cuando el arado trace su último surco. ¿Sabe cómo se dice en inglés arado?

—*Plough,* pero ¿eso qué tiene que ver?

—Planteémoslo al revés. ¿Sabe lo que significa *plough* en inglés?

—Walter... Tengo que irme.

Comello negó con la cabeza:

—Espere. Escúcheme y dígame si mi razonamiento se sostiene. Si combinamos las dos cosas que Oscar Boni ama, la astronomía y el inglés, pues eso... Mire.

En la pantalla del teléfono de Comello, en horizontal, aparecía una página de Wikipedia en la que estaba representada la imagen de la constelación más famosa del firmamento.

—Es la Osa Mayor, más conocida como el Carro... Y en inglés la llaman *The Great Dipper,* es decir, el gran cucharón, o también *The Plough*... —concluyó el inspector.

—El arado —silabeó la palabra Mancini.

La semioscuridad del entorno con el repiqueteo de las luces de la maquinaria pareció reproducir por un instante la noche sideral punteada por el movimiento de rotación celeste de aquellas mágicas esferas de luz.

—Hay siete estrellas principales, las más visibles, comisario...

Mancini se quedó inmóvil.

—Y las muertes de dios son cinco, hasta ahora... —dijo, con la voz quebrada y los ojos perdidos en la pantalla.

—¿Qué dice, lo he pillado?

—Serás un excelente comisario —rezongó Mancini. Otras dos víctimas antes de que la profecía del asesino se cumpla y de que desaparezca para siempre entre las sombras. Tal vez estuviese a tiempo de salvarlas, pensó. *Y de encontrar a Carnevali*—. Tengo que irme.

—La furgoneta está aparcada en casa.

Después de que Mancini se fuera, Comello cerró la página de la Wikipedia y dejó el teléfono en la sábana. Apartó su cazadora, que el comisario había dejado sobre la cama, y la echó en una silla. Después reclinó la cabeza hacia atrás sobre la blanda capa de las tres almohadas y se dejó arrastrar hacia la oscuridad de ese universo en miniatura.

El vehículo de Walter, una gran furgoneta moteada de herrumbre con la que se iba a pescar, estaba justo delante del portal de entrada al edificio, en Bravetta, un barrio popular rodeado de verde, no muy lejos del San Camillo. Había tardado más de lo previsto en llegar en autobús, ya que la huelga de taxistas le había impedido dejarse robar de nuevo. El comisario metió la llave en la puerta, abrió y montó. El reloj analógico del salpicadero marcaba las 23:33 y él ya había hecho caso omiso de tres llamadas de Caterina. El motor rugió sin vacilar, a la primera. Así que hizo una maniobra y se metió por la calle que, al cabo de veinte minutos, le dejaría en la carretera de circunvalación.

Estaba saltándose el protocolo, pero su placa seguía aún sobre el escritorio de Gugliotti, y, a pesar de haberle dado a entender que no había abandonado la partida, aquel juego quería jugarlo él solo.

Las notas hipnóticas de la *Quinta* de Beethoven irrumpieron inesperadas en el habitáculo de la furgoneta abatiéndose como un hacha sobre los nervios de Enrico Mancini. En el teléfono del salpicadero aparecía el nombre de Caterina. ¿Qué debía hacer? Mentir. Ganar tiempo.

—¿Sí, diga?

—Comisario, soy Caterina. Pero ¿qué ocurre?, ¿dónde está?

—Tienes razón, perdona, estaba hecho polvo y me he quedado dormido en la cama después de ducharme. Luego he ido a ver a Walter —aquello chirrió en la voz de él y en el oído de ella y ambos se quedaron en silencio. A la espera.

—Hay novedades de Stefano Morini —dijo De Marchi tratando de recuperar una pizca de entusiasmo.

—Cuéntame —Mancini fingió interés mientras seguía circulando por la circunvalación rumbo a la salida de Pontina.

—Creo haber descubierto por qué la Sombra lo eligió como destinatario de sus correos —prosiguió ella—. Forma parte de su plan y de su sentido de la justicia. Sabíamos que Stefano Morini estuvo durante años en la sección de cultura del *Messaggero,* pero he descubierto que, a mitad de su carrera, cambió de periódico durante una época. Solo fueron unos meses en los que trabajó para *L'Espresso,* un semanario en el que le dio tiempo a realizar y publicar un reportaje de investigación.

—¿Investigando qué? —se animó Mancini al tiempo que adelantaba a un camión de pollos.

—Los daños de la central nuclear de Garigliano, sus residuos radiactivos y los casos de enfermedades en esa zona. El profesor está seguro de que esa es la conexión... El tumor de la madre del asesino.

—Sí, podría ser... —dijo Mancini.

—Una última cosa.

—Sí.

—La solicitud de la cuenta tiene fecha del 28 de agosto y el nombre de usuario es... Dorian.

—Es él —comentó lacónico Mancini.

—Por desgracia, aún no han sido capaces de rastrear su dirección.

—No importa. Estaré allí dentro de media hora —colgó antes de girar a la derecha para salir de la circunvalación y tomar la nacional de Pontina.

«Dorian Gray, muy bien, Walter», dijo para sus adentros. Luego estiró la mano hacia el salpicadero y apagó el móvil.

49.

Roma, Montesacro, jueves 18 de septiembre, 23:58 horas,
domicilio de Carlo Biga

—En media hora estará aquí —confirmó Caterina al resto del equipo reunido en el salón de Biga. Se alejó de la larga puerta ventana a la que se había acercado para llamar y se sentó en el sofá.

—Está bien, pero nosotros tenemos que seguir —asintió Biga y volvió a dirigirse a su escasa audiencia, ante la que estaba recapitulando los progresos de la investigación—. Sabemos que la Sombra mata por venganza. Para vengar la muerte de su madre. Para satisfacer un profundo sentido de justicia personal, que marca todas sus acciones y que nos explica, o, mejor dicho, se explica a sí mismo al darle ese nombre, «las muertes de dios». Hasta ahí, de acuerdo, tenemos el móvil general de los crímenes.

—Sí, pero ¿cuáles son los móviles particulares? —preguntó Foderà al profesor sentado ante su escritorio—. ¿Por qué precisamente *esas* personas?

—Tenemos a Nora —comenzó a desgranar el profesor llevando la cuenta con el pulgar derecho—, camarera y antes enfermera en el Santa Maria Goretti. Sabemos que manifestó un comportamiento agresivo hacia Rita Boni, la madre de Oscar. Después tenemos a Daniele Testa —pasó al dedo índice—, un cirujano del mismo hospital, y a Remo Calandra, anestesista, también de allí —concluyó con el tercer dedo levantado.

—Todos, de una forma u otra, debieron de estar en contacto con la madre del asesino. Obviamente, todo gira en torno a la enfermedad y a quienes fracasaron en el intento de curarla —dijo Rocchi.

—Sí, pero nos queda por comprender el móvil específico del asesinato del fraile y de la psicóloga.

—El primero lo he encontrado yo —era la voz de De Marchi, que se había acuclillado en el brazo del sofá con el ordenador portátil en el regazo—. Una conexión plausible para el atroz asesinato de fray Girolamo, aunque el móvil en sí aún no lo tengo claro.

En sus investigaciones nocturnas en internet, Caterina había buceado en la historia del convento de San Bonaventura sul Palatino y había curioseado en las biografías de los frailes que habían vivido allí en los últimos años. Entre ellos destacaba una pequeña fotografía descolorida de fray Girolamo. Era mucho más joven que el viejo al que encontraron colgando boca abajo en el matadero de Testaccio. Tenía el pelo negro y la barba más corta. Al final de la ficha aparecía un detallado resumen biográfico en el que se describía en pocas líneas la existencia terrenal del monje. Girolamo había llevado a cabo su misión antiabortista en el San Giovanni. Durante décadas había estado yendo y viniendo del convento al cercano hospital; todas las mañanas bajaba a las seis por el Palatino, cruzaba la plaza del Coliseo aún desierta y, a través de via Labicana y via Merulana, llegaba al hospital. A lo largo de todos esos años, según pudo comprobar Caterina, hubo un único momento de pausa en esa misión suya: durante unos meses se dedicó a llevar consuelo y sacramentos a los enfermos terminales en sustitución de un hermano difunto y en espera del nombramiento del nuevo encargado. Toda una vida salvaguardando los nacimientos y esos dos años velando por los *morituri*. Caterina se lo imaginaba recitando el acto de contrición mientras sujetaba de la mano a los enfermos, les daba la extremaunción y repetía tres veces el eterno reposo junto con los familiares destrozados por la desaparición de sus seres queridos.

La agente de policía sintetizó y concluyó:

—Esa es su conexión con el resto de las víctimas de la Sombra: Girolamo prestó servicio en la capilla del Santa Maria Goretti de Latina poco antes de morir atormentado como un animal.

—La hipótesis más creíble que podemos imaginar sin datos específicos —dijo el forense— es que fray Girolamo pudo relacionarse con la mujer enferma en el pabellón oncológico. Yo diría que la psicoterapeuta y él han sido asesinados por razones similares. Después de todo, aunque con ciertas diferencias, una psicóloga y un fraile hablan con el mismo lado de un paciente terminal: la psique o el alma, como se prefiera.

—Yo creo —intervino la fiscal— que la venganza de Oscar está ligada a un comportamiento. Él mata para vengar a su madre a causa de un error, de una falta, de una ofensa que ella sufrió, como en el caso de los médicos y de la enfermera. Y no cabe la menor duda de que la sucesión de crímenes de la Sombra está relacionada con ese lugar, el hospital de Latina. Y con esa mujer, Rita Boni, que recibió tratamiento en él, fue seguida en su proceso de rehabilitación psicológica y, por desgracia, encontró también allí la muerte.

—Nora O'Donnell, Daniele Testa, Remo Calandra y la doctora Pesenti, todos están, de una forma u otra, en conexión con esa muerte, pero sería interesante saber si la relación del fraile con Boni tuvo lugar antes o después de su muerte —puntualizó el profesor—. En otras palabras..., ¿le llevó consuelo espiritual o le dio la extremaunción? De acuerdo, me gusta cómo vamos avanzando, muchachos. Pero ahora propongo que nos tomemos una pausa. Nos vendrá bien descansar un rato mientras esperamos a Enrico —dijo el profesor, levantándose a toda prisa y apresurándose hacia el cuarto de baño.

Giulia Foderà, con los ojos cansados, se puso de pie y fue a abrir una ventana, y detrás de ella la siguió Rocchi con un cigarrillo que había liado mientras escuchaba al viejo maestro. Caterina se había mantenido al margen.

Veinte minutos más tarde, Mancini aún no había llegado y Carlo Biga roncaba ruidosamente en su dormitorio; el médico forense se había quedado dormido en la sala de estar de arriba, mientras que la fiscal había caído rendida en el sofá. Caterina se bajó del brazo y conectó la cámara al ordenador portátil a través de un puerto USB. Aprovecharía esos minutos para descargar las fotos tomadas en la madrugada del pasado lunes en el edificio de las bombas de agua.

Fue repartiéndolas entre la carpeta del caso y otra privada. Revisándolas, se aseguraba de que no hubiera ningún animal. No, nada de ratas, nada de nada. Los encuadres habían seguido sus movimientos irreflexivos y pasaban del contrapicado —mientras estaba agachaba en el suelo en garras del pánico y la Nikon se le caía de las manos y le resbalaba en el pecho— a apuntar hacia arriba, encuadrando la pequeña ventana de la pared gris justo por encima del mantel a cuadros. Había tres fotos casi idénticas que inmortalizaban el hormigón de las paredes y el rectángulo de luz en cuyo interior destacaba el verde del cañaveral a orillas del Tíber.

Las seleccionó todas y, cuando estaba a punto de mandarlas en bloque a la papelera, notó un detalle en la tercera que las otras dos no reflejaban: una mancha de un color marrón claro en medio de la maraña verde de las cañas. Clicó para abrirla. La calidad era excelente, a pesar de la escasa luz de la habitación. Amplió el centro de la foto.

Una cabeza negra, el torso desnudo de lo que podía ser un niño de unos diez años, un pequeño gitano a juzgar por sus rasgos, si bien alterados por una expresión de miedo. Sus brazos se abrían paso a través de la vegetación. Probablemente, pensó Caterina, había huido al oírla gritar, o cuando el comisario subió a la terraza. Observó su cara delgada, su piel ambarina, sus ojos avispados. Y se sintió invadida por una turbación tan repentina como sofocante.

En el fondo de esos dos puntos negros vio algo que conocía bien. Y que reconocía siempre, incluso tras una primera mirada superficial. El terror. Absoluto. Ciego. La invadió un repentino escalofrío de empatía y, un momento después, había tomado una decisión.

Cerró los programas abiertos, metió de nuevo el portátil en su funda después de desenchufar la Nikon, que se colgó del cuello. Se dio la vuelta. Los otros descansaban repartidos en la enorme casa del profesor y el comisario Mancini no tardaría en llegar.

Caterina se dio cuenta de que no había nada más que pudiera hacer para ayudarlos. Encontrarían las respuestas aunque ella no estuviera, lo sentía. O tal vez lo que sentía, con más fuerza aún, era la llamada de aquel terror absurdo, reflejo del suyo, que había visto en el rostro de aquel chico.

Tenía que encontrarlo. Tenía que llegar a ese lugar a orillas del río. Tal vez fuera una pérdida de tiempo, y por eso decidió no mencionarlo a los demás miembros del equipo, les dejaría descansar. O tal vez el pequeño gitano hubiera visto algo y aquello pudiera revelarse como una pista.

Foderà dormía acurrucada en una esquina del sofá y un jadeo discreto, en comparación con los rugidos que provenían de arriba, se elevaba de debajo del cojín que le ocultaba el rostro. La casa entera estaba adormecida, y el comisario todavía no había llegado. Mientras el eco quedo del péndulo de la planta de arriba daba la medianoche, Caterina se levantó, se acercó a la puerta y salió dejándola entreabierta para no despertar a nadie.

La lluvia era insistente en el cielo, negro de nubes y de noche. La mujer policía se acercó a su coche, abrió, entró y se sentó. Metió la llave y encendió el motor, lista para ir a la zona abandonada del antiguo puerto fluvial.

50.

Carretera nacional 148-Pontina,
viernes 19 de septiembre, 00:40 horas

Mil doscientos kilómetros cuadrados de llanuras pantanosas saneadas cientos de veces, desde la época romana hasta el periodo fascista. El entramado hidrográfico de la provincia de la antigua Littoria aparecía señalado por colectores y fosos alimentados por pequeñas cuencas. Toda la llanura se encontraba cubierta por una especie de rejilla hidráulica encargada de descargar las aguas en el mar utilizando una serie de canales que desembocaban en la costa.

En los últimos cincuenta años, las operaciones de drenaje y desnaturalización de la zona se habían extendido hasta el lago de Fogliano y a los tres menores que lo flanqueaban. Las cuatro cuencas se hallaban conectadas con el mar mediante un sistema de cursos de agua artificiales gestionados por imponentes esclusas.

En el centro de uno de los bosques plantados tras las tareas de saneamiento en los años treinta, protegido por un vasto muro de hojas de eucalipto, se alzaba el cuerpo lechoso de la central nuclear. Fue a finales de los años cincuenta cuando se comenzó a construir aquella planta, que, en menos de treinta años, habría de producir veintiséis mil millones de kWh de energía eléctrica y decenas de miles de muertes. En su momento fue la mayor de Europa. Más tarde, a mediados de los años ochenta, la producción se suspendió tras un referéndum.

Desde entonces permanecía abandonada, pero nadie se atrevía a acercarse y los pocos que se habían aventurado entre la jungla que la rodeaba se habían encontrado frente a aquel monstruo durmiente. La central no había llegado a morir del todo. Descansaba. Y mataba. Tumores del tejido linfohematopoyético, del cerebro, de la tiroides, y cáncer de mama y de pulmón. Leucemias.

Con su estructura central, el reactor Magnox y la cúpula aciaga, el reactor de agua pesada CIRENE y la auténtica «catedral» del conjunto, el edificio de las turbinas, azul como el mar Caribe, enorme, con sus ciento treinta metros por treinta, aquel lugar no tenía nada de real. Era más bien la memoria de un sitio incapaz de conservar la menor impresión de vida. Resistían su imagen, su nefasto recuerdo. Y los tentáculos radiactivos, que se expandían entre los campos de Borgo Sabotino envenenando la tierra, las capas acuíferas y la existencia de los habitantes de la ciudad lacustre. La Sombra había escogido a Morini por su reportaje sobre la central de Garigliano. Por su frustrado sentido de la justicia. Ahora, la última pista del esquema, el tejido antirradiactivo, le había traído ante el último de esos monstruos. A su alrededor, ese organismo recibía el abrazo de un área deprimida e inundada, una única y enorme poza en la que hundían sus raíces árboles y arbustos esqueléticos. Una constelación de ciénagas nuevas en las que bullían vidas invisibles. Larvas y huevos de insectos, madera podrida y espectros de setas, las masas de huevos de algún bicho volador colgando de las ramas y las crisálidas de las voraces orugas de Limantria. Por el suelo, solo arbustos de rusco y un barro que hedía a podredumbre. Al lado de uno de los canales de desagüe del reactor se levantaba una casa de una planta con un pequeño anexo. En tiempos, fue la vivienda del guardián. Nadie volvió a vivir allí nunca más, ni siquiera los sintecho. Todos los habitantes del pueblo sabían que llevaba casi veinte años abandonada.

Pero todos se equivocaban.

Aquel viejo cacharro corría de verdad y Mancini no tardó en abandonar la nacional y entrar en Borgo Piave. En la rotonda giró a la derecha y cruzó un paso elevado para seguir recto en la noche húmeda. La carretera no estaba iluminada, a excepción de algún faro que salía a su encuentro o las farolas de un chalé que surgía de la nada. Ya había recorrido siete kilómetros cuando llegó a otra rotonda. Borgo Sabotino era una pequeña localidad de seis mil almas donde las calles estaban dedicadas a los pioneros del lugar y a los impulsores de la desecación. Giró a la derecha en la calle principal, bordeada por una valla de alambre, una hilera de pinos y otra de eucaliptos que, junto con el copioso follaje de las acacias, impedían miradas indiscretas.

Un kilómetro y medio más tarde, la vegetación se aclaraba para dar paso a las carreteras de acceso al cuerpo durmiente de la central. Giró a la izquierda y vio inmediatamente la mole del reactor, blanco y reluciente como un enorme cráneo descarnado, que emergía del verdísimo abrazo del bosque.

El comisario levantó el pie del acelerador y el coche aminoró la marcha. Incrédulo, observaba aquella fábrica de muerte subrepticia por primera vez, como si se hallara ante algo espantoso e incomprensible. Iluminada por las farolas de la carretera, parecía una nave espacial recién aterrizada allí en medio de la campiña. Un campo de concentración alienígena.

Mientras la furgoneta avanzaba a paso lento, por el suelo, en el interior del espacio cerrado por el alambre de púas, el comisario entrevió unas vías. La Bahnrampe, pensó. La rampa de los trenes empleada en Birkenau para el acceso de los vagones de los deportados. ¿Bajo qué forma salía la muerte de allí?

Abandonó la zona y giró a la izquierda de nuevo. Apagó los faros y se metió en un bosque de eucaliptos. Delante de la verja invadida por la maleza, Mancini localizó un tupido grupo de arbustos que no podía venirle mejor. Con el motor al ralentí introdujo el coche en el interior. Descendió lentamente, con mucho cuidado para no hacer ruido y vigilando que no hubiera nadie a su alrededor. Se alejó, protegido por el antepecho de una zanja poco profunda. Y esperó.

En la oscuridad y en silencio pasaron diez minutos en los que tuvo tiempo para acostumbrar sus ojos a la falta de luz y sus oídos a las formas de vida que rezongaban en la vegetación a escasos metros de él.

Cuando se movió, decidió seguir la zanja. Resultaba lógico pensar que todos los canales, desde el desagüe del reactor hasta el más insignificante urinario para ratas, tendrían que introducirse en alguno de los cuatro costados del área. Con lo que no había contado era con el agua. Además de la lluvia, se vio casi inmediatamente con los pies sumergidos en el aguazal cenagoso, que bullía de mosquitos y otros bichos voladores.

Avanzaba acurrucado siguiendo la línea del canalillo, apartando cañas y plantas parásitas, que en esa zona parecían haber crecido de forma desmesurada. La zanja giró a la izquierda trazando una curva que dibujaba un ángulo recto y se deslizaba por debajo de una red de protección. La central se había construido sobre una elevación del terreno cuyas laderas descendían hasta las verjas que la rodeaban. Dicha posición servía para que no se inundara el área y esos canalillos recogían el agua de lluvia.

Oculto por la lluvia persistente y el oscuro telón de fondo del boscaje, Mancini se desplazó a gatas. La verja de seguridad cortaba perpendicularmente el canal introduciéndose en el curso de agua. Miró a su alrededor. No había otros lugares de paso. Bajó al centro de la zanja y el líquido fangoso le llegó hasta la rodilla. Aferró con ambas manos la retícula desde abajo y tiró con fuerza hacia arriba. Era una malla de alambre y, pese a sus esfuerzos, apenas obtuvo diez centímetros de hueco. No podría pasar. Pero no le quedaba otra opción, y además ya estaba mojado. Se agachó hasta que el agua le llegó al pecho y empujó la red con todas sus fuerzas hacia arriba. Pudo levantarla unos veinte centímetros, pero tuvo que agacharse aún más hasta que la barbilla rozó la superficie del líquido. Jadeaba, notaba un ardor en los brazos y en el centro del pecho, pero sus esfuerzos no bastaban. Cerró la boca y se deslizó despacio por debajo de la red, con los ojos cerrados.

Un segundo más tarde ya estaba al otro lado, completamente empapado. Salió del agua y se detuvo al amparo del terraplén de la zanja que proseguía un centenar de metros más hasta el centro de un gran claro. Decidió que no era una buena idea recorrerla y ascendió por la ribera que arrancaba justo después de la verja, donde un grupo de arbustos lo escondería. Toda la zona estaba desierta, pero él lo sabía, se había dado cuenta, podía sentirlo. La Sombra estaba allí.

Se movió siguiendo la valla, sin dejar de avanzar a gatas. A la izquierda, la mole del reactor parecía resplandecer con luz propia. Recorrió rápidamente los doscientos metros del perímetro y se encontró a una docena de metros de un tupido bosque de eucaliptos. Los había enormes, de más de veinte metros, y más pequeños, con el follaje denso de hojas. A la derecha, un canal de al menos de cuatro metros de profundidad pasaba por debajo de la valla para terminar su recorrido en el recio cuerpo del Magnox. En el centro de la arboleda, cerca de aquel conducto, Mancini entrevió dos bajas edificaciones abandonadas.

No había luz. No había señales de vida.

Se restregó los ojos con la piel de los guantes sucios de limo para recobrar la vista que se le empañaba. Después salió a la carrera para cubrir la corta distancia que lo separaba del bosquecillo. El olor del barro, de la hierba. El silencio irreal que parecía venir de la central nuclear se rompió quebrado por un chasquido fulminante.

La corona de dientes de sierra estaba destinada a dilacerar a quién sabía qué animal, pero lo que hizo saltar el resorte de metal que accionaba el arco de percusión fue el peso del comisario sobre la plancha. Mancini rodó por el suelo transformando el grito que le subía por la garganta en un gemido. Los catorce colmillos del cepo se tropezaron con su bota justo por encima del tobillo, la traspasaron y mordieron las capas superiores de la piel. El dolor más agudo, sin embargo, le venía del hombro derecho, que le ardía como si tuviera fuego en su interior.

El agua se abre, quebrada por la proa de la pequeña barca. Detrás, la gran hélice levantada empuja el aire para avanzar en silencio. La orilla del lado izquierdo seguía tan lisa como en los tiempos en los que el reactor vivía esparciendo por tierra, mar y aire sus esporas venenosas. Al otro lado, los eucaliptos habían hecho añicos el terraplén y las raíces pescaban ahora en el canal de desagüe de la central.

Oscar clava los ojos en el espacio oscuro frente a él como si pudiera horadarlo con la vista. Con una mano sujeta el timón; con la otra, un cabo. Minúsculos movimientos de vida se asoman al paso de la pequeña embarcación y de su timonel.

Un ruido resuena seco, lejano. Apaga la hélice y deja que la barca se deslice, lenta e inexorable, por el agua cenagosa. Se acerca a la orilla y salta con los pies juntos con el cabo en la mano. Se arrodilla y lo ata a un gancho oxidado, después sube por la ribera y se detiene a escuchar.

A pocos metros de allí está la casa. Protegido por la maleza, se acerca arrastrándose hacia el animal que ha capturado al borde de la arboleda. Lo primero que nota es el jadeo afanoso que viene del suelo. Debe de ser bastante grande. Lo observa desde detrás de un arbusto, no quiere que se asuste, tiene que aturdirlo como es debido y liberarlo de la trampa. Apoya una mano en la corteza de un árbol y se levanta, escondido en las sombras.

Mancini boquea y lucha contra la presión del cepo. Lo fuerza con ambas manos, pero siente que el brazo derecho va perdiendo energía. Con un último intento consigue separar las mandíbulas de hierro y sacar el pie, pero es en ese mismo instante cuando se da cuenta de que no está solo.

Un momento después, la silueta se separa del eucalipto y se arrastra hacia el centro del claro. Mancini lo ve. Es él. Arrastra las dos piernas dejando dos estelas en la hierba. Es lento pero su forma de avanzar parece inexorable. El policía se mantiene firme, hipnotizado por sus andares caracoleantes.

Entonces, de repente, comprende que debe levantarse. Lo hace. El tobillo se le inflama. El cojo se detiene y lo observa. Es enorme. Reanuda su avance hasta que Mancini rompe el silencio.

—¡Oscar!

El otro desencaja los ojos y se detiene a dos metros de él. El excomisario entrevé sus facciones, su rostro lampiño y delgado. Un fotograma se le pasa por la mente y desaparece. ¿Qué ha sido? Mientras sigue preguntándoselo, el otro se lanza con un movimiento salvaje contra él.

Mancini observa, incapaz de moverse un solo centímetro, cómo esa masa se precipita desde lo alto. Se queda quieto, por el contrario, esperando el impacto. El golpe se abate preciso sobre el hueco del hombro derecho. Cae de rodillas. Trata de forzar la pierna y se incorpora, pero se tambalea hacia atrás. Desde debajo, la Sombra lanza un brazo como si fuera un tentáculo. Lo hace con toda la fuerza que tiene en el cuerpo y le golpea en la cara. Durante un segundo, la luz de los ojos de Mancini se apaga. Sin embargo, consigue recuperarse y se arroja con la cabeza gacha contra el pecho de la silueta negra. Un estertor gutural es la respuesta de la Sombra a su acometida. Vacila y se derrumba de nuevo al suelo.

Mancini salta encima de él y le aprieta el cuello con las manos. Y aprieta. Y sigue apretando. Pero ¿qué sucede? Los ojos del hombre que tiene debajo son dos puntos negros en la noche. Vacíos como pozos sin fondo, y tristes, como los suyos. Otra vez esa impresión que se apaga nada más nacer. Lo reconoce. Pobre muchacho, había repetido Comello. Aparta la mirada, la baja y los ve.

Verdes, los que lleva son pantalones verdes. No unos pantalones cualquiera, no.

Pantalones de enfermero.

Mancini no se lo puede creer. Hasta le parece reconocer la mirada con la que se había cruzado en el pasillo del pabellón oncológico. Los pómulos, los párpados, la nariz y, después, los ojos del comisario se pierden, incrédulos, en los del otro. Aleja ese rostro del suyo y descubre sus cejas afeitadas que habían permanecido ocultas bajo las gafas y la mascarilla.

Ese momento de vacilación resulta fatal. Mientras él afloja la presión, la Sombra lo aferra por el cuello con su mano derecha. La presión inmediata y aterradora cierra la carótida e hincha las venas de la frente de Mancini, que desencaja los ojos y boquea como un pez de colores entre el índice y el pulgar.

Su mirada incrédula se pierde en la expresión dolorosa del asesino. Unos pocos segundos más y el cuerpo de Enrico Mancini yace en la hierba empapada. Inmóvil.

51.

Roma, viernes 19 de septiembre, 01:04 horas, puerto fluvial

La Nikon seguía bailándole en el pecho, a pesar de que tratara de sujetarla con una mano. El cielo oscuro y el asfalto reluciente le daban la impresión de correr dentro de un túnel. Notaba la fina gravilla masticada por los zapatos y aminoró el paso para detenerse frente al edificio de las bombas de agua. La capucha del chubasquero la había resguardado de la llovizna durante el breve trecho desde el automóvil hasta allí.

Caterina apretó la cámara en sus manos, liberó el objetivo de la tapa y cruzó la verja. Abrió la puerta, procurando no hacer ruido, y se encontró en un entorno que ya conocía. No tenía miedo a ser descubierta. No, su único temor era el de sofocar los ruidos de la criatura a la que imaginaba oculta entre las sombras.

No era solo que allí estuviera oscuro. Todo era sombrío y húmedo. Caterina sacó su pequeña linterna y la encendió. Sin pensárselo cubrió la distancia que la separaba del lugar donde le había visto y se asomó. La mesa en medio y la ventana en lo alto, a la derecha.

Avanzó, con la linterna en la mano izquierda, la Nikon en la otra. Asaeteó el aire con el cono de luz. Todo estaba como la última vez, sin ninguna presencia inquietante. Se sentía bien. Dirigió el haz amarillo más allá de la mesa, hacia abajo. En el suelo estaba el plato roto, el trozo de pan duro y el mismo tenedor de plástico junto a la carne enlatada. Siguió mirando. Un momento después notó cómo su cuerpo se ponía rígido.

¿Dónde estaba el mantel?

La adrenalina estalló de repente, liberada por el sistema nervioso central. Irradiada en el flujo sanguíneo, dilató los bronquios de Caterina, que sintió cómo el corazón bombeaba, con más fuerza, sangre a los músculos, al cerebro, al hígado. El intestino se le relajó mientras Caterina se deslizaba en el horror.

¿De qué tenía miedo? Esta vez no lo sabía. Se quedó a la espera. Fuera, las gotas caían sobre el agua del río y el sudor helado se le escurría por la nuca.

—¿Por qué has vuelto?

La voz venía de atrás, a su espalda. Era tenue, insegura. Caterina estaba paralizada, pero se obligó a darse la vuelta y se lo encontró de frente. Pequeño, delgado, moreno. El mantel que le envolvía los hombros le hacía parecer un senador romano con cuadros rojos y blancos. Ahí estaban los ojos del terror, descarados ahora, de aquel chico.

—Eres tú —respondió en voz baja, soltando un suspiro de alivio. Alzó un poco el tono de voz—, ¿por qué saliste corriendo el otro día?

El chico permaneció inmóvil, en silencio, mirando de arriba abajo a la mujer que tenía enfrente como si fuera una extraterrestre.

Luego dio un paso atrás.

—Miedo —confesó en un susurro.

Estoy cerca, pensó Caterina.

—¿De nosotros?

—¿Policías? —preguntó él.

—Sí, somos de la policía —Caterina dio dos pequeños pasos, se detuvo y dijo—: Y también sabes por qué vinimos aquí.

El gitanillo restableció la distancia de seguridad retrocediendo un poco.

—Por él.

—¿Él? —se arriesgó Caterina.

—El *mullo*.

—¿El... *mullo*? —el muchacho asintió con fuerza antes de que la mujer dijera—: ¿Es que le tienes miedo?

—¿Por qué has vuelto? —repitió.

—Por ti.

—Eso no es verdad. Yo vivo solo.

—¿De qué campamento te has escapado?

—¿Me quieres devolver al campamento?

—No.

—No voy a volver. Aquí no me conoce nadie. Nadie sabe dónde vivo. Solo el *mullo* lo sabe.

—No es eso. No queremos hacerte nada. Solo quiero saber quién es el *mullo*.

El muchacho la miró por un momento con una expresión de incredulidad impresa en la cara. ¿Sería posible que no lo supiera?

—Es un gigante —dijo levantando los brazos y poniéndose de puntillas—. Vuela sobre los rayos. Me obligó a hacer algo malo.

—¿Qué? —dio un paso al tiempo que extendía una mano, como tratando de tranquilizar a un perro callejero—. ¿Cómo te llamas?

—Niko. Me llamo Niko.

—Y yo Cate, Niko. ¿Ahora quieres decirme qué te obligó a hacer el gigante, Niko? —preguntó con voz suave.

—Me hizo llenar al hombre de la bolsa.

Caterina sintió una cuchilla de hielo cruzándole la espalda.

—Yo... —prosiguió el chiquillo mirando un punto en el aire— lo llené de piedras. La garganta..., toda llena de piedras.

Caterina se esforzó por dominar la emoción que sentía agolparse dentro de ella, pero no podía dejar de pensar en el hombre del Gasómetro, Daniele Testa, el cirujano desaparecido mientras corría por la playa de Latina.

Y en toda esa toba en la garganta.

—¿Te hizo daño el gigante? —la voz de Caterina tremoló como una llama en la oscuridad pegajosa de la sala.

—No.

—¿Por qué lo hiciste, entonces? —intentó decir sin apremiarlo.

Niko dejó caer los brazos a los costados:

—Tuve que hacerlo —se le quebró la voz.

El ojo analítico de Caterina se fijaba en las diminutas expresiones de aquella cara joven en busca de la verdad:

—¿Te obligó? ¿Te hizo algo malo? —repitió.

—No, yo... tenía que hacerlo. Me lo pidió... con los ojos.

El gorgoteo del Tíber se introducía en la trampilla abierta de la sala de máquinas y llegaba hasta ellos envolviéndolos en un torbellino de líquido oscuro. La mujer tragó saliva y se esforzó por hacer la siguiente pregunta. Tenía miedo de escuchar algo que no pudiera olvidar:

—¿Qué decían sus ojos, Niko?

—Eran grandes, buenos. Me decían que era lo adecuado. Que tenía que hacerlo. Aunque... la verdad, tal vez no fueran tan buenos.

Niko levantó las cejas siguiendo un repentino impulso interior. Luego se encogió de hombros, como si lo que estaba diciendo, lo que creía recordar, fuera algo que, en el fondo, no entendía, no del todo. Las primeras gotas le llenaron los ojos oscuros y hundidos. No sabía por qué estaban tomando por sí solas el camino que descendía por las mejillas demacradas. ¿Era por miedo a ese recuerdo, por la soledad que había descubierto dentro de esos ojos y que, por primera vez, le había parecido más insoportable que la suya? Todo lo que Niko sabía era que ahora estaba llorando como no le ocurría desde los tiempos del campamento y lo estaba haciendo, sin vergüenza alguna, delante de aquella mujer.

—No sabía por qué, pero tenía que hacerlo —insistió con la ansiedad de quien debe liberar su corazón—. Eran sus ojos los que me lo decían. Y lo hice.

Las rodillas de Niko cedieron y el cuerpo delgado se encontró sentado, en cuclillas, con las manos en la cara. El labio inferior de Caterina repiqueteaba, mientras los dientes trataban de contener desde dentro ese estremecimiento. El terror de lo incomprensible, el miedo al miedo, la impotencia paralizadora de lo imposible, la aceptación pasiva del horror.

Estaban allí, en el fondo de la mirada húmeda de ese chiquillo. Y ella los conocía bien.

Se inclinó hacia el niño que sollozaba y lo rodeó con sus brazos. Un gesto inesperado para ambos. Desconocido pero natural. Lo abrazó despacio y un tenue calor fluyó a través del cuerpo de Caterina hacia el del niño, que se volvió y clavó sus ojos en los de ella. Poco a poco, una sensación de tibieza y de cansancio los iba envolviendo a ambos.

—No te va a pasar nada. No te devolveré al campamento, Niko. Te lo prometo —dijo mientras el niño se soltaba del abrazo para volver a ponerse de pie.

—¿Me lo juras?

—Te lo juro —exclamó Caterina ofreciéndole la mano.

Niko la observó y decidió de inmediato que podía fiarse de ella. Se la estrechó y notó otra vez la emoción del abrazo de poco antes. La nostalgia de aquella sensación de abandono.

—¿Puedo preguntarte una cosa más?

Niko asintió.

—¿El gigante te dijo algo? —procuró revestir los labios con una sonrisa mientras le ponía una mano en la cabeza esbozando una caricia—. Tenemos que encontrarle antes de que le haga daño a alguien más. Lo entiendes, ¿verdad?

El chiquillo asintió otra vez y se puso serio:

—Solo me dijo que volvería a casa, que está cerca de un gran edificio blanco, alto, con una enorme cúpula brillante. Me dijo que allí se nota el aire del mar.

Caterina se agachó delante de él, ahora que parecía haberse tranquilizado. Quién sabía cuánto tiempo llevaría en ayunas. Estaba tan flaco. Aquellos ojos hablaban de la picardía de una criatura acostumbrada a inventarse los días por sí mismo. El miedo como aliado en la lucha cotidiana contra el hambre, la supervivencia entre las ruinas y los escombros del puerto fluvial.

52.

Central nuclear de Borgo Sabotino,
viernes 19 de septiembre, 02:20 horas

Una niebla de mantequilla cae sobre la casa, que parece cubierta de nieve. En el interior, el silencio se dilata hasta presionar contra las paredes. El aire húmedo agrieta las burbujas de moho sobre el techo.

Cuando se despierta, Mancini está en un lugar oscuro. La primera sensación es un dolor penetrante en el hombro derecho. Un ardor que se le filtra por la espalda, corre entre las vértebras y le quiebra el aliento. Después, sus ojos descubren un tenue punto de luz. Hay una ventana en lo alto, a la izquierda.

Gira la cabeza lo suficiente como para desencadenar una descarga eléctrica dentro de la médula espinal. Los globos oculares se hinchan y la boca se ensancha en busca de oxígeno. Un vapor fino se levanta del suelo y le obliga a toser, tres veces.

Y algo se mueve.

Hay un cuerpo en la habitación. Sobre una mesa hay un cuerpo tan blanco como el mármol. ¿Cómo no se ha dado cuenta hasta ahora?

Mancini mueve las manos detrás de la espalda. Estira, pero nada, una cuerda le aprieta las muñecas. Lo intenta con los pies y se da cuenta de que tiene ambos atados, cada uno a una pata de la silla sobre la que descansa, exhausto, el comisario. Y el tobillo empieza a arderle. Siente latir la herida del cepo en la piel. También los oídos se acostumbran al vapor acolchado que inunda el aire de niebla.

Es solamente una impresión auditiva, pero Mancini la percibe como si se hubiera movido cada molécula que separa esa boca de su oreja izquierda. Vaga y distinta, a la vez. Se revuelve otra vez sobre la silla, que permanece clavada en el suelo. Retuerce los tobillos, los hombros y las muñecas. Solo entonces se le congela la sangre en las venas.

Sus manos.

Sus manos están desnudas.

Los ojos de Mancini buscan, escrutan la mesa con la silueta blanca, hurgan en las esquinas de la habitación, vuelan por la superficie del suelo a la caza de una señal. De los guantes.

Sobre la mesa, la silueta jadea. Le cuesta respirar. El resto es solo silencio y vapor. En el aire, el olor insistente del moho se mezcla con una pizca agridulce. Nauseabundo, repugnante.

—Aquí están.

La voz le llega ronca, cálida, en un tono rojizo. Como la pantalla, ahora lo ve, encima de la puerta. A la derecha se abre un pasaje en la pared, supone Mancini. En el umbral, justo debajo del dintel, hay una figura.

—Aquí están, comisario.

Los guantes vuelan por la habitación como si fueran una sola cosa, juntos, y aterrizan delante de él. Los mira sorprendido, como si nunca hubieran sido suyos. Y, de repente, ahora está claro, comprende que esos dos trozos de piel nunca han sido... suyos.

—Ya no te hacen falta —dice la voz, y arrastra las piernas en la penumbra.

Mancini desliza la mirada por las piernas y el torso hasta el rostro de él. No está. No lo ve. Solo tiene delante la forma grandiosa y la cabeza de rizos, más tupidos que los suyos. Pero el otro se los arranca y el bulto de lana vuela en medio del espacio y alcanza los guantes.

—Estamos en paz —susurra.

Es una peluca. Castaña. La figura se muestra ahora desnuda mientras se desliza hacia delante.

—Era la suya. Y esos de ahí —el hombre extiende su brazo, con el dedo índice tendido hacia los guantes— eran de Marisa.

El hombre atado a la silla se pierde del todo. El hombro y el tobillo le estallan. Sabe que el otro está sonriendo, lo sabe aunque no lo vea.

Luego llega otro paso.

—Lo que queda de ellas.

La sangre bombea hacia lo alto, desde la yugular. Las orejas se hinchan y el sonido se transforma en un eco que atraviesa el canal auditivo, retumba en el tímpano y se desliza, con el impulso de una estrella fugaz, en el interior del cerebro. Y se convierte en una figura. Una imagen incolora. Un fantasma.

Marisa, Marisa, Marisa.

Ronco y gutural, el sonido del dolor sale de la boca del comisario, tras nacer en algún lugar del fondo del estómago. Su cabeza, encajada entre los hombros, cuelga como un pedazo de carne de un gancho. Vuelve a jadear. Se gira y le ve la cara: está cubierta por un velo blanco. El hombre baja el brazo y levanta el otro, señalando la cosa blanca sobre la mesa.

—Lo has encontrado —dice.

—¿El qué? —el comisario trata de forzar las cuerdas detrás de la espalda. Todavía está aturdido.

—¿Es que no lo entiendes?

Un movimiento arrastrado. Y otro. Un último arañazo de los zapatos en el suelo y la Sombra está ya en el centro de la habitación. Señala la silueta recostada.

—Al hombre de blanco.

Como emergidas de la oscuridad de un sueño, cuatro sílabas ruedan fuera de la boca de Mancini sin que se dé cuenta.

—Car-ne-va-li.

El hombre de pie asiente apenas. Cubre rápido la distancia que le separa de la mesa con un salto desmañado. Idéntico al que dio fuera, en el prado. Se agarra a la mesa. Se agacha, se inclina, acercando la cara a la del hombre que yace allí arriba.

Gracias a la claridad que se filtra por el tragaluz, Mancini hurta una estampa. El perfil de Carnevali. Es él. ¿Es él? La pizarra tenía razón. ¿Estará vivo?

—¡Doctor! —se las arregla para gritar con la garganta ardiendo, con el cuerpo húmedo y la fiebre en aumento.

El rostro de la Sombra está a escasos centímetros de la cara del médico. Con dos dedos retira la venda que va desvelando la nariz, la boca carnosa, las pestañas y las cejas afeitadas y con costras de sangre, igual que algunas zonas del cráneo. Se echa a la izquierda para mostrar a Mancini una mueca cargada de tristeza. Es un instante de suspensión que se hace pedazos cuando el perfil de Carnevali se vuelve visible, acompañado por la mano del hombre.

Está afeitado. Las cejas, la barba, el cráneo, las pestañas, un burdo trabajo que le ha dejado heridas y costras de sangre reseca. La piel tirante. Desgarrada. Recosida. La sarcástica sonrisa que desfigura ese rostro severo e inteligente es una broma de la naturaleza. El hilo corre desde la comisura de la boca hasta su único lóbulo, en el que se injerta poniendo en evidencia la sonrisa. Un viejo, un pobre viejo irreconocible, hecho trizas como una muñeca en manos de un niño travieso.

Mancini ahoga una arcada y desencaja la boca para respirar. El hombre de la mesa no puede hacer lo mismo. El hombre de la mesa lo mira con ojos vidriosos, sin brillo, velados, pero todavía vivos. Toma aire por las ventanas de la nariz, que se dilatan como las branquias de un pez fuera del agua.

El comisario forcejea, la silla cruje. Vuelve a gritar:

—¡Doctor!

—No puedes. Eres débil, comisario —Oscar se acerca un dedo a la sien y se golpea dos veces—. Eres... frágil.

—¡Cállate!

La Sombra coloca una mano sobre la frente del médico y la acaricia. No hay malicia en esa voz, ninguna maldad, no hay daño en ese gesto.

—¿Por qué? ¿Por qué? —grazna la voz en un *crescendo* que rebota en las paredes hinchadas del sótano.

En los ojos de Carnevali brillan las lágrimas. Se le deslizan por la mejilla y se paran. Se quedan clavadas en el primer punto de sutura con el que se topan. Se hunden en los orificios atravesados por el hilo de nailon, penetran en la carne y la queman, como si fueran de ácido. Pero la cara del médico permanece quieta, no le traiciona ni un gemido, ni un movimiento. Ni una esperanza.

—¿Por qué? Por el amor de Cristo, ¿por qué? —grita de nuevo Mancini, con las pupilas dilatadas, pataleando.

El asesino sacude la cabeza y toma la cara del hombre tumbado con un movimiento que a Enrico le recuerda a una caricia. Luego levanta el torso, se da la vuelta, mirando a su paciente, y, señalando las cifras luminosas, dice:

—Ya casi estamos.

Son las 03:40.

53.

Roma, viernes 18 de septiembre, 03:20 horas, puerto fluvial

Caterina sostenía el teléfono con la mano derecha. No se sentía segura, temblaba. Se había despedido de Niko, al que había «prestado» diez euros para que comiera algo decente. Prestado, sí, porque él no aceptaba limosnas, como le había explicado. Prefería apañárselas haciendo trabajos ocasionales, él era fuerte y no tenía miedo al trabajo duro. Pero no era fácil encontrar a alguien que se fiara de él para desalojar un sótano, limpiar el césped o echar una mano en el área de carga y descarga de algunos supermercados de la zona.

Ella le ayudaría, se lo había prometido, y, como prenda, había insistido en que aceptara ese dinero. Ya se lo devolvería con su primera paga. Fuera cual fuera su trabajo. Hizo que le enseñara la pequeña dependencia al otro lado del río, cerca de la antigua fábrica Mira Lanza, donde decidió volver a dormir después de que el *mullo* le asustara tanto.

En el fondo del alma de aquel chico sencillo, y al mismo tiempo tan problemático, Caterina había reconocido las sombras de un miedo atávico e inextinguible como el suyo, y por primera vez en su vida las había sentido como un posible lazo. Una profunda empatía. Algo negativo, desagradable, que podía transformarse en algo hermoso.

Frente a las lágrimas de Niko, se había sentido una persona casi normal. Y había pensado que, tal vez, solo tal vez, si podía ayudarlo, se haría también un favor a sí misma. Ayudarlo a construirse una existencia un poco menos cansada y precaria.

Niko quiso que le dejara delante del local de comida rápida de via Stradivari, el único abierto a esas horas de la noche, y se despidió agitando los diez euros con una gran sonrisa en la cara.

Al instante, la agente de policía, que por unos momentos había dejado su sitio a la mujer, estaba de regreso. Era muy tarde. Se veía ahora, a esas absurdas horas de la noche, con el teléfono en la mano, insegura. Pulsó la tecla de marcación rápida número 4 y el móvil sonó tres veces.

—Cate, ¿dónde te has metido? ¡Son casi las cuatro! —era la voz de Antonio Rocchi. Parecía ansioso.

—Ha ido a la central nuclear, estoy seguro —dijo Caterina sin respirar.

—¿Quién?

—El comisario. He tratado de llamarlo, tiene el teléfono apagado.

Hubo un momento de silencio y luego la voz de Giulia Foderà estalló al otro lado:

—Caterina, ¿dónde estás?

—No importa, señora fiscal. Mancini ha ido detrás de la Sombra. Estoy segura de que se encuentra en la central nuclear de Latina.

Las pistas y los datos recogidos hasta entonces por la brigada, el análisis del terreno que Filippo Disera había hallado en los zapatos de Nora y su encuentro con Niko confirmaban que su *mullo* tenía su guarida cerca de la central de Borgo Sabotino. Probablemente era allí adonde arrastraba a sus víctimas antes de cada colocación simbólica. Y allí, en esos momentos, podría estar Mancini.

—Le hemos llamado nosotros también y no hay manera —la voz de la fiscal temblaba en un susurro—. Hemos hablado con Walter hace un momento. Dice que ayer por la tarde le prestó su jeep a Enrico, porque quería ir a arreglar la casa de las montañas para preparar el periodo de pausa que se había tomado.

Con unos cuantos monosílabos, Caterina resumió su encuentro con Niko y el repentino silencio a ambos lados de la comunicación funcionó como un detonante.

—Nos vemos en la jefatura central de policía dentro de cuarenta minutos —ordenó Giulia Foderà.

La fiscal colgó y se volvió hacia el profesor Biga y Antonio Rocchi, quienes la estaban mirando, ya de pie delante de la puerta. Antes de que pudiera hablar, el viejo se le anticipó:

—Ha ido a la central nuclear de Latina.

—Creo que sí.

—Ha ido solo, ¿verdad? —preguntó el forense.

Giulia Foderà se limitó a asentir. Después, con la vista fija en un punto sobre las cabezas de los dos hombres, marcó el número directo del superintendente.

—Gugliotti, por favor..., avise a la Unidad Central Operativa de Seguridad. Llegaremos dentro de cuarenta minutos... La central nuclear de Borgo Sabotino...

Caterina De Marchi dejó el móvil en el salpicadero, puso en marcha el coche y, al cabo de unos pocos cientos de metros, tomó a toda velocidad viale Trastevere frente al Ministerio de Educación, con la Nikon aún colgada del cuello.

54.

Central nuclear de Borgo Sabotino,
viernes 19 de septiembre, 05:40 horas

El comisario debe de haberse quedado dormido. Lo ve por la pantalla nada más abrir los ojos, que le arden con más fuerza aún. El dolor en el tobillo y en el hombro se ha transformado en un único latido que arranca de uno y llega hasta el otro.

El resplandor penetra en forma de cono, a través del ventanuco, e ilumina la fina línea plateada que se eleva desde el borde de la mesa donde está tumbado Carnevali. La Sombra la aferra y, repentina como una explosión, entre las paredes del cráneo de Enrico Mancini resuena el eco de una pesadilla. Es el soporte de un goteo, ahora lo ve. Perfecta y limpia como ninguna otra cosa de las que hay allí. Se queda mirándola y recorre con los ojos el tubo que baja y se introduce en el brazo descubierto del médico.

—¿Qué le estás haciendo? —grita. Forcejea, desdeñando las punzadas en el hombro. ¿Será posible que nadie le oiga fuera de allí?

La mano de la Sombra golpea el soporte y la alianza que lleva en el meñique repica como una campanada fúnebre. *Ese sonido...* Mancini levanta la cabeza y reconoce el olor que flota suspendido en el sótano. Cierra los ojos y respira, ávido de recuerdos.

Y los recuerdos colman su codicia.

—Adiós, amor mío.

Esa noche Marisa llevaba la bata roja de su madre. El único punto de color en la habitación, con el pavimento de linóleo y las paredes verde pálido contra las que la cara de Marisa parecía apagarse. Allí cerca estaba la mesilla blanca de ruedas con la plataforma giratoria que servía de bandeja para los platos que las enfermeras estaban tratando de que se tomara.

El tercer ciclo de quimioterapia había dejado sus marcas: el pelo se le había enralecido y había adquirido la consistencia de la paja, toda la boca era una llaga, la lengua estaba reseca. Los ojos. El corazón había empezado a danzarle en el pecho, como ella decía.

—Adiós, amor mío —le dijo esa noche.

Por primera vez Mancini la encontró cansada, desganada, con el rostro seco e inexpresivo. Intentó animarla, bromeando con la calidad de la comida en los hospitales. Marisa no sentía los sabores. Los olores habían desaparecido de inmediato, con el primer goteo. Aunque resultara una bendición, porque la fragancia dulzona de los medicamentos que le inyectaban para atacar, como le decían, las células cancerosas era insoportable. Junto con el amarillo pajizo del goteo. *Ese era el olor en el sótano del asesino.* Pero fue el estado de ánimo de ella, que por primera vez le había parecido demasiado manso, lo que le convenció.

—No me marcho.

—¿Estás loco?

—No me siento capaz —dijo tratando de esquivar su mirada.

—Son solo unos cuantos días —Marisa se había incorporado—. Y ya sabes que los primeros días después del tratamiento son los que llevo peor. Después pasa un poco. ¡Un poco pasa, igual que yo! —sonrió, ensanchando los labios y dejando al descubierto sus encías exangües—. Y, además, ahora estoy aquí, en esta explosión de colores.

—Ya —trató de imitarla él.

Se le acercó y ella le sujetó la cabeza, se la aproximó a la boca y dejó escapar un beso. Sus labios resecos se contrajeron por aquel beso de amor, para el amor de su vida. Los ojos que le dijeron adiós con una luz de esperanza que Mancini nunca pensó en poder traicionar.

Pero ese beso fue el último.

Mancini se despierta de su sueño con los ojos abiertos.

—¿Está listo, doctor? —recita la voz de la Sombra.

—Mmmm —gime el cuerpo sobre la mesa.

—¿Qué le estás dando? —escupe Mancini.

—¿Te acuerdas de este hedor, comisario? Hace días que esto corre por las venas de nuestro amigo.

Oscar señala el goteo y recorre con el dedo el camino que va desde el tubo suspendido hasta el brazo atormentado de Carnevali.

—Doxorrubicina. Un antineoplásico. Hay que administrarlo cuidadosamente y en los momentos adecuados. Mucho me temo que tiene ciertos efectos secundarios. Erupciones en la piel, mucositis, alopecia y sobre todo...

Se detiene un momento, luego coloca el dedo medio sobre el abdomen del cuerpo tumbado. A la derecha, donde se aprecia la hinchazón, a la altura del hígado. Mancini lo sigue como si fuera un cuchillo que se hunde en la mantequilla.

—Pero son efectos menores. En los casos graves, como en el de nuestro desafortunado paciente, hablamos de depresión de la médula ósea. La cardiotoxicidad inducida por altas dosis de este reconstituyente puede llegar a resultar letal.

Mancini se afana en aflojar las cuerdas por detrás de la espalda, aprovechando la penumbra en la que está inmerso. La sensación de las manos desnudas es aterradora y emocionante. Vieja y nueva. Debe tratar de distraerlo. Para ello ha de involucrarse. Hablarle, hacer que hable.

—¿Por qué? —se aventura a decir.

La voz responde con énfasis:

—¡Es culpable!

Mancini niega con la cabeza:

—¿Qué coño dices?

—Mató a mi madre.

—Tu madre murió a causa de su enfermedad, Oscar. Él no la mató.

—Él la mató. Junto con otras muchas personas.

Mancini se esfuerza por mantenerse lúcido, pero a cada momento que pasa se siente más débil.

—Necesitas ayuda.

—Por aquí la gente dice que los tumores de tiroides se deben a la falta de yodo; los de piel, a las epidermis claras y a las exposiciones prolongadas al sol mientras se trabaja en los campos. Esas son sus verdades. Nadie habla de los agentes contaminantes que emiten centrales como esta, de la contaminación del aire, del agua y del suelo donde plantamos lo que comemos y donde los animales pastan todos los días. Ni se imagina la cantidad de enfermos que hacen de inconscientes conejillos de Indias de médicos conchabados con las empresas farmacéuticas que producen y venden esos venenos. Llenan la cabeza de pájaros a la opinión pública, manipulando las investigaciones sobre los efectos de la quimioterapia. Los verdaderos monstruos son ellos. Pero no es solo por ese crimen contra la humanidad por lo que él está aquí.

Mancini sigue escuchándole. Sus manos han ensanchado la cuerda unos cuantos milímetros y la ansiedad crece junto con la fiebre. La frente le arde, los bronquios le hierven.

—¡Está desahuciado! —el grito brota de la boca del asesino hacia la marioneta de carne de la mesa.

La mano izquierda del comisario intenta soltarse.

—¿Se acuerda usted, doctor, de cuando fui a verle a su bonito despacho en el hospital para preguntarle por mi madre? ¿Para que me explicara cómo estaban las cosas? Si me encontraba allí era porque creía en usted, tenía que hacerlo. No me quedaba otra opción.

Se detiene y se vuelve de repente:

—Tú lo sabes, ¿verdad, comisario?, cómo se aferra uno a la más leve señal positiva, a las personas que deberían salvar nuestras vidas. Pero este hombre me miraba molesto, tenía cosas que hacer, debía volver a su casa y me despachó con esas palabras. Nunca las he olvidado. Han permanecido en mi cabeza durante todo este tiempo. «Está desahuciada.»

Mancini se estremece como si una repentina corriente de aire gélido hubiera partido la habitación por la mitad. *Marisa, ¿dónde estás?*

—El día en que murió, este hombre ni siquiera estaba allí. Estará tratando a sus pacientes del hospital Gemelli, pensé. Pero no: se había ido de vacaciones. Y yo allí. Solo con aquella enfermera. Pero también ella ha pagado. Todo el mundo paga. Antes o después. Todos.

Oscar levanta el brazo derecho y señala a la pantalla. Son las 06:05. Saca un móvil del bolsillo de su pantalón y trajina con él durante unos instantes.

—Enviado el sexto también —dice sonriendo.

Luego se vuelve, se acerca al soporte y levanta las manos. Se queda mirando unos segundos la cara maltrecha del médico y abre de golpe el flujo del goteo:

—Esta vez te toca a ti.

En el minuto de silencio que sigue, Mancini intenta liberar una muñeca y el tobillo. Observa la escena como si estuviera congelada delante de sus ojos. De la cama de mármol llega apenas un golpe de tos. El cuerpo está anclado con cintas. Después se aprecia un respingo. El hombre se agita, sin quejarse. Los hombros se elevan, empujando a los pulmones hacia arriba en busca de oxígeno. Una. Dos. Tres veces.

Las últimas lágrimas de Mauro Carnevali se deslizan por su rostro atormentado dibujando con sal la palabra *fin* sobre su existencia terrenal.

El comisario está paralizado. No consigue mover un solo músculo. El dolor en el tobillo es una punzada continua y el hombro irradia calor hacia el brazo. Mancini está como suspendido, incrédulo ante lo que ha visto. Encadenado a su silla. Horrorizado. Todo aquello por lo que ha luchado se ha ido para siempre. Ante sus propios ojos impotentes.

El hombre de los pantalones verdes se arrastra sin un resuello hasta el quicio de la puerta. Mancini agacha la cabeza, derrotado por la fiebre que le arde en los bronquios y en los huesos. El asesino reaparece, pero no está solo. Trae consigo un olor distinto que se superpone al del goteo.

Se acerca al cuerpo y lo observa de la cabeza a los pies. No hay ninguna mueca de dolor en el rostro que él ha deformado sustrayéndole el gesto de la agonía. Las órbitas del médico están surcadas por finas ramitas rojas.

—Cerrar los ojos a los difuntos siempre me ha parecido una estupidez. Lo hacen quienes se quedan aquí porque prefieren pensar en la muerte como algo que se asemeja al sueño. Y por miedo a esos agujeros vacíos de vida y repletos de horror, el terror de perderse dentro de ese envoltorio de carne. Porque reflejan la nada que nos espera.

—Ya te has vengado. Has terminado —dice despacio Mancini tratando de esconder las manos que se afanan incesantes detrás de la espalda—. Ahora déjalo.

—Has hecho mal tus cálculos.

Se había olvidado. El arado. Las siete estrellas de la Osa. Walter tenía razón, Carnevali solo era la sexta de las muertes de dios.

Debe ganar tiempo. Nota cómo la muñeca derecha se va soltando a pesar de que las fuerzas le vayan abandonando.

—*The Plough* —responde entonces—. El arado en el cielo.

El asesino recita por fin su fórmula:

—Siete víctimas, siete muertos de dios, uno por cada día del coma, cada uno con su propia culpabilidad que expiar.

Solo entonces vislumbra el hombre de la silla el cuadro completo. Todo se vuelve claro en un instante. La profecía de la séptima muerte aún debe cumplirse.

Y será precisamente él, el excomisario Mancini, quien cierre ese círculo fatal.

55.

Roma, viernes 19 de septiembre, 06:18 horas

El bimotor del Agusta-Bell AB212 con turbinas Pratt & Whitney PT6T de 2350 caballos se puso en marcha y el enorme helicóptero de la policía estatal se elevó desde la azotea blanca de la central remolineando los brazos mecánicos en el clarear de la noche.

A los mandos de la doble palanca de la aeronave había una pareja de pilotos expertos, detrás de los cuales dos especialistas manejaban los sistemas de a bordo. En la parte posterior, ocho policías de asalto equipados con chalecos antibalas, arneses de combate y cascos azules estaban listos para dejarse caer e irrumpir en la zona señalada. Aunque la preparación de la aeronave y su tripulación y el viaje hasta la jefatura central les había llevado casi una hora y media, a una velocidad de ciento veinte nudos, a pesar de las condiciones atmosféricas, tardarían unos treinta minutos escasos en llegar a la central nuclear de Borgo Sabotino. Allí efectuarían el asalto e interrumpirían el rastro de sangre que la Sombra había ido dejando tras de sí.

Al fondo del fuselaje, Caterina De Marchi y Giulia Foderà permanecían en silencio, con las frentes aplastadas contra la plancha transparente del ventanal. Sus ojos estaban clavados en lo que veían debajo, y zigzagueaban por la línea del litoral salpicado de luces.

Antonio Rocchi estaba hablando por teléfono, tapándose la boca con la mano. Al otro lado de la línea, en la salita de la Unidad de Cuidados Intensivos, la pesada cabeza de Walter Comello asentía despacio escuchando las recientes novedades de la investigación.

La fiscal no podía perdonarse por aquella absurda demora. Y, sobre todo, no podía quitarse de la cabeza que, una vez más, detrás del enésimo contratiempo desde que Mancini se hiciera cargo de la investigación sobre la Sombra, podía estar Gugliotti. Pero ahora se daba cuenta de que la tormenta eléctrica que se estaba desencadenando por encima de ellos tenía preocupados incluso a los miembros de la tripulación. ¿Volverían a perder un tiempo precioso?

Un asiento más atrás, Caterina luchaba con la misma sensación. El encuentro con Niko la había distraído. Ese chico era lo más bonito que le había pasado desde hacía tiempo, lo más simple, lo más auténtico. Aunque, la verdad, Walter también... Después del incidente en el edificio de las bombas de agua, le había notado más presente, más atento con ella, más... Pero, ahora, debido a una ligereza suya, el comisario podía estar en... No, prefería no pensar en ello, no podía creerlo.

Antonio Rocchi colgó y marcó el número de casa de Biga, mientras las luces intermitentes de la cola del Agusta esbozaban salpicaduras de color amarillo sobre el lienzo negro del cielo. Después de seis tonos de llamada, colgó para volver a hundir la mirada en el páramo que tenía a sus pies.

En el lado opuesto, Giulia se había extraviado entre el martilleo de los latidos del rotor. Una cascada de decibelios soportables solo gracias a los auriculares reglamentarios para todos los tripulantes. Enmarañada en esa costra mental, la fiscal no podía dejar de pensar en Enrico. Reflexionaba sobre la investigación, sobre los últimos e inesperados acontecimientos, recordaba todos los detalles que habían colocado en fila, uno tras otro, durante las reuniones en casa del profesor.

Pero la imagen que seguía atormentándola como en un bucle onírico era la de aquel hombre con gabardina frente al obelisco de la Minerva de Bernini. Su silueta bajo la lluvia, con la cabeza hacia atrás y los ojos clavados en las placas de las inundaciones de la pared. Cuando se volvió apenas para saludarla y se la quedó mirando fijamente un instante a los ojos... Giulia se había sorprendido prestando oídos a sus propios sentimientos por primera vez desde hacía tiempo, sin los filtros que se había impuesto, en una mezcla de temor, duda y espera.

¿O sería simple esperanza?

El helicóptero ondeó a derecha e izquierda, osciló de arriba abajo hasta cuatro veces y continuó volando dentro del túnel de agua que lo envolvía.

56.

Central nuclear de Borgo Sabotino,
viernes 19 de septiembre, 06:10 horas

El miedo vence al dolor. Mancini se retuerce con sus últimas fuerzas frente al asesino que lo observa.

—Estás débil, amigo mío.

—¡Yo no soy tu amigo! —grita Mancini, mientras el tobillo izquierdo se suelta de la sujeción.

—Yo te conozco.

—Pero ¿qué dices?

—Hace dieciséis meses, en el Gemelli. Yo había ido con mi madre a pasar consulta con Carnevali. Tú estabas allí con Marisa.

Mancini siente que se extravía. Sus manos y sus pies se detienen.

—Estabas en la sala de espera, aquel día era tu primera consulta. La puerta se había quedado entreabierta, y oí que Carnevali te contaba la habitual mandanga sobre los tratamientos, las posibilidades y demás. Siempre la misma función. Nosotros habíamos llegado casi al final, y vosotros... todavía os hallabais al principio. Parecías desesperado, se te veía en la cara. Y muy enamorado. Un policía. Y de los importantes, me dijo un enfermero. Me fui a casa y me puse a investigar. Siempre se me han dado bien los ordenadores. Los de Investigación Tecnológica creo que ya saben algo.

—Yo no te conozco.

—Cuando mamá murió, y después de mi accidente —señaló sus piernas—, decidí que serías tú el elegido para compartir todo esto.

—¿Todas estas muertes? ¿La muerte es lo que compartes?

—La justicia, Enrico. La justicia. Tú eras el único digno de encontrarme y de hacerme justicia.

—¿Qué justicia? ¿Cómo?

—Siendo testigo de todo esto. Yo te quería a ti. Sabía que acabarías encontrándome. Nos mueve el mismo dolor. Te vi llorando ese día, mientras tu mujer estaba dentro de la consulta. Te vi rezar en su funeral. Y luego ante su tumba, en Prima Porta.

—Pero ¿cómo...?

Las imágenes empiezan a cobrar forma de nuevo como en un enorme rompecabezas de piezas en blanco y negro. Como las baldosas de gravilla de la central de policía. Las visitas, los especialistas, los viajes al extranjero y el afligido retorno a ver a Carnevali. Las habitaciones, las camas, la iglesia, las flores, el ataúd. Las lágrimas.

La Sombra dio un paso hacia delante y se puso bajo el rayo que entraba por la ventana.

—¿Me reconoces?

—¡No! ¡No!

Pero sí. Afeitado. Alto. Una impresión más que una imagen. Sentado junto a él y Marisa. Aquella cara sin cejas, sin pelo. La gorra de béisbol. La enorme sudadera. PUEDO RESISTIRLO TODO, EXCEPTO LA TENTACIÓN. No podía ser.

¡Santo Dios! ¡La enferma era su madre!

—¿Por fin te acuerdas? Tú por lo menos sí —leyó la respuesta en el estupor de quien tenía enfrente—. Muy bien, comisario.

El aforismo de la sudadera era de Oscar Wilde. *Oscar*. Todo se volvió nítido y siniestro en un instante, cerrándose en un círculo perfecto delante de los ojos de Mancini.

—¡Por el amor de Dios, Oscar!

Otra vez ese nombre. Nadie le llama ya por su nombre. Nadie le llama ya. Está solo. Acusa el golpe y se desplaza sobre la otra pierna, alejándose de la mesa con el cuerpo sin vida del doctor.

—Deja en paz a dios. No existe, comisario. Y tú y yo tenemos la mejor prueba de que no existe. Es el cáncer. No, no hay dios capaz de redimirnos del sufrimiento, ninguna religión puede aliviar el dolor de un niño que pierde a un padre enfermo de cáncer. El dolor no es una palabra, es un cuerpo, tiene nombre y forma. No hay esperanza cuando ves a tu madre invadida por células malignas que la consumen hora tras hora. Hasta su último suspiro.

La mano izquierda de Mancini se suelta de la atadura y queda bloqueada a la altura de los nudillos. Unos segundos más aún.

—Yo me lo perdí..., su último suspiro.

La Sombra permanece en silencio, mirándolo. Mancini deja caer la cabeza sobre el pecho y, por sí solas, bajan las primeras lágrimas. No puede evitarlo. Necesita llorar lo que lleva dentro desde hace meses. Tiene que hacerlo, en ese momento, frente a ese monstruo, tiene que confesarlo todo.

—Pensé que lo lograría. Fue ella la que me dijo que me marchara, que se sentía bien. Que volveríamos a vernos. Tres días después de irme me llamaron del hospital. Tenía que volver. Lo intenté. Tomé un vuelo al día siguiente, el primero que había. Demasiadas horas, me decía. No lo conseguiré.

—No lo conseguiste.

—No.

—No llores. Porque te salvaste a ti mismo. Yo estaba allí, Enrico. Vi la agonía. Créeme, si no hubiera visto su cara, hoy no estaríamos aquí, tú y yo. No me habría convertido en lo que soy. La Sombra de la muerte.

Mancini se queda mirando el rostro que está frente a él. Intenta comprender, en lo que puede, los sentimientos, el odio y el amor, que lo han llevado a asesinar a seis personas.

También Oscar reclina la cabeza y se rinde. Solloza:

—No quería llegar a tanto. Pero aquello. No podía quitármelo de la cabeza, aquello.

—¿El qué?

—¡El animal! —grita. Ahora está de rodillas.

Mancini se pierde. No entiende, siente que va a desmayarse y se desliza en el aturdimiento.

—Yo lo vi, comisario. Un animal atormentado —el asesino alza la vista hacia la pantalla. Mancini lo sigue. Son las 06:55.

—¿Qué era?

—En aquella cama. Mi madre. Comisario. Doblada en dos por el dolor. Un animal sin alma. Mi madre. Comisario. Tenía los ojos. Sus ojos. Se ponían en blanco. Desaparecían dentro de los párpados mientras su espalda se arqueaba. Creí que se partiría en dos.

Mancini reclina la cabeza:

—Dios santo, no me hagas esto.

—No podía parar. Y yo la llamaba. A gritos. Pero ella no podía parar. Se le retorcía el brazo, creí que iba a romperse. Después la espalda, los ojos. Y la boca, comisario, su boca. Los labios de mi madre. Dios mío, ¿por qué? ¿Por qué? —aprieta los puños, mirando al techo como si no hubiera nada más que cielo por encima de él.

Uno, dos, tres destellos y los rayos caen alrededor del reactor nuclear mientras una cadena de truenos estruendosos explotan en el aire por encima de la casa.

—Yo... —tiene la boca pegajosa y las palabras que no encuentra mueren allí—. He visto la Muerte. Cuando todo se apagó. He visto la Muerte. Y tenía la cara descompuesta por la agonía de todo ser viviente sobre la faz de este planeta. La misma. Tú, Enrico, sufres porque la echas de menos. Echas de menos vuestra vida en común, vuestro futuro roto. Yo siento odio por todas estas cosas, pero vivo con el fantasma de la Muerte. No hay día en que me levante y no reviva cada detalle de esa escena. Cada movimiento de su cuerpo. Estoy obsesionado. ¿Y sabes por qué? Porque no me lo creo. Que haya podido ocurrir. Porque ninguna célula de mi cuerpo puede acostumbrarse a la idea de que algo así sea natural. No hay nada natural en esa muerte envenenada. No hay nada natural en la Muerte. No hay nada natural en asistir al tránsito de la mujer que amas. Que te dio la vida, que te amó como madre y como el padre, hermano y hermana que nunca tuviste. Si dios puede morir, entonces ¿qué sentido tiene todo? ¿Es eso lo que quiere el universo?

Mancini menea la cabeza, incrédulo. Sus manos de piedra, resignadas. La cara bañada en lágrimas.

—Yo lo conozco, lo escruto, lo entiendo, preveo el movimiento incesante de sus astros. Las galaxias desaparecen, se apagan, pero se transforman en otras formas de vida gaseosa. Sin embargo, lo que no entiendo es la muerte, comisario. No tiene sentido. No hay justicia. Así que solo queda la mía. Ningún crimen debe quedar impune. Por eso estudié mi plan. Sembré las pistas para que... tú, al final, vinieras a por mí. Ningún crimen puede escapar de la justicia. Ninguno. No es justo. No era justo. Los he castigado a todos. Uno por uno. A la mujer que la maltrató, una pena que muriera en el acto, cuando le apreté el cuello con la mano. A quien cometió un error fatal, a quien trató de engañarla prometiéndole el más allá.

Enrico Mancini vuelve a contemplar la silueta del fraile colgada de su gancho. Le parece ver que oscila como un péndulo. Se le enturbia la vista.

—Lo hacía todas las noches. Venía a darle los sacramentos antes de que se quedara dormida. ¿Cómo crees que se sentía ante aquel ministro de Dios? Como una condenada en espera de su ejecución. Volvía todas las noches y todas las mañanas, con esa sonrisa oculta bajo la barba, ya lista e idéntica para todo el mundo. Feliz de llevarla de la mano al otro lado, eso decía. Él también lo ha pagado. Igual que ese anestesista que la dejó asistir como espectadora impotente a su propio tormento. Igual que quien la humilló aniquilando su feminidad, y, por último, este hombre que no fue capaz de darnos ni siquiera un día de esperanza.

Lanza una mirada despectiva a Carnevali.

—Puedo verla claramente, Enrico —prosigue Oscar, después de un momento de silencio—. Qué ojos tenía. Grandes, intensos, negros. Y esa expresión en su rostro demacrado. Una expresión imposible de describir. ¿No es terrible morir así? Tan joven, tan pronto, tan injustamente, así...

La frase queda en suspenso en el aire viciado y un silencio irreal llena el espacio entre los dos, antes de que le alcance el fragor de otro trueno.

—Mi madre sabía que la enfermedad la mataría, pero fingía que no era así. Quería vivir. Veo sus ojos como si estuvieran aquí. Quería vivir, leer y vivir.

Se interrumpe de nuevo, ahogando un sollozo. Un momento después, el sonido del despertador digital sacude los sentidos entumecidos del comisario.

—Es la hora.

La Sombra clava la mirada en la pantalla. Mancini se gira apenas y lo ve, rojo, intermitente:

—Son las 07:05, como hace un año. La última muerte de dios nos librará de esta pesadilla.

Mancini tiembla. *¿Fiebre o miedo?* Parpadea siguiendo el compás binario de su tictac. Le toca a él. Pero no lo consigue. No puede mover las manos, las piernas, el tronco. Solo puede pronunciar, sin desesperación ni pavor, tres palabras:

—¿Por qué yo?

Siente presión en la vejiga. Pero ¿de qué tienes miedo? Tal vez vuelvas a ver a Marisa. Tal vez.

—¿Tú? —el eco lúgubre de la vocal se alarga en la habitación y se adhiere a las paredes.

—¿Qué te he hecho yo? Ni siquiera conocía a tu madre.

Incrédulo, Oscar replica:

—Tú no, amigo mío. La última muerte de dios no es la tuya.

En el instante en que se detiene, entrecerrando apenas los ojos, Mancini se percata de que Oscar está sudando. Tiene la cara y la cabeza afeitada empapada. También los brazos transpiran. Poco a poco la imagen va enfocándose: también sus pantalones verdes están manchados. Y ahí está de nuevo ese otro olor. Al de la doxorrubicina se ha añadido algo penetrante que se le sube a la cabeza, siente que le da vueltas, engullido por el mareo.

Antes de que llegue a desmayarse sucede algo que Enrico no olvidará nunca.

El asesino de esos seis inocentes, todavía de rodillas, apoya las manos sobre una fina tira de barro. Con la cabeza entre los hombros. De nuevo aquella sonrisa falsa, perfecta, el horror y el amor. Juntos. Son lágrimas. ¿Qué ocurre? Mancini abre los ojos, el aire está enrarecido. La respiración se eleva hasta llenarle el pecho. La Sombra susurra algo que no llega a entender:

—Mal...

—¿Qué? —grita el comisario, con la desesperación hincada en la voz, mientras la mano izquierda se suelta de las ligaduras. ¿Le está llamando?

—Maldi... —crece despacio la voz del hombre de rodillas, mientras los primeros sollozos le invaden la garganta. El cuello se pone rígido.

—¿Qué? —Mancini sacude la cabeza. Tiene que soltar también la otra mano.

El asesino eleva los hombros y aparta las manos del suelo. Alza la cabeza, con la barbilla erguida, los ojos hacia arriba, y grita con una energía que proviene de la tierra, del corazón de ese hombre solo. Desde el centro de un dolor sin nombre.

—¡Maldito! —levanta el busto gritando una y otra vez—: ¡Maldito, maldito! —fuerte, contra el techo. Sus puños, ahora levantados, golpean impotentes el aire. Desliza una mano en el bolsillo y saca un objeto blanco. Mira al comisario a los ojos. Acerca el mechero a la ropa y, con un seco movimiento del pulgar, lanza una chispa. Un momento, nada más, y el fuego agrede su cuerpo, arde y penetra en su ropa, en su piel. El grito salvaje proviene del corazón de la antorcha, parece alimentarla—. ¡Maldito! —inmóvil, en medio de la habitación, Oscar sigue gritando al cielo esa única espantosa palabra, mientras Mancini libera la otra mano y se suelta las piernas.

De esa oquedad se eleva un piar, un gemido, una cantinela que asciende desde el fondo de su garganta.

El comisario acaba de quitarse las cuerdas, mientras el asesino se consume. Se lanza contra esa masa. Aterriza sobre él y lo embiste empujándolo al suelo. Las manos, los dedos, las palmas, el dorso. Cada centímetro de sus manos arde junto a ese fuego sagrado. Hasta las uñas hierven mientras la piel se le hincha. Lucha con las llamas y con el cuerpo del asesino.

No lo consigue.

—¡No! ¡Noo! —tiene tiempo de gritar Oscar antes de que ambos rueden sobre la podredumbre fangosa hasta el rincón más oscuro. Después, solo el silencio, el olor a carne quemada y un último jadeo sordo.

Son las 07:11 cuando un ataque de tos despierta a Enrico Mancini. Arde. Por dentro. El barro le ha salvado. El barro y su vieja gabardina. El cuerpo de Oscar yace a su lado. Con el pecho descubierto y los ojos magullados. Se da impulso con las manos, levantando el cuerpo por encima del otro. El rostro rojo de sangre y negro de fuego. Se acerca a él despacio, le apoya una oreja en el pecho en busca de otra chispa, la de la vida.

—¿Por qué? —es el estertor que lo sorprende en ese segundo abrazo.

Mancini se aparta y deja que sus ojos se posen en sus manos. Desnudas, abrasadas, enfangadas. Sí, ¿por qué lo ha hecho? Se desplaza para sentarse, pero nota un objeto debajo de él. Gira el tronco y se da la vuelta. La peluca y los guantes están quemados.

He ahí el porqué.

57.

Central nuclear de Borgo Sabotino,
viernes 19 de septiembre, 07:13 horas

Apoyado sobre un brazo, Mancini contemplaba al hombre en el suelo. Tenía el pelo quemado y calvas de piel requemada por el fuego, la boca medio abierta, la respiración insegura.

Lo observó y sus ojos cansados acariciaron su silueta inerte, posándose en su cara abrasada. Intentó imaginarse cómo sería asistir al final de su madre, verla desgarrada por el dolor, por las esperanzas frustradas, por la soledad. ¿Fue realmente una condena el llegar demasiado tarde a la cabecera de Marisa? Una punzada de piedad por aquel chico penetró en su pecho jadeante.

Era un asesino desalmado, sí. Pero el comisario solo podía sentir pena. El moribundo tendido allí a su lado custodió en su corazón durante un año entero la imagen de los ojos de la mujer más importante de su vida. Y la vengó a su manera. ¿Qué había hecho él por Marisa? ¿Qué habría hecho? ¿Qué era capaz de hacer?

¿Cuánto tiempo se mantendrían los ojos de Marisa en los suyos? Los de Enrico Mancini se llenaron de lágrimas. Nunca había experimentado nada igual por nadie que no fuera Marisa. En la oscuridad humeante del sótano imaginó su figura bajo el ventanuco. Hermosa, sencilla en su vestidito lila, con una sonrisa de amor en los labios.

Se espabiló, sacudió la cabeza y se arrastró hacia la puerta para subir por las escaleras de cemento. Solo siete pasos y la promesa de un rectángulo de luz, allá arriba. Se encaramó estirando el cuello hacia delante, pero se quedó bloqueado cuando la rodilla se le enganchó en la gabardina. Ese trozo de tela le había salvado la vida. Papá, me has salvado la vida, susurró, y volvió a ver la cara de aquel hombre la noche antes de morir en su cama. Quédatela. Me hace ilusión, le dijo, dejándolo con una sonrisa que Enrico no recordaba haberle visto nunca en la cara.

Otro escalón, luego otro. El olor a hierba, el verde intenso. Intentó ganar algo de aire y apoyó la espalda en la columna de cemento que sostenía el pequeño porche. Miró a su alrededor.

A su derecha, a unos veinte metros, una piedra estaba hincada en la tierra con una cruz al lado. Desde el sótano, a su espalda, como una marea sonora, subía un quejido repleto de pena y sufrimiento. En lo alto, la Osa Mayor resplandecía por encima de las copas de los árboles y la cúpula de la central nuclear. Solo entonces se dio cuenta de que el cielo estaba despejado. Había cesado de llover. Soltó un suspiro y dejó que sus párpados se abandonaran, ellos también, a la fuerza de la gravedad. Cuando abrió de nuevo los ojos, las lágrimas velaban con una pátina gris todo aquel pequeño mundo. Por todas partes ascendía la niebla del suelo oscuro y cubierto de rocío. Cruzaba el claro sin árboles que rodeaba la casa y extendía sus dedos hasta la mole espectral del reactor, liberándose del aguazal que la envolvía y rozando las aguas del canal de drenaje.

Mancini cerró los ojos de nuevo y permaneció inmóvil, a la espera. Uno por uno, volvió a ver los cuerpos atormentados de las víctimas custodiadas en sus mausoleos. *Las muertes de dios.*

Muy lejos, a más de setenta kilómetros, también el esqueleto herrumbroso del enorme Gasómetro se sumergía en las salobres brumas que el Tíber empujaba hacia sus orillas, acolchando el cuerpo silencioso del matadero, igual que al sur, en torno a las pálidas columnas de la basílica de San Paolo. Notó el olor a humedad y a moho del interior del Mitreo, oyó los resoplidos de la mole del pabellón como un enorme pulmón asmático.

Giró la mirada a su alrededor. La niebla flotaba envolviendo la cancela de hierro y las verjas en mal estado. Ascendía, rodeando la lápida de Rita Boni. Ella también había acabado bajo un metro de suelo empapado, como Marisa. Hundidas, pálidas carnes, el abrazo de la tierra, las inagotables fauces de la tumba.

Mientras tanto, la transparencia neblinosa abrazaba la cruz de mármol y las zarzamoras del camino de grava. Enrico Mancini se pasó la lengua por los labios secos saboreando el sueño que le vencía poco a poco. El entumecimiento acabaría por salirse con la suya, su conciencia terminaría deslizándose despacio en la morada de todos los difuntos. Aquellos muertos, ante sus ojos, eran reales, más vivos que los vivos. Más que él, que se había apagado y no era ya más que una sombra. Parecido a ese chico de abajo.

Estaba en lo cierto: ellos dos no eran tan diferentes.

Lanzó un suspiro y una sonrisa forzó la máscara de pena que llevaba. Después, por fin, se dejó arrastrar hacia el remolino invisible que lo engulliría junto con el fantasma de Marisa, hacia la casa maldita, hacia la maldita central nuclear y hacia el maldito globo terrestre. Sí, ese torbellino oscuro acabaría por tragarse todo el universo, las galaxias, los planetas y las siete estrellas del arado que se consumían allá arriba, en el cielo del amanecer.

Aquella mera vorágine de nada borraría para siempre el mundo de los vivos y el mundo de los muertos.

El de arriba.

Y el de abajo.

Epílogo

El haz de luz le asaeteó desde lo alto, embistiendo el cuerpo del comisario tumbado en el exterior de la caseta. En el canal, por un momento, la vida animal volvió a despertar. El helicóptero dejó caer dos camillas equipadas y los agentes de operaciones especiales irrumpieron en el semisótano, del que se elevaba un olor a quemado y a ácido. Después desfilaron por las escaleras para ocupar todas las zonas del refugio.

Una pequeña cocina albergaba una nevera en cuyo interior hallaron frascos y recipientes de gasas, agujas, bisturís y pinzas quirúrgicas. En una palangana roja al fondo del congelador había jirones de carne. La habitación del final del pasillo era una amalgama de olores espantosos. Sobre una mesa de mármol estaba el cadáver de un hombre con el rostro hecho trizas. Atado con gruesas correas de cuero, aquellos despojos sin vida habían sido el cuerpo del doctor Mauro Carnevali.

Tendida en el guano se hallaba la silueta jadeante de un joven casi abrasado, pero aún con vida. Los agentes que examinaron la planta baja encontraron un espacio dividido en dos: una habitación de lo más anodino, en un estado decente, albergaba una cómoda con tres cabezas de maniquíes, sobre las que reposaban otras tantas pelucas oscuras. Encima de la cama, un enorme mapa del cielo. En la mesilla de noche había cinco libros de lomos ajados, atrapados entre dos vasos portalápices: *El retrato de Dorian Gray* y los *Cuentos,* de Oscar Wilde, *Alicia en el país de las maravillas,* de Lewis Carroll, *El cuervo,* de Edgar Allan Poe, y *La balada del viejo marinero,* de Samuel Taylor Coleridge. Las cuatro paredes de la habitación estaban tapizadas desde el zócalo hasta el techo por fotos de la familia, si podía denominarse familia a la pareja de almas representada en cada una de ellas. La pequeña sala de estar con chimenea acogía una gran mesa con dos toscas sillas y una librería montada sobre dos hileras de ladrillo con tres tablones de madera. En el primer nivel había una serie de publicaciones sobre plantas medicinales, venenos naturales e historia de los sistemas e instrumentos agrícolas. En el segundo destacaban cuatro volúmenes de lomos oscuros del manual de anatomía humana de Gray, junto a los dos del *Compendio de cirugía,* un texto de oncología clínica y un tomo sobre los principios de la anestesia general.

Toda la superficie de la mesa permanecía cubierta por una larga serie de recortes de revistas, periódicos, artículos y fotografías impresas descargadas de internet. Todas en blanco y negro, todas con el mismo tema: el comisario Enrico Mancini. Su carrera, éxitos, premios, medallas. Y, además, imágenes privadas, en la cámara mortuoria de Marisa, en el funeral, en el entorno del hospital Gemelli. Había dos páginas de un reportaje sobre tumores relacionados con la cercanía de centrales nucleares y encubiertos por directivos, médicos conchabados y compañías farmacéuticas. La firma al pie era de Stefano Morini. En la pared de al lado de la ventana había un gran mapa de Roma con tres grandes equis rojas que marcaban el Gasómetro, el matadero de Testaccio y la basílica de San Paolo. Un mapa de Ostia con otra equis estaba colocado sobre una imagen de satélite del hospital de Latina marcada con el mismo signo. Por último, una vieja imagen en blanco y negro de la central nuclear de Borgo Sabotino encima de la cual aparecía escrito con un rotulador negro LA TUMBA DE DIOS.

En el exterior, la cúpula del reactor Magnox reflejaba los faros del helicóptero de la policía. La aeronave aterrizó en la zona de césped delante de la central y Caterina, Foderà y Rocchi bajaron a la carrera bordeando el canal y abriéndose paso entre los monos blancos de la científica y los agentes de operaciones especiales. Los auxiliares habían tumbado a Enrico Mancini en una camilla, con una vía intravenosa en el brazo y la máscara de oxígeno en la boca.

Tenía la cara pálida y la frente fría y perlada. Cuando la camilla se golpeó contra el borde del fuselaje, abrió los ojos y entrevió tres caras que lo observaban. Su rostro estaba quemado desde el pómulo derecho hasta la punta de la barbilla. En ese mismo lado, las llamas habían consumido la ceja, junto con algunos mechones de cabello. No distinguía ni las facciones ni los colores. Inclinó apenas la cabeza hacia la izquierda y se apartó ligeramente la mascarilla:

—Están abajo —dijo estirando los dedos de la mano quemada—. Traédmelos.

Después todo se deslizó hacia la oscuridad tranquilizadora de la que acababa de salir.

Roma, dos semanas más tarde

El timbre del callejón sonó dos veces. La estrecha escalera terminaba en una puertecilla de madera ante la que esperaba Enrico Mancini. Una pequeña marquesina cubierta de tejas sostenía el peso de las enredaderas que cubrían la fachada de la casa, pero no tuvo necesidad de guarecerse debajo. El primer sol de otoño resplandecía sobre la capital después de semanas de lluvias ininterrumpidas.

Acostumbrado a descifrar la realidad con todos los sentidos de los que disponía, y al no poder utilizar más que el oído, Mancini escuchó los pasos que provenían del interior para tratar de entender qué era el leve roce que se acercaba.

La puerta se abrió y reveló la melena despeinada de Giulia Foderà. En ese mismo instante, el comisario no fue capaz de refrenar la mirada que se deslizó hacia abajo, sorprendiéndose por la ropa de la fiscal y descubriendo sus pies desnudos sobre el parqué oscuro.

—Hola, Giulia —Mancini se sonrojó por ese atisbo de intimidad y alzó la mirada, luego esbozó una sonrisa que ella no recordaba haber visto nunca.

—Hola, comisario —respondió, delatando apuro o algo parecido.

La televisión y los periódicos le habían cosido encima toda la parafernalia del héroe nacional que había detenido a un despiadado asesino en serie y que lo había entregado a la justicia, que se encargaría de juzgarlo una vez dado de alta del hospital en el que permanecía bajo vigilancia. El superpolicía Enrico Mancini, la eminencia italiana, el comisario formado en Quantico... Nadie, aparte de los miembros de la brigada, el superintendente y la mujer que tenía enfrente, sabía que, si había conseguido salvar una vida, era precisamente la de Oscar Boni. Y nadie, ni siquiera sus compañeros, sabía hasta qué punto se sentía en paz consigo mismo por haber interrumpido la profecía del asesino, porque, en el fondo de su corazón, ni él mismo sabía ya lo que era realmente justo.

Esa misma mañana Gugliotti le había devuelto su placa y se había visto obligado, bajo el foco de los medios, a expresar un reconocimiento oficial, porque: «dando pruebas de una alta capacidad investigadora, el comisario Enrico Mancini ha llevado a cabo, con riesgo para su propia vida, una complejísima investigación conducida en colaboración con la brigada especial y la central de policía de Roma. Investigación que ha finalizado con el arresto de Oscar Boni, asesino en serie conocido como la Sombra de Roma».

A continuación le había «obsequiado» con unas vacaciones extraordinarias que debía emplear para «reponerse por completo y volver con más fuerzas que antes», había dicho satisfecho Gugliotti exponiéndolo como un trofeo, una joya de la familia, un hijo famoso del que estar orgulloso, un componente que devolvía el lustre a la totalidad del cuerpo. Aunque sin privarse de añadir unas palabras al oído:

—Ponga un poco de orden en su vida, comisario, y de una vez por todas.

Ahora Mancini estaba allí y tenía enfrente el rostro azorado de Giulia Foderà, y no sabía qué decir para romper el hielo. ¿Un «¿Puedo pasar?» acaso? No. Trató de socavar el bloqueo que leía en la mirada de ella, que permanecía quieta en el mismo lugar, sin el menor atisbo de querer apartarse para dejarlo entrar.

—Me he pasado por aquí por mis...

—Ah, sí. Los tengo yo.

—Me lo ha dicho Caterina, gracias.

—Espera un momento. Vuelvo enseguida. Disculpa —dijo entornando la puerta ante él.

Estaba rara. Insegura, incómoda. Mancini la veía incluso desmañada en sus movimientos, a ella, la elegancia hecha mujer. Tal vez fuera solo la ropa de estar en casa. Y, además, se veía que se había disipado esa confianza nacida entre ellos después de ir a visitar a Stefano Morini y que él en un principio había confundido con un pequeño encandilamiento. No era así. Mejor para todos.

Un minuto más tarde ella volvió a aparecer en la puerta, abriéndola apenas.

—Aquí están, comisario —dijo, entregándole sus guantes quemados.

A él se le escapó otro atisbo de sonrisa y posó sus manos sobre la de ella, quien le miró fijamente a los ojos.

—Gracias, Giulia —estaba a punto de añadir algo cuando un rumor metálico les llegó desde el interior de la vivienda. Mancini la miró e inmediatamente después dirigió la vista hacia la puerta que daba a la zona norte.

Y en un abrir y cerrar de ojos comprendió que estaba de más.

El bochorno le explotó esta vez en la cara, mientras que la de ella se abría a una sonrisa luminosa.

—Venga, ¿vas a venir a jugar conmigo, mamá?

Giulia Foderà soltó un suspiro y se dio la vuelta. Al trote, surgió del rectángulo de la puerta un niño de unos cinco años, de pelo rizado y oscuro como la mujer que se agachó para cogerlo en brazos.

—Marco, este es un compañero de mamá, el comisario Mancini.

—¿Como el entrenador? —preguntó el pequeño, algo intimidado por las quemaduras en la cara del comisario.

Los niños le hacían sentirse incómodo, con sus preguntas directas y esa sinceridad absoluta, sin filtros.

—Sí, igual que él, Marco.

Quién sabe qué clase de padre habría sido. Esa también era una pregunta inútil.

—Creo que tú eres más simpático que el señor de ayer.

—Marco... —se sonrojó la fiscal—, vete a jugar allí. Mamá irá enseguida.

—Muy bien, mamá; adiós, señor Mancini —dijo bajando de los brazos de la mujer, que seguía teniendo los guantes en la mano. El niño desapareció en su habitación, de la que se entreveía una pared verde.

—Cada uno de nosotros es el guardián de un secreto. Siempre he pensado que... —Mancini hizo una pausa para decidir cómo continuar—, que tú no tenías, que eras exactamente como te mostrabas.

—¿Y cómo se supone que soy? —aprovechó para decir Giulia con una expresión divertida y traviesa.

—¿Quién es el otro «señor»? —se escabulló Enrico.

Giulia se pasó una mano por el pelo, tirando de él hacia atrás, luego contestó en voz baja:

—Es su padre, pero Marco no lo sabe.

Era verdad, las cosas no eran como parecían. *El mundo, visto frontalmente, es ilegible*. Ni siquiera esa mujer tan seria, que no salía nunca y que no hacía caso a nadie, con su historia, o más bien con lo que todo el mundo pensaba que era su historia. Ella también era otra persona, desde esa perspectiva anamórfica. Solo ahora Enrico Mancini empezaba a darse cuenta.

—Esto es tuyo —dijo poniendo los guantes en la mano abierta del comisario. Los ojos de ambos se demoraron, frente a frente, por unos instantes. Después, desde dentro, Marco volvió a llamarla.

—Ve —dijo Mancini—. No diré nada.

—Estaba segura. Gracias, Enrico —sus ojos siguieron clavados en los de él mientras cerraba la puerta.

El comisario se dio la vuelta y bajó por las escaleras, desplazando el peso de una pierna a otra. Estaba aturdido, tal vez fuera el inesperado calor de estos días, tal vez no hubiera digerido las secuelas de la caza al hombre. Recorrió las callejuelas del barrio y montó en un coche que le esperaba en viale Trastevere, para llevarlo al destacamento de policía de Montesacro.

—De acuerdo entonces, comisario, le espero en mi despacho dentro de veinte minutos —dijo la psicóloga del departamento, Claudia Antonelli, con una sonrisa que sabía a bienvenida.

—Muy bien, doctora —dijo Mancini, como de costumbre, aunque ambos supieran que no iban a verse.

En su escritorio, al lado del ordenador, había tres notas. Una de Gugliotti, con un permiso firmado para ausentarse por razones de salud. Otra de Carlo Biga, que decía: «Te espero». La última estaba escrita con un rotulador de color púrpura. Rezaba: «¿Unas cervezas el sábado?», y la firmaba Antonio Rocchi.

El doble golpe llegó del umbral de la puerta. Las caras sonrientes de Caterina y Walter esperaban su invitación oficial.

—Entrad, chicos. Me he pasado un momento por aquí.

Los dos se acercaron a las butacas y se sentaron mientras Mancini se afanaba con los cajones.

—Walter, ¿cómo te sientes?

—Bien, comisario, bien. ¿Y usted? —preguntó señalando la ceja quemada.

—Mejor.

Caterina llevaba la Nikon colgada del cuello y había cruzado las piernas. Mientras Comello y Mancini hablaban, notó que el comisario llevaba puestos sus viejos guantes. Él se dio cuenta y se encogió de hombros:

—Lo estoy intentando, Caterina.

—No he dicho nada, señor.

—¿Y tú qué tal? La próxima semana terminas las prácticas con nosotros y pasas a la científica, ¿verdad?

—Se va a vestir de blanco, comisario. La cosa se está poniendo seria —bromeó Comello.

—Sí. Y... quería darle las gracias.

—Procura solo no esfumarte.

Caterina asintió y dejó que una mirada alcanzara al inspector en la otra butaca.

¿Conque estos dos...?, pensó Mancini volviéndose hacia la ventana con persianas que tenía detrás de él. Se acercó y echó un vistazo fuera. El sol iluminaba la calle, los coches aparcados y la gente que se apresuraba. Él ahora no tenía ninguna prisa. Tenía que descansar. Haría de necesidad virtud tratando de relajarse durante dos semanas enteras. Ni siquiera se acordaba de cuánto tiempo había pasado desde sus últimas vacaciones. Pero no, claro que se acordaba: en Grecia con Marisa, hacía casi dos años. Él soñaba con el mar, ella lo había arrastrado de ruinas en ruinas. La cuna de la civilización occidental, repetía, mientras subían entre los olivos de la Acrópolis.

—Walter —se puso serio—, tengo que felicitarte. Un hombre de campo como tú... Bueno, la verdad es que demostraste agudeza al reunir toda esa información y sacar algo concreto.

—Es que me sobraba un montón de tiempo y tenía que estar allí en el hospital.

—Y gracias por la furgoneta. Por cierto, la has recogido, ¿verdad? —recordó Mancini de repente.

—Por supuesto, señor. Le están haciendo una buena revisión, me gustaría volver a ir a pescar. Si el buen tiempo aguanta —dijo, cruzando una mirada con Caterina.

—Gugliotti me ha organizado estas vacaciones forzosas. No tengo más remedio que obedecer, pero, en cuanto vuelva, solicitaré que te asignen conmigo. Si estás de acuerdo.

—Desde luego —respondió el inspector—. Usted dígame solo cuándo empezamos.

Enrico Mancini esbozó una sonrisa y se volvió hacia la pesada puerta del despacho, que llevaba meses apoyada contra la pared al lado del marco. Se quedó mirándola unos momentos y luego le hizo un guiño a Walter:

—Mientras tanto, ¿qué tal si me ayudas a poner en su sitio este pedazo de hierro?

Nota del autor

Siempre me he sentido fascinado por el profundo contraste que, en una ciudad rebosante de arte, historia y cultura como Roma, te asalta cuando te enfrentas de repente a uno de sus muchos monstruos de acero. Entre las ruinas de los Foros Imperiales, los mármoles del Coliseo, el esplendor barroco de piazza Navona, la columnata de San Pedro y las estatuas del Castel Sant'Angelo, se extiende una densa red de vías férreas, edificios y estructuras erigidas durante la era industrial. Y si la belleza de esos monumentos siempre me ha causado una especie de estupor extático, sus gigantescos esqueletos mecánicos despiertan en mí una atracción oscura e irresistible.

En el meandro del Tíber que durante más de sesenta años albergó el centro del puerto fluvial, todavía señorea el voluminoso cuerpo de hierro del gran Gasómetro, que es una suerte de símbolo de esa hibridación, de ese contacto entre la historia antigua y la moderna. Un Coliseo de metal, un enorme cilindro alambrado de casi cien metros de altura, el doble que su más célebre primo. Forman parte de esa misma concepción urbanística el antiguo matadero de Testaccio, los edificios de ladrillo a la inglesa de los Molinos Biondi y las chimeneas torcidas de Mira Lanza. Un área definitivamente abandonada que debe muchísimo al modelo de los suburbios industriales anglosajones y en la que siento que se hunden las raíces de mi pasión por esas latitudes literarias, por el siglo XIX victoriano, sombrío y lleno de humo.

Como es obvio, la mía es una Roma diferente, ajena, desconocida, pero absolutamente real. Está allí. La curiosidad por esa ciudad ulterior, junto con meses de investigación en bibliotecas y las miles de inspecciones (peregrinaciones, debería llamarlas), acabó por brindarme el material ideal para la construcción del escenario que deseaba para una historia que, en mi cabeza, debía contener esa doble fascinación relacionada con el territorio: lo antiguo y lo moderno, el mármol y el acero, el arte y la muerte.

En todo caso, más allá de la especificidad de Roma, el núcleo de este seductor contraste creo que surge del encuentro entre los monumentos, que forman la identidad de nuestras ciudades, y estos gigantes industriales de vocación global. Existen estructuras prácticamente idénticas en todo el mundo, de Milán a Mánchester, de Bari a Nueva York. Estos gigantescos híbridos, a medio camino entre edificios, máquinas y monumentos, habitan en nuestras ciudades históricas y, a menudo, pasan desapercibidos.

Lo mismo puede decirse de lugares como el antiguo matadero de Testaccio, que hoy alberga el MACRO, el Museo de Arte Contemporáneo, y que hasta ayer mismo funcionaba como una enorme máquina trituradora de carne y exprimidora de sangre que manchaba de rojo las rubias aguas del Tíber. O también de los que son auténticas «tumbas mecánicas», como los hornos de la fábrica de gas que devoraban las vidas de los fogoneros y los obreros, o los acumuladores de energía venenosa como las centrales nucleares de Trino Vercellese, Caorso, Garigliano y de Latina, donde a menudo siguen aún almacenados miles de metros cúbicos de residuos radiactivos.

Entre estos lugares/no lugares se mueve mi comisario y analista criminal, con la brigada de expertos que lo acompaña, y un asesino en serie sui géneris. Recuerdo de manera nítida mi primer encuentro con Enrico Mancini. Era una noche bochornosa de finales de junio de 2009. Yo estaba sentado en el sofá con mi compañera, Paola, en la buhardilla alquilada de treinta y cinco metros cuadrados que daba a una carretera, cuando, pluma y libreta en mano, le dije que me gustaría escribir una novela policiaca, pero que en la cabeza solo tenía un personaje. Ni tan siquiera, solo dos rasgos del protagonista: la cara y las manos.

Por aquel entonces Mancini era solo una imagen, una cara esbozada en una libreta y diez líneas de notas. Más tarde, muchos meses después, en un pub en compañía de una Guinness *(cervisia magistra vitae),* comprendí de repente lo que me estaba pidiendo aquel personaje solitario y atormentado en el que, mientras tanto, se había convertido el comisario Mancini en las páginas de notas que había redactado: que vistiera sus manos, que las cubriera con otra piel. Así fue como aparecieron sus guantes.

En esta novela las mujeres asumen un papel especial. Son catalizadores de emociones, como en Poe, y de muerte. Todas acarrean un destino trágico, pero al mismo tiempo están muy vivas, son capaces y manifiestan una gran voluntad. Son el motor del amor y del odio, del crimen y del castigo. Crecí en una familia de mujeres lectoras. En mis personajes femeninos siento que reviven todas, las de ayer y las de hoy. Y esta es, sin duda alguna, una novela de mujeres y de libros.

Y de muerte, por supuesto. Sabía que había puesto en juego una parte importante de mí mismo con Mancini, pero sentía que faltaba algo. La otra parte. La más dura, sin filtros, rabiosa. Mi sombra. Después de todo, ahora me resulta claro: el motivo por el que he reunido estos dolorosos fragmentos de la memoria ha sido el fuego que arde dentro de mí desde hace veinte años sin un solo día de pausa. El amor y la muerte.

Esta novela es mi venganza. La única que he sido capaz de lograr. La única necesaria.

Agradecimientos

A mis hijos, Zoe y Tomás. A mi compañera Paola. A mis padres, Gherardo y Annarita, que me han apoyado por aquí y por allá. A Isabella y a Chiara, mis hermanas de vida. A Paola Babbini, mi extraordinaria mamá al cuadrado.

A Liviana, Giorgio y al pequeño Mario. A Rina Murino y a Nella Mazzotta, por su afecto. A Lucio Azzurro y a Marisa Comparelli por su amistad y su apoyo durante los años más difíciles.

A mi primer lector, Gianluca «mano de pluma» Pizzuti. Al míster Nicola Ugolini, a Eleonora Bonoli y a Walter «Neqrouz» Comelli. A Adolfo Barboni por aquel viaje en furgoneta y a Vincenzo Brutti por su corazón. A mis amigos de ayer y de hoy, Enrico «Drinkerrun» Terrinoni, Ronnie «Redneck» James, Fabio «Yuk» Pedone, Andrea «Ploughboy» Binelli, Andrea «Honest» Terrinoni, Andrea «Waster» Comincini, Daniele «Djalma» Casella, Antonio «NMM» Positino, Neil «Thelastpint» Brody. *Up the Irons!*

A mi agente, Laura Ceccacci, por el hechizo de la primera lectura, por haberme arrastrado de una oreja a esta maravillosa pesadilla y por sus mágicos bizcochos. Gracias, siempre y para siempre. A mi editor de mesa, Fabrizio Cocco, el hombre de la valentía, de la paciencia, del orden, y a su alma recta y despiadada. A mi editor, Stefano Mauri. A mi director editorial, Giuseppe Strazzeri. A Tommaso Gobbi, a Raffaella Roncato y a toda la gente de la editorial por haber creído en mí, por haberme apoyado y sostenido.

A mis editores extranjeros: María, de Alfaguara; Iris, Daniela, Felix y Marco, de Bastei Lübbe; Sevi, de Dogan Kitap; Anna y George, de Patakis; Frederique y Claire, de Presses de la Cité.

Al criminólogo Giulio Vasaturo, por sus reprimendas y consejos, tanto los que asumí y utilicé como esos otros (la mayor parte) que traicioné en nombre de la ficción.

A mis compañeros de las editoriales Fazi y Minimum Fax.

A mis maestros: Angela De Pisa, Carlo Bigazzi, Roberto Bertoni.

A Asia, Camilla y Sampa.

A todos aquellos de los que me he olvidado y a los amigos que me aconsejaron que desistiera. A Irlanda, a Dublín, al Departamento de Filología Italiana del Trinity College y a la tranquilizadora silueta de una Guinness helada.

A Annarita Buono, Giovanna De Angelis, Massimiliano Ingiosi, Alessandro Laganà y a todos aquellos que se apagaron en el torpor de la química, en la muerte de la esperanza.

A mi madre, a quien sigo echando de menos.

A la mentira literaria, a sus distracciones necesarias y a todos los embusteros que la ejercen cotidianamente.

A mi ciudad, Roma. Y a sus sombras.

Ad astra per aspera.

Sobre el autor

Mirko Zilahy nació en Roma en 1974. Es licenciado en Lengua y Literatura Extranjera y se doctoró en el Trinity College de Dublín, donde enseñó Lengua y Literatura Italiana. Ha publicado ensayos sobre distintos autores irlandeses e impartido conferencias sobre escritores italianos contemporáneos. Es traductor de, entre otros, Bram Stoker y John Boyne, y en 2014 tradujo *El jilguero* de Donna Tartt. Ha trabajado como editor en las prestigiosas editoriales Minimum Fax, Fazi y Rizzoli. *Así es como se mata* es su aclamada primera novela, que está siendo traducida a varios idiomas.

Índice

Este libro se terminó
de imprimir en
Madrid (España)
en el mes de
junio de 2016